Friesenrebellion

Ocke Aukes lebt auf Borkum. Sie vermietet Ferienwohnungen, ist geschäftsführende Gesellschafterin einer Urlaubsunterkunftsvermittlung und schreibt Kriminalromane. Bisher veröffentlicht: zehn Romane und diverse Kurzgeschichten. Mehrere ihrer plattdeutschen Geschichten wurden prämiert.

OCKE AUKES

Friesenrebellion

HISTORISCHER ROMAN

emons:

Bibliografische Information der Deutschen Nationalbibliothek
Die Deutsche Nationalbibliothek verzeichnet diese Publikation in der Deutschen Nationalbibliografie; detaillierte bibliografische Daten sind im Internet über http://dnb.d-nb.de abrufbar.

Umschlagmotive: shutterstock.com/GO BANANAS DESIGN STUDIO, shutterstock.com/Ase
Umschlaggestaltung: Nina Schäfer
Gestaltung Innenteil: César Satz & Grafik GmbH, Köln
Lektorat: Marit Obsen
Druck und Bindung: CPI – Clausen & Bosse, Leck
Printed in Germany 2015
ISBN 978-3-95451-651-3
Historischer Roman
Originalausgabe

PROLOG

April 1811 in England

»Es ist Martens Idee, aber wenn du klug bist und hier nicht verrecken willst, machst du mit.«

Keno zuckte unschlüssig mit den Schultern, und Adrian lehnte sich seufzend zurück. Er selbst hatte sich sofort mit Martens Plan anfreunden können, obwohl kaum zu glauben war, dass die Briten ihnen dabei helfen würden. Bald ebenso unglaubwürdig wie die Tatsache, dass in einem der größten Häfen Englands drei Menschen aufeinandertrafen, die alle aus demselben kleinen Ort stammten, der noch dazu viele hundert Kilometer entfernt lag.

»Keno, wenn du deine Familie wiedersehen willst, solltest du mitmachen«, drängte Marten. »Zugegeben, es ist gefährlich. Sogar unsere Familien könnten dabei draufgehen. Schon klar, das wird kein Zuckerschlecken.«

»Ich tu alles, was ihr sagt.«

»Nein, Keno, du musst es selbst wollen. Tu es nicht für uns, sondern für dich. Wir schaffen es auch allein, du kannst in England bleiben, wenn du willst.«

»Ihr geht ohne mich?« Panik klang in Kenos Stimme mit.

»Geht es schief, wartet die Todesstrafe auf uns«, gab Adrian zu bedenken.

»Ich möchte nach Hause.« Keno wirkte wie ein Jammerlappen, nicht wie ein erwachsener Mann, der seit mehreren Jahren zur See fuhr. Doch jetzt schien er über sich hinauszuwachsen, zumindest in der Theorie. »Ich habe das Militär beim Franzosen überlebt, dann kann ich das auch.«

»Dann ist es abgemacht«, sagte Marten und schaute sich um, ob jemand ihr Gespräch belauschte. Auch wenn sie in einer britischen Kneipe ihr Bier tranken, wusste man nie, ob nicht jemand in der Nähe saß, der eine Mischung aus Niederländisch und Plattdeutsch verstand.

»Es war Gott, der uns zusammenbrachte«, flüsterte Keno.

Noch vor Monaten hätte Adrian wegen seiner nervtötenden Gläubigkeit die Augen verdreht, heute nickte er.

»Erzählt mal«, lenkte Marten von ihrem Vorhaben ab. »Was verschlägt euch nach England?«

Adrian ließ Keno die Geschichte erzählen und widmete sich lieber seinem Bier. Seine Kehle war wie ausgedörrt.

»Im März wurde der französische Lugger, auf dem wir dienten, von den Briten aufgebracht. Sie haben uns die Masten weggeschossen und geentert. Du kennst das, danach hat man die Wahl: Gefängnis oder die britische Marine. Ich habe mich fürs Seefahren entschieden. Wenn man mich einsperrt, werde ich verrückt. Adrian war derselben Meinung. Sie sind eigentlich ganz annehmlich, die Briten, schon allein wegen der Sprache. Und wir haben den gleichen Status, als hätten wir uns freiwillig verpflichtet. Trotzdem will ich nach Hause.« Keno langte über den Tisch der Hafenschenke und drückte Martens Hand. »Dass du hier bist, kann ich kaum glauben. Hier in England ein vertrautes Gesicht zu sehen, ist wie ein Wunder.«

Das mit dem Wunder wiederholte er mehrmals.

»Lass meine Hand los, die anderen schauen schon.«

»Sollen sie doch. Die denken, wir sind Holländer. Und die halten sie hier sowieso für verrückt«, sagte Adrian grinsend.

Keno ließ Martens Hand los und griff nach seinem Bierkrug. Man sah ihm an, dass er volles Vertrauen in die Freunde setzte. »Es ist ein verwegener Plan.«

»Nicht so laut«, mahnte Adrian.

»Ich kann nicht leise denken.«

»Denken?«, foppte ihn Marten. »Du? Das kann dauern. Darin warst du noch nie der Schnellste.«

Es gab vieles, worüber Keno sich Sorgen machen könnte, doch zum Glück reichte seine Phantasie nicht weit. Eines jedoch stand für Adrian fest: Keno würde ihm sein Leben anvertrauen, schon allein deswegen, weil Adrians Vater Keno einmal gerettet hatte.

»Weißt du noch, vor drei Jahren, als ich über Bord gegangen bin? Und so lange durchhielt, bis die anderen bei mir waren?«

Adrian nickte. »Du kannst nicht schwimmen und gingst unter. Eine Hand in die Luft gestreckt, damit sie erkannten, wo du warst.«

Die Geschichte kannten sie in- und auswendig, doch sie gingen bereitwillig darauf ein, denn sie lenkte von der unbekannten Zukunft ab.

»Du bist untergegangen, hast salziges Meerwasser geschluckt, gewürgt und mit Armen und Beinen um dich geschlagen«, ergänzte Marten.

Man konnte es wohl als glücklichen Umstand bezeichnen, dass an diesem Tag kein Wind geweht hatte. Dadurch gab es kaum Wellen, und das Meer war klar. Thomas Nicolai, Adrians Vater und einer der wenigen Seeleute, die schwimmen konnten, war von seinem Boot aus ins Wasser gesprungen, untergetaucht, hatte Keno gepackt und ihn hochgezogen.

Mehrere Hände hatten Kenos schlaffen Körper an Deck gehievt, eine davon drückte kräftig auf Magen und Brustkorb, sodass er fast gleichzeitig rülpste und Luft holte und noch einmal mit dem Leben davonkam.

»Als ob sich das lohnen würde«, hatte der Strandvogt ärgerlich zu jemandem gesagt, als Keno das Bewusstsein wiedererlangte. Tadeus Ulrichs war kein Mann, den der Tod eines anderen bekümmerte. Seither stand Keno mit ihm auf Kriegsfuß.

»Wenn dein Plan aufgeht, Marten, wird sich der Vogt gehörig ärgern.« Keno lächelte selig, doch die Freude verblasste ebenso schnell, wie sie gekommen war. »Ich kann immer noch nicht schwimmen.«

»Wir werden mit einem Beiboot ausgesetzt«, beruhigte ihn Adrian.

»Da gehst du besser nicht über Bord, sonst platsch und aus …«

»Halt den Mund, Marten. So weit wird es nicht kommen. Hab ich schon erzählt, wie ich in Napoleon Bonapartes Armee gekommen bin? Du weißt, der kleine Korse bevorzugt für seine Kriegsmarine ostfriesische Seeleute.«

Adrian nahm einen Schluck aus seinem Krug, um die Spannung zu steigern, doch Marten hörte gar nicht richtig zu. Er blickte sich um, als befürchtete er, dass gleich etwas Unangenehmes geschehen würde.

»Wie spät mag es sein?«

»Keine Ahnung, es ist aber schon dunkel«, sagte Adrian.

»Wir sollten lieber gehen.«

»Meine Geschichte interessiert dich wohl nicht?«

»Ich denke nur an die Ausgangssperre.«

»Keine Sperre«, sagte Keno. »In England darf man nach neun Uhr abends noch in Wirtshäusern sitzen. Beruhige dich und lass Adrian erzählen. Napoleon bevorzugt ostfriesische Seeleute für seine Schiffe. Erzähl, Adrian, erzähl weiter.«

»Du warst schon ein paar Wochen fort, Marten, da forderte der Kaiser vierhundert Seeleute«, sagte Arian.

»Vierhundert? Das ist unmöglich zu schaffen. Wo sollten die alle herkommen?«

»Sie haben jeden registrierten Schiffer aus den Dörfern an ein und demselben Tag nach Aurich beordert.«

»Wie kamen sie dann auf dich, Adrian? Du bist nirgends registriert.«

»Nein, ist er nicht. Willst du die Geschichte nun hören oder ständig alles besser wissen?«, maulte Keno und knallte seinen Krug auf den Eichentisch. Er war leer.

»Wartet, ich hole uns erst noch was zu trinken.«

Mit vollen Bierkrügen bahnte Marten sich kurze Zeit später den Weg von der Theke zurück zum Tisch.

Er wartete, bis Adrian getrunken und sich den Mund mit dem Ärmel abgewischt hatte. »Erzähl weiter«, sagte er dann.

»Die rekrutierten Männer zogen in großen und kleinen Gruppen nach Aurich und besuchten auf dem Weg liegende Wirtshäuser, wo sie kräftig tranken und die Stimmung gegen die Franzmänner aufheizten. Unterwegs versorgten sie sich mit Knüppeln, Besenstielen und allem, was sich als Waffe verwenden lässt. Es kam, wie es kommen musste: In Aurich angekommen, legten sie sich mit den französischen Soldaten an. Es gab Schlägereien. Einige Männer drangen bis in die Diensträume des Präfekten vor, der angeblich aufgeschreckt und voller Panik durch ein Fenster floh.«

Sie lachten, verstummten jedoch abrupt und zogen die Schultern ein, als sie merkten, dass sie die Aufmerksamkeit der anderen Gäste auf sich zogen. Mit gesenkter Stimme erzählte Adrian weiter.

»Ein Detachement französischen Militärs rückte an. Sie wollten die Rädelsführer verhaften, aber die meisten Ostfriesen waren bereits wieder in ihre Dörfer verschwunden.«

»Warst du in den Räumen des Präfekten?« Marten klang, als wäre er selbst auch gern dabei gewesen.

»Zu dem Zeitpunkt war ich weit weg von Aurich.«

»Warum erzählst du es dann?«

»Weil es zu meiner Geschichte dazugehört, sonst verstehst du den Rest nicht. Jedenfalls, der Angriff sollte nicht ohne Folgen bleiben. Die Franzosen haben hart durchgegriffen. Um die Rädelsführer zu verhaften, machte sich ein paar Tage später eine Kompanie Soldaten auf den Weg in die Dörfer. Man sah sie schon von Weitem. Die Schuldigen flohen. Statt ihrer haben die Franzmänner kurzerhand zwei Unschuldige verhaftet und hingerichtet.«

Marten nickte, und Adrian fragte sich, was nur aus ihnen geworden war. Die Hinrichtung zweier Männer, die nichts getan hatten, wurde einfach mit einem Kopfnicken zur Kenntnis genommen. Gewalt und Tod waren ihnen allen näher als je zuvor. Noch vor wenigen Jahren hatten sie auf ihrer kleinen Insel fernab vom Festland zwar unter der Knute der Franzosen zu leiden gehabt, doch der Krieg mit all seinen Folgen war niemals so dicht an sie herangekommen wie heute.

»Wie ging es weiter?«

»Erst einmal zog Ruhe in Ostfriesland ein. Aber Napoleons Forderung bestand weiterhin. Ich war mit dem Schiff die Ems hochgekommen. In einem kleinen Ort kurz hinter Leer sollten wir eine Ladung Torf abholen, die für Borkum bestimmt war. Ich übernachtete bei einer Familie, deren Sohn ausgebildeter Schiffer war. In dieser Nacht drangen Soldaten in jedes Haus ein. Sie waren jeweils zu zweit, jagten die Bewohner aus den Betten und verhafteten und fesselten jeden Mann, der älter als zwölf war. Bei Tagesanbruch brachten sie uns in die Dorfkirche. Der Bürgermeister musste angeben, wer von uns Schiffer von Beruf war.«

»Der Bürgermeister von Leer kennt dich?«

»Klar kennt der mich. Ich bin da kein Unbekannter, ich habe ja oft genug Brennmaterial dort abgeholt.«

»Und dann haben die Franzosen dich mitgenommen.«

»Genau. Du siehst enttäuscht aus.«
»Ich dachte nur …«
»Dass Vogt Ulrichs mich an die Militärs verpfiffen hat?«
Marten antwortete nicht. Er trank sein Bier aus.
»Er bekommt seine Strafe, verlasst euch drauf«, sagte Adrian.
»Was hast du vor?«
»Verrate ich nicht. Ihr werdet es erleben.«

EINS

Mit zehn Jahren war Jochum Melchers alt genug, um neben der normalen Schule am Navigationsunterricht teilzunehmen, der jedem Borkumer Jungen, der hinreichend Verstand besaß, von erfahrenen Seeleuten erteilt wurde. Ein Erfolgsrezept seit Jahrzehnten, um zu gewährleisten, dass auch in Zukunft Insulaner als Kommandeure und Kapitäne die Weltmeere befahren und Reichtum auf die Insel bringen würden.

Die Borkumer waren mit dieser Art der Früherziehung ihrer männlichen Nachkommen zu Seeleuten in der Vergangenheit immer gut gefahren. Sie diente als eine Art Garantie, um später, als erwachsene Männer, höhere Positionen auf den Schiffen der Hamburger oder Amsterdamer Reedereien zu bekleiden. Auf den Meeren zu verdienendes Geld war stets reichlich auf die Insel geflossen.

Die Weiterführung des überaus erfolgreichen Systems war in Zeiten wie diesen jedoch schwierig. Napoleons Truppen, die ihre Schlinge um die südliche Nordseeküste immer enger zogen, pfuschten ihnen ins Handwerk. Halbwüchsige mussten zum Militär, erfahrene Seeleute dienten bereits. Diejenigen, die noch zu Hause waren, um zu lehren – meistens Alte und Gebrechliche –, fanden kaum Zeit dazu, da sie ihren kargen Lebensunterhalt verdienen mussten. Jene, die lernen konnten, verweigerten dies mit der Begründung, danach von den Franzosen sofort als besonders geeignet auf ihre Schiffe gepresst zu werden.

Jochum war ein heller Kopf. Nautische Berechnungen bereiteten ihm keine Schwierigkeiten. Er kannte jedes Sternbild und konnte mit dem Kompass umgehen. Nach zwei Jahren Unterricht wusste er, wie man mit dem Zirkel vom Horizont und dem Stand der Sonne ausgehend seinen derzeitigen Längen- und Breitengrad bestimmte. Er kannte alle Seemannsknoten, konnte anhand der Masten und Segelstellung jede Schiffsart schon von Weitem erkennen und noch vieles mehr, was zu einer erfolgreichen Ausbildung zum Kapitän und Steuermann gehörte.

Er war ein kleiner, aber kräftiger Junge, der wusste, was er wollte. Jetzt war er auf dem Weg zum Unterricht, obwohl seine Mutter ihm erklärt hatte, er brauche keine seemännische Weiterbildung mehr, er wisse doch schon alles und solle besser ihr bei der Arbeit helfen. Bis vor wenigen Minuten hatte er das auch getan.

In einem Dünental in der Nähe des Südstrandes gingen die Frauen einer Arbeit nach, die nicht nach jedermanns Geschmack war. In der Delle standen mehrere Holzpfähle halb eingegraben, zwischen denen Leinen gespannt waren. Hier, fernab vom nächsten Haus, wurden die gefangenen Rochen auf Bänder gezogen und zum Trocknen in die Sonne gehängt. Es stank fürchterlich. Viel heftiger und nach Jochums Ansicht weit ekelhafter als normaler, toter, alter Fisch. Und auch länger. Der Geruch von Ammoniak setzte sich in den Nasenlöchern fest. Er wusste, er würde den Gestank in den kommenden Stunden nicht loswerden, da konnte er noch so viel Rotz aus der Nase schnaufen.

Seine Mutter hatte glücklicherweise ein Einsehen gehabt und ihn aus der Pflicht entlassen. Sie wusste, wie sehr er diese Arbeit hasste. Wenn er ihr half, fädelte er mit angewiderter Miene die schwarzen Tiere auf, denen seine Mutter und andere Frauen vorher den Schwanzstachel abgebrochen hatten. Die Hände wurden von der Haut der Fische dunkel gefärbt, und von Zeit zu Zeit rutschte er mit dem Dorn, den er fürs Lochbohren brauchte, ab und stach sich in die Hand. So auch heute.

Rochen und Metalldorn waren auf den spärlich bewachsenen Sandboden gefallen, und für den Bruchteil einer Sekunde hatte er an der Wunde gesaugt, dann aber heftig ausgespuckt. Der bittere, tranige Geschmack mit einem Hauch von dem ekeligen Geruch, den viele auf der Insel so liebten, ließ seinen Magen krampfen. Würgend hatte er den Rochen aufgehoben und ihn in den Korb zu Füßen seiner Mutter geworfen. Da hatte sie kurz von ihrer Arbeit aufgesehen, einen Mundwinkel verzogen und gleichzeitig ein Auge zugekniffen. Das hieß, er konnte gehen.

Er war geflohen, ehe sie es sich anders überlegen konnte, die Hände weit von sich gestreckt. Schnell zum Strand. Bloß nicht den Gestank an die Hose bekommen. An der Wasserkante hatte er seine Hände mit nassem Sand sauber geschrubbt und in den Wellen abgespült, bis er meinte, keinen üblen Geruch mehr an sich zu haben.

Auf dem Weg zum Haus von Kapitän Briese roch er wenigstens dreimal an seinen Fingerspitzen. Er war sich nicht sicher, ob der Gestank noch an ihnen haftete oder einfach nur in seiner Nase klebte.

Je näher er der Ortschaft kam, umso beschwingter wurde sein Schritt. Er hatte vor, die Nacht im Hause Briese zu verbringen. Das tat er manchmal. Jochum hielt Kapitän Briese, obwohl er bestimmt schon achtzig Jahre alt war, für einen guten Lehrer. Und der alte Herr liebte es, nach dem Unterricht mit ihm die Sternbilder zu betrachten und anschließend am Kaminfeuer abenteuerliche Geschichten aus seiner Seefahrerlaufbahn zu erzählen.

Einen Großteil der heutigen Unterrichtszeit hatte Jochum versäumt, was aber nicht weiter schlimm war. Wenn man ihn ließe, könnte *er* den anderen in Nautik etwas beibringen. Theoretisch, wohlgemerkt. Praktisch sah es ein wenig anders aus. Obwohl er schon zwölf war, hatte er noch keine weite Seereise machen können. Das bisschen Hin und Her zwischen Insel und Festland zählte nicht.

Aber Jochum war Optimist, seine Zeit auf den Weltmeeren würde bald kommen.

Er durchschritt mit erhobenem Haupt das Garteneingangstor und blieb mittig darunter stehen. Legte den Kopf in den Nacken und schaute nach oben zu den beiden aneinandergelehnten Knochen, die den Durchgang bildeten. Dunkle Regenwolken zogen über den Himmel und vertrieben das strahlende Blau des Nachmittages.

Dann marschierte er zwischen den beiden Walkinnladen hindurch, die wie graue, versteinerte, löchrige Baumstämme wirkten, und ging zum Haus. Es war ein typisches Gulfhaus. Das Dach war nach Westen hin weit zum Boden heruntergezogen, da dies die vorherrschende Windrichtung war. Dort waren das Vieh und der Heuboden untergebracht. Der vordere Teil des Gebäudes war weiß verputzt und hatte grüne Schubfenster. Zum Öffnen wurde der untere Teil nach oben geschoben und durch ein »Stickje«

festgestellt. Passend dazu war die Haustür im gleichen Grün und Weiß gestrichen.

Der Unterricht war anscheinend zu Ende; Ole und Jens kamen ihm, über Kapitän Briese und seinen Unterricht schimpfend, entgegen. Beide waren eine Katastrophe in Mathematik. Aus ihnen wurden niemals Steuermänner, darauf würde Jochum wetten.

»Sie sollten besser Netze nähen lernen«, sagte Frau Briese. Sie stand an der Tür und legte Jochum zur Begrüßung eine Hand auf die Schulter. »Oder was meinst du?«

Beide schauten sie den Jungen hinterher, und Jochum meinte, wegen des indirekten Komplimentes von Frau Briese einen Zentimeter zu wachsen.

»Komm ins Haus, es fängt an zu regnen.«

Die ersten Tropfen fielen schon, doch sie waren noch klein und weit zerstreut. Die tiefschwarze Regenfront am Horizont versprach jedoch baldigen strömenden Regen.

»Ich mache uns Abendessen. Es gibt Taschenkrebse und frisches Brot.«

Jochum folgte Frau Briese in die Küche. Die versprochene Köstlichkeit versuchte gerade, die Ränder des Spülsteines zu erklimmen. Prachtvolle Krabbeltiere, ein jedes größer als Jochums Hand. Später landeten sie in kochendem Wasser und danach auf dem Tisch. Auf den Inhalt der Scheren verzichteten die Brieses zu seinen Gunsten. Sie wussten, er mochte das, was unter den Rückenpanzern der gekochten Krebse zu finden war, nicht.

Als sie an der Tafel saßen und mit einem Nussknacker die Panzer aufbrachen, verkniff sich das Ehepaar ein Lächeln. Denn Jochum schauderte es jedes Mal, wenn sie die fleckigen grün, braun und gelb verfärbten Eingeweide herauslöffelten. Da lobte er sich das weiße Fleisch aus den Scheren.

Nach dem Essen verbrachten sie einen schönen Abend an der Herdstelle. Sie spielten Schach, wobei Jochum die meisten Spiele gewann, während Frau Briese strickte, dann gingen sie zu Bett.

Jochum schreckte hoch. Draußen war es noch dunkel. Er hörte Gepolter und die Schreie einer Frau, vermengt mit lauten Männerstimmen, die bedrohlich klangen. Er schwang die Beine aus dem Bett und tastete sich in Richtung des Zimmers, aus dem Geräusche zu hören waren, als würde jemand etwas umkippen, Holz zerbrechen und Porzellan kaputt schlagen.

Er spähte eben um die Türöffnung, als eine Hand ihn packte und in den Raum zerrte. Dort bekam er eine schallende Ohrfeige, die ihn zu Boden warf. In dem funzeligen Licht einer Tranlampe konnte er Kapitän Briese erkennen, der von einem Mann mit Gewehr und aufgesetztem Bajonett bedroht wurde. Ein anderer Mann zog wütend seinen Säbel und fuchtelte damit wild vor Frau Brieses Nase herum. Seinen Worten und Gesten konnte Jochum entnehmen, dass es den Eindringlingen wohl nicht schnell genug ging, wie das Ehepaar Briese das erloschene Feuer entfachte.

Durch den strömenden Regen war die Glut in der »Rakeldobbe«, eine gemauerte Grube unter der Herdstelle, in welcher des Abends vor dem Zubettgehen die Glut unter die Asche gelegt wurde, um am Morgen glühende Kohlen zu haben, vollständig ausgeregnet worden. Es musste erst ein Feuerstein mit Feuerschlag und Zundertorf zur Hand genommen werden, um Feuer in den Zunder zu schlagen. Dann konnte mit einem Schwefelholz der Herd angefeuert werden.

Die Eindringlinge gehörten zu einer französischen Patrouille und hatten offensichtlich ein wenig zu viel getrunken. Nun verspürten sie Hunger, und die Bewohner dieses Hauses sollten sie beköstigen.

Kapitän Briese schlug kräftig den Feuerstein, doch wie es eben so ist: Wenn man bedroht wird, gehen selbst alltägliche Tätigkeiten, die einem sonst von der Hand flutschen, gern mal daneben. Einer der Franzosen stieß Kapitän Briese beiseite und wies Jochum an, den Zundertorf anzufachen. Als ihm das auch nicht schnell genug ging, versetzte er dem Jungen mit dem Gewehrkolben einen heftigen Schlag in den Magen.

Solche Schmerzen musste er noch nie ertragen. Er krümmte sich auf dem Boden und meinte, würgen zu müssen. Dann wurde er ohnmächtig.

Als er wieder erwachte, hatte sich sein Leben verändert. Von dem Schlag in die Magengrube würde er sich gesundheitlich sein Lebtag nicht mehr erholen.

Sein Traum vom Befahren der Weltmeere war dahin.

Zwei Jahre später lebte Jochum allein. Seine Mutter war gestorben, die Brieses nach Amsterdam zu ihrer Tochter gezogen und sein Elternhaus von den Franzosen beschlagnahmt. Es war schwierig, den Lebensunterhalt zu bestreiten. Doch das machte Jochum kaum etwas aus. Im Gegensatz zu den alten Einwohnern kannte er es nicht anders. Er war in Armut aufgewachsen und wusste vom vergangenen Reichtum der Insel nur aus Erzählungen. Anhand der übrig gebliebenen Möbel, Ölgemälde und Kleidung seiner Nachbarn konnte er sich annähernd vorstellen, wie es wäre, sich um das nächste Essen keine Gedanken machen zu müssen. Doch für ihn gab es etwas, was erstrebenswerter war als jeder Reichtum: die Freiheit. Er hätte niemals gedacht, dass er irgendwann als Pulverjunge für die Franzosen arbeiten würde, um sie zu erreichen. Aber auch das war nicht wichtig. Denn eines wusste Jochum ganz bestimmt: Er würde die Stellung zu nutzen wissen.

Man schrieb den 14. August, es waren die letzten richtig heißen Tage des Sommers 1811. Napoleons Seeblockade hielt Europa in der Zange. Die Franzmänner versuchten, die Küstenbewohner Ostfrieslands am Schmuggeln zu hindern, doch es gelang ihnen selten. Am schwersten beizukommen war den Insulanern. Sie kannten das Meer und die Wattengebiete wie sich selbst.

Das Meer hatte noch die Dünung vom Wind der vergangenen Tage. Inzwischen war er jedoch eingeschlafen, und die Segel der Schaluppe hingen schlaff herunter. Sanft bewegten sie sich im Takt der seichten Wellen des Meeres hin und her. Die »Neptunus« schaukelte auf der See, an ein zielgerichtetes Lenken mit dem Ruder war nicht zu denken. Allein die Strömung sorgte dafür, dass sie von der Stelle kamen. Sie zog das Schiff in Richtung Süden.

Es war auflaufend Wasser. Die Männer wussten, die Flut dauerte noch vier Stunden. Vielleicht hatten sie Glück und sie trieben in dieser Zeit bis in die Nähe des Nordstrandes ihrer Heimatinsel. Sie saßen an Deck, blinzelten in die Nachmittagssonne und dösten vor sich hin. Zu tun gab es nichts, sie konnten nur warten.

Jan Pieter Freriks, der Eigentümer der »Neptunus«, stellte seine Füße neben ein zur Schnecke aufgedrehtes Tau, nahm den Kieker aus den Klampen an der Reling und suchte das Meer ab. Mit den

Fußspitzen stupste er testweise gegen das kunstvoll aufgeschossene Tauwerk; es behielt seine Form.

Freriks war gewissenhaft im Umgang mit seinem Schiff. Schäden wurden sofort behoben, Segel ordentlich aufgerollt und festgezurrt. Die Fender, alle in gleicher Höhe am Schiffsrumpf baumelnd, um Stöße gegen die Kaianlage abzufedern, waren meisterhaft geflochten. Wenn es genügend Farbe gäbe, wäre die »Neptunus« nach Freriks' Geschmack prachtvoll bunt, so aber blieb dem Eigner nichts anderes übrig, als die abblätternde Farbe abzukratzen und die Ränder mit Schmirgelpapier glatt zu reiben. Schön sah es nicht aus.

»Einer muss Ausschau halten«, sagte Jan Pieter Freriks. Er war vor wenigen Tagen vierzig geworden. Schon als Achtjähriger hatte er unter seinem Vater die erste Grönlandfahrt gemacht und war über die Jahre mit vielen Menschen aus verschiedenen Nationen zusammengetroffen. Es fiel ihm leicht, andere Sprachen zu lernen. Er sprach Holländisch, seine Muttersprache als Borkumer, und Dänisch, weil er oft für Reedereien aus Hamburg gefahren war, deren Besatzung meist aus Dänen bestand. Außerdem Französisch, nicht weil in Ostfriesland vor einigen Monaten Französisch als Amtssprache eingeführt worden war, sondern weil er bei einer Fahrt durch die Ostsee mit einem Franzosen Freundschaft geschlossen hatte. Er konnte Englisch, weil er mit seinem Schiff viele Fahrten zur britischen Insel Helgoland gemacht hatte. Die Borkumer und die Helgoländer einten etliche Familienbande, deshalb bereitete es ihm keine Probleme, dort für Wochen unterzukommen. Und er sprach Deutsch, weil es auf den übrigen ostfriesischen Inseln und im Küstenbereich gesprochen wurde.

Derzeit lebte Freriks vom Fischfang. Außerdem besaß er die »Neptunus«, ein Frachtschiff, das aus den ruhmreichen Tagen stammte, als es den Insulanern dank des Walfangs noch gut gegangen war. Sein Vater hatte es ihm vererbt. Die »Neptunus« war fünfzig Fuß lang, hatte ein großes Mastsegel sowie zwei kleinere Segel und neben der Kajüte einen weiteren Raum unter Deck für die Frachtgüter. Die Bemannung bestand aus zwei, bei längeren Fahrten aus drei bis vier Mann. Heute hockten sechs Männer in der Sonne. Sollte einer der französischen Besatzer, die sich überall auf der Insel herumtrieben, sie bemerken, würde ihm sicher auffallen, dass zu viele Personen an Bord waren.

»Sofern er genug Verstand im Kopf hat«, sagte Hinderk oft.

Freriks sah es nicht gern, wenn einer seiner Kameraden die Franzmänner unterschätzte. »Man soll sich nie auf die Dummheit anderer verlassen«, antwortete er dann.

»Los, Jungs, einer muss Ausschau halten«, wiederholte Hinderk nun den Befehl des Skippers, rührte selbst aber weder Arm noch Bein.

»Warum?«, fragte Torben.

»Um zu sehen, ob die Franzosen kommen.«

»Die können nicht kommen. Oder glaubst du, die haben mehr Wind als wir?«

»Mehr Wind *machen* tun sie auf jeden Fall.«

Die Mannschaft lachte. Einer von ihnen erbarmte sich, stand auf, lehnte sich an den Mast und hielt Ausschau, der Rest döste weiter in der Sonne.

Henri Lebon stand an Bord eines Schiffes, das ihn zur Insel hinüberbrachte. Lebon war Franzose und kam aus gutem und recht wohlhabendem Hause. Mit dem Erreichen des Alters, um zum Militärdienst eingezogen zu werden, war er wie alle anderen seines Jahrganges zum Amt gegangen. Dort hatte er am »tirage au sort«, zu Deutsch: der Schicksalsziehung, teilgenommen und sein Los gezogen.

Von neunhundertachtundsiebzig jungen Männern verpflichtete man diejenigen zum Militärdienst, die eine Losnummer unter einhundertneunundsiebzig gezogen hatten. Sie traf das Schicksal, für Napoleon Bonaparte kämpfen zu müssen.

Lebon zog die Elf.

Nun, es war durchaus üblich, die Lose umzutauschen. Wenn man jemanden fand, der gewillt dazu war. Auch konnte man sich freikaufen, indem man einen Ersatzmann stellte. Dieser brauchte nicht aus dem gleichen Jahrgang zu stammen, Hauptsache, er war unter dreißig Jahre und hatte die Körpergröße von mindestens einem Meter fünfundsechzig.

Henri Lebons Vater, der um das Leben seines einzigen Sohnes

bangte, hatte sich gegen die Überzeugung seines Sohnes, der gewillt gewesen war, die Aufgabe anzunehmen, durchgesetzt und das Los verkauft. Für zweitausendfünfhundert Reichsthaler fand sich ein Mann aus der näheren Umgebung ihres Heimatortes, der Lebons Dienst antrat.

Doch Henri Lebon hatte danach nur noch schlecht schlafen können. Er träumte davon, wie sein Stellvertreter an der Front mit dem Gesicht voran tot in den Dreck fiel, und erwachte aus diesen Alpträumen mit einem miserablen Gewissen und einer Angst, die er nicht zu definieren wusste. Das war zwei Jahre so gegangen und hatte erst aufgehört, als er sich gegen den ausdrücklichen Willen seines Vaters freiwillig zum Militärdienst gemeldet hatte.

Da sein Vater zum Divisionsgeneral in Napoleons Armee und kurz zuvor zum Marschall befördert worden war, hatte er seine Beziehungen spielen lassen, um seinen Sohn, wenn er schon dienen wollte, wenigstens an ein ruhiges und ungefährliches Plätzchen zu setzen.

So war Henri Lebon an den Posten auf Borkum gekommen. Hier würde er als *Lieutenant* – immerhin nur ein Rang unter einem Kompaniechef – dreißig Mann unter seinem Befehl haben, er war der Befehlshaber der gesamten Garnison.

Lebon selbst wusste von der Einmischung seines Vaters nichts. Vermutlich wäre der Stolz auf ihn mit einem Schlag verpufft.

Nur wenige Männer wurden von Napoleon Bonaparte zum Marschall erhoben. Dennoch vermied Lebon es, diese verwandtschaftliche Beziehung seinen Kameraden gegenüber zu erwähnen. Angeberei lag ihm nicht, und er wollte auf keinen Fall bevorzugt behandelt werden. Das verursachte nur schlechte Träume.

Lebon redete sich gern ein, er habe die Anstellung bekommen, weil er sich in der Grundausbildung hervorgetan hatte und zudem auch noch ausgezeichnet Holländisch, Englisch und Deutsch sprach. Zwar waren die Ostfriesen seit der Annektierung verpflichtet, Französisch zu lernen, und es diente neben dem Deutschen und Holländischen als Amtssprache, doch man konnte nicht von jedem im Volk verlangen, innerhalb weniger Monate eine neue Sprache zu lernen. Mochte sie auch noch so schön klingen.

Er hatte von der Versetzung zur Insel erst vor wenigen Tagen erfahren, aber dennoch die Zeit gefunden, sich darauf vorzubereiten. Er wusste gern, was ihn erwartete. Und das war, so glaubte er, in diesem Fall nicht besonders erfreulich. Vonseiten der Insulaner würden ihm keine Sympathien entgegenschlagen. Zu sehr hatten die Besatzer ihnen zugesetzt, als dass Lebon so etwas wie Entgegenkommen oder gar Freundschaft erwarten durfte. Sein einziger Mittelsmann unter den Einheimischen war der Vogt.

Da half es auch nichts, dass Napoleon Bonaparte seinem Bruder Louis, neuer König von Holland, Borkum überlassen und dieser den hilfsbedürftigen Insulanern, die große Not litten, tausendfünfhundert Gulden geschenkt hatte. Das war nun schon fast sechs Jahre her und eine lächerliche Summe, wenn man sie durch die Einwohnerzahl teilte. Mit tausendfünfhundert Gulden kam selbst ein Einzelner nicht weit, wenn man bedenkt, dass man zweitausend Gulden aufbringen musste, um einen Hof und einige Hektar Land zu erstehen.

Die Franzosen hätten den Insulanern nicht ihre Schiffe wegnehmen sollen. Man legte sie an die Kette, wenn sie beim Schmuggeln erwischt wurden, und entzog der Bevölkerung so die Lebensgrundlage. Eine einfache Gefängnisstrafe hätte für dieses Vergehen nach Lebons Meinung ausgereicht. Da wären die Angehörigen wenigstens nicht gleich mitbestraft gewesen.

Er erwartete also keinen Empfang mit offenen Armen.

In der Ferne konnte er die Insel in der brütenden Sonne liegen sehen. Er wischte sich mit der Hand den Schweiß von der Stirn und überlegte, ob es angebracht war, beim Verlassen des Schiffes seine Uniformjacke anzuziehen. Er würde es kurzfristig entscheiden.

Ihm kam es so vor, als führe der Kahn immer langsamer, und er erkundigte sich beim Kapitän.

»Der Wind wird weniger.«

»Heißt das, wir bleiben gleich mitten auf dem Meer stehen?«

»Richtig. Aber keine Sorge, es dauert noch ein wenig bis zur totalen Flaute. Wir werden die Insel heute noch erreichen.«

Einige Zeit später, Lebon konnte schon den Leuchtturm erkennen, fuhren sie in einer Art Zickzackweg durch das Wasser. Sie kamen an blattlosen Bäumen vorbei, die der Schiffsführer immer auf der linken Schiffsseite ließ, vom Kapitän »Backbord« genannt. Henri Lebon fand es dumm, im Salzwasser Bäume anzupflanzen, und sagte das auch.

»Wir nennen sie Pricken«, erklärte der Kapitän und versuchte gar nicht erst, sich sein Grinsen zu verkneifen. »Sie stehen dicht am Rand der Priele, das sind natürliche Wasservertiefungen im Wattenmeer, über denen wir entlangfahren. Man pflanzt die Pricken bei Niedrigwasser in den Sand, um uns den sicheren Weg zu weisen. Sonst wären wir schon lange im Sand stecken geblieben. Sobald Ebbe ist, könnt Ihr es mit eigenen Augen sehen.«

Er zeigte auf eine nur wenige Meter vom Schiff entfernte blattlose Birke, an der sie gerade vorbeifuhren. »Es gibt Leute, die bei Ebbe hier spazieren gehen.«

Das Wattenmeer war ein Gebiet, auf dem täglich das Meer ein- und ausströmte, so viel war Lebon bekannt. Wenn die Ebbe das Wasser mit sich nahm, ließ sie phantasievolle Muster im Sand und Schlick zurück. Gerade Striche ebenso wie Schlangenlinien oder Kringel. Es gab Stellen, die ganz trocken fielen, und große Teile, in denen das Wasser nur wenige Zentimeter tief war, riesige und kleine Priele, Wasserläufe, Miesmuschelfelder und Austernbänke.

Über Wattenmeere und die Gezeiten wusste Lebon also Bescheid, hatte beides aber noch nie mit eigenen Augen gesehen. Als er ein kleiner Junge gewesen war, hatten seine Eltern ihm versprochen, einmal die französische Insel Mont Sant Michel zu besuchen. Die war nur bei Niedrigwasser zu erreichen. Doch dazu war es nie gekommen. Vielleicht gelangte er ja dorthin, wenn wieder Frieden herrschte. Doch das konnte noch lange dauern.

Lebon schalt sich selbst in Gedanken einen Träumer. Da hatte er sich gerade erst freiwillig zum Militärdienst gemeldet, und schon dachte er an Frieden.

Er fixierte wieder die Insel, die im Wasser schräg neben ihm lag, und glaubte schon, der Kapitän führe daran vorbei, doch dann bog der Prickenweg ab, und sie hielten geradewegs darauf zu.

Der Übergang vom Meerwasser zum Land war fließend. Zu beiden Seiten der Fahrrinne lagen Salzwiesen, durch die sich das Schiff hindurchschlängelte. Dahinter erhoben sich Dünen. Lebon richtete den Blick über den Bug des Schiffes hinweg nach vorn und entdeckte am Ende der Wasserstraße ein großes hölzernes Gebäude. Die Franzosenschanze. Dass es die Schanze sein musste, erkannte er an dem Signalturm, der herausragte, und an dem hohen Palisadenzaun. Er erkannte eine Geschützluke und meinte, darin sogar das Rohr einer Kanone zu sehen, die direkt auf diesen natürlichen Wasserweg gerichtet war. Eine ausgezeichnete Lage. So konnten feindliche Eindringlinge sofort beschossen werden.

Das Schiff legte an, und Henri Lebon sah, dass er von acht Infanteriesoldaten erwartet wurde. Sie trugen blaue hohe Hüte und weiße Uniformen mit roten Stehkragen und roten Ärmelaufschlägen. Die schwarzen Stiefel glänzten in der Sonne, und die Abzüge auf den Gewehrschäften warfen die Lichtstrahlen zurück. Lebon zog seine Jacke über das verschwitzte Hemd, setzte den Zweispitz auf, klemmte sich die Depeschentasche unter den Arm, griff nach seinem Gepäck und stieg von Bord, ohne dabei eine umständliche Figur abzugeben. Er wartete, bis zwei Matrosen seine Kiste an Land gehievt hatten. Sie enthielt all seine Sachen. Vom Mantel über Westen, Kniebundhosen und Hemden bis hin zu Strümpfen und Gamaschen, den dazu passenden Bändern, Schuhen und Schnallen. Außerdem lagen dort sein Soldbuch, Patronentasche, Säbel, Besteck, Teller und Trinkflaschen. Sämtliche Dinge, die ein Soldat brauchte. Ganz oben auf allen anderen Utensilien lag sein Tschako aus feinstem schwarzem Filz mit glänzendem ledernem Augenschirm und ebensolchem Deckel. Daneben, damit sie nicht umknickte, steckte in einem aus Wachstuch gefertigten Etui eine rote Hutfeder. Man konnte nie wissen, wann es angebracht war, sich zu schmücken.

Der ranghöchste der acht Soldaten, ein Unteroffizier, begrüßte ihn zackig, ehe er zwei Mann abkommandierte, die sich Lebons Gepäck annahmen. Kurz wechselten die beiden einen Blick, als wollte der eine den anderen fragen, ob er dem neuen Kompaniechef die Ledertasche einfach unter dem Arm wegnehmen sollte. Der Unteroffizier bemerkte das und bewegte den Kopf wenige Millimeter hin und her. Lebons Tasche blieb unberührt.

Das sind sie, deine Soldaten, dachte Lebon. Schneidig. Sie würden ihn zur Schanze eskortierten, die ganz in der Nähe des Hafens lag.

Bevor Lebon einen Schritt tat, sah er sich um. Das natürliche Hafenbecken war mit Holzstegen eingefasst, an denen Schiffe festmachen konnten. Man hatte kräftige Poller in den Grund gerammt, an denen die Stege befestigt schienen. Dahinter befanden sich einige Gebäude, vermutlich Lagerhallen. Ansonsten war nur die Schanze in der Nähe. Ein von Pferdefuhrwerken ausgefahrener Sandweg führte daran vorbei in das Dorf. In der Ferne erkannte Lebon einige Häuser. Auf halbem Weg stand ein weißes Häuschen, das er nicht näher identifizieren konnte. Ein Blickfang, der alles überragte, war der mächtige viereckige, aus hart gebrannten Steinen gemauerte Turm, den er schon von See aus gesehen hatte. Lebon schätzte die Höhe auf dreißig Meter. Ein gewaltiges Bauwerk.

Die Trikolore flatterte über der Schanze und verkündete der Welt, dass sich Borkum in den Händen von Bonaparte befand. Die Palisaden waren recht derbe. Um sie zu zerstören oder zu überwinden, musste ein Feind erst einmal einen Wassergraben überqueren. Eine Patrouille schritt die aufgeschütteten Wälle um den Wassergraben ab.

Sie passierten die Wachen. Die massiven Tore des Forts konnten von innen mit Balken verschlossen werden. Ein paar Männer exerzierten im Hof, als sie ihn überquerten. Ihre Uniformen sahen zusammengewürfelt aus. Lebon glaubte, Grenadiere mit roten und gelben Pompons am Tschako zu sehen und daneben Voltigeure. Voltigeure? Konnte das sein? Die gehörten zu Bonapartes Elitetruppe. Vermutlich waren sie alle Infanteristen.

Die Soldaten wirkten, als seien sie wohlgenährt.

In der Mitte des Hofes empfing ihn ein Feldwebel, auch *Sergent-Major* genannt, indem er salutierte und seinen Namen und Dienstgrad brüllte, als vermutete er, Lebon sei schwerhörig.

An Sergent Pierre Petit fielen einem sofort die tief liegenden Augen auf. Trotz seines Namens war er einen halben Kopf größer als Lebon. Der schätzte ihn auf etwa vierzig Jahre. Petit hatte während der Abwesenheit des alten Befehlshabers das Sagen gehabt, was sich nun änderte. Er wurde durch den wesentlich jüngeren Lebon abgelöst.

Jeder hat es schon einmal erlebt, das Gefühl der sofortigen

Abneigung. In dem Augenblick, als die beiden sich einander vorstellten, waren sie sich unsympathisch.

Lebon dachte erleichtert, wie gut es doch war, dass er sich entschieden hatte, trotz der Hitze die Uniformjacke anzuziehen. Vor seinem Stellvertreter, der förmlicher nicht hätte gekleidet sein können, hätte er ungern sein Gesicht verloren.

Schneidig, als marschierten sie in einer Parade durch Paris, führte Pierre Petit seinen Vorgesetzten quer über den Innenhof und danach in die Amtsstube.

Schon um endlich die Jacke ausziehen zu können, wollte Lebon Petit schnell loswerden, doch der Sergent machte keine Anstalten zu gehen. Lebon verkniff sich ein Seufzen. Etwas Besseres als »Was können Sie mir über diesen Ort sagen?« fiel ihm nicht ein zu fragen.

Ein Schleier der Verachtung zog über Pierre Petits Gesicht, und Lebon wäre in diesem Augenblick kaum verwundert gewesen, wenn der Mann ausgespuckt hätte. Petit konnte anscheinend weder den Ort noch die Menschen leiden. Der Sergent trat an eine Kommode, die unter dem Fenster stand, zog eine Schublade auf, wühlte ein wenig darin herum, bis er das fand, was er suchte. Mit der Sonne im Rücken blickte er auf die Papiere und erklärte: »Einheimische: vierhundertsiebenundfünfzig, davon zweiundsechzig Witwen durch Verlust auf See. Sechsundfünfzig Kinder, hundertneunundzwanzig Kühe, zwei Bullen, dreißig Enter, fünf Pferde.«

Er reichte Lebon einige Blätter hinüber. Es handelte sich um die Einwohnerliste, sortiert nach Haushalten. Name, Geburtsort und Beruf des Haushaltsvorstandes standen darauf, ebenso die Zahl der Kinder, Knechte, Mägde und Tiere, absteigend nach der Anzahl des Tierbestandes. Zuerst die Reichen, hinten die Armen. Die häufigsten Berufsbezeichnungen waren Erbpächter, Rentenier, Fischer, Schiffer und Landgebräucher. Einige Zeilen waren durchgestrichen, unter anderem auch die eines Chirurgus. Vermutlich Leute, die verstorben oder weggezogen waren.

Als habe Petit Lebons Frage erraten, sagte er: »Verstorben oder fortgezogen.«

»Aha. Und das da?« Er zeigte auf die Papiere, die Petit noch in der Hand hielt.

»Die Besitzverhältnisse nach dem Borkumer Hypothekenbuch. Werte in holländischen Gulden, vom Land und vom Haus.«

Lebon überflog die Liste. »Die ist von 1782«, stellte er fest.

»Der Vogt wird die neueste haben. Und das hier«, Petit tat, als überreichte er Lebon feierlich eine Urkunde, »ist die Liste aller Schiffe. Namen des Eigners und des Schiffes. Acht Schaluppen, sieben Tjalken.«

»So viele? Im Hafen habe ich nur drei Boote gesehen.«

»Alle mit einem Haken hinter dem Schiffsnamen wurden von uns konfisziert. Die Eigner sind allesamt Schmuggler, Blockadebrecher. Wir nehmen ihnen die Boote weg, dann kann so etwas nicht wieder vorkommen.«

Und die Lebensgrundlage, dachte Lebon und deutete mit dem Zeigefinger auf das letzte in Petits Hand verbliebene Stück Papier.

»Männer, die noch gepresst werden könnten.« Er grinste auf widerliche Weise. Als Lebon keine Reaktion zeigte, fügte er geschäftsmäßig hinzu: »Viele Steuern können Sie von den Leuten kaum erwarten, aber ein bisschen was kommt zusammen.«

»Für die Einhaltung der neuen Besteuerungsregeln ist der Vogt zuständig.«

»Richtig. Und wir schauen ihm dabei genau auf die Finger. Napoleon ist auf jeden einzelnen Stüber angewiesen. Die Strandausbeute ist glücklicherweise recht hoch.«

»Strandausbeute?«

»Gestrandete Schiffe, über Bord gegangene Waren, die von den Schmugglern ins Meer geworfen werden, wenn sie einer Brigg begegnen, die die Einhaltung der Kontinentalsperren kontrolliert, und ihr nicht mehr entkommen können. Hinzu kommen im Winter die Decksladungen, die legal transportiert wurden, aber durch Stürme über Bord gingen. Rund um die Insel finden sich viele Wracks. Da sammelt sich einiges an.«

»So, so.«

»Die Riffe sind tückisch.«

Von Felsen aufgerissene Schiffsrümpfe kamen Lebon spontan in den Sinn, doch er wusste es besser. Die Riffe der Ostfriesischen Inseln bestanden ausschließlich aus Sand.

»Sandbänke«, sagte Pierre Petit. »Die Schiffe laufen auf und werden in den Grundseen zerschlagen. Das heißt, eine Welle hebt ein bereits festsitzendes Schiff hoch, und sobald das Wasser drunter durchgelaufen ist, knallt das Schiff erneut auf den Grund. Auf diese Weise kann es manchmal tagelang dauern, bis so ein Holzschiff in all seine Einzelteile zerlegt wurde. Welle um Welle …«

Lebon räusperte sich. Er konnte dem Mann ansehen, dass er sich an dem Unglück anderer ergötzte. Warum traute er Petit so etwas zu? Er kannte ihn noch keine Stunde. »Wovon leben die Menschen?«, fragte er.

»Fischfang, etwas Landwirtschaft, Schillernte. Die zerstampften Muscheln werden als Baukalk verwendet.«

Lebon hatte vorerst genug gehört. Um seinem Sergent zu signalisieren, er möge nun endlich gehen, legte er die Blätter auf einen Stapel, hantierte umständlich an seiner Depeschentasche herum, blickte hoch und starrte Petit in die Augen. Sein Stellvertreter tat ihm nicht den Gefallen, wegzusehen. Lebon verlor das Duell, öffnete die Tasche und legte alle darin befindlichen Unterlagen säuberlich aufeinandergestapelt neben die anderen Papiere.

Was soll's, bringen wir es eben gleich hinter uns, dachte er, mein durchschwitztes Hemd kann ich später wechseln. Mit einer Handbewegung forderte er den Sergent auf, sich zu setzen. »Was haben Sie für den Fünfzehnten dieses Monats geplant?«

Mit heimlicher Freude registrierte er das irritierte Gesicht, das Petit machte, obgleich der Mann sich schnell wieder im Griff hatte. Lebon war klar, er hatte keine Ahnung, welcher besondere Tag der Fünfzehnte August war.

»Ähäm.« Petit zog die Buchstaben in die Länge, um etwas Zeit zu gewinnen, während er vermutlich fieberhaft überlegte, worauf der neue Kompaniechef hinauswollte.

Lebon sortierte betont langsam die Befehle, die er mitgebracht hatte, zupfte einen heraus und legte ihn oben auf den Stapel. »Der Befehl sollte Ihnen schon lange vorliegen«, sagte er dann und erkannte, wie seinem Gegenüber der Schweiß ausbrach.

»Ach. Sie meinen *diesen* Fünfzehnten.« Petit starrte ihn an. Etwas Kaltes und Drohendes ging von ihm aus.

Lebon starrte zurück. »Selbstverständlich diesen Fünfzehnten, das sagte ich doch. Denken Sie etwa den im September?«

Petit gab diesmal als Erster nach und senkte den Blick. Er räusperte sich, schaute wieder auf, reckte den Hals und straffte seinen Körper, als wollte er anzeigen, jetzt wüsste er, worum es ging.

Lebon wäre auf diese Geste hereingefallen, wäre er nicht in einem Haus aufgewachsen, in dem kein männlicher Verwandter jemals zugab, etwas nicht zu wissen oder gar vergessen zu haben.

»Der Fünfzehnte …«, sagte Petit, und sein Kopf wurde so rot wie sein Uniformkragen. Er sprang auf und nahm Haltung an. Etwas lauter als erforderlich sagte er: »Selbstverständlich ist genau das geplant, was diesem Datum zukommt, *mon Commandant.*«

Lebons korrekte Dienstgradbezeichnung war die eines Leutnants. Dennoch ließ er den Titel Kommandant durchgehen. Zum einen, weil man ihn vor seiner Versetzung darauf hingewiesen hatte, dass die Einheimischen den Befehlshaber der Franzosenschanze so nannten. Zum anderen, weil der wesentlich höhere Dienstgrad ihm für einen Moment schmeichelte – bis er das böse Funkeln in den Augen seines Gegenübers entdeckte.

»Selbstverständlich, Sergent«, antwortete er betont ruhig. »Und was wäre das?«

»Den entsprechenden Befehl muss Ihr Vorgänger in eine der Schubladen gelegt haben.«

»Es liegt also bereits eine schriftliche Depesche über den Tagesablauf vor? Das ist gut.« Lebon sah die Schweißtropfen, die an Petits linker Schläfe hinunterliefen und in seinem Stehkragen verschwanden, und wusste, er wurde angelogen. Er hob eine Hand, um eine weitere Ausrede zu unterbinden. »Ehe Sie mir erklären, was Sie bereits vorbereitet haben, möchte ich darauf hinweisen, dass das hier«, er tippte auf das Dokument, das vor ihm lag, »vermutlich die gleichen Anweisungen erhält wie die Depesche, die Ihnen vor meiner Ankunft zuging.« Er starrte Petit an, so lange, bis dieser seinen Blick erneut senkte. »Da unser *Arrondissement Département l'Ems oriental* alles detailliert aufgeführt hat, möchte ich die Liste mit Ihnen abgleichen.«

»Jetzt?«

»Nun, der Fünfzehnte ist morgen.«

»Verstehe.«

Lebon bedeutete Petit mit dem Zeigefinger, dass er sich wieder setzen sollte, schaute hinunter auf seinen Befehl und begann, diesen vorzulesen.

»Der dreiundvierzigste Geburtstag seiner Majestät des Kaisers und Königs Napoleon Bonaparte soll am Vorabend, dem vierzehnten August, also heute, durch Artilleriesalve angekündigt werden.« Lebon blickte kurz auf und meinte, Erleichterung auf dem Gesicht seines Sergents zu sehen. »Am kommenden Morgen werden Flaggen auf allen öffentlichen Gebäuden und sämtlichen vor der Insel ankernden Schiffen gesetzt.«

Er schaute erneut hoch, da der Sergent einen leisen Laut von sich gab. Versuchte der Mann etwa, sich ein feistes Grinsen zu verkneifen? Er beurteilte die Aufgabe wohl als zu einfach.

Lebon zog seine Augenbrauen zusammen. Er wusste, er wirkte dadurch finster. »Pünktlich um acht Uhr wird durch erneute Artilleriesalven und zusätzliches Glockengeläut der Geburtstag allen Untertanen kundgegeben. Entsprechende Örtlichkeiten für ein Fest haben Sie schon requiriert?«

»Selbstverständlich«, sagte Petit mit steinerner Miene. »Sind auch Fähnchen schwenkende Kinder vorgesehen?«

Lebon hatte heute ein besonders feines Gespür für Sarkasmus, dennoch nickte er. Sollte Petit das halt auch noch organisieren. »Um zehn Uhr werden dann sämtliche Autoritäten in der Kirche zu einem Gottesdienst erwartet.«

»Wozu wieder die Glocke angeschlagen werden soll?«

»Wie bitte?«

»Die Glocke, die zum Gebet ruft?«

»Genau.«

Petit nickte, und Lebon hatte das Gefühl, wenn er jetzt weiter die Pläne über die Feierlichkeiten vortrug, machte er sich lächerlich. Also stand er auf. Sein Gegenüber machte es ihm zackig nach.

Lebon überreichte Petit das Dokument. »Alles Weitere finden Sie hier. Sie haben nur noch wenig Zeit und sind bestimmt sehr beschäftigt. Sie können gehen.«

Kurz bevor Petit die Tür erreichte, rief Lebon ihn noch einmal zurück.

»Ach, Sergent?«

»Ja?«

»Ich würde gern den Geschützturm inspizieren.«

»Jetzt?«

»In fünf Minuten.«

Pierre Petit salutierte mit eiserner Miene, und Lebon wusste, er hatte sich soeben einen Feind gemacht.

Mucksmäuschenstill musste Sina sein, dann fand er sie nicht. In den Woldedünen kannten die Kinder jedes Versteck, doch er gehörte nur bedingt dazu und war in das Geheimnis dieses Ortes nicht eingeweiht. Mit der Holzwand im Rücken stand sie eingequetscht hinter einem der vielen Stützpfähle, die das Dach des geheimen Lagers der Schmuggler trugen. Von außen war es nicht zu erkennen, man sah weiter nichts als eine ganz normale Düne, innen füllten Regalreihen den Raum. Auf ihnen wurde die Schmugglerware gelagert, ehe sie weitergeleitet werden konnte.

Heute war die komplette Hütte leer. Nicht das kleinste Krümelchen Tee, kein Stück Seife oder sonst etwas, von dem sie ein wenig wegnehmen konnte, gerade so viel, dass es niemandem auffiel.

Sie hörte, wie er den geheimen Eingang beiseiteschob. Er machte sich keine Mühe, den Einlass wieder zu verschließen. Ihm war es egal, ob der Vogt das Lager entdeckte.

»Sina«, rief er mit einer Stimme, die ausreichend laut war, dass man sie bis in die hintersten Ecken hören konnte. Sie hatte einen bedrohlichen Unterton. »Sina. Ich weiß, dass du da bist. Du brauchst dich nicht zu verstecken, ich finde dich doch.«

Sie kannte ihn gut genug, um herauszuhören, dass er nicht einmal wusste, ob sie überhaupt hier war. Sie legte eine Hand auf ihren Mund, als müsste sie sich daran hindern zu antworten.

Das Licht im Raum wurde heller. Sina vermutete, dass draußen die Wolkendecke aufriss und Sonnenstrahlen durchließ.

Er ging im Raum umher, streckte die Hand aus und fuhr damit über die leeren Regalbretter. Sie hoffte, er würde sich einen Holzsplitter in die Haut rammen. Das hätte er verdient, so mies, wie er sich ihr gegenüber benommen hatte. Hatte behauptet, sie, Sina Klaasen, wäre mit dabei gewesen, als einige Jugendliche die

Soldaten geärgert hatten. Aber das stimmte nicht. Niemals würde sie wegen so einer Lappalie die Aufmerksamkeit der Besatzer auf sich lenken.

Durch einen winzigen Schlitz zwischen Pfeiler und Holzwand konnte sie beobachten, wie er verharrte und die Ohren spitzte, in der Hoffnung, sie würde ein Geräusch machen und so ihren Aufenthaltsort preisgeben. Sie hielt den Atem an und rührte sich nicht. Der Spalt, in dem sie steckte, bot nur eine Handbreit Platz, doch sie konnte sich dünn machen wie ein Aal.

Seine Finger trommelten einen leichten Wirbel auf das Regalbrett, dann drehte er sich abrupt um und rief: »Entdeckt!«

Mit einem Satz war er in eine der gegenüberliegenden Ecken des Raumes gesprungen, dorthin, wo mehrere offene Fässer standen. Deren Deckel standen angelehnt auf dem Fußboden. Als ob Sina so blöd wäre, sich in einem leeren Fass zu verkriechen. Er schaute in jedes einzelne hinein, warf zwei davon um und verpasste einem dritten einen Fußtritt. Das Holz knackte, und wieder hoffte sie, sein Schuh würde durchbrechen und er sich dabei einen Holzsplitter ins Bein jagen. Daniel Ulrichs hatte sie schon oft verraten.

»Verflucht.« Er wandte sich ab und verließ den Raum.

Sie hörte, wie er die Tür von außen zumachte. Kurz klang es, als präparierte er den Eingang wieder so, dass nur Eingeweihte ihn fanden. Dann war alles still.

Sie wartete. Zehn Minuten? Sie konnte nur schätzen. Schließlich zwängte sie sich aus dem Spalt heraus.

Im Schuppen war kaum Licht, aber sie fand sich trotzdem zurecht. Ihre Augen hatten sich an das bisschen Helligkeit gewöhnt, das durch die Ritzen der Tür hereinfiel. Sie lockerte ihre verkrampften Gelenke und lauschte. Irgendwo in der Nähe stieß eine Möwe einen Schrei aus, weiter weg meinte sie, das leichte Grollen des Meeres zu hören und die Brandung, die gegen den Strand drängte. Heute war es windstill, doch das Meer hatte sich vom Wind der vergangenen Tage noch nicht beruhigt. Die Höhe der Wellen würde in den kommenden Stunden abnehmen. Dann war es möglich, von größeren Schiffen aus kleine Boote aufs Wasser zu setzen und diese sicher und trocken an Land zu bringen.

Ideale Bedingungen für die Schmuggler. Diese Regale würden schon bald wieder voll sein.

Auf Zehenspitzen ging sie zur Tür, legte ein Ohr an das Holz, das nach Salz roch, weil es einmal Strandholz gewesen war. Vorsichtig, als könnte schon das Heben des Armes Geräusche verursachen, griff sie nach der Tür. Erst nach Sekunden traute sie sich, sie aufzuschieben.

Die Tür ließ sich leicht öffnen. Demnach hatte er die Barrikade, die der Tarnung diente, nicht vorgestellt. Sina schlüpfte hinaus, sah sich um. Niemand zu sehen. Schnell richtete sie das Versteck wieder so her, dass es von außen unerkannt blieb, und machte sich davon.

Daniel Ulrichs' Kenntnis von der Schmugglerhütte bereitete ihr Sorgen. Er war einer der Söhne des Vogtes, des Mannes, der auf Borkum für Gesetz und Ordnung zuständig war. Kein Mensch, den irgendjemand als guten Freund bezeichnete.

Daniel war fünf Jahre jünger als sie, ein Kind von zwölf Jahren. Er könnte einem großen Teil der Inselbevölkerung gefährlich werden, wenn er das, was er hier sah oder erlebte, seinem Vater erzählte. Manch einer sagte, Daniel sei ein guter Junge. Aber er hatte sie in der Schule, wo alle Altersstufen in einem Klassenraum saßen, einige Male verpetzt. Deshalb war sie vorhin auch aus einem Impuls heraus vor ihm weggelaufen. Sie musste ihm allerdings zugutehalten, das Versteck bisher nicht an seinen Vater verraten zu haben. Denn dass Daniel schon länger davon wusste, zeigte ihr die Selbstverständlichkeit, mit der er sich in dem Raum bewegt hatte. Außerdem hatte er gewusst, wo der Eingang lag, obwohl sie längst außer Sicht gewesen war und die Barrikade bei ihrem Eintreten kaum verschoben hatte.

Eine Traurigkeit überfiel Sina. Sollte Daniel das Schmugglerversteck verraten, würden Menschen, die darauf angewiesen waren, bestraft werden. Und sie hätte nicht mehr die Möglichkeit, etwas daraus zu stibitzen. Auf keinen Fall für den Eigengebrauch, so eine war sie nicht. Sina nahm den Reichen etwas weg, um es den Armen zu geben. Der Vergleich hinkte, denn keiner der Borkumer Schmuggler war reich. Aber eben doch noch etwas bessergestellt als manch ein Einwohner aus dem Armenhaus.

Konnte sie darauf vertrauen, dass Daniel Ulrichs das Versteck geheim hielt? Diese Frage beschäftigte sie während des gesamten Heimwegs. Er spionierte ihr nach, schmierte sich Pomade ins Haar und roch nach Seife. Kurz: Er benahm sich überaus verdächtig. Das konnte nichts Gutes bedeuten.

Trotz seiner beeindruckenden Größe fühlte sich Pierre Petit in dem Moment, da die Tür zur Amtsstube seines neuen Vorgesetzten hinter ihm zufiel, wie eine zertretene Wanze. Er hatte Henri Lebon schon nicht leiden können, bevor er ihm überhaupt begegnet war, jetzt wusste er, warum. All seine Vorurteile hatten sich innerhalb weniger Minuten bestätigt. Ein Emporkömmling aus gutem Hause, Sohn eines Marschalls und engen Ratgebers, womöglich sogar Freundes Napoleons. Da konnte er natürlich nicht mithalten, so bot sich ihm nicht die geringste Chance, in nächster Zukunft zum Befehlshaber der Insel befördert zu werden. Dabei stand ihm der Posten zu. Er war es schließlich, der den widerspenstigen Insulanern die Hammelbeine lang zog und der immer wieder dem Vogt auf die Füße trat, um genügend Steuern einzufordern. Er, Petit, war zudem der Einzige weit und breit, dem die renitenten Einwohner nichts vormachen konnten. Er durchschaute ihren angeblichen Freiheitsdrang, der kaum etwas anderes war als ein Drängen auf die Freiheit, sich auf Kosten Napoleons die Taschen vollzustopfen.

Und nun bekam er diesen Jüngling vorgesetzt. Da konnte er seine selbst zurechtgezimmerte Herkunft und Abstammung, die ihm bislang immer gute Dienste geleistet hatte, vergessen.

Er war der Neffe eines der bekanntesten Marschälle des Kaisers, Bernadotte. Das behauptete er jedenfalls. Die kleine Unwahrheit öffnete ihm so manche Tür. In Wirklichkeit waren Bernadottes Großvater und der seine gerade mal Cousins zweiten Grades. Für diesen weit entfernten Verwandtschaftsgrad gab es keine Bezeichnung, also behauptete er, er sei der Neffe.

Gegen den Sohn eines Marschalls konnte er als der vermeintliche Neffe eines solchen aber natürlich nicht ankommen. Dabei hatte er Borkum, so unwirtlich es seiner Meinung nach auch war, stets als ein willkommenes Gottesgeschenk für seine militärische Laufbahn angesehen.

Was Pierre Petit wirklich in die Provinz verschlagen hatte, verdrängte er vor sich selbst wie vor seiner Umwelt. Es war einige Jahre her: Unter Einsatz eines Bajonetts und begleitet von den scharfen Worten »Her mit dem Gold!« war er mit einem Schlag zu einem reichen Mann geworden, als er zwischen zwei kleinen Vororten von Lion eine Kutsche zum Stehen gebracht hatte. Vom hysterischen Geschrei der in der Kutsche sitzenden Dame und dem Versuch des Kutschers, ihm mit der Peitsche das Bajonett aus der Hand zu schlagen, aufgehetzt, blieb ihm nicht viel anderes übrig, als beiden die Kehle durchzuschneiden. Was hatten sie auch gegen ihn aufmucken müssen?

Bei diesen zwei Morden war es in seiner Karriere als Krimineller bisher geblieben, doch beim Anblick des neuen Kommandanten war Petit geneigt, diesen Umstand vielleicht noch mal zu überdenken. Nein, entschied er. Vorerst wollte er sich dem Stress, als Mörder gesucht zu werden, nicht erneut aussetzen. Als ob es im Krieg auf ein oder zwei Tote mehr oder weniger ankäme. Aber damals hatte er seine liebe Not gehabt, sich aus der Geschichte herauszuwinden, und war dabei auch noch fast alles Gold wieder losgeworden, um anschließend mit einer weißen Weste dazustehen. So hatte er es danach erst einmal bei dem belassen, von dem er meinte, es besser zu können, nämlich denunzieren, spionieren und andere gegeneinander aufhetzen, ohne – eine seiner Spezialitäten – selbst dabei überführt zu werden.

Das hatte ihn allerdings nicht sehr weit gebracht, und eines Tages war ihm bewusst geworden, dass er in größeren Dimensionen denken und handeln musste. Er bewarb sich auf einen kleinen Außenposten, von dem er sich versprach, ihn in kurzer Zeit einnehmen zu können. Von dort beabsichtigte er, seine Fühler auf weitere Territorien auszuweiten, um sich so ein kleines, aber feines eigenes Reich zu schaffen, das er ausbeuten konnte. So war er an den Posten des zweiten Kommandanten auf Borkum gekommen. Nicht die Position, die er sich erhofft hatte, doch vorerst musste es reichen. Der Krieg würde sicher noch einige Jahre anhalten, und Petit beabsichtigte, in weniger als zwölf Monaten vom zweiten Mann zum ersten aufzusteigen und der Chef der Insel zu werden. Er wollte Kommandant sein. Alleiniger Herrscher einer ganzen

Insel. Ein anerkennenswerter Posten für einen Jungen aus seinen Verhältnissen, Neffe eines Marschalls oder nicht.

Er warf einen Blick auf das Stück Papier in seiner Hand. Den Salutschuss heute Abend bei Sonnenuntergang sollte Lebon haben, alles andere konnte er vergessen. Er würde es ihm noch vor dem Kanonenschuss unter die Nase reiben und freute sich schon auf das dämliche Gesicht seines Kommandanten, wenn sie später einen Rundgang durch den Ort machten.

Borkum konnte man nicht mit Paris, Nizza oder Toulouse vergleichen.

Er grinste bei der Vorstellung, wie entsetzt Lebon reagieren mochte, wenn anstelle von Napoleons Wimpeln stinkende Fische zum Trocknen auf den Leinen hingen und lustig im Wind flatterten.

Vor seinem inneren Auge sah er den neuen Inselbefehlshaber neben dem Borkumer Bürgermeister nebst Gattin, dem Vogt mit Frau, dem Schulmeister und eventuell noch dem Herrn Pastor als vierte halbwegs ehrwürdige Autorität dieses Ortes stehen und eine wirklich würdevolle Stimmung zu Ehren Napoleons aufbringen. Ganz so, wie es das Arrondissement wünschte. Vielleicht sollte er doch eine kleine Zusammenkunft organisieren. Die ortsansässigen Seemannswitwen, über sechzig an der Zahl, wären bestimmt entzückt, bei den erwünschten Feierlichkeiten ihren üppigen Busen an die Brust dieses Jünglings drücken zu können.

Petit überflog erneut das Dokument in seiner Hand und blieb an dem Wort Musikkapelle hängen. Sein satanisches Lachen war nur wenige Meter weit zu hören. Sollte Lebon auf der Insel auch nur ein Instrument finden, würde er ihm freiwillig ein ganzes Jahr lang die Stiefel wichsen. Und er sollte mal den Pastor singen hören, dagegen war Möwenkreischen lieblich anzuhören. Der einzige musikalische Mensch auf der gesamten Insel war der Tambour, der beim Ausrücken aus der Schanze die Trommel schlug.

Er fühlte, wie sich seine Laune besserte. Dermaßen beflügelt, eilte Petit die Stufen zum Geschützdeck hoch, das Lebon in wenigen Minuten inspizieren wollte. Mit den schweren Lederstiefeln stampfte er heftig auf die Holzstufen, um die Kanoniere oben von seiner Ankunft in Kenntnis zu setzen. Sie sollten stramm neben den Kanonen Aufstellung bezogen haben, wenn er auftauchte.

Oben angekommen, schiss er sie zusammen, obwohl sie selbstständig alles für den Besuch ihres neuen Kommandanten vorbereitet hatten.

»Ihr seid ein elender Sauhaufen«, schloss Petit wenig später seine Beschimpfungen, überblickte das Durcheinander auf dem Geschützdeck und erkannte, dass wider Erwarten jedes Teil an seiner Stelle lag und dort auch gebraucht wurde, wenn sie einen Feind lange genug beschießen wollten.

Auf dem Holzfußboden stand eine Pütz mit Sand, der vor dem ersten Schuss auf dem Boden ausgestreut wurde. Die Wassereimer neben den Geschützen waren gefüllt, damit man die Wischer der Rohre anfeuchten konnte. Bei mehrmaligem Gebrauch liefen diese heiß und mussten daher von innen gekühlt werden. Die Feuereimer hingegen waren noch leer. Sobald ein Gefecht bevorstand, füllte man sie mit Glut, um die Luntenstöcke zu entzünden. Neben jeder Kanone lagen säuberlich aufgestapelt einige Kugeln.

»Feuer, Wasser, Erde, Luft«, dozierte Petit wie ein Lehrer, der seinen Schülern diese Weisheit unbedingt einprägen wollte. »Die vier Elemente sind es, die ein guter Kanonier braucht.«

Zwei der Soldaten warfen sich einen schnellen Blick zu, sie sahen aus, als wollten sie jeden Moment die Augen verdrehen. Sie hatten den Spruch schon mehr als einmal gehört. Einer der beiden bemerkte, dass Lebon hinter Petit die Stufen heraufkam, machte sich steif und starrte mit ausdrucksloser Miene eine Kanone an.

Alle Geschütze waren besetzt. Petit erinnerte sich kaum, wann denn das letzte Mal ein Schuss abgegeben worden war, abgesehen vielleicht von einem Probelauf, bei dem mit Hilfe des Pulvers aber natürlich keine Kugeln aus dem Rohr getrieben wurden.

»Geschütze ordentlich ausrichten«, brüllte Petit.

Nur wenn man ganz genau hinschaute, erkannte man, dass die Kanonen nicht im rechten Winkel zur jeweiligen Wand mit den Geschützöffnungen standen.

Nachdem die Männer seinem Befehl Folge geleistet hatten, drehte Petit sich zu Lebon um. »Die Schiffe, die in unsere Reichweite kommen, haben keine Gnade zu erwarten«, verkündete er.

Lebon räusperte sich, nickte, dankte den Soldaten und stieg die Treppe wieder hinab.

Petit befahl, bei Sonnenuntergang aus einem der vier Achtzehnpfünder einen Schuss abzugeben. Als einer der Kanoniere zu fragen wagte, wieso, wurde er ein weiteres Mal angebrüllt. Ob er denn nicht wisse, dass unser aller Kaiser und König Napoleon Bonaparte morgen Geburtstag habe und dieses Ereignis mit einem Salut angekündigt werde.

Mit sich selbst wieder zufrieden, machte Petit kehrt und folgte Lebon zur Stube. Er pochte gegen die Tür und betrat im selben Augenblick, als Lebons »Herein« erklang, den Raum.

»Verzeihung, *mon Commandant*. Ich möchte vorschlagen, eine Ortsbesichtigung vorzunehmen, bevor weiteren Planungen für morgen unsere Kräfte unnötig binden«, verkündete er und versuchte erst gar nicht, sein hämisches Lächeln zu unterdrücken.

Sina hatte das Schmugglerlager verlassen und grübelte darüber nach, ob sie schuld wäre, wenn Daniel Ulrichs aus Zorn darüber, dass sie sich vor ihm versteckt hatte, dem Vater das Versteck petzte. Der Junge war ihr unheimlich. Sie hatte seit Monaten das Gefühl, ihm überall zu begegnen. Es war, als würde er ihr auflauern. Sina hatte Daniel schon als Kleinkind nicht leiden können. Drei Worte fielen ihr zu ihm ein: hochnäsig, frech und unangenehm. Er ärgerte gern andere. Eine Strafe dafür bekam er selten; als Sohn des Vogtes durfte er sich vieles erlauben, was für andere Kinder Konsequenzen hatte.

Sie schaute sich um und atmete erleichtert auf. Nirgends war mehr eine Spur von ihm zu sehen. Zurück im Ort, strich sie umher, ohne festen Plan und genaues Ziel. Auf keinen Fall wollte sie jetzt nach Hause. Sie schlingerte am Turm vorbei, zählte die Totenköpfe auf den Grabsteinen, die von der Straße aus zu erkennen waren, und bog in den Weg zum Hafen ein. Von Weitem schon war die Franzosenschanze zu sehen. Sie zog Sina magisch an, obwohl das Mädchen alles an der Schanze hasste. Und doch konnte sie sich dem Geruch, den das Fort aussandte, nicht entziehen. Auch jetzt im zweiten Jahr war der Duft von frischem Holz noch überall.

Wie fast alles, was sie auf Borkum zum Leben brauchten, kam auch das Holz vom Festland. Auf der Insel wuchsen keine Bäume, wenn man von den drei Ostbäumen, die Pastor Siefken in seinem Garten hatte, einmal absah. Sie blühten in diesem Jahr zum ersten Mal, und Sina war gespannt, ob Siefken im Herbst etwas ernten konnte.

Die alten Insulaner spotteten über Siefkens Versuch, Gewächse anzusiedeln, die höher als zwei Meter werden konnten. »Bäume hat es auf Borkum niemals gegeben, und das wird auch so bleiben«, sagten viele. »Der stetige Wind weht alles kaputt.« Sina wäre froh, wenn der Pastor es den Spöttern zeigte.

»Franzosen gab es hier auch noch nie, und dennoch machen sie sich breit, sind allgegenwärtig und bestimmen unser Leben.« Das hatte Sina letzten Sommer zu Opa Tellinghusen gesagt, als der alte Mann gegen Pastor Siefkens Pläne, vermehrt Bäume anzupflanzen, anwetterte. Er hatte gelacht und ihr geraten, das dem Vogt gegenüber ja nicht zu erwähnen.

»Der steckt mit denen unter einer Decke, und dann …«, er hatte kräftig mit den Fingern geschnipst, »… haben sie dich.«

»Du meinst, der Franzmann presst auch Mädchen?« Mit großen Augen hatte sie ihn angesehen und verunsichert geschluckt.

Aber das war vergangenes Jahr, da war sie noch ein Kind gewesen. Heute konnte Opa Tellinghusen ihr keine Märchen mehr erzählen.

An der Nordseite der Schanze, gleich neben dem Wassergraben, blieb Sina stehen und sog ein paarmal hintereinander den Geruch des frischen Holzes ein. Genießerisch schloss sie die Augen und hob ihr Gesicht der Sonne entgegen. Welch ein Duft – wunderbar. Ein richtiger Wald, das würde ihr gefallen. Nur einmal hatte sie einen gesehen, als ihr Vater sie mit seinem Boot, der »Witte Seehund«, aufs Festland mitgenommen hatte und sie die Ems hinaufgefahren waren. Hinter den Deichen gab es Unmengen von Waldstücken.

Sie hatten in der Hafenstadt Leer festgemacht und eine Mühle besucht, deren Flügel ein Sägewerk antrieben. Hunderte von Stämmen, wie ihr schien, wurden dort zersägt. Seither liebte sie den Geruch von frisch geschnittenem Holz. Er führte ihr vor Augen, wie weit die Welt war und wie wenig sie davon bisher gesehen hatte. Vielleicht gelang es ihr eines Tages, Vater zu überreden, sie wenigstens nach Helgoland mitzunehmen. Dort waren angeblich die meisten Straßen und Wege aus Fels, was sie sich kaum vorstellen konnte.

Die hatten es gut, die Helgoländer. Im Sommer, wenn es warm war, blieb man auf Borkum mit Kutsche oder Handkarren regelmäßig im weichen Zuckersand stecken. Im Frühjahr, Herbst und Winter, wenn der Sand matschig war, hielt stattdessen der Schlamm jedes Rad fest umklammert. Allein am Übergang zwischen dem West- und dem Ostland, im Mittelwatt, konnte man den Meeresboden bei Niedrigwasser befahren, ohne Gefahr zu laufen, stecken zu bleiben. Oder am äußeren Rand der Insel, immer am Meeressaum entlang.

Müßig, sich darüber Gedanken zu machen. Sina erwartete nicht, in absehbarer Zeit in einer Kutsche zu fahren.

Sina inhalierte den wundervollen Duft, bis er sich mit dem Gestank nach Pomade vermischte. Das konnte nur der Inselvogt Tadeus Ulrichs sein. Er war der einzige Mensch auf der Insel, der das Zeug benutzte. Sie öffnete die Augen und blinzelte ins Sonnenlicht.

»Was machst du hier?«, fragte Daniel.

Verflixt, war er ihr heimlich gefolgt? Und weshalb schmierte er sich die Pomade von seinem Vater auf den Kopf? Er musste zwischenzeitlich zu Hause gewesen sein. Die Haare saßen jetzt wie festgeklatscht an seinem Schädel, eine Frisur, die ungewohnt war. Sie hätte gern gehört, was sein Vater dazu zu sagen hatte.

»Nichts«, sagte Sina und verschränkte die Arme vor der Brust. Wenige Meter vor ihr blieb er stehen, ließ die Schultern hängen und grinste komisch, was Sina dazu veranlasste, ihre Hände in die Hüften zu stemmen. »Was?«, fuhr sie ihn an.

Er schwieg, schaute nur. Sie schaute zurück. Daniel verlor das Duell, wurde rot, kniff die Lippen zusammen und senkte den Blick. »Hast du Jan Pieter Freriks gesehen?«, murmelte er.

Die Frage erinnerte Sina wieder daran, dass er ihr vorhin in Freriks' Versteck gefolgt war. Was wollte der Blödmann von ihr?

»Nein, warum fragst du?«

»Nur so.«

Mit den Füßen über den Boden scharrend schaute Daniel sich

um, machte einen Schritt auf sie zu und sah für den Bruchteil einer Sekunde aus, als wollte er ihre Hand greifen. Dann wandte er sich blitzschnell ab und rannte davon. Wirklich, der Junge machte ihr Angst.

Die Sonne stand jetzt tiefer am Himmel, und der Schatten, den die Kajüte auf Freriks geworfen hatte, war auf einen seiner Kameraden gerückt. Freriks schwitzte, obwohl es auf Sonnenuntergang zuging. Für ihn bedeutete der Erfolg dieser Reise mehr als nur einen schönen Gewinn. Er stand kurz vor der Pleite, denn er hatte sich Gelder geliehen, um das Schiff behalten zu können, die zurückgezahlt werden mussten. Ein Teil der Planken, auf denen seine Füße standen, gehörte ihm zwar noch, doch der Miteigentumsanteil an diesem Schiff war alles, was ihm von dem einstigen Reichtum der Familie Freriks geblieben war. Bis vor Kurzem hatte er ein weiteres Schiff besessen, das er verkaufen musste. Der Erlös war für die Tilgung von Schulden und die neu geschaffenen Abgaben für Napoleon Bonaparte draufgegangen. Steuern für Möbel, die man schon lange sein Eigen nannte, und für die Anzahl der Türen, Fenster und Feuerstellen im Haus. Der Einfallsreichtum der Franzosen, was die Abgaben anging, war groß. Als wenn die fast fünfzigprozentige Besteuerung sämtlicher Kolonialwaren nicht schon genug wäre.

Bald, so dachte Freriks, müssen wir noch für jeden einzelnen Atemzug Steuern an Napoleon schicken.

Er rückte ein Stück weiter und lehnte sich mit dem Rücken gegen das Ruderhaus, in den Schatten. Nur noch seine bloßen Füße lagen in der Sonne, und er dachte daran, dass ihm das Geld in letzter Zeit schneller durch die Finger rann, als er es auf legale Weise verdienen konnte. Schuld daran gab er dem Vogt, der vom Staat als oberste Polizeigewalt auf der Insel eingesetzt worden war und dem der Einzug der Steuern oblag.

Freriks wusste, dass Tadeus Ulrichs ihn als seinen Feind betrachtete. Das Gefühl konnte er nur erwidern, obwohl es Zeiten gab, da er Mitleid mit ihm empfand. Es gab sogar Tage, an denen er dachte, dass Ulrichs nichts weiter als einfach nur seine Arbeit machte. Wenn er es nicht täte, schickte der Landesherr einen anderen. Und wer konnte schon sagen, wie brutal und schlau der Nachfolger wäre? Bei Ulrichs gelang es ihnen zumindest gelegentlich, ihn übers Ohr zu hauen – oder besser gesagt: ihn im Unklaren darüber zu lassen, dass sie die Verbote umgingen. Es war ja nicht so, als würden sie gern gegen die Gesetze verstoßen. Doch wenn sie überleben wollten, blieb ihnen keine andere Wahl. Arbeit gab es kaum welche, und wenn man eine hatte, lagen darauf so hohe Steuern, dass sie kaum zu bezahlen waren.

Viele der gänzlich Mittellosen wurden kaum mehr satt, die Armenkasse, die der Pastor verwaltete und die ihm vom Vogt immer seltener gefüllt wurde, war leer. Das bisschen Raps und Hafer, das auf der Insel angebaut wurde, reichte allein niemals aus, um vierhundert Mäuler zu stopfen. Man musste sich nur Jochum Melchers ansehen, um Tränen in die Augen zu bekommen, oder Haye Steffens. Der kam als regelrechtes Klappergerüst dahergelaufen.

In erster Linie aber empfand Freriks Mitleid für die Ehefrau des Vogtes, von der er glaubte, sie sei im Grunde ihres Herzens eine gute Seele. Eine, die sich zwar für etwas Besseres hielt, aber dennoch Mitgefühl für das Leid anderer aufbringen konnte. Er vermutete, sie würde die Bevölkerung im Rahmen ihrer Möglichkeiten unterstützen, wenn ihr Mann es ihr erlaubte. Schon allein, um mehr persönliche Kontakte zu haben und Freundschaften zu schließen, die ihr so verwehrt waren.

Vor einigen Tagen erst hatte einer von Ulrichs' Söhnen ihm die Nachricht überbracht, er solle umgehend zum Haus des Vogtes kommen. Warum? Der Junge hatte keine Ahnung gehabt.

Schade, er hätte gern vorher gewusst, von welchem seiner Verstöße gegen das Gesetz der Vogt Wind bekommen hatte.

Ihm war nichts anderes übrig geblieben, als hinzugehen.

Bevor er Gelegenheit fand, anzuklopfen, war die Tür bereits geöffnet worden, und Tadeus Ulrichs hatte ihm zur Begrüßung die Hand gereicht. Schon da hatten alle seine Alarmglocken zu schrillen begonnen. Höflichkeit war noch nie des Vogtes Stärke gewesen.

»Ich höre, du hast die ›De witte Vosz‹ verkauft?«

Freriks und drei weitere Mitbesitzer dieses Fischerbootes hatten die »De witte Vosz« nach einem bekannten Walfangschiff benannt. Viele hielten das damals für ein schlechtes Omen, denn besagter Walfänger war mit kompletter Mannschaft untergegangen. Da die Unkenrufe einfach kein Ende nahmen, hatte einer von Freriks' Miteigentümern eines Tages das Namensschild geändert. Von da an hieß es »De geele Vosz«. Als ob es einen Unterschied machte, ob der Fuchs nun weiß oder gelb war.

»Glaubst du, der Klabautermann ist farbenblind?«, hatte Freriks seinen Miteigentümer denn auch gefragt.

»Nee, ich denk, der kann überhaupt nicht lesen«, lautete die Antwort. »Ich hab's getan, weil meine Klara mich darum gebeten hat.«

Dagegen war kein Einwand möglich, und so war es bei dem neuen Namen geblieben. Das wusste auch Tadeus Ulrichs.

»De *geele* Vosz«, hatte Freriks ihn daher berichtigt.

»Gelb oder weiß, du hättest es mir melden müssen.«

Freriks ärgerte sich noch immer über den tadelnden Tonfall. Er konnte mit seinem Eigentum machen, was er wollte. Entsprechend hatte er reagiert: »Das geht dich nichts an.«

»Selbstverständlich geht es mich was an. Darauf sind Steuern zu zahlen.«

»Seit wann?«

»Seit heute.«

»Interessiert mich einen Dreck.« Freriks hatte gehen wollen, doch Ulrichs war vorgeschnellt und hatte ihn am Arm festgehalten.

»Dir ist klar, dass Napoleon Bonaparte das nicht gutheißen kann.«

»Ach, er kennt mich persönlich?«, hatte Freriks scheinbar überrascht zurückgegeben und sofort gewusst: Wenn der Vogt ihm bis zu diesem Moment noch ein Fünkchen Sympathie entgegengebracht haben sollte, so war sie jetzt verspielt. »Dann bestellen Sie ihm schöne Grüße.«

Ulrichs war nah an ihn herangetreten, die Augen waren zu kleinen Schlitzen zusammengekniffen. »Spiel nicht den Idioten. Die Franzmänner kannst du damit vielleicht täuschen, mich nicht. Treib es nicht zu weit.«

Freriks hatte Ulrichs' schlechten Atem riechen können, für den dessen faulige Zähne verantwortlich waren. Dennoch war er keinen Deut zurückgewichen. Das wäre ein Zeichen von Schwäche gewesen.

»Jetzt sag es. Was hast du dafür bekommen?«

»Wofür?«

»De geele Vosz.«

»Hundert holländische Gulden.«

»Hältst du mich für blöd? Der Fährschiffer Peters bekommt schon allein hundertzwanzig Gulden im Jahr für seine Transportdienste.«

»Wie schön für ihn.«

»Lüg mich nicht an. Wie viel? Soll ich die Ketten holen?«

Wenn Ulrichs mit den Ketten drohte, war es klüger, nachzugeben. Sonst kamen bald die Soldaten und setzten einen fest. Freriks war klug, aber manchmal ließ er sich einfach provozieren.

»Es waren ein Louisdor, fünf Reichstaler, sieben Pistolen. Ich liebe diese winzigen Goldmünzen. Der Rest war in Gulden.«

Als er sich zum Gehen abwandte, hatte ihm Ulrichs mit Schärfe in der Stimme Einhalt geboten. »Wo willst du hin?«

»Das geht dich einen Dreck an.«

»Ich werde dich in Haft nehmen.«

»Weswegen? Du denkst doch nicht, du kannst mich festhalten? Oder willst du deine Freunde, die Franzmänner, jetzt gleich rufen?«

In dem Moment war Ulrichs' Ehefrau in den Flur getreten. In Gegenwart ihres Mannes wirkte sie immer, als würde sie sich im Gehen ducken wollen, um unter irgendetwas durchzutauchen, fand Freriks. Sie hatte etwas von napoleonischer Farbe in der Hand gehalten, das an eine Franzosenuniform erinnerte.

»Ah, wie ich sehe, hast du die Hilfe der Froschfresser bereits angenommen. Ist das *dein* Kostüm?«, hatte Freriks getönt, seine Worte aber sogleich bereut. Gegen den Vogt offen anzukämpfen, war eine Sache, ihn lächerlich zu machen, eine ganz andere.

Er war geflohen und außer Sichtweite des Hauses gestürmt. Mit durstiger Kehle und Schlimmes ahnend, hatte er die einzige Gaststätte im Ort aufgesucht, um den Ärger hinunterzuspülen.

Nach mehreren Gläsern Genever hatte er sich nicht verkneifen können, den anderen die Geschichte zu erzählen.

»Und? War es eine echte Franzosenuniform?«

»Quatsch. Es war eine weiße Feder, die an einem Stück blauen Stoffes steckte. Sah im ersten Moment aus wie ein Offiziershut. Aber der Stoff gehört seiner Frau.«

»Woher weißt du das?«

»Hab ich neulich mitbekommen. Die Vogtin hat den Stoff in ihrem Laden angepriesen. Soll angeblich der letzte Schrei aus Paris sein.«

»Was geht es die Ulrichs an, wer in Frankreich schreit?«

»Das hat was mit Mode zu tun, du Depp.«

Freriks wusste, dass Ulrichs nach dieser Episode in Zukunft keine Gelegenheit auslassen würde, um ihn fertigzumachen. Die phantastisch hohe Summe der noch am selben Abend geforderten Steuer war sicherlich erst der Anfang gewesen. Er musste sich überlegen, wie er wieder zu ein bisschen Geld kommen konnte.

Er blickte übers Wasser und erkannte, dass der Ebbstrom einsetzte. Die Segel hingen immer noch schlaff herunter. Leichte Wellen, kaum merkbar, liefen unter dem Schiffsrumpf hindurch. Der Gezeitenstrom trieb sie jedoch keinen Meter weiter in Richtung Insel, im Gegenteil. Bald würde die Ebbe sie vom Strand fortziehen.

»Eine Rauchwolke!«, rief der Ausguck, der auf zwei übereinandergestapelten Holzkisten oben auf dem Dach des Steuerstandes stand. Der alarmierende Klang seiner Stimme trieb die gesamte Mannschaft an die Reling. In der Ferne war ein Kanonenschlag zu hören.

Verdammt. Zu Hause schossen die Franzosen, und sie schaukelten hilflos auf dem Meer herum.

ZWEI

Henri Lebon und sein Sergent verließen die Schanze zu ihrem Rundgang Seite an Seite. Lebon warf kurz einen Blick hinauf zum Geschützstand.

Die Kanonen wiesen in jede Himmelsrichtung. Der gesamte Aufbau war von einer etwa zwei Meter hohen, aus Holzbohlen gefertigten Brüstung mit Schießscharten für Gewehrschützen umgeben.

Sie traten hinaus in die Sonne und folgten dem Sandweg, der sich von Schanze und Hafen zwischen Wiesen hindurch in westliche Richtung schlängelte. Nach nicht mal einem halben Kilometer erreichten sie ein kleines, weiß gekalktes Insulanerhäuschen. Lebon hatte es bereits von den Kaianlagen aus gesehen. Es stand am Rand des Dorfes. Petit blieb davor stehen. Mit einem Kopfnicken deutete er darauf. »Unser Pulverhaus.«

»Hier?« Lebon machte keinen Hehl daraus, dass er mit dieser Regelung nicht einverstanden war. Ein Pulverhaus lag aus Sicherheitsgründen immer außerhalb der Stellung, doch niemals so weit außer Reichweite der Geschütze. Das konnte nur von Nachteil sein. Was, wenn sie von den Engländern von See aus über längere Zeit hinweg beschossen wurden und ihren eigenen Nachschub so weit entfernt vom sicheren Fort liegen hatten?

Er wollte schon den Befehl geben, das sofort zu ändern, als Petit sagte: »Es entspricht nicht den Vorschriften. Aber an unserer Batterie ist es zu feucht dazu.«

»Feucht?« Lebon rieb mit einem Fuß zweimal über den Boden. Die aufsteigende Staubwolke hatte es schwer, sich bei dem fehlenden Wind aufzulösen.

»Es braucht nur eine Stunde zu regnen, dann stehen wir knöcheltief im Sumpf«, sagte Pierre Petit, dem man seinen Unmut ansehen konnte. Doch was er sagte, entsprach der Wahrheit. Das ursprünglich in einem Holzschuppen nur wenige Meter außerhalb der Geschützstellung gelagerte Pulver hatte die Feuchtigkeit innerhalb von zwei Tagen aus dem Grund gesogen und war nicht mehr zu verwenden gewesen. Da half selbst ein doppelter Holzfußboden nicht.

Dieses Haus hier war die Ideallösung. Es war das nächstgelegene Gebäude, und es war auf einer leichten natürlichen Erhöhung gebaut worden.

Die Hintertür wies in die Richtung, aus der sie kamen. Sie war in der Mitte quer geteilt. Der obere Teil stand offen. In dieser »halve Dör« lehnte ein Soldat. Auf den ersten Blick wirkte er, als rauchte er unvorsichtigerweise eine winzige Pfeife. Bei näherer Betrachtung stellte sich das, was er im Mund hielt, jedoch als ein dicker Pflanzenstängel heraus, auf dem der Mann herumkaute. Als der Soldat seine Vorgesetzten bemerkte, warf er ihn fort, spukte den Rest hinterher und nahm Haltung an.

Lebon sah die geschwollene Backe des Mannes und wusste, er hatte auf einer Kalumswurzel gekaut. Man sagte ihr eine schmerzlindernde und entzündungshemmende Wirkung nach.

»Der Mann soll zum Bader gehen«, befahl er und betrat das Pulverhaus.

Der Soldat, der ihnen den unteren Teil der Tür aufhielt, salutierte, und Petit sagte: »Es gibt keinen Medikus auf der Insel.« Etwas leiser fügte er hinzu: »Nur eine Hexe, die angeblich heilen kann.«

»Wie bitte?«

»Ach, nichts.«

Gleich hinter der Eingangstür gingen zu beiden Seiten Räume ab, die als Lager für das Schießpulver dienten. Weiche Tuchpantoffeln hingen am Türrahmen an einem Haken. Lebon musste sie nicht anziehen, um ein Entzünden des eventuell auf dem Fußboden liegenden Pulvers zu vermeiden. Der Holzboden war blitzblank gefegt. Er trat ein, schaute sich um und beurteilte den Vorrat als angemessen. Er befühlte die Holzfässer und fand diese, ebenso wie die Ordnung im Raum, akzeptabel.

Er kehrte zurück in den Flur und ging ein paar Schritte, um am Fuß der Holztreppe kurz stehen zu bleiben und hinaufzuschauen. Danach inspizierte er einen weiteren Raum im Parterre: die Küche.

»Wie viele Soldaten wohnen hier?«, fragte Lebon. Es war ein

Raum mit offener Kochstelle, einem Tisch mit zwei Stühlen, einem Spülbecken und anderem Küchenmobiliar. An einer Wand war eine Butze, die karierten Vorhänge waren zugezogen.

»Keiner.«

»Keiner? Das ist unverant...«

»Der Eigentümer des Hauses arbeitet für uns als Pulverjunge«, fiel ihm Petit ins Wort, und ehe Lebon auch das beanstanden konnte, schwärmte er: »Der Mann dient uns nicht nur freiwillig, er tut dies zu unserer vollsten Zufriedenheit. Er ist absolut verlässlich bei der Bewachung und Betreuung des Magazins, sehr ordentlich und äußerst hilfsbereit.«

Ein Sabotageakt seinerseits könne ausgeschlossen werden, berichtete Petit weiter. Der Mann sei körperlich schwächelnd, von friedlicher Natur und offensichtlich ein wenig zurückgeblieben. Daher sei er kaum in der Lage, sich einen Schlag gegen die Franzosen auszudenken, geschweige denn einen solchen planvoll durchzuführen.

»Er weiß nicht, wie man mit Lunte und Pulver umzugehen hat?«

»Nein, nein«, versicherte Petit hastig – für Lebons Geschmack ein wenig *zu* hastig.

Die beiden verließen das Gebäude durch den Vordereingang, der bei diesem Wetter weit offen stand, damit im Haus Durchzug herrschte. Kurz hinter dem Pulverhaus begann das Dorf. Lebon blieb stehen, als sie die ersten Gebäude erreicht hatten. Sie waren unbewohnt. Die Eingänge waren stellenweise von Sand zugeweht. An einem der Häuser erreichte der Sandberg die Dachrinne, von einem Garten war nichts mehr zu erkennen.

»Als unsere Garnison noch stärker besetzt war, haben wir Soldaten in die verlassenen Gebäude einquartiert.«

»Gibt es viele davon?«

»Leere Häuser? Ja, zwei Drittel der Einwohner sind fortgezogen.«

Er ging weiter, Petit folgte. Vor einem Zaun, der von Weitem aussah, als bestünde er aus verwittertem Holz, blieben sie stehen. Lebon fasste ihn an und klopfte mit den Fingerknochen dagegen. »Fühlt sich wie Stein an.«

»Die werden Sie hier überall finden. Fast alle Borkumer haben ihre Grundstücke damit eingezäunt.«

»Was ist das für ein Material?«

»Walkinnladen.«

»Wo kommen die her?«

»Die Leute hier waren alle Walfänger, bis ...«

»Bis was?«

»Bis die Engländer ihnen alles versauten«, bog Petit die Wahrheit ein wenig zurecht. In Wirklichkeit hatte der Untergang des Walfanges zwar mit dem englisch-holländischen Krieg begonnen, doch schlussendlich waren es die Franzosen gewesen, die ihm ein Ende setzten.

Lebon hakte nicht weiter nach. Er betrachtete die Umgebung. Überall innerhalb der Umzäunungen hingen aufgespannte Leinen. Viele Leinen. Wenn man sie zum ersten Mal sah und nichts an ihnen hing, konnte man meinen, die Insulaner seien ein sehr reinliches Volk. Dass sie für einen Vier- bis Fünf-Personen-Haushalt über zweihundert Meter Wäscheleine benötigten, um all ihre Textilien zu trocknen. Doch für die Wäsche waren nur wenige Meter reserviert. Am Rest hing ausgenommener und filetierter Schellfisch, wie Lebon, als sie in die nächste Straße einbogen, sehen konnte.

Der Fisch hing so lange draußen an der Leine, bis er trocken und konserviert genug war, um den Winter über haltbar zu bleiben.

Lebon und Petit gingen weiter in Richtung Turm. Der viereckige, fast fünfunddreißig Meter hohe Turm und die Kirche direkt daneben waren auf einer der natürlichen Erhebungen der Insel erbaut worden. Um die Gebäude herum erstreckte sich der Friedhof. Als Böschung waren Grassoden aufgeschichtet. Sie schützten das Erdreich vor dem Wegrutschen.

»Wie viel Mann?«, fragte Lebon und legte seinen Kopf in den Nacken, um zur Turmspitze zu sehen.

»Der Turm ist gelegentlich mit zwei Mann besetzt.« Bevor Lebon Einwände erheben konnte, schob er nach: »Der örtliche Lampenwärter ist ständig oben und überblickt die ganze Insel. Sollte der Engländer kommen, bemerkt er ihn schon von Weitem.«

»Und dann?«

»Kommt er heruntergerannt und schlägt die Glocke.« Petit deutete auf die Südseite der Kirche. Dort war ein hölzerner Glockenstuhl errichtet worden, in dem eine Schiffsglocke aufgehängt war. Der Schwengel hing in Brusthöhe.

Erneut blickte Lebon zur Turmspitze hoch, ehe er sich dem Eingangsportal zuwandte. Es war Petit anzusehen, dass er befürchtete, der Kommandant könnte jetzt auch noch den Turm besteigen wollen. Doch Lebon ging zur Kirchentür. Er wollte einen Blick ins Gotteshaus werfen. Ihm war bekannt, dass das Kirchengestühl im Zuge der Besetzung der Insel von seinen Landsmännern verbrannt worden war, und er verspürte das Bedürfnis, nachzusehen, ob in der Zwischenzeit ein wenig Abhilfe geschaffen worden war, damit die Gemeinde beim Gebet sitzen konnte.

Petit lenkte ihn ab, indem er eine Hand schützend über seine Augen legte und gen Westen schaute. Die Sonne musste jeden Augenblick untergehen.

Der Salutschuss ließ beide zusammenzucken.

»Herzlichen Glückwunsch«, sagte Petit.

Lebon versuchte, den Sarkasmus zu überhören.

»Sie haben sicher noch einiges für morgen zu erledigen.« Mit diesen Worten schickte er Petit ins Fort zurück. Im Augenblick mochte er nicht in Begleitung dieses Mannes sein.

Endlich war der Sergent außer Sichtweite. Lebon griff nach der Türklinke. Die Kirche war verschlossen. Dann schlendere ich eben durch den Ort, dachte er.

Jochum Melchers trat hinter einem Holzstapel hervor. Die Baumstämme und Holzplanken waren hochkant gestellt, damit jeder einzelne bei Regen viel Wasser abbekam. Es handelte sich um Strandholz, das wer weiß wie lange im Salzwasser gelegen hatte. Das Salz musste herausgeschwemmt werden, sonst riskierte man bei der Verbrennung, dass Ofen und Rohr korrodierten.

Jochum schaute den beiden Franzosen hinterher. Das also war der neue Kommandant. Jochum hätte nicht vermutet, dass er so jung war. Petits Bemerkung über seinen geistigen und körperlichen Zustand hatte er gehört. Er schmunzelte. Die Franzmänner sollten ruhig weiterhin denken, er habe sie nicht alle beisammen, sei zu dumm, um ein Loch in den Schnee zu pinkeln. Je mehr sie das glaubten, umso weniger beachteten sie ihn. Das Einzige, was Jochum erzürnte, war, dass die Franzosen anscheinend mittlerweile glaubten, dieses Haus, in dem das Pulver lagerte, gehörte ihnen. Dabei war es sein Eigentum.

Er schlenderte zur offenen Haustür hinein, reichte dem Grenadier Ribaud einen Kalumsstängel und bedeutete ihm, sich hinzusetzen. Er nahm dessen Platz ein, lehnte sich mit der Schulter an die Türzarge und schaute dem neuen Kommandanten und seinem Stellvertreter hinterher. Er musste seine Wut im Zaum halten, als er sah, wie Petit ein paar Schritte hinter dem Garnisonsbefehlshaber zurückblieb und einem der Hühner in den Hintern trat. Es flogen ein paar Federn, und das Tier überschlug sich mehrmals. Jochum wusste, es würde in den kommenden Tagen keine Eier legen.

Am liebsten würde er »Pipi«, wie die Insulaner Pierre Petit insgeheim nannten, auch die Federn stutzen. Den Spitznamen hatte er bekommen, weil »petit« übersetzt »klein« bedeutete, der Mann jedoch das Gegenteil, nämlich groß, und Pipi das Gegenstück zu Scheiße war.

Er wäre ihm liebend gern hinterhergelaufen, um ihm von hinten mit dem Stiel seiner Mistforke eins über den Schädel zu geben. Allerdings zöge Jochum dabei den Kürzeren und würde für Tage im Gefängnis landen. Wenn Pipi schlecht gelaunt war, konnte es sogar sein, dass er es fertigbrachte, ihn trotz seiner »Behinderung« aus dem eigenen Haus zu werfen oder gar zum Armeedienst zu pressen. Da hielt er sich lieber zurück. Jochum musste erst einmal herausbekommen, wie der Neue war. Von Pipis Tierquälerei jedenfalls hatte der Mann nichts mitbekommen.

Notgedrungen begnügte sich Jochum mit einem hinterhergemurmelten »Kikkerfreter«, was »Froschfresser« bedeutete, und beschloss, sich stattdessen weiter am Pulver der Besatzer schadlos zu halten. Das konnte er an Freunde verschenken, gegen eine Mahlzeit eintauschen oder selbst verwenden, indem er damit sein Gewehr lud und nachts in den Dünen auf Kaninchenjagd ging.

Das war zwar verboten, wie bald alles heutzutage, doch was blieb ihm anderes übrig?

Er überlegte, wann er das letzte Mal so was Gutes wie einen Kaninchenbraten gegessen hatte. Er konnte sich kaum noch entsinnen. Das Einzige, was von dieser Überlegung blieb, war der Geschmack auf der Zunge, an den er sich für einen Augenblick zu erinnern glaubte.

Jochum Melchers stand reglos und beobachtete, wie der Grenadier Ribaud auf dem Stuhl einnickte. Minuten später verließ er das Pulverhaus durch den südlichen Ausgang.

Der Kanonendonner, der über die Insel hallte, ließ ihn aufhorchen, in seinem Schritt jedoch nicht innehalten. Nur ein Schuss, wie erwartet. Er gehörte zu den wenigen Einheimischen auf der Insel, die wussten, warum er abgeschossen wurde.

Jochum besuchte das Plumpsklo, das wenige Meter neben dem Gebäude stand. Die Tür hing in den Angeln und ließ sich schwer schließen. Er versuchte, das Metall, an der sie hing, ein wenig gerade zu biegen, ließ aber davon ab, als es drohte, gänzlich abzubrechen. Für neue Scharniere fehlten ihm die Mittel. Das Gebäude hatte er von seinem Vater geerbt. Das war schon einige Jahre her. Der Vater war tot, und das Haus hatte an Wert verloren, auch wenn Jochum es, so gut es ging, in Schuss hielt. Manchmal überlegte er, ob es nicht besser wäre, es verrotten zu lassen. Dann hätten die Franzosen kein Pulverhaus, und ihm bliebe sein ständiger Begleiter in den eigenen vier Wänden erspart.

Wenigstens ließen sie ihn nachts allein. Das war nicht von Anfang an so gewesen. Mit der Zeit hatte er sie durch Fleiß und Dümmlichkeit davon überzeugt, dass man diese Vorsicht schleifen lassen konnte.

Jochum schnaubte verächtlich bei dem Gedanken an die Zeit vor noch nicht einmal drei Jahren, als diese Strolche die Insel übernommen hatten. Damals waren sie in beinahe so großer Zahl wie die Einwohnerschaft angerückt und hatten von dieser laut Dekret verköstigt und untergebracht werden müssen. Die Unterbringung war einfach gewesen. Seit dem Ende der goldenen Walfangzeit hatte mehr als die Hälfte der Insulaner die Insel verlassen. Die Franzmänner waren in den leer stehenden

Gebäuden untergekommen. Das mit der Verköstigung hatte sich als schwieriger erwiesen. Die Insel gab nicht genug her, um alle satt zu machen, und die wenigsten Einheimischen hatten einen Beruf, von dem man in diesen Zeiten gut leben konnte.

Jochum war Mitbesitzer einer Schnick, ebenfalls ein Erbe seines Vaters. Ein wunderschönes Fischerboot, wie Jochum fand. Er wollte es verkaufen, denn lieber hätte er mehr eigenes Land, nicht nur das bisschen um sein Haus herum. Dazu einen kleinen Stall mit zwei, drei Kühen oder gar einem Pferd. Doch vorerst wurde nichts daraus, denn die Franzosen erhoben auf den Verkauf der Schiffsanteile sowie den Kauf von Land so viele Steuern, dass er sich das alles nicht leisten konnte. Ihm blieben nur die wenigen Hühner, die leicht verwilderten, da er sich nicht regelmäßig um sie kümmern konnte. Wenn er nicht gerade den Dorftrottel für die Franzosen spielte oder für sie das Pulver schleppte, musste er aufs Meer hinaus zum Fischfang.

Er umrundete ein friedlich pickendes Huhn und grinste. Die Viecher legten ihre Eier dahin, wo sie gerade waren. Sehr zur Freude der Nachbarn und zum Ärger der Franzosen, die glaubten, nicht nur mit dem Haus machen zu können, was sie wollten, sondern auch einen Anspruch auf die Eier zu haben.

Diesmal ging er nicht durch das Haus hindurch, um den schlafenden Ribaud nicht zu wecken, sondern darum herum. Er beschleunigte seinen Schritt. Er wollte bei Einsetzen der Dämmerung am Nordstrand sein, denn Jan Pieter Freriks wurde mit seiner »Neptunus« erwartet.

Jochum half gern beim Löschen der Schmuggelwaren. Dabei fiel stets etwas für ihn ab. Und Freriks wusste, dass man sich auf ihn verlassen konnte. Besorgt schaute er zum Himmel hinauf. Noch immer kein Anzeichen aufkommenden Windes. Wenn es weiter windstill blieb, stieg die Gefahr, dass man die »Neptunus« entdeckte. Die Franzosen würden beim Anblick eines so nah am Strand treibenden Frachtschiffes sofort wissen, was los war. Legal reisende Frachtschiffe nutzten zur Anlandung auf Borkum den Wasserarm an der Ostseite der Insel. Für die Schmuggler hingegen war das selbst in der Nacht keine Option. Der Borkumanleger lag so verdammt nahe an der Franzosenschanze.

Als er um die Hausecke bog, stieß er fast mit dem neuen Kommandanten zusammen.

Nur wenige Einheimische waren Lebon auf seinem kleinen Rundgang durch das Dorf begegnet. Wo waren nur alle abgeblieben, versteckten sie sich womöglich vor ihm? Keine der Straßen und Wege war gepflastert, nur vor wenigen Gebäuden gab es einen Gehweg, wie er ihn aus der Stadt kannte. Da alles verlassen wirkte – nicht einmal ein Hund oder eine Katze ließen sich blicken –, ging er zurück zur Schanze. Der Weg führte ihn erneut am Pulverhaus vorbei, und er wäre beinahe mit jemandem zusammengestoßen.

Das musste der Pulverjunge sein. Er erschien ihm sehr jung, kaum dem Kindesalter entwachsen. Mager, etwa mittelgroß. Seine Füße waren dem Wachstum vorausgeeilt. Barfuß und schwarz vom Dreck der Wege und des Federviehs ums Haus herum, fielen sie besonders ins Auge. Der junge Mann bewegte sich tapsig, was vermutlich an seinen viel zu langen Armen lag. Lebon hoffte für ihn, dass die Beine noch wachsen würden.

Der Pulverjunge trug abgerissene Hosen, die sicherlich einmal teuer gewesen waren. Länger als üblich schauten die beiden sich gegenseitig an, was Lebon für einen Augenblick unangenehm berührte. Lag es an den Augen des Jungen? In ihnen glaubte Lebon genau das Gegenteil von dem zu sehen, was Pierre Petit ihm hatte weismachen wollen. Der Knabe sei dumm wie ein Plattfisch, aber eine treue Seele. Lebon trat näher.

»Wie heißt du?«, fragte er in einwandfreiem Niederländisch.

»Jochum Melchers.«

Lebon nickte, als würde er den Namen bereits kennen und ihn nur bestätigt wissen wollen.

Jochum Melchers' Oberkörper zeigte jede einzelne Rippe, der lange dünne Hals sah aus wie der seiner Hühner. Das Einzige, was gesund an dem Jungen wirkte, war die Gesichtsbräune. Jeder an der Küste hatte diese Bräune, weil Sonne, Salz und Wind die Haut in kurzer Zeit dunkel färbten. Lebon hatte Seeleute gesehen, deren Gesichter und Hände fast schwarz waren, während der Rest des Körpers sie als weißhäutige Menschen identifizierte.

Jochum stand schweigend vor ihm, sein Blick ging über Lebons Schulter hinweg. Es machte aber nicht den Eindruck, als wäre etwas Interessantes hinter Lebon zu sehen, eher, als wollte der Junge den Blickkontakt vermeiden. Lebon betrachtete ihn unschlüssig.

»Sie können gehen«, sagte er dann.

Vielleicht hatte er sich ja doch geirrt, und der Junge war geistig wirklich nicht auf der Höhe.

Pastor Siefken stand auf dem Sandweg vor dem Tor zum Friedhof und bückte sich, um das Unkraut neben der Pforte zu zupfen. Er stopfte das grüne Zeug in einen hölzernen Eimer und richtete sich langsam wieder auf. Die Schmerzen im Rücken und in den Gelenken machten ihm zu schaffen. Woher er sein Rheuma hatte, war ihm klar. Das im Winter viel zu feuchte und kalte Haus, in dem die Gemeinde ihn untergebracht hatte, war schuld. Ein Pastor sollte nicht ärmer sein als die Mitglieder der Gemeinde, hatte er sich kurz nach der Versetzung zur Insel beschwert. Doch das war ewig her. Mittlerweile gab es viele ärmere Inseleinwohner, als er es war, und er hatte sich mit seinem Leben arrangiert.

Er hätte sich unter den gut sechzig auf Borkum lebenden Witwen eine Ehefrau wählen können, es waren recht ansehnliche Weiber darunter. Dann wäre ihm zumindest der Reihetisch erspart geblieben, ein fester Bestandteil seines Lohnes als Geistlicher dieser Gemeinde, der von denjenigen Insulanern, die sich einen zusätzlichen Esser am Tisch heutzutage noch leisten konnten, eingelöst werden musste. Teilweise war es ja angenehm, jeden Tag in einem anderen Haus zu Mittag zu essen, zumindest dann, wenn er das Glück hatte, bei einer Familie zu speisen, die an diesem Tag etwas ganz Besonderes auf den Tisch brachte. Reihetisch konnte aber auch Graus bedeuten. Etwa wenn er Geburtstag hatte und die Menschen ihm eine Freude machen wollten. So war es vorgekommen, dass er elf Tage hintereinander sein Lieblingsessen vorgesetzt bekam. Er liebte Grünkohl, aber doch nicht so.

Ja, eine Ehefrau hätte ihm diesen Teil seines Einkommens erspart. Sie hätte täglich für ihn gekocht, und die Gemeinde wäre ihm statt des Reihetisches einen höheren Salar schuldig. Doch abgesehen von alldem lebte er lieber allein. Da war er niemandem außer Gott Rechenschaft schuldig, keinem zur Rücksichtnahme verpflichtet. Er konnte ungefragt des Nachts eine Gastschenke aufsuchen, und keiner störte sich daran, wenn er trunken nach Hause kam, was sowieso selten vorkam. Ohne Ehefrau bekam er keine Schelte, wenn er seine ihm aufgetragenen Arbeiten in Haus und Garten nicht oder nicht zeitig genug erledigte oder sonstigen Zwängen widersprach, die er mancherorts bei den Ehemännern beobachtete.

Diese Überzeugung entsprach seinem ganz persönlichen Glaubensbekenntnis.

Und noch etwas gab es, was er mit einer Frau im Haus nicht machen durfte: seiner Lieblingsbeschäftigung frönen, dem Singen von Opern. Er liebte Opern, fand aber kaum Gelegenheit, eine zu besuchen. Der nächstgrößere Ort, in dem gelegentlich Opern aufgeführt wurden, war Emden auf der deutschen Seite oder Groningen auf der niederländischen. Doch da kam er schon lange nicht mehr hin. So blieb ihm nur der eigene Gesang, ein jämmerlicher Rest einer großen Leidenschaft. Auch wenn man ihm nachsagte, seine Stimme sei grässlich, ließ er sich sein Hobby nicht vermiesen.

Den Sarastro aus Mozarts »Zauberflöte« vor sich hin summend, betrat er den Friedhof. Er drehte eine Runde und schaute, »ob alle noch da waren«, wie er gern mit einem Augenzwinkern sagte. Gräber und Grabsteine waren in Ordnung, er hatte es nicht anders erwartet. Ab und an zupfte er ein wenig Unkraut. Bevor er den Friedhof wieder verließ, stellte er den Eimer neben das Tor. Er würde ihn später auf dem Komposthaufen leeren.

Er verschloss das Tor hinter sich, ging über den schmalen Weg nach Hause und warf einen Blick auf ein Stück Land, das er seit ewigen Jahren von der Gemeinde zu erhalten wünschte. Es lag direkt neben seiner Wohnung und war mit Geröll bedeckt. Dieses stammte von einer Reparatur des Alten Turmes, der seit 1576 in der Mitte der Insel stand. Einer Reparatur, die auch schon wieder zwei Jahrzehnte zurücklag. Damals hatte er hier eine Obstbaumschule anlegen wollen. Die Gemeinde war dagegen gewesen, obwohl er nachweisen konnte, dass niemand davon beeinträchtigt wurde.

»Borkum ist seit tausend Jahren ohne Bäume und soll auch so bleiben«, lauteten die Ausflüchte, als dem Bürgermeister und dem Vogt gleichsam die Argumente ausgingen.

Er seufzte. Mittlerweile würden die Bäume prächtige Ernten einbringen. So musste er sich mit den wenigen Beerensträuchern, zwei Apfelbäumen und einem Birnbaum neben seinem Haus begnügen.

Zu Hause angekommen, setzte er sich in die wärmende Sonne und trank die letzte halbe Flasche Wein, die er noch hatte, leer. Morgen, spätestens übermorgen, erwartete er Nachschub. Ihm wurde ganz warm ums Herz bei dem Gedanken.

Seine Schmerzen waren verschwunden, der Sonne und dem Alkohol sei Dank. Im Licht des schwindenden Tageslichtes erhob er sich von der Gartenbank und ging ins Haus. In der Küche nahm er einen Laib Brot aus dem Schrank und schnitt eine dicke Scheibe ab. Er kratzte ein wenig Butter darauf und belegte sie mit dem Rest eines Käses, der ihm vor wenigen Tagen von Sina Klaasen geschenkt worden war. Sie ist so ein liebes Ding, dachte er, und Wehmut überkam ihn.

Wenn sie auf der Insel bliebe, wäre ihr eine bescheidene Zukunft gewiss. Kaum Aussicht auf eine gewinnbringende Arbeit und so gut wie keine Männer im heiratsfähigen Alter. Falls sie somit unverheiratet blieb, erwartete sie ein einsames Leben an der Seite ihres Vaters auf dem Ostland. Fernab von der »Zivilisation«, wie er seine winzige Gemeinde auf dem Westland gern spöttisch betitelte. Es lagen knapp fünf Kilometer zwischen dem Ost- und dem Westland. Keine weite Strecke, aber für eine Siebzehnjährige, die dem Vater den Haushalt machte, doch eine schier unüberwindbare Entfernung. Zumal ihr nur zweimal innerhalb von jeweils vierundzwanzig Stunden der Weg zum Westland freistand, wollte sie trockenen Fußes und ungefährdet herüberkommen.

Der Käse schmeckte gut, mit Bedauern schob er den letzten Rest in den Mund. Kurz darauf hätte er sich bei dem Kanonendonner, der nun ertönte, beinahe daran verschluckt und wäre womöglich erstickt, wenn ihm nicht ein eben eintretender Besucher hilfreich zwischen die Schulterblätter geklopft hätte.

»Geht es wieder?«, erkundigte sich der schmächtige Junge, als er endlich zu Atem kam. Des Pastors hochroter Kopf leuchtete besorgniserregend, und Siefken hätte um seine Gesundheit gefürchtet, wäre da nicht der Knall gewesen, der zu wesentlich mehr Sorge Anlass gab.

»Was war das?«, krächzte er.

»Ein Kanonenschuss.«

»Das weiß ich auch. Aber worauf wurde geschossen?«

»Vermutlich ist die englische Brigg, die regelmäßig an den Inseln vorbeifährt, ein wenig zu nah an den Strand gekommen, und die Franzmänner haben die Gelegenheit genutzt, sie zu beschießen. Oder sie hat sich womöglich sogar ins Hopp gewagt.«

Pastor Siefken betrachtete den rothaarigen zwölfjährigen Haye, der aussah wie eine unterernährte Möwe und altklug daherredete. »Ins Hopp? Du meinst, die Brigg wagt sich bis in unseren Hafen? Nein.« Er schüttelte den Kopf.

So blöd konnte der Erzfeind der Franzosen nicht sein. Die Garnison, hinter der die Franzmänner sich verschanzt hatten, lag an strategisch günstiger Stelle. Gleich am Ende des Hoppgrabens, einem natürlichen Hafen mit Verbindung durch Wiesen und Watt hindurch zum Meer, also genau richtig. Die Engländer mussten schon recht dumm sein, um dort hineinzufahren. Jede der vier Kanonen Napoleons könnte sie in dem schmalen Fahrwasser, in dem sie wenig Raum fanden, um hin und her zu kreuzen, in Grund und Boden schießen. Es sei denn, sie wären unbemerkt hineingefahren, hätten sich quer gelegt und mit ihren Kanonen, mit denen sie zahlenmäßig allemal überlegen waren, die Franzmänner bedroht. Da hätte dieser eine Schuss ausgereicht, um sie zu warnen und zur Streichung der Fahne aufzufordern. Doch um heimlich ins Hopp hineinzufahren, musste es dunkel sein. Und was hätte der Brite davon, Borkum zu erobern, wenn alle Inseln rundherum und das Festland in französischer Hand waren? Nun, beantwortete er sich die Frage selbst, Borkum konnte ihnen, wie den Feinden jetzt auch, als Stützpunkt dienen.

»Klang es wie eine englische Kanone?«, fragte er, von seinen Gedanken inspiriert.

»Woher soll ich das wissen, die klingen doch alle gleich.«

»Lass uns nachsehen«, forderte Pastor Siefken den Jungen auf und verschob jegliche weitere Spekulation auf später. Erst musste festgestellt werden, warum und auf wen geschossen wurde.

Sina hatte fast eine Stunde bis nach Hause gebraucht. Auf dem Ostland angekommen, stand ihr Entschluss fest: Jan Pieter Freriks musste gewarnt werden, bevor er erneut sein Lager mit Schmuggelwaren füllte. Daniel Ulrichs war nicht zu trauen.

Die Nachbarhöfe lagen wie ausgestorben da. Um diese Zeit arbeiteten alle in den Ställen, kümmerten sich um das Vieh oder werkelten in den Küchen, um das Abendbrot vorzubereiten.

Sie fand ihren Vater im Stall. Cornelius Klaasen hockte auf einem Melkschemel, lugte unter dem Bauch einer Schwarz-Weißen hervor und schenkte ihr zur Begrüßung ein Lächeln, ehe er seine Aufmerksamkeit wieder der Kuh widmete. Sina griff nach einem Schemel, klemmte der Nachbarkuh eine gut handlange Klammer auf den Schwanzansatz, stellte einen Metalleimer unter das Euter und umfasste zwei Zitzen.

»Autsch!«, beklagte sich Cornelius Klaasen, als ihm die Haare der Schwanzspitze um die Ohren flogen.

Sina lachte. Ihr Vater vergaß meistens, seinen Kühen die Klemmen aufzusetzen, was Sina jetzt für ihn nachholte. Schweigend verrichteten sie danach ihre Arbeit. Sinas Vater hatte die großartige Angewohnheit, gerade dann nicht nach dem Verlauf ihres Tages zu fragen, wenn sie etwas Verbotenes getan hatte. Als ob er wüsste, was sie trieb und welche Geheimnisse sie hatte.

Als die Euter leer und die Eimer voll waren, füllte sie die Milch in Kannen um und ging damit vom Stall ums Gebäude herum in den Wohntrakt. Der Knall eines einzelnen Kanonenschusses ließ sie zusammenfahren. Vor Schreck hätte Sina fast die beiden Milchkannen fallen lassen. Nun setzte sie sie vorsichtig ab, als könnte jedes noch so leise Geräusch dazu führen, einen weiteren Schuss auszulösen. Sie stand still, hielt den Atem an und lauschte.

Worauf schossen die Franzosen? Zwei Möglichkeiten fielen

ihr ein. Eine englische Fregatte hatte sich zu nah an die Insel herangewagt und erhielt einen Warnschuss vor den Bug. Das wäre aus ihrer Sicht kein Grund, sich Sorgen zu machen. Hauptsache, sie beschossen kein Schiff, von dem der Franzmann vermutete, es habe Schmuggelware an Bord. Dann erwischte es jemanden, den Sina kannte und der ihr am Herzen lag.

Zwei Kohlweißlinge flogen vorbei. Normalerweise folgte Sinas Blick jedem Schmetterling, doch sie wagte keine Bewegung. Alles um sie herum war einige Momente lang still. Nicht einmal das Geschrei einer Möwe oder ein Blöken der Kühe war zu hören. Sie atmete vorsichtig aus und flach wieder ein. Die Sonne war am Horizont verschwunden, in einer Dreiviertelstunde würde es dunkel sein. Genügend Zeit für die Franzosen, jedes sich der Insel nähernde Schiff, egal, aus welcher Richtung es kam, zusammenzuschießen.

Ein Brummer landete in ihrem Gesicht, und sie scheuchte ihn fort. Sie beugte die Knie und griff nach den Kannen. Nur ein Schuss, überlegte sie im Weitergehen. Warum wurde nur ein Schuss abgegeben? Was hatte das zu bedeuten?

Sie schaute zurück zur Scheune und sah ihren Vater vor der Stalltür stehen, er schien ebenfalls abzuwarten, ob ein weiterer Schuss folgen würde.

»Was ist passiert?«, flüsterte sie.

Cornelius Klaasen zuckte mit den Schultern und ging zurück in die Scheune. Er tat gelassen, aber ihr konnte er nichts vormachen. Sie hatte ihm angesehen, dass er sich ebenso sorgte, ja mehr noch, sie ahnte, er wusste, warum geschossen wurde, und wollte es vor ihr verschweigen.

»Bloß weil ich ein Mädchen bin.« Wütend versetzte sie einem Kieselstein einen Tritt und ging ins Haus.

Sie hatte gehofft, jetzt, da ihr Bruder Marten von zu Hause fort war, würde sich etwas ändern. Nicht, dass sie sich freute über Martens Abwesenheit. Im Gegenteil. Sie vermisste ihn schrecklich, und die Umstände seines Fortganges bereiteten ihr schlaflose Nächte und Alpträume.

Seit ihr Bruder fort war, lebten nur noch Sina und ihr Vater auf dem Hof, ein Nachbar kam gelegentlich vorbei und half als

Knecht, wenn den beiden die Arbeit über den Kopf wuchs. Oft war sie sogar ganz allein, immer dann, wenn Cornelius Klaasen mit seiner Tjalk unterwegs war. Wann nahm Vater sie endlich einmal mit? Sina vertrat die Ansicht, in den vergangenen Monaten bewiesen zu haben, dass sie genauso geschickt war wie Marten. Doch Vater wollte nicht einlenken, er zeigte kein Verständnis für ihre Wünsche. Sie hielt sich für ebenso geeignet, in Vaters Fußstapfen zu treten, wie Marten. Und sollte ihrem Bruder etwas zustoßen, wäre sie die Einzige, die als Nachfolgerin für seine Geschäfte in Frage käme. Ein triftiger Grund, fand Sina, um ihre Zukunftswünsche ernst zu nehmen.

Dabei ging es nicht um den Hof, Bäuerin war ein langweiliger Beruf. Sina ging es um die Geschäfte, mit denen die Klaasens richtiges Geld verdienten. Als da wären: die legale Seefahrt und gelegentlich auch die illegale Seefahrt, der Schmuggel. Bereits als kleines Mädchen hatte sie davon geträumt, an der Seite ihres Vaters auf den Meeren umherzufahren. Schließlich entstammte sie einer alten Seefahrerfamilie, es floss Walfängerblut in ihren Adern.

Die männlichen Vorfahren der Familie Klaasen waren damals alle für Reedereien in Amsterdam oder Hamburg gefahren. Die Fahrten gingen in die Ostsee oder ins Eismeer zum Walfang, was großen Reichtum brachte. Doch die ertragreichen Zeiten waren seit vielen Jahren vorbei. Heute segelte niemand mehr nach Grönland, um das größte Tier der Welt zu erlegen. Schuld daran waren die Franzosen, die mit England im Krieg standen und mittlerweile auch die Herrschaft über Ostfriesland an sich gerissen hatten. Diese Blödmänner stoppten alle Handelswege über die Nordsee, und die Borkumer hatten das Nachsehen.

Einer von vielen Gründen, weshalb Sina die Franzmänner hasste. Sie stießen die Inselbevölkerung in Armut, doch selbst das reichte den Besatzern nicht. Sie nahmen ihnen auch noch die Ernährer. Viele junge Männer waren in Napoleons Armeen gepresst worden. Wie ihr Bruder. Das war jetzt über ein Jahr her, sein letztes Lebenszeichen, ein Brief von ihm, bald acht Monate alt.

Sie brachte die Milch in die Küche. Noch heute Abend musste

sie Butter daraus stampfen, sonst bestand die Gefahr, dass die Milch bei diesem Wetter dick wurde. Sina liebte Dickmilch mit Zimt und Zucker, nur hatten sie momentan weder das eine noch das andere. Sie holte das Butterfass, doch statt mit der Arbeit zu beginnen, lehnte sie sich an den Küchenspülstein, knetete in Gedanken versunken ein Küchenhandtuch und schaute zum offenen Fenster hinaus.

»Ich will auch zur See fahren«, rief sie einem Huhn zu, das auf der Fensterbank hockte, und schickte das Küchentuch hinterher. Verschreckt flatterte das Tier davon. Wütend zog Sina eine der Schubladen des Küchenschrankes gleich neben dem Fenster auf. Was sie darin suchte, wusste sie nicht zu sagen, was sie fand, trieb ihr Tränen in die Augen.

Vorsichtig, als könnte sie sie zerbrechen, nahm Sina die beiden Briefe ihres Bruders heraus. Er war nun schon so lange fort, seine Gesichtszüge verblassten bereits in ihrer Erinnerung. Irgendwo auf dem Kontinent, nur Gott wusste, wo genau, kämpfte er in einer von Napoleons Armeen. Sie fürchtete jede Nacht, in der sie nicht schlafen konnte, um sein Leben. Die Briefe einen Moment fest an die Brust gedrückt, schaute sie über den Hof. Nur das Huhn war zu sehen. Vater werkelte sicher in der Scheune, erledigte Dinge, von denen sie nichts wissen sollte.

Sina wandte sich ab. Mochte er doch vor ihr verstecken, was er wollte, sie wusste eh, dass es sich um Schmuggelware handelte.

»Wenn er kein Vertrauen zu mir hat, kann er auch noch etwas länger auf sein Abendessen warten«, schimpfte sie.

Der Moment des Ärgers verflog ebenso schnell, wie er gekommen war. Sie zog einen Stuhl unter dem Tisch hervor und setzte sich so, dass sie das Scheunentor im Blick hatte. Die Briefe in ihrer Hand zeigten deutliche Gebrauchsstellen. An den Knickfalten bildeten sich kleine Löcher, so oft hatte sie sie in den letzten Wochen gelesen. Sie nahm das ältere der beiden Schreiben und öffnete es. Sie schnupperte kurz daran, als würde der Geruch ihres Bruders noch am Papier haften, doch das hatte er von Anfang an nicht getan.

Lieber Vater, liebste Schwester, schrieb er aus Cherbourg im Mai vergangenen Jahres. *Alle Tage hören wir Berichte, die besagen, die*

Ostfriesen würden nicht auf die Schiffe wollen, und es sind auch noch keine angekommen. Von denen, die angeblich hierher unterwegs sind, sollen viele bereits desertiert sein. Sobald neue Soldaten eintreffen, müssen sie sofort auf die großen Schiffe. Darauf gibt es nichts als pro Tag zweimal Pferdebohnen zu essen. Hier in Cherbourg haben wir noch ordentlich zu essen, wir bereiten es uns nach alter Sitte zu.

Sina lächelte. Als ob ihr Bruder jemals in der Küche am Herd gestanden hätte. Sogar sein Butterbrot hatte sie ihm immer schmieren müssen.

Waschen tun sie, damit meinte er bestimmt die französischen Frauen, *bei fließendem Wasser. Sie sitzen auf den Knien am Fluss und haben ein Brett in der Hand. Sie schöpfen Wasser auf die Wäsche, und dann schlagen sie so lange mit einem Stück Holz darauf, bis sie rein ist. Manchmal schlagen sie die Wäsche auch kaputt. Die Weiber tragen Hüte auf dem Kopf, die sind gewiss ein Fuß hoch und eine halbe Elle breit.*

Sina schloss die Augen und stellte sich vor, wie sie mit so einem Hut auf dem Kopf wohl aussah. Bestimmt dämlich.

Und sie arbeiten und reiten auf Pferden so gut wie die Männer.

Pah, als ob sie das nicht auch könnte. Hatte Marten etwa vergessen, wie gut sie mit Pferden umging?

Vergangene Woche haben sie hier viel englische Ware verbrannt. Wieder ging ihr Blick zum Scheunentor. Ein unheimlich beklemmendes Gefühl packte sie. Das, was ihr Bruder in seinem Brief beschrieb, die Ware, die von wütenden Franzosen vernichtet wurde, lagerte dort. *Es war so schade um eine Ladung Kattun. Gestern ist hier auch ein Brief angekommen, darin stand, dass die Engländer mit sechshundert Schiffen vor Holland lägen, um Landung zu tun.*

Das konnte Sina einfach nicht glauben. So viele Schiffe, wo sollten die denn alle ankern? Auch wenn die Nordsee groß und weit war, fehlte ihr dafür die Vorstellungskraft. Allein die Anzahl von Masten und Segeln auf einem Fleck wäre unglaublich.

»Wovon träumst du?«, fragte Cornelius Klaasen.

Sina schreckte hoch, und wie immer, wenn sie mit einer Frage überrumpelt wurde, schoss die Wahrheit aus ihr heraus: »Von Masten und Segeln.«

Sie sah in Vaters verdutztes Gesicht und lächelte. »Abendbrot ist gleich fertig.«

Sie faltete den Brief zusammen und legte beide vorsichtig zurück in die Schublade. Sie war sich seines prüfenden Blickes bewusst, er zwickte förmlich im Nacken. Ihm missfiel, dass sie so oft an Marten dachte. Vater wollte nicht, dass sie sich Sorgen machte. »Dafür bist du viel zu jung«, sagte er immer. »Die Sorgen kommen noch früh genug im Leben.«

Als wenn sie das nicht selbst wüsste, in diesen Zeiten. Wer konnte schon sagen, wie lange sie den blöden Napoleon noch aushalten mussten, ehe er mit seinen Truppen davongejagt wurde? Doch bis es so weit war, mussten sie sich mit den Besatzern herumschlagen.

Sie seufzte. Als hätte die Bevölkerung mit dem Vogt nicht schon genug am Hals.

DREI

In dem winzigen Raum, der Küche, Wohnstube und Schlafzimmer in einem war, roch es übel. Der Fischgeruch vom Garten durchdrang alles, doch es war zu warm, um die Fenster zu schließen, und zu früh, um den Schellfisch von den Leinen zu nehmen. Das durfte erst geschehen, wenn er vollkommen durchgetrocknet war. Im kommenden Winter würde er noch früh genug Feuchtigkeit ziehen und zu schimmeln beginnen, denn ihre Unterkunft im Armenhaus war alles andere als trocken. Also musste Maria Lohmann den Gestank ertragen. Dennoch huschte ein zufriedenes Lächeln über ihr Gesicht. Sie würde sich ein Pfeifchen gönnen. Eine der wenigen Leidenschaften, die ihr geblieben waren.

Sie liebte es, den Geschmack des Tabaks auf der Zunge zu spüren, und genoss die beruhigende Wirkung, die von ihm ausging. Rauchen sollte schädlich sein, erzählte man sich neuerdings. Darüber konnte sie nur schmunzeln. Was, in aller Welt, sollte ihr noch Schlimmes widerfahren? Sie war eine alte Frau, und die wenigen Monate oder Jahre, die ihr blieben, mochte sie nicht mit solchen Gedanken verschwenden. Nutze jede Stunde, was morgen sein wird, das weiß nur Gott.

Sie betastete die tiefe Tasche in ihrem Rock, der Pfeifenkopf war deutlich zu fühlen. Viel, um sich zu vergnügen, hatte sie wirklich nicht mehr. Es machte sie schon glücklich, wenn der Qualm der Pfeife als Nebeneffekt wenigstens für kurze Zeit den üblen Geruch im Haus überdeckte.

Sie ging zur Küchenanrichte, stopfte ihre letzten Krümel Vorrat in den winzigen Pfeifenkopf und stellte mit einem wohligen Seufzen die Tabakporzellandose zurück ins Regal. An der Herdglut entzündete sie einen Fidibus und damit anschließend mit sicherer Hand das Pfeifchen.

Sie trat eben in den Garten hinaus, um sich auf die Bank zu setzen, als sie auf der Straße den Vogt vorbeigehen sah. Er musste sie nicht unbedingt sehen. Zu spät. Der Mann, der auf der Insel neben den Franzosen für die polizeilichen Dinge verantwortlich war, hatte sie bereits entdeckt. Jetzt blieb ihr nur noch, das Pfeifchen hinter dem Rücken zu verstecken und darauf zu hoffen, dass der Qualm von ihm nicht bemerkt wurde. Wäre sie umgekehrt, wäre der Vogt auf sie aufmerksam geworden und hätte sicherlich dumme Fragen gestellt. Oder schlimmer noch, er wäre auf den richtigen Gedanken gekommen.

Müden Schrittes – sie konnte gut tun, als würden ihre Beine es kaum noch zulassen – strebte sie der Gartenbank entgegen und ließ sich ächzend darauf nieder. Die Hand mit der Pfeife war unter ihrer Schürze verschwunden. Maria hoffte inständig, dass der Stoff undurchlässig war für den Qualm oder dick genug, um die Glut zu ersticken, und hob zum Gruß die andere Hand. Der Vogt war glücklicherweise arrogant genug, um ihr nur einen kurzen Blick zu gönnen, ehe er grußlos am Gartenzaun vorbeieilte. Erleichtert holte sie Luft und bemerkte erst jetzt, dass sie den Atem unbewusst angehalten hatte.

Vogt Ulrichs hatte nichts bemerkt, er wäre sonst auf folgenden Gedanken gekommen: Maria Lohmann raucht Pfeife – woher kommt der Tabak? Geld dafür hat sie keines, sonst lebte sie nicht im Armenhaus. Und das durfte sie nicht riskieren. Der Vogt würde nicht lockerlassen, bis er erfahren hätte, dass sie den Tabak von Cornelius bekam. Er war derjenige, der ihr das seltene Vergnügen des Rauchens verschaffte. Cornelius Klaasen war ein gutmütiger Mann, auch wenn er sich in der Öffentlichkeit gern anders gab. Ein Mann mit einem großen Herzen, der ihr gelegentlich etwas zusteckte. Wie seine Tochter.

Maria verspürte kein schlechtes Gewissen, weil Vater und Tochter ihr gelegentlich etwas zukommen ließen. Ohne die beiden wäre sie sicherlich schon verhungert, glaubte sie, wenn das auch vielleicht ein klein wenig übertrieben war.

Mit zusammengekniffenen Augen schaute sie Tadeus Ulrichs hinterher, so lange, bis er außer Sicht war, und fuhr erschrocken zusammen, als eine Stimme fragte: »Maria? War Cornelius hier?«

Vor Schreck musste sie husten, hob den Kopf und blinzelte gegen die Sonne. An der Körperstatur erkannte sie, wer sie besuchte.

»Mein Gott, Greta, hast du mich erschreckt. Das ist nicht gesund für eine alte Frau wie mich.« Sie schüttelte den Kopf und wartete, bis sich ihr Herzschlag etwas beruhigte. Dann förderte sie ihr Pfeifchen zutage. Mit der anderen Hand klopfte sie auf den freien Platz neben sich. »Ich habe ihn seit Tagen nicht gesehen.«

»Dennoch verqualmst du deine letzten Krümel?«

»Woher weißt du das denn?«

»Geraten.«

Maria wandte den Kopf und blickte Greta verschmitzt in die Augen. Die ergriff Marias Hand und drückte sie.

»Mach's gut«, sagte Greta, erhob sich und schlenderte betont langsam davon. Man wusste ja nie, ob der Vogt, jemand aus seiner Familie oder gar ein Franzose beobachtete, wie man durch die Straßen eilte. Hast erweckte Misstrauen.

Die Gute, dachte Maria, sie macht sich Sorgen um Cornelius. Nicht ganz zu Unrecht, überlegte sie. Wenn dem Mann etwas zustieße, wäre dessen Tochter Sina ganz allein. Greta sorgte sich wohl in erster Linie um das junge Mädchen, deren Mutter ihre beste Freundin gewesen war.

Wie die sinkende Sonne lag auch Marias Pfeifchen wenig später in den letzten Zügen. Mit leichtem Bedauern über das Ende des Rauchgenusses beugte sie sich vor und klopfte den winzigen Ascherest am Fuß der Holzbank aus. Sie vermischte die Asche mit den zerstoßenen Muschelschalen, mit denen der kleine Platz belegt war, bis sie unsichtbar wurde. In dem Augenblick, als sie sich wieder aufrichtete, ließ der Schuss aus einer Kanone sie erneut zusammenzucken.

Von der Bank hochfahren und die Pfeife auf die Fensterbank legen war eine Bewegung. Leichtfüßig, als wäre sie auf einen Schlag Jahrzehnte jünger, verließ sie den Garten des Armenhauses. Ihr Ziel war der Nordstrand.

Pastor Siefken nahm noch schnell einen Schluck Wasser, um den letzten Krümel, der ihm immer noch im Halse steckte, hinunterzuspülen, und folgte dem Jungen, der ihn vor dem Ersticken bewahrt hatte, hinaus auf die Straße. »Haye, wo willst du hin?«, rief er ihm hinterher, weil der Junge statt zur Franzosenschanze, zu der er selbst eigentlich laufen wollte, in die entgegengesetzte Richtung rannte.

Er runzelte die Stirn und überlegte es sich anders.

»Recht hat er«, sagte Siefken laut. In eine Schanze, die mit angespitzten Holzpfählen verbarrikadiert, von einem Wassergraben umgeben und deren Eingang bewacht war, konnten sie wohl kaum eindringen, um die Franzosen zu fragen, warum und vor allem worauf geschossen wurde. Die Soldaten würden keine Auskunft geben.

Siefken legte einen Schritt zu und folgte Haye, der ein gutes Stück voraus zwei kleinen Mädchen auswich, die mit Puppen spielend am Wegesrand saßen. Sie sangen: »Hopp, Marjantje, hopp, Marjantje, laat jau Puppkes danzen. Frauger harrn wi de Prüßen in't Land un nu de kahle Franzen.«

Die Mädels waren in einem Alter, in dem man Schmählieder an sich verzieh, nur sollte man die Besatzer nicht unbedingt darauf aufmerksam machen, dass es sie gab.

»Geht nach Hause.« Siefken blieb stehen, um die Mädchen zu ermahnen. Das schnelle Laufen war Gift für seine rheumatischen Knochen.

Die Mädels verstummten, blickten erst ihn, dann sich gegenseitig, dann ihre Puppen an und spielten weiter. »Hopp, Marjantje …«

Haye war verschwunden. Siefken schaute sich suchend um. Kurz fragte er sich, aus welchem Grund der Junge überhaupt bei ihm zu Hause gewesen war.

»Wohin so eilig, Herr Pastor?«, rief ihn Vogt Ulrichs an. Er stand in seinem Garten und half seiner Frau Martha, ein paar Fähnchen zwischen die Beete in den Boden zu stecken. Die Trikolore? Pastor Siefken blieb keine andere Wahl, als sich mit dem Vogt zu unterhalten, wollte er nicht dessen Neugierde wecken. Er trat an den Gartenzaun. Das schmierige Grinsen auf Ulrichs' Gesicht beunruhigte ihn.

»Hat der Bengel Sie geärgert?« Ulrichs deutete in die Richtung, in die Haye verschwunden war. »Ein fürchterliches Kind«, urteilte er. »Hinterhältig und gottlos, da müssen Sie mir zustimmen.«

Pastor Siefken erinnerte sich an so manchen Religionsunterricht, an dem der Junge teilgenommen hatte. Haye war zart wie eine Elfe. Die Intelligenz blitzte ihm förmlich aus den Knopflöchern, und da gab es nicht wenige Gelegenheiten, bei denen Lehrer und Schüler aneinandergerieten. Doch ihn als hinterhältig und gottlos zu bezeichnen, wäre Siefken nie eingefallen.

Er blieb dem Vogt die Antwort schuldig, der hatte vermutlich sowieso keine erwartet. Ulrichs trat auf ihn zu. Sein letztes Fähnchen reichte er über den Zaun.

»Vielleicht möchten Sie Ihr Gärtchen auch ein wenig schmücken. Eine Trikolore wird da völlig ausreichen.«

»Kommt gar nicht in Frage«, erklärte Ulrichs' Frau, erhob sich, eilte auf ihren Mann zu und zupfte diesem mit spitzen Fingern die Fahne aus der Hand. Dabei schob sie sich resolut mit der anderen ihr Häubchen zurecht, dessen weiße Spitzen wie Koteletten an den Schläfen herunterhingen. »Jeder Wimpel hat seinen vorbestimmten Platz. Der Herr Pastor hat bestimmt schon selbst geschmückt, da braucht er unseren Tand nicht.«

Gut, dass nicht alle so geizig sind wie sie, dachte Siefken, ich wäre im Reihetisch schon längst verhungert.

»Wenn die Herren mich nun bitte entschuldigen.« Martha Ulrichs raffte ihr Kleid, das vermutlich mehr als den doppelten Monatslohn eines Schiffers gekostet hatte, und enteilte in Richtung Haus. »Ich habe noch einiges vorzubereiten.«

Da wette ich drauf, dachte Siefken. Unter »vorbereiten« konnte dieses besonders prächtige unter seinen Schafen nur das Herumscheuchen des Hausmädchens verstehen. Von harter Arbeit hatte die Frau des Vogtes keine Ahnung. Ein bisschen tat der Pastor ihr mit diesem Gedanken allerdings unrecht, und das wusste Siefken auch. Martha Ulrichs betrieb den einzigen Laden im Ort, und wären die Umstände nicht so ungerecht, könnte er ihre Arbeit auch als solche anerkennen. Monopol nannte man es, wenn es keine Konkurrenz gab. Und dafür, dass es keine Mitbewerber gab, sorgte der Vogt. Nur seine Ehefrau bekam die Erlaubnis zum Betreiben eines Winkels.

Tadeus Ulrichs lachte, vermutlich, weil ihm Siefkens verkniffener Gesichtsausdruck gefiel. »Sie redet seit Tagen von nichts anderem«, eröffnete er Siefken beredt. »Typisch Frau. Aber das können Sie ja nicht wissen, Herr Pastor.«

»Aha«, blieb Siefken nur zu sagen.

»Nur gut, dass auch ein Kaiser nur einmal im Jahr Geburtstag hat, sonst könnte ich es kaum aushalten.« Ulrichs lachte wieder und wedelte mit den Händen, als wollte er den Pastor weiterscheuchen. Dann folgte er seiner Frau.

»Ein Salutschuss«, murmelte Siefken. Vor Erleichterung ließ er die Schultern hängen. Über alle Maßen beruhigt, machte er sich auf den Weg zurück nach Hause.

Ihr Vater hatte eine Kleinigkeit gegessen und war erneut im Stall verschwunden. Sina räumte die Küche auf und ignorierte die Milchkannen und das Butterfass, die zur Arbeit mahnten. Von Unruhe getrieben, verließ sie das Haus, stellte sich zwischen Stall und Wohngebäude auf den Hof. Sie beobachtete den Windweiser auf dem Dachfirst, der die Windrichtung anzeigte. Er bewegte sich nicht.

Die drückende Hitze war durch den Sonnenuntergang und die Dämmerung etwas erträglicher geworden, doch der fehlende Wind alarmierte sie. Nicht weil eine leichte Brise in dieser Wärme angenehmer gewesen wäre, nein, es beunruhigte sie, weil es ihren Vater nervös machte. Während des Vormittags hatte er mehrmals seine Arbeit unterbrochen, war nach draußen gegangen, um nach dem Windweiser auf dem Dach zu schauen, und hatte den Hals gereckt und geschnüffelt. So als könnte er den Wind herbeiriechen. Normalerweise war es umgekehrt. Seeleute waren eher nervös, wenn zu viel Wind wehte.

»Das ist es«, teilte sie dem Huhn mit. »Er erwartet ein Schiff.«

Nur so war zu erklären, dass Vater vor Ort blieb, anstatt im Dorf nachzusehen, was es mit dem Kanonenschuss auf sich hatte. Er erwartete eine Ladung Kontreware, die wegen des fehlenden Windes überfällig war.

Sie blickte zur Scheune, und ihre innere Unruhe wuchs. Deshalb war Vater in der vergangenen Nacht aus dem Haus geschlichen und erst eine Stunde nach Sonnenaufgang zurückgekehrt. Seither bewegte er sich wie ein Grundhai. Lauernd und immer in Bewegung, verbreitete er eine Rastlosigkeit, die ansteckend war.

Cornelius Klaasen trat vor das Scheunentor.

»Jetzt kommst du schon das fünfte Mal seit dem Abendessen auf den Hof«, übertrieb Sina. »Was ist los?«

»Nichts.« Er wandte sich wieder um.

Sie hatte es versaut. Sie sollte lieber das tun, was sie immer tat, wenn sie etwas von ihm wollte. »Ich mach uns einen Tee«, rief sie ihm hinterher und lief ins Haus.

In der Küche pumpte sie Wasser aus der Regenpütte, einer Zisterne unter ihrem Haus, und stellte den Kessel über die restliche Glut, die noch vom Kochen des Mittagessens übrig war.

Er kam herein und legte ein Leinensäckchen auf den Tisch. Sina lächelte und öffnete es. Tee und Zucker. Sie kommentierte das wundersame Auftauchen dieser Köstlichkeit nicht, war es doch Vaters erster Schritt, den er in seinen geheimen Angelegenheiten auf sie zumachte.

Die getrockneten Kamillenblätter blieben in der Dose, stattdessen kam schwarzer Tee in die Kanne. Schweigend wartete sie, bis das Wasser heiß genug war, goss auf, und sie tranken ihren Tee. Sina geduldete sich, bis er bei der dritten Tasse angelangt war. »Vater?«

»Ja?«

»Du hast mir bis heute nicht verraten, wohin deine letzte Seereise ging. Du warst über eine Woche fort.«

»Ich möchte noch eine Tasse Tee«, sagte er, obwohl er sich immer selbst einschenkte. Sie tat ihm den Gefallen.

»Du warst in ›Klein London‹ bei Tante Christine, stimmt's?«

»Wie kommst du darauf?«

Sina nahm einen Teelöffel voll Zucker und hielt ihn hoch, als müsste sie ihn extra darauf aufmerksam machen, ehe sie ihn in den Mund steckte.

»Davon brauchst du nichts zu wissen. Woher kennst du den Namen?«

»›Klein London‹? Vater, ich bin kein Kind mehr. Seit die Engländer Helgoland besitzen, ist die Insel weithin unter diesem Spitznamen bekannt. Erzähl, was gibt es Neues?«

»Von Tante Christine?«

»Nein, von Helgoland.«

»Nichts. Alles wie immer. Ich soll dich grüßen.«

»Von Helgoland?«

»Von Tante Christine.«

Das war gelogen, sie konnte es ihm ansehen. Vater hatte seine Schwester sicher nicht einmal gesehen.

Übertrieben langsam schlürfte er seinen Tee, das tat er gern, wenn er nicht reden wollte. Sie wartete, bis er die Tasse absetzte. Ehe er den Löffel hineinstellen konnte, um anzuzeigen, dass er fertig war, legte sie ihre Hand auf seine.

»Ich bin alt genug, Vater. Wann darf ich endlich mitsegeln?«

»Ach, Schatz.«

»Bitte, bitte, sag es«, bettelte sie mit ihrer süßesten Kinderstimme.

»Später.«

»Dann erzähl mir wenigstens, was auf Helgoland los ist.«

»Es war wie immer, und damit basta.«

Und wieder hatte sie es versaut. Heute würde er kein Wort mehr darüber sagen.

Er zog seine Hand weg, tätschelte ihre Wange und gab ihr einen Kuss auf die Stirn. Dann verließ er die Küche.

Sie lief ihm nicht hinterher, bettelnd, wie sie es noch vor wenigen Monaten getan hätte. Schließlich war sie jetzt erwachsen.

Der Abend brachte etwas Abkühlung. Oben am Himmel bildeten sich die ersten Wolken. Die Männer auf der »Neptunus« beobachteten seit dem Kanonenschlag stetig die Insel und hofften inständig auf ein wenig Wind.

Die Sonne war untergegangen, bald würde es dunkel sein. Hinderk wanderte auf die Steuerbordseite, wobei er unablässig die Schultern rollte, weil er wohl durch die innere Anspannung auch eine gewisse Muskelverspannung spürte. Das restliche Sonnenlicht im Rücken, streckte er sich in die Höhe, beugte sich ein wenig vor und kniff die Augen zusammen, um besser fokussieren zu können.

Er war der Mann an Bord, der schon lange vor seinen Kameraden alles entdeckte, was im Wasser herumschwamm. Und ein Stück weit voraus, in Richtung Rottum, der niederländischen Nachbarinsel, schien er jetzt tatsächlich etwas zu sehen.

»Gib mir das Fernrohr.« Sein dringender Tonfall ließ Jan Pieter Freriks sofort der Aufforderung nachkommen.

»Siehst du was?«

Hinderk hob es an die Augen. Er stand ganz still. Die Wellen bewegten sich träge unter dem Fischerboot, sie konnten es kaum in Bewegung setzen.

»Was ist? Sag schon, was du siehst.« Auch Torben stand nun neben ihnen und zupfte Hinderk am Ärmel. Der schüttelte die störende Hand ab, ohne das Fernrohr herunterzunehmen.

Die komplette Mannschaft starrte nun in die angegebene Richtung. Doch im schwindenden Tageslicht konnte keiner von ihnen etwas ausmachen.

»Würde mich nicht wundern, wenn es die englische Brigg ist, die alle naselang hier patrouilliert«, mutmaßte Torben.

»Die ist es nicht«, murmelte Hinderk, nahm das Fernrohr vom Auge, rieb es, reichte es weiter und kratzte sich am Bart. »Es ist keine Brigg, so viel ist sicher«, wiederholte er.

Jeder Insulaner erkannte die Konturen der englischen Schiffe auf Anhieb, sobald sie am Horizont erschienen. Sie fuhren regelmäßig die Inseln ab, um nach französischen Kaperschiffen Ausschau zu halten.

»Was ist es dann?«

»Eine Fregatte und …«

»Und was?«, riefen gleich drei aus der Mannschaft.

»Es sieht so aus, als ob sie ein Beiboot …« Hinderk schüttelte den Kopf.

»Ein Beiboot aussetzen?«

»Im Gegenteil. Es kommt auf sie zu.«

Freriks, der angestrengt durch das Fernrohr schaute, konnte nichts erkennen. »Es ist zu dunkel geworden.«

»Ist es ein Franzmann? Konntest du die Flagge erkennen?«, wollte Torben von Hinderk wissen.

»Torben, wenn du aus der Entfernung ein Beiboot kaum sehen kannst, wie soll ich da eine Fahne ausmachen?«

»Zumal sie schlapp am Mast hängt«, warf Freriks ein.

»Franzmann oder Brite? Ich habe keine Ahnung.«

»Was kann das bedeuten?«

»Woher soll ich das wissen?«, maulte Hinderk. »Wir haben doch alle auf der anderen Seite der Reling gestanden. Niemand hat in südlicher Richtung aufgepasst.«

Die halbe Mannschaft sah Torben an.

»Es war deine Aufgabe«, sagte Hinderk.

»Was?«, schrie Torben. »Immer bin ich schuld.« Er warf die Hände in die Luft. »Schaut doch her, kein Wind. Wer kommt da auf die Idee, dass andere segeln könnten?«

»Segeln wohl kaum, aber pullen.«

Freriks winkte ab. »Hört auf zu streiten. Das bringt nichts.«

Torben nickte. »Das dahinten sind bestimmt Engländer. Sie sind mit ihrem Beiboot zur Insel gerudert, und der Froschfresser hat auf sie geschossen«, sagte er und sprach damit eine Hoffnung aus, die nicht zutreffen konnte. Warum sollte deswegen eine Kanone abgefeuert werden?

»Das Ruderboot ist als Ziel viel zu klein für die Geschütze auf der Franzosenschanze«, widersprach Freriks. »Ich glaube nicht, dass man es von der Batterie überhaupt ausmachen kann.«

»Aber wir sehen es«, sagte Sven, ein eher wortkarger Mann.

»Wir sind auch viel näher dran.«

»Und warum, in drei Teufels Namen, haben sie dann geschossen?«

»Ich frag mich eher, worauf.«

»Ich will nicht ins Gefängnis«, jammerte Tjark, der Jüngste an Bord.

»Sei still.«

»… und schon gar nicht zum Militär.«

»Du bist erst zwölf. Die nehmen keine Kinder.«

»Aber erschießen tun sie sie.« Er versuchte verzweifelt, die Tränen aufzuhalten.

»Niemand wird uns erwischen«, versicherte ihm Jan Pieter Freriks. »Jedenfalls nicht mit Schmuggelware an Bord. Wir werfen alles ins Meer.«

»Bist du verrückt?«

»Ganz im Gegenteil. Das Risiko ist mir zu hoch. Erst letzten Monat sind in Aurich zwei Ostfriesen hingerichtet worden. Und die hatten sich nur lauthals gegen die Einberufung gewehrt und mit Steinen geworfen. Das hier«, er deutete auf die Kisten, die an Deck gestapelt waren, »ist viel schlimmer.« Schon griff er nach der vordersten Kiste und warf sie über Bord.

Als er die zweite Kiste anhob, hielten Torben und Hinderk ihn an den Armen fest. »Aber dann war ja alles umsonst«, rief Torben.

»Nicht ganz.« Freriks machte sich von den beiden los und stellte die Kiste vor seinen Füßen ab, statt sie ins Wasser zu werfen. »Gleich morgen bei Sonnenaufgang schlägt einer von uns die Glocke und meldet ›Wrack am Strand‹«, erklärte er.

»Aber hier sind weit und breit keine Schiffstrümmer zu sehen.«

»Das fällt dem Vogt im ersten Moment doch gar nicht auf. Der ist gierig genug, um es außer Acht zu lassen. Wenn er Strandgut bergen kann, ignoriert er alles andere um sich herum.«

»Ja. Der vergisst sogar, den anderen ihren Anteil abzugeben. Denkt nur an die achtundachtzig Fässer, die vor zwei Jahren angetrieben wurden. Die sechshundertachtunddreißig holländischen Gulden und zehn Stüber, die er dafür bekam, hat er immer noch nicht rausgerückt.«

Der Vogt war Stellvertreter des Staates, nicht der Insulaner. Ausgestattet mit Polizeigewalt und verantwortlich für die gerechte Verteilung des Strandgutes. Da war Ärger unausweichlich. Denn Gerechtigkeit, das war oft Ansichtssache. Und Tadeus Ulrichs missbrauchte sein Amt.

Nach der Bergung des Strandgutes vor zwei Jahren, dem daran anschließenden Weitertransport durch die Borkumer Frachtschiffer und dem Verkauf der Ware in Aurich und Greetsiel musste der Gewinn verteilt werden. Nach Abzug des Anspruches des Staates, naturgemäß der größte Teil, kam das Geld zurück zur Insel. Es war festgeschrieben, wie hoch die Anteile eines jeden ausfallen mussten. Die Armen der Insel bekamen ebenso ihren Teil wie die Fuhrleute, die die Ware transportierten, und die Helfer, die die Ware aus dem Wasser zogen oder vom Wrack herunterholten. Auch die Berger, diejenigen, die mit eigenen Schiffen das Frachtgut bargen, das nicht an den Strand angetrieben wurde, und dabei oft ihr Leben aufs Spiel setzten, wurden bedacht. Und selbstverständlich der Vogt, dem zusätzlich zu seinem Gehalt vom Staat ein Anteil für das Tragen der Verantwortung gewährt wurde.

Nach dem Verkauf der achtundachtzig Fässer hatte Vogt Ulrichs es aber irgendwie hinbekommen, dass nach einer Verordnung des Amtsgerichtes Pewsum entschieden wurde. Die sechshundertachtunddreißig Gulden und zehn Stüber, die an die Insel gingen, durften demnach nicht geteilt werden. Stattdessen mussten sie für Reparaturen an der Kirche und zur Erbauung eines neuen Pfarrhauses verwendet werden. Bis heute war in dieser Richtung nichts geschehen. Viel schlimmer noch: Als die von den Franzosen auf Borkum gepressten jungen Männer vergangenes Jahr zum Militärdienst nach Groningen gebracht worden waren, hatte Tadeus Ulrichs sie begleitet. Acht schöne Wochen hatte der Mann sich in Groningen gemacht und zweihundert Gulden verprasst, die er anschließend als Reisekosten dem Amt in Rechnung stellte beziehungsweise in Abzug zum Gemeindekapital brachte.

»Wofür kann man nur zweihundert Gulden ausgeben?«, fragte der Junge. »Das ist mehr, als einer im Jahr verdient.«

Das Grinsen der Männer war anzüglich. Sie konnten sich deutlich vorstellen, wofür der Vogt dieses Vermögen ausgegeben hatte.

»Er wird uns wieder betrügen«, sagte Torben und hielt seinen Kapitän erneut am Arm fest, als der sich nach einer Kiste bücken wollte.

»Das würde er diesmal nicht überleben«, prophezeite Jan Pieter Freriks. »Und das weiß er auch.« Er richtete sich zu seiner vollen Größe auf und schaute jeden Einzelnen seiner Mannschaft an. Es war bereits zu dunkel, um in ihren Mienen zu lesen.

»Nach ein paar Tagen wird er nach dem Wrack suchen lassen«, sagte Hinderk.

»Er wird ein schönes Wrackteil finden, verlasst euch drauf«, versicherte Freriks. »Und jetzt alle Mann ran«, befahl er. »Kisten über Bord. Sobald Wind aufkommt, verschwinden wir von hier.«

Seine Mannschaft befolgte den Befehl zunächst noch etwas widerwillig.

»Was machen wir, wenn kein Wind kommt?«, jammerte Tjark.

»Er kommt, verlass dich drauf«, machte Torben ihm Mut. »Ehe

der Franzmann sich fragen kann, was wir hier wollen, sind wir schon auf und davon.«

»Setz ihm keine Flausen ins Ohr. Das Kaperschiff wird uns längst gesehen haben.«

»Kaperschiff?« Der Kleine wirkte panisch.

»Die Fregatte, meine ich. Sobald sich ihre Segel blähen, sind sie da. Die sind schneller hier, als wir Puh sagen können.«

»Scheiße«, sagte Sven und sprach damit aus, was alle dachten.

Schweigend schauten sie den Kisten und Fässern hinterher, die nach wenigen Metern in der Dunkelheit verschwanden. Schade um den leckeren Tee, den pikanten Pfeffer, die Meterware an Stoffen, den Wein, den Rum, Tabak und die vielen Lebensmittel. Schon wieder waren sie alle vollkommen pleite. Das wenige Geld, das sie vor der Reise noch zusammenkratzen konnten, Zeit und eine Menge Mühe steckten in diesen Kisten.

»Sobald das erste Lüftchen zu spüren ist, segeln wir der Fregatte entgegen und an ihr vorbei. Dreistigkeit gewinnt. Es ist so dunkel, sie werden uns nicht sehen.«

»Dein Wort in Gottes Ohr.«

Cornelius Klaasen kannte seine Tochter. Sie ließ nicht locker, wenn es darum ging, an ihr Ziel zu gelangen.

Das Ziel hieß Helgoland, oder besser die damit verbundenen Fahrten. Sina war ein Mädchen mit viel Phantasie. Sie versprach sich von den Seereisen mehr als nur eine Abwechslung in ihrem langweiligen Leben. Sie hoffte auf Abenteuer. Wilde Verfolgungsfahrten und lustige wie listige Ideen, um die Franzmänner auszutricksen.

Schuld an dieser Verklärung der wenig wilden, sondern vor allem riskanten Fahrten trugen die Männer, die nur dieses eine Thema kannten, wenn sie in der Gaststube zusammenhockten. Sie brüsteten sich dann mit Geschichten, in denen sie Gefahren spielend auswichen, prahlten mit erfundenen oder wenigstens übertriebenen Heldentaten und schwärmten von der unendlichen Weite des Meeres. Frei sein, keinen Zwängen unterliegen. Niemand erzählte gern von den Strapazen an Bord, den echten Gefahren auf See und welchen Ängsten sie sich jedes Mal stellen mussten. Von der Kälte an Bord im Winter, der klammen Kleidung und den feuchten Betten. Dem Gestank und dem Dreck, wenn man über Wochen kein Trinkwasser zum Waschen verschwenden durfte. Von den erfrorenen Fingern, den körperlichen Anstrengungen und der harten Arbeit ganz zu schweigen.

Das war nichts für Mädchen.

Aber Cornelius Klaasen konnte seine Tochter verstehen, die nur die Insel und die Gewässer in der Umgebung kannte. Er hatte Verständnis dafür, dass sie wenigstens einmal etwas anderes als die sechsunddreißig Quadratkilometer Sand und Dünen sehen wollte.

Borkum war einsam, zu einsam für ein aufgewecktes siebzehnjähriges Mädchen. Der Hof der Familie lag auf dem Ostland, weit weg von den anderen Menschen der Gemeinde und durch die Flut zudem zweimal täglich vollkommen vom Westland abgeschnitten.

Er verließ das Gebäude, überquerte den Hof, lief über die Wiese und erklomm die erste Düne. Von hier aus konnte er im Dämmerlicht alle fünf Häuser auf dem Ostland sehen. Keine Umgebung für einen jungen Menschen, der etwas vom Leben erwartete.

Er dachte darüber nach, Sina bei der Verwandtschaft auf dem Westland einzuquartieren. Das wäre wenigstens fürs Erste eine Abwechslung. Er könnte Greta fragen, sie gehörte entfernt zur Familie und war die beste Freundin seiner verstorbenen Frau gewesen.

Cornelius machte eine Drehung um hundertachtzig Grad und starrte in Richtung Franzosenschanze. Es war nichts Außergewöhnliches zu erkennen. Er wartete und schaute noch ein paar Minuten, bis es dunkel war, dann kehrte er zum Hof zurück.

Ein Lächeln lag auf seinen Lippen beim Gedanken an Sinas Gesichtsausdruck, wenn sie erführe, wie oft er in den vergangenen Wochen daran gedacht hatte, sie nach Helgoland mitzunehmen. Obwohl sie ein Mädchen war. Talent zur Seefahrt hatte sie. Was ihre nautischen Fähigkeiten betraf, konnte sie es leicht mit einem Matrosen aufnehmen, was sie auf der Fahrt nach Leer bewiesen hatte. Vielleicht war es an der Zeit, dass Sina ihre Tante auf Helgoland besuchte, die sie das letzte Mal gesehen hatte, als sie noch ein Krabbelkind gewesen war. Er konnte diese Reise ja ohne Schmuggelware unternehmen.

Seine Schwester und sein Schwager waren schon vor Jahren nach Helgoland gezogen, um dort einen Laden zu eröffnen, lange bevor man hier auf Borkum die Einfuhr englischer Kolonialwaren und Manufakturen verboten hatte. Jetzt gehörte die Felseninsel den Engländern, und helgoländische Kolonialwarenhändler verdienten sich eine goldene Nase. Cornelius gönnte es seiner Schwester, nicht zuletzt deshalb, weil es auch ihm den Zugang zu lukrativen Geschäften ermöglichte.

»Was genau hat Tante Christine gesagt, und erzähl mir von Helgoland«, hörte er Sina aus dem Dunkeln heraus sagen, als er den Fuß der Düne erreicht hatte. Sie konnte stur sein wie ein Esel.

»Du gibst wohl niemals auf?«

Sina hakte sich bei ihm unter, lehnte den Kopf an seine Schulter und schwieg.

»Wird es dir nie langweilig, die immer gleichen Geschichten zu hören?«

»Lass mich mitfahren, und ich frage dich nie wieder.«

Er seufzte. »Lass uns noch etwas von dem köstlichen Tee trinken, ehe wir zu Bett gehen.« Mit einer winkenden Geste trieb er sie vor sich her ins Haus und in die Küche.

Schweigend machte sie den Tee und beobachtete ihn, wie er ihn trank. Auffordernd hielt er ihr die leere Tasse hin und dachte daran, wie lange es, abgesehen von heute, her war, dass er schwarzen Tee getrunken hatte. Die begehrten getrockneten Blätter, die über England auf das europäische Festland gelangten und die er ursprünglich hatte verkaufen wollen, lagen seit seiner letzten Reise im Versteck.

»Wunderbar, der Tee«, sagte Sina und betrachtete ihn lauernd. »Nun erzähl endlich.«

»Ich soll dich schön von Tante Christine grüßen«, wiederholte er lächelnd und erhielt zur Strafe einen leichten Klaps auf den Oberarm.

Zwischen Dorf und Strand lagen mehrere Dünenketten. Jochum Melchers stand auf einer hohen Düne am Nordstrand und suchte das Meer nach Schiffen ab. Seine Augen waren nicht so gut wie die der meisten in seinem Alter. War der dunkle Fleck auf dem Wasser Freriks' Schaluppe? Er musste bis zur Wasserkante gehen, um erkennen zu können, ob es die »Neptunus« war, die in der Flaute trieb.

Er rannte die Düne hinunter, sprang über Strandhafer und Krüppelgewächse. An einem Sanddornbusch blieb er kurz hängen. Er stolperte im Lauf und duckte den Kopf, konnte aber ein Hinfallen verhindern. Dermaßen abgelenkt, stieß er fast mit Haye Steffens zusammen. Der Junge war ebenso erschrocken wie er. Ohne etwas zu sagen, wollte er an Jochum vorbeihasten. Der reagierte sofort. Seine Hand schloss sich um Hayes Handgelenk. Für einen Augenblick fühlte es sich an, als reiße er ihn aus der Luft heraus an sich heran. Jochum, selbst nicht gut genährt, spürte den mageren, engen Brustkorb, die spitzen Schultern und die knochigen Hüften gegen seinen eigenen Körper schlagen. An dem zwei Jahre jüngeren Haye war überhaupt kein Gramm Fett dran. Hoffentlich hatte er ihm nicht wehgetan.

»Alles in Ordnung?«

»Lass mich los, ich muss zum Strand, Jan Pieter Freriks warnen.«

Jochum spürte zwei Dinge gleichzeitig: Er war entsetzt und gekränkt. Entsetzt, weil das Wissen des anderen um die geheime Schiffsreise seine Angst beflügelte, der Einsatz könnte verloren sein und den Freunden schlimme Strafen bevorstehen. Gekränkt, weil offenbar noch andere Leute, Kinder, in die Aktion eingeweiht waren.

Aber es gab Wichtigeres, als die beleidigte Leberwurst zu spielen. Freriks hatte Haye eingeweiht, also sollte er ihn ab sofort mit anderen Augen betrachten. Der Junge war kaum mehr Kind oder weniger Erwachsener als er selbst, erkannte er.

»Verflucht. Haben die Franzmänner sie entdeckt?«

»Das weiß ich doch nicht. Geschossen haben sie auf jeden Fall, oder hörst du schlecht? Der Knall war laut genug.« Haye wollte sich losreißen, doch Jochum hatte mehr Kraft in den Fingern.

»Keine Panik. Der Schuss galt nicht der ›Neptunus‹.«

»Woher willst du das wissen?« Haye wirkte immer noch beunruhigt.

»Es war ein Salut.«

»Salut?«

»Der Schuss galt Napoleon.«

»Du bist ja noch dümmer als …« Haye verstummte. Etwas an Jochums Gesichtsausdruck musste ihm verraten haben, dass er die Wahrheit sagte. Trotzdem flutschte ihm noch ein »Na, du musst es ja wissen« heraus.

»Was soll das denn heißen?«

»So viel Zeit, wie du mit den Soldaten verbringst.«

»Lass das. Ich mache das nicht freiwillig, das kannst du mir glauben.«

»Warum tust du es dann?«

»Weil sie mein Haus beschlagnahmt haben und ich nirgendwo anders wohnen will.« Jochum wollte hinzufügen: Und weil ich Pulver, Lunten, Pistolenkugeln, Zunder und mehr stehle und nebenbei auf die Gelegenheit warte, mich für alles zu rächen, was sie mir angetan haben. Aber das verriet er niemandem.

»Was hat der Kanonenschuss mit Napoleon zu tun?«

»Der hat morgen Geburtstag, also keine Aufregung. Es war nur ein Salut.« Jochum ließ Hayes Handgelenk los. »Kannst du erkennen, ob das dahinten die ›Neptunus‹ ist?« Er deutete in nördliche Richtung.

Gemeinsam erklommen sie die nächste Düne.

»Sie muss es sein. Schau dir die Segel an.«

Jochum kniff die Augen zusammen. »Was ist damit?«

»Sie sind braun, fast schwarz. Freriks' Segel.« Haye riss überrascht die Augen auf. »Was machen die denn jetzt?«

»Was passiert?«

»Sieht so aus, als werfen sie etwas über Bord.«

»Die Ware.«

»Verflixt, dann ist sie verloren.«

»Quatsch, du Schlaumeier. Wir sammeln sie ein. Wir haben die ganze Nacht Zeit dafür. Der Mond ist mehr als halb voll, wir werden genug sehen.«

Diesmal war es Haye, der nach Jochums Handgelenk griff. »Lass uns so viel wie möglich retten.«

»In Ordnung.«

»Was soll ich tun?«

»Du holst Schaufeln, und ich fang mit der Bergung an.« Jochum hatte es kaum ausgesprochen, da flitzte Haye schon los.

Maria Lohmann sah aus, als sei sie achtzig Jahre alt, doch sie hatte die Mitte sechzig noch nicht erreicht. Von dem einzelnen Schuss alarmiert, war sie an den Strand geeilt. Alt mochte sie sein, doch sehen konnte sie besser als manch junger Mensch. Draußen auf See erkannte sie das Schiff von Jan Pieter Freriks. Maria brauchte kein Seemann zu sein, um die verzwickte Lage sofort zu überblicken. Kein Wind, um davonsegeln zu können oder das Boot an seichter Stelle zum Entladen an den Strand zu setzen. Hinzu kam der Sog der Ebbe, der die »Neptunus« in den kommenden Stunden wieder vom Land entfernte.

Der Kanonenschuss, von dem sie nicht wusste, wem er galt, und von dem man das Schlimmste annehmen musste, hatte die Jungs an Bord unter Garantie ganz närrisch gemacht. Maria konnte sich denken, was folgen würde, um wenigstens einen Teil der Schleichware, die sie an Bord hatten, zu retten, und bildete sich ein, bereits Körbe und Kisten über Bord gehen zu sehen. Da half es auch nicht, an die Wasserkante zu laufen und zu versuchen, ihnen etwas zuzurufen. Was, bitte schön, sollte sie denen sagen, was sie sich nicht auch selbst zusammenreimen konnten?

Sie musste unbedingt Cornelius Klaasen Bescheid geben. Er war einer der wenigen auf dem Ostland, der ein Pferd sowie ein vermutlich anständiges Versteck auf seinem Hof besaß. Wenn sie sich beeilte, konnte Cornelius beim nächsten auslaufenden Wasser, das musste gegen vier Uhr nachts sein, also kurz vor Sonnenaufgang, als Erster am Strand sein, um die antreibenden Kisten zu bergen. Sie würde Cornelius informieren, ins Dorf zurückeilen und an der Glocke Wache halten, damit kein voreiliger Insulaner läutete. Außerdem sollte jemand in den frühen Morgenstunden den Vogt vom Strand fernhalten. Eine große Aufgabe für eine alte Dame, an deren Erledigung zumindest der letzten beiden

Bestandteile sie gehindert wurde. Doch man musste im Leben nicht alles selbst machen, damit es gut wurde. Es gab andere, die ebenfalls mitdachten.

Sie eilte gen Osten und ließ fünfundvierzig Minuten später die Dünen, die von den Insulanern »Lütje Eylands Glap« genannt wurden, hinter sich und überquerte das Watt. Die Ebbe lief bereits seit zwei Stunden, die Wasserrinne leerte sich schnell. Sie würde trotzdem nass werden, wenn sie die Stelle, die Borkums Westland vom Ostland trennte, überquerte.

Den Sommerrock mit den Händen hochgerafft, watete sie durch das Wasser. Sobald sie die alten Dünen auf dem Ostland erreicht hatte, wäre sie vor dem Meer, das heftig an ihren Füßen sog, in Sicherheit. Auf ihre Stoffschuhe brauchte sie keine Rücksicht zu nehmen, die konnten Salzwasser vertragen.

Ein Loch im Boden des Watts, das nicht zu erkennen war, brachte sie zu Fall, und das abfließende Wasser riss sie ein Stück mit sich. Mit dem Gesicht tauchte sie kurz unter und bekam Salzwasser in die Nase. Es lief ihr in den Rachen. Sie schluckte und musste husten und würgen. Pitschnass rappelte sie sich hoch und stellte verärgert fest, dass es im Augenblick ein wirklich ungünstiger Zeitpunkt war, um zu Tode zu kommen.

Der Tod war ihr vertraut, er hatte sie ihr ganzes Leben lang begleitet und bis heute nicht eingeholt, was sie immer häufiger bedauerte.

Ihr erster Mann war im Dezember 1765 vor Schottland untergegangen. Damals war sie neunzehn. Er war ihre große Liebe. Noch heute hoffte sie, dass er nur wenige Minuten im kalten Wasser hatte liegen müssen, ehe sein Körper wegen Unterkühlung sämtliche Funktionen heruntergeschraubt hatte und er dem Tod so entgegengetreten war, als gleite er in den Schlaf.

Als Witwe eines Steuermannes – er war um einiges älter gewesen – und Eigentümerin eines großen Hauses und mehr Land, als sie selbst bewirtschaften konnte, hatte sie schnell einen neuen Ehemann gefunden. Er kam aus Greetsiel und fasste sofort in der Inselgemeinde Fuß. Auch diese Ehe währte nur kurz. 1769 verschwand er im Eismeer. Er und ein Großteil seiner Mannschaft wurden nie wieder gesehen.

Er hatte unbedingt einmal auf Walfang gehen wollen und gegen ihren Willen auf einem Schiff angeheuert. Ein anderer Walfänger, der es zurückgeschafft hatte, wusste zu berichten, dass auf achtundsiebzig Grad nördlicher Breite das Eis das Schiff festhielt. Mit Sägen und Aufhacken des Eises habe man versucht, sich zu befreien, und das offene Wasser auch erreicht, war dann aber untergegangen. Durch die Eispressung war das Schiff wohl zu sehr beschädigt gewesen.

In dritter Ehe endlich hatte sie einen Mann gefunden, der ebenfalls Witwer geworden war, aus Groningen stammte und einen Winkel auf der Insel betrieb. Er verstand auch was von Ackerbau und Viehzucht, kümmerte sich um ihre Landwirtschaft, und sie verkaufte Ware in seinem Laden. Ihm gebar sie neun Kinder. Die vier Mädchen erhielten den Vornamen Geeske, vier Jungen hießen Gerrit, einer Frank. Starb eines im frühen Säuglingsalter, erhielten die nachgeborenen Geschwister aus Tradition denselben Namen. Nur zwei Jungen, Gerrit und Frank, waren ihr geblieben. Bis die Franzosen kamen und beide in ihre Armee gepresst hatten. Das war viele Monate her, seither hatte sie kein Wort von ihnen gehört.

Zu dem Zeitpunkt, als die Franzmänner sich auf der Insel breitgemacht hatten, waren anfänglich, als die Schanze noch nicht errichtet war, auch bei ihr Soldaten einquartiert worden. Maria war schon damals kaum in der Lage gewesen, sich selbst zu verköstigen, geschweige denn die Männer. Eines Abends beschwerten sich die Soldaten über die dünne Suppe, und einer von ihnen schloss sie im Keller ein, aus dem sie ihr ein Fässchen Branntwein stahlen. Das hatte sie aufheben wollen für die Wiedersehensfeier, wenn einer ihrer Söhne zurückkam. Die Franzosen soffen sich toll und voll, sie konnte sie durch die Fugen in der Holzdecke sehen und hören. Sie tobten und verwüsteten ihr Haus, stießen dabei eine Lampe um und machten sich davon, als sie sahen, dass nichts mehr zu löschen war. Maria hatte sich vor dem Feuer retten können, doch ihr Haus und die Stallungen waren verloren. Sie war für eine Weile in das verlassene Nachbarhaus gezogen, doch es hatte eine ungünstige Lage. Der stete Wind trieb den Sand herbei, der sich vor die Fenster, die Türen und auf den Garten legte. Sie hatte das Gebäude verlassen, als sie dem Flugsand nicht mehr Herr werden konnte. Seither wohnte sie im Armenhaus.

Trotz ihrer Schicksalsschläge konnte man Maria nur als einen optimistischen Menschen bezeichnen.

»Lieber Gott, du wirst mich heute nicht ertrinken lassen«, rief sie, stolperte noch ein weiteres Mal, rappelte sich wieder auf und erreichte die ersten Ostlanddünen. »Danke, Herr.«

Bis zu Cornelius Klaasens Hof waren es nun keine fünfhundert Meter mehr. Nur gut, dass die Nacht nicht vollkommen dunkel war.

Dennoch entging sie nur knapp dem Zusammenstoß mit jemandem, der über Klaasens Hof lief. Schwer zu erkennen, wer das war, also drückte sie sich gegen die Hauswand und wartete ab. Der Schatten lief vorgebeugt und bewegte sich schleichend. Er verschwand im Haus.

Nicht feige, schloss sie sich ihm an, achtete jedoch darauf, von ihm unbemerkt zu bleiben.

VIER

Sina wollte etwas von »Klein London« erfahren; ihre Tante, an die sie sich nicht erinnern konnte, war kaum wichtig. Sie wollte hören, wie es um die Lagerhäuser auf der Insel stand, wie die Menschen dort ungeniert und ungestraft englische Ware verkaufen, kaufen und genießen durften.

»Ärgere mich nicht«, sagte sie und stand auf. »Wie sieht der Ort aus?«

»Rund um den Hafen stehen große Lagerschuppen, aus denen heraus man die Waren kaufen kann. Ich habe kein Geschäft gesehen, jedenfalls nicht so eines, wie Frau Ulrichs es hier bei uns betreibt. Man kauft dort, wo man die besten Konditionen aushandeln kann. Die Häuser abseits des Hafens erreicht man über Treppenstufen. Auf der ganzen Insel ist keine Armut zu sehen.«

Sina empfand keinen Neid gegenüber den Helgoländern. Sie schaute eher begehrlich auf die Borkumer Jungen, die schon bevor sie fünfzehn wurden ihre Väter oder Brüder dorthin begleiteten. Sie musste etwas tun, war es leid, um das eigentliche Thema drumherum zu reden. Da half nur eins. Sie strich ihrem Vater über die Stelle, die sie eben noch geschlagen hatte, stellte sich hinter ihn und begann, mit kräftigen Fingern seinen Nacken und die Schultern zu massieren. Er grunzte zufrieden.

»Erzähl weiter.«

»Helgoland gehört zu England«, sagte er, eine Tatsache, die ihr bekannt war. »Neben den Einheimischen treiben sich dort nur Händler rum.«

»Du meinst Schmuggler.«

»Kein sicheres Pflaster für ein Bauernmädchen. Aua!«

Sie hatte ihn gekniffen.

Cornelius rieb sich den Oberarm. »Gefängnishaft oder gar die Todesstrafe sind nicht das, was ich mir für meine Tochter wünsche.«

Sina war versucht, ihn noch mal zu kneifen, weil er sie hinhielt. »Uns schnappt keiner«, widersprach sie.

Er überhörte ihren Einwand. »Die englischen Kriegsschiffe können nicht überall über uns wachen. Dann erwischt uns der Franzose.«

Das wusste sie doch alles. Sie drückte auf einem Knubbel an seinem Nacken herum, bis er sich mit einem Schulterrollen dagegen wehrte. Etwas sanfter knetend fragte sie: »Wie viele Schiffe lagen im Hafen?«

»Als wir schon da waren, sind zwölf Handelsschiffe unter Geleitschutz eingelaufen. Das war ein Gedrängel, kann ich dir sagen. Sie haben so viele Waren gelöscht, dass die Lagerhäuser nicht ausreichten, um sie aufzunehmen. Unter freiem Himmel mussten sie gestapelt werden.« Er hob einen Arm, um anzuzeigen, wie hoch auf den Kaianlagen die Kisten standen.

Sie seufzte. Sie hätte es gern gesehen, ebenso wie die Handelshäuser, deren Eigentümer aus England, Deutschland und Holland kamen und die sie sich mehrstöckig und prachtvoll vorstellte.

»Waren es so viele wie damals?«

»Du meinst …«

»… als dreihundert bis vierhundert Schiffe vor der Insel lagen«, ergänzte sie, und ihre Stimme klang verträumt.

»Ein bisschen übertrieben, wenn du mich fragst. Aber ja, es waren viele Küstenfahrer und Fischerboote da.«

»Schmuggler«, rief Sina, und es klang wie ein Triumphschrei.

»Nicht so laut.«

»Hier kann uns keiner hören.«

»Das weiß man nie, merk dir das.« Er schüttelte ihre Hände ab, stand auf und verließ die Küche.

Sina starrte lange die geschlossene Tür an und versank in ihrem liebsten Tagtraum. Sie stellte sich vor, wie in der Ferne der Helgoländer rote Felsen, die »Lange Anna«, auftauchte, und meinte, den Geruch von Kaffee und Gewürzen, der in der Luft liegen musste, zu riechen. In ihrem Traum sah sie Kauffahrer aus Amerika und Indien und begann sofort mit den Geschäften. Kaufen und verkaufen. Sie ahnte, wie es ablief. Und anschließend wählten die Schmuggelfahrer in den Lagerhäusern der Helgoländer aus, was sie haben wollten, um es an der besetzten Küste für teures Geld zu verkaufen. Vor allem Kaffee, Zucker, Tee, aber auch Textilien, Gewürze, Reis und Metallwaren. Porzellan und Seidenstoffe aus China und seltene Früchte aus Südamerika. Sie prüften die Qualität und verhandelten den Preis.

Die Weiterverkäufer bezahlten nicht immer mit barem Geld. Viele brachten Fleisch, Getreide, Butter und Käse vom ostfriesischen Festland mit. Oder getrockneten Fisch, der in Italien angeblich sehr begehrt war. Die englischen Händler tauschten ihre Waren gern gegen Lebensmittel ein, denn diese wurden im eigenen Land dringend benötigt.

Bis die Geschäfte abgeschlossen und das kostbare Gut sicher auf den Schiffen verstaut war, nutzten die Seeleute die Zeit bis zur Abfahrt für eine kurze Erholungspause. Man traf sich in einer Gastwirtschaft mit Freunden oder, wie im Falle ihres Vaters, bei seiner Schwester und dem Schwager. Bei einer guten Tasse Tee oder eher einem Grog aus echtem Rum mit Zucker sprach man über Geschäfte, tauschte Erfahrungen und Informationen aus und warnte vor Stellen, an denen die Franzosen gesehen worden waren. Was für ein Abenteuer.

»Ach, wenn ich doch nur dabei sein könnte«, murmelte Sina sehnsüchtig.

Sie ging ans Fenster. Vater hatte eine Tranlampe entzündet und verschwand damit erneut in der Scheune. Sie glaubte keine Sekunde daran, dass er dort nach den Tieren schauen wollte. Die Kühe waren im Sommer nachts nicht im Stall. Kühe waren kluge Tiere, weshalb Sina die Beschimpfung »dumme Kuh« nie verstanden hatte. Die Tiere hatten gelernt, zu den Melkzeiten zu kommen und anschließend wieder auf die Weiden zu gehen. Diese Viehbewirtschaftung in warmen Monaten sparte Heu, das sie im Winter dringend benötigten.

Sicher werkelte ihr Vater in seinem Versteck, gleich hinter den Boxen der Kühe. Vor Jahren schon hatte er dort eine Wand gezogen und den Eingang mit Ringen und Haken bestückt, an denen Trensen, Mistgabeln, Besen und sonstiges Werkzeug hingen, alles, was im Stall Verwendung fand. Für ein ungeübtes Auge war es schwer zu erkennen, dass sich ein größerer Raum dahinter verbarg. Jemand, der hier aufgewachsen war und mit geschlossenen Augen jeden Quadratmeter fand, merkte es natürlich sofort.

Sina war stolz auf sich, ihr Wissen bis heute sogar vor der eigenen Familie verborgen zu haben. Das zeigte, dass sie Geheimnisse für sich behalten konnte. Die besten Voraussetzungen für eine geheime Aktion. Warum verkannte Vater dieses Potenzial? Sie war geschickt darin, unentdeckt zu bleiben. Sooft sie auch die Verstecke aufsuchte, keinem war es je aufgefallen. Vor zwei Tagen erst hatte sie hineingeschaut und den Verlockungen widerstanden, sich von den Schätzen auch nur ein Fitzelchen zu nehmen.

Der geheime Raum war voller Waren, doch Vater wirkte bedrückt und unruhig. Etwas war schiefgelaufen, und das konnte nur mit dem Weitertransport zu tun haben. Normalerweise lagerten die Waren so kurze Zeit wie möglich. Von Helgoland kommend, fuhren die Schmuggler das Festland an, entluden dort und behielten nur den Eigenbedarf und das an Bord, was sie auf der Insel gefahrlos verkaufen konnten, ohne dass die Frau vom Vogt etwas davon mitbekam. Sie merkte sofort, wenn ihre Umsätze im Laden zurückgingen.

Sina entzündete ein Licht und ging damit bis zur Haustür. Dort stellte sie die Lampe auf die Flurkommode und verließ das Haus. Sicheren Schrittes überquerte sie den stockdunklen Hof, blieb vor dem verschlossenen Scheunentor stehen und lauschte. Kein Laut war zu hören. Langsam drückte sie das Tor auf. Die Angeln waren immer gut geölt. Sie konnte es lautlos wieder hinter sich schließen und horchte. Im Winter wären jetzt die Kaugeräusche der Kühe und gelegentliches Schnauben sowie das Brummen lästiger Fliegen zu hören. Da, ein leichtes Schnaufen, das Rascheln von Stroh. Sie schnupperte. Frischer Kuhdung? Das konnte nicht sein, die Tiere standen draußen.

Sina spürte, wie sich ein Tropfen Schweiß aus ihrer Achselhöhle löste und ihren Arm hinunterrann, im Nacken klebte das Haar. Das unbestimmte Gefühl, den Schweiß unbedingt wegwischen zu müssen, ließ sie vorsichtig die Hand anheben. Was, wenn Petit seine Soldaten geschickt und die ihren Vater abgeführt hatten, ohne dass sie etwas davon mitbekommen hatte? Quatsch. Sie schüttelte den Kopf, wischte ihre feuchte Handinnenfläche an der Bluse ab und tastete sich mit ausgestreckten Händen in der

Dunkelheit voran, indem sie sich von Kuhbox zu Kuhbox hangelte.

Sie bekam einen Schlag ins Gesicht, begleitet von dem erschrocken klingenden »Muh« eines im Schlaf gestörten Tieres. Die dicken, borstigen Kuhschwanzhaare schnalzten wie ein Peitschenschlag über ihre Wange und taten weh. Etwas Nasses klebte an ihren Lippen. Mit dem Unterarm wischte sie es fort.

Sie tätschelte den Hintern von Ella, die es anscheinend vorzog, die Nacht im Stall zu verbringen; jede Kuh fand allein ihren eigenen Platz.

»Was machst du denn hier? Drückt das Euter?« Ihre Hand glitt vom Hinterteil über den Bauch bis hinunter zum Euter. »Fühlt sich normal an. Also, was tust du hier?« Beidhändig schob sie das Tier ein Stück zur Seite. »Vater?«

Ihre Fingerspitzen berührten die vollgehängte Holzwand. Der durch den Druck entstehende schmale Spalt ließ ein wenig Licht durch.

»Vater?«, fragte sie erneut und lauschte. Lauerten womöglich die französischen Soldaten auf der anderen Seite auf sie, den Vater gefesselt und geknebelt – oder schlimmer noch, gleich an Ort und Stelle mit dem Bajonett durchbohrt? Der Gedanke machte sie wütend. Mit dem Fuß trat sie gegen das Holz. Da erlosch das Licht.

Ohne zu überlegen, stürzte sie hinein. Nach drei Schritten stieß sie mit jemandem zusammen. Sie bekam einen Schlag an den Kopf und ging zu Boden.

Als sie wieder erwachte, lag sie in den Armen ihres Vaters, eine dicke Beule an der Stirn. Er rieb sich ebenfalls den Kopf.

»Kind, was bist du für ein Dickschädel.«

Sie saßen auf dem Fußboden und lachten beide. Im spärlichen Licht der Tranlampe konnte Sina die Waren auf den Regalen um sie herum erkennen. Die Geheimtür zum Stall war angelehnt, und Ella gab ein dumpfes Muhen von sich. Vater und Tochter verstummten.

»Was tut Ella hier?«, flüsterte Sina.

»Pscht.« Cornelius Klaasen stand auf und schlich zum Durchgang, Sina folgte ihm leise.

Sie erkannte jetzt, was Vater so aufregte. Das Scheunentor. Es war offen.

»Hast du es hinter dir zugemacht?«

Sina nickte.

Beide lauschten angespannt in den Stall hinein, sogar von Ella, in deren Box sie standen, war nichts mehr zu hören.

»Schritte«, flüsterte Sina. Vater legte den Zeigefinger auf die Lippen und griff nach der Mistgabel.

»Soll ich das Licht ausblasen?«

»Nein.«

Er betrat den Stallgang. Sina schloss das Versteck und schob mit dem Fuß Stroh auf die Stellen, an denen die Wand das Stroh auf dem Stallboden verschoben hatte, ehe sie Ella in Position drückte, damit das Tier direkt vor dem Zugang stand.

Vater schaute sie an und nickte. Beiden war klar, ab sofort gehörte sie dazu. »Im Stall ist niemand«, flüsterte er.

Langsam, die Forke erhoben, ging Vater die Stallgasse entlang, gefolgt von Sina, die das Licht der Lampe ein wenig mit der Hand abschirmte, damit es von außen nicht so bald gesehen werden konnte. Kurz vor dem Tor blieb Cornelius stehen. Sein Kopf legte sich zur Seite, als könnte er so besser hören, wer sich draußen herumtrieb und in die Scheune eindringen wollte.

Sinas Herz klopfte wild, als sie nach einem Besen griff. Kaum war sie Schmugglerin, musste sie sich bewaffnen, war in Gefahr. Doch das kümmerte sie nicht wirklich. Was wird aus Ella und den anderen Tieren, wenn Vater und ich im Gefängnis sitzen?, war ihr einziger Gedanke. Und was, wenn Marten nach Hause kam und niemand ihn erwartete?

Der Altersunterschied zwischen Sina und ihrem Bruder Marten betrug zehn Jahre. Sie hatten drei Geschwister, die älter als Sina und jünger als Marten, jedoch bereits im frühen Kindesalter verstorben waren. Den toten Geschwistern war zwei Jahre nach Sinas Geburt die Mutter mit einem weiteren Geschwisterchen gefolgt. Sie starben beide im Kindbett, Marten war dreizehn Jahre alt.

Vater war damals alle Jahre von Mai bis September als Seemann unterwegs gewesen, und Marten hatte sich um seine kleine Schwester, die Kühe, das Federvieh und ein Pferd kümmern müssen. Erst als Sina in die Schule gekommen war, hatte er zunächst als Kajütjunge, dann als Matrose und später als Koch zur See fahren können. Die Tiere versorgte ein Knecht, und Sina blieb für mehrere Jahre bei einer Cousine ihrer Mutter auf dem Westland. Nur an schulfreien Tagen kam sie auf den Hof.

Vor etwa fünf Jahren, nachdem Napoleons Kontinentalsperre errichtet worden war, um den Engländern wirtschaftlich zu schaden, bekam Marten keine Heuer, die ihm zusagte. Er ging nach Borkum zurück. Dort half er dem Vater auf dem Hof, und gemeinsam erwarben sie einen Teil eines Schiffes.

Nach einigen erfolgreichen Fahrten nach Helgoland hatten sie sich eine eigene Tjalk kaufen können. Später eine zweite, die sie gegen einen Anteil am Gewinn anderen überließen. Das lief hervorragend, bis ihn Pierre Petit, stellvertretender Befehlshaber der Franzosenschanze, zum Kriegsdienst presste. Dieser elende Hund. Bald würde er dafür büßen müssen. Doch erst einmal gab es für Marten Wichtigeres, als diesen Wicht zu zerquetschen.

Schon lange bevor der Kanonenschuss über die Insel gehallt war, hatte er die heimatliche Scheune erreicht und sich oben auf dem Dachboden zwischen jeder Menge Gerümpel versteckt. Um ein wenig Bewegungsfreiheit zu haben, hatte er den alten Plunder zusammengeräumt und Dinge gefunden, die ihn an seine Kindheit und die Geschichte seiner Familie erinnerten. Unter anderem ein Spinnrad, das vor dreißig Jahren in den Besitz seiner Mutter gelangt war und seit bald genauso vielen Jahren unbenutzt hier herumstand.

Er versuchte, die Erinnerungen abzuschütteln, die ihn beim Anblick des einen oder anderen Teils überkamen. Sein Bewusstsein sollte für Wichtigeres offenbleiben. Er hatte eine Aufgabe übernommen, deren Erfüllung von so vielen Faktoren abhängig war. Alles musste Hand in Hand gehen, doch einige Faktoren waren schwer zu kalkulieren. Der Zufall und die Menschen, wenn sie unter Druck standen oder Angst hatten. Einerseits sollte er unsichtbar bleiben, bis der englische Kaperfahrer fortsegelte, andererseits musste er den Überblick behalten, um den genauen

Zeitpunkt festzulegen, wann sie an Bord der Fregatte zurückzukehren hatten.

Er, Adrian Nicolai und Keno Agena waren vor wenigen Stunden am Südende der Insel angelandet und ausgesetzt worden. Marten hoffte, die beiden hatten wie geplant ihr Versteck erreicht und würden sich die kommenden zwei Tage bedeckt halten. Er würde die Insulaner beobachten, damit keiner ihnen in die Quere kam, und andere Verstecke für sie suchen, falls das nötig wurde. Eine Kunst, die er sich zutraute.

Er hatte beobachtet, wie Vater die Kühe von der Weide geholt und in den Stall getrieben hatte. Ella war bereits eine halbe Stunde vor allen anderen in ihrer Stallbox gewesen. Marten glaubte manchmal, die Kuh habe mehr Verstand als so mancher Mensch. Zusammen mit Sina hatte Vater die Kühe gemolken und war bald darauf ins Haus gegangen, um zu Abend zu essen. Der Kanonenschuss schien Vater ein wenig aufgeschreckt zu haben, längst hatte er das Haus wieder verlassen und war auf die Düne gestiegen. Marten konnte ihn dort von der kleinen Dachluke aus nicht mehr sehen. Seine Schwester hantierte im Haus herum. Das Klappern von Töpfen und Geschirr und ihr Singen waren deutlich zu hören. Sina hatte keine schöne Stimme, aber sie war kräftig.

Er nutzte die Geräuschkulisse, um auf dem Dachboden etwas Platz freizuräumen. Niemand konnte vorhersagen, wie lange er sich hier verstecken musste.

Erneut lag das Spinnrad in der Hand. Diesmal gelang es ihm nicht, die Geschichte, wie es in den Besitz der Familie Klaasen gelangt war, aus seinen Gedanken zu verdrängen. Als er ein kleiner Junge gewesen war, hatte seine Mutter sie ihm immer und immer wieder erzählen müssen. Gern wäre er damals, vor über dreißig Jahren, dabei gewesen. Gedankenverloren drehte er das Rad.

Es ereignete sich zu einer Zeit, als ganz Ostfriesland von der gar zu großen Faulheit der Borkumer Frauen sprach. In der Zeitung hatte gestanden, die Insulanerinnen hätten angeblich eine Abneigung gegen eine der geringsten Hausarbeiten, nämlich das Spinnen. Der Artikel war unfair, er beschrieb nicht die Vorfälle, die zu der Verunglimpfung geführt hatten. Zu jener Zeit, 1786, beklagten sich die Inselbewohner beim König, dass es ihnen an

Geld zur Unterstützung der Witwen und Waisen der verunglückten Seeleute fehle. Um den Armen zu Hilfe zu kommen, wurden auf königliche Kosten die Spinnräder angeschafft. Achtzig an der Zahl, dazu vierzig Haspeln und der benötigte Flachs wurden vom damaligen Vogt unter den Insulanerinnen verteilt. Für die Frauen, die sich durch Fleiß, Geschicklichkeit und Applikation auszeichneten, war vom Landesherrn eine Belohnung ausgesprochen worden. Das ließen die Frauen sich nicht zweimal sagen. Sie alle, unter ihnen auch Martens Mutter, waren fleißig, und der König zahlte.

Doch der damalige Vogt war keinen Deut besser gewesen als der jetzige. Er strich den Gewinn ein, die Frauen sahen keinen einzigen Gulden.

Marten überlegte, ob die Landesherren die Vögte wohl danach einstellten, wie skrupellos sie waren.

Aus Wut und Zorn hatten die meisten Frauen der Insel die Spinnräder auf einen Haufen geworfen und verbrannt.

Marten bewegte die Spindel am Rad und stellte es beiseite. Das musste ein schönes Feuerchen gewesen sein.

Sina hatte schon vor einer Weile aufgehört zu singen, und draußen war es Nacht geworden. Marten schob möglichst leise noch ein paar Körbe beiseite, bis genug Platz für eine Schlafstätte war.

Sein Magen knurrte. Verflixt. Er hatte vergessen, sich Verpflegung mitzunehmen. Vermutlich ein Reflex. Wer nimmt schon etwas zu essen mit, wenn er nach Hause geht? Ob Keno und Adrian daran gedacht hatten?

Marten verließ nahezu geräuschlos den Dachboden der Scheune – auch ohne Licht wusste er genau, wohin seine Füße treten mussten, hier kannte er sich aus – und umrundete das Gebäude. Wenn er Glück hatte, lag seine Familie schon im Bett. Er plante, sich aus der Küche etwas zu essen zu holen und in sein Versteck zurückzukehren.

Auf leisen Sohlen schlich er ins Haus. Das Licht auf der Flurgarderobe nahm er mit in die Küche. Dort plünderte er die Brottrommel, fand Käse, Butter und eingelegte Salzgurken und stellte alles auf den Tisch. Aus der Besteckschublade nahm er ein

Messer und vom Regal ein Holzbrett. Im Stehen säbelte er eine dicke Scheibe Brot ab. Der Duft stieg ihm in die Nase und ließ ihm das Wasser im Mund zusammenlaufen, als ihn mit einem Mal etwas Hartes in den Rücken stach und eine Stimme befahl: »Messer weg.«

Jetzt nur keine hektischen Bewegungen machen, sonst wirst du von deinem eigenen Vater erstochen, dachte Marten. Er legte das Brotmesser auf den Tisch, hob beide Hände und drehte sich langsam um.

»Marten«, rief Sina, stürmte am sprachlosen Vater vorbei, sprang ihm an den Hals und bedeckte sein Gesicht mit Küssen. Es war lange her, dass ihn ein Mädchen abgeküsst hatte. Ein angenehmes Gefühl, auch wenn es die eigene Schwester war.

»Was machst du hier?«, fragte Cornelius Klaasen, als er seine Sprache wiedergefunden hatte. Er ließ die Mistgabel, die er seinem Sohn in den Rücken gedrückt hatte, fallen und nahm Marten in die Arme, nachdem Sina ihn endlich losgelassen hatte. »Setz dich. Erzähl, wie kommst du hierher?«

»Lasst mich erst was essen.«

Aufmerksam, als säßen sie in einem Theater, verfolgten Sina und Cornelius jede von Martens Bewegungen, warteten aber geduldig, bis er seinen Hunger gestillt hatte. Der letzte Bissen war noch nicht durch die Speiseröhre nach unten gerutscht, da wiederholte Cornelius seine Frage. »Was machst du hier?«

Marten tat es in der Seele weh, ihnen nur die halbe Wahrheit sagen zu können. »Ich bin desertiert.«

»Nein«, rief Sina und schlug eine Hand vor den Mund. Sein Vater wirkte in diesem Moment, als wäre er ein uralter Mann. Entsetzt starrte er ihn an.

»Darauf steht der Tod.«

Die Nacht war nicht vollkommen dunkel. Jochum und Haye wateten stellenweise bis zum Bauchnabel ins Wasser hinein, um an Körbe und Kisten heranzukommen. Manches Mal musste Jochum schwimmen, um die Ware zu ergreifen.

»Nicht so weit raus, sonst sehen wir dich nie wieder«, mahnte Haye. Es war inzwischen nach Mitternacht, der Ebbstrom zog

Jochum und einen großen Teil der Waren aufs Meer hinaus. Sie konnten unmöglich alles retten. Der Rest würde morgen Vormittag mit der Flut auf den Strand gespült, von jemandem gefunden und anschließend von der Dorfgemeinschaft geborgen werden.

Durchweicht vom Salzwasser schleppten sie ihre Kisten an den äußeren Fuß der Randdünen. Sie mussten noch vergraben und die entstehenden Spuren verwischt werden. Das kostete viel Zeit.

»Lass uns alles über die erste Dünenkante bringen.«

Gesagt, getan. So gelangte einiges von Freriks' Ladung in ein Dünental, das sie für geeignet hielten. Teile des Sandbodens waren bewachsen. Es gab Gestrüpp, Brombeerranken sowie genügend sandige Flächen, in denen Kaninchen gewühlt und Löcher gegraben hatten. Der Bau eines Kaninchens – ideal. So ersparten sie sich einen Teil der Grabungsarbeit.

Es musste bereits kurz vor Sonnenaufgang sein, oder so kam es den Jungen vor, als ihre Kräfte schwanden. Sie konnten nicht mehr unterscheiden, ob Hose und Hemd noch vom Meerwasser oder vom Schweiß klatschnass waren.

»Den Rest bringen wir dahinten hin.« Haye deutete in östliche Richtung. »Da ist der Strand so aufgeweht, dass man die Kisten einfach dahinter verstecken kann. Da geht keine normale Flut mehr drüber, und aus dieser Richtung bleibt alles, was dahinter liegt, unsichtbar.«

»Nicht gerade perfekt, aber es muss reichen.«

Schwer bepackt und ohne ihre eigenen Füße sehen zu können, machten sie sich auf den Weg, blind, wohin ihr Schritt sie führte. Es war Jochum, der über etwas stolperte. Er fiel lang hin, die unhandlichen Kisten flogen beiseite.

Mit dem Gesicht im Sand stellte Jochum fest, dass der Geruch nach Tod zuallererst in die Nase biss, ehe er auf den Magen schlug. Der feine Duft nach Pfefferminze aus der letzten Kiste, die sie vorhin vergraben hatten, hing noch in seiner Nase und unterstützte den Brechreiz. Wie entsetzlich musste jemand aussehen, der so stank.

Das, was er in dem wenigen Licht zu sehen bekam, war unendlich grausig.

»Der ist höchstens eine Woche alt«, urteilte Hayes flüsternd.

Nicht dass er Spezialist in dieser Angelegenheit war, aber: »Vor acht Tagen lag an dieser Stelle niemand.«

Er sagte es leise, als hätte er Angst, dass der Mann ihn hören könnte. Jochum sprang auf die Beine. Gemeinsam starrten sie den Kopf an, der aus dem Sand ragte.

Dort, wo einst die Augen des Mannes saßen, erblickten sie dunkle Löcher. Fast noch schlimmer als das Gesicht mit den fehlenden Augen und weggefressenen Lippen, den gebleckten Zähnen und der von Fischen und Krebsen angenagten Nase war eine Hand. Sie lag halb verborgen im Sand, der Zeigefinger, abgenagt bis auf die Knochen, zeigte auf Jochum und Hayes, als würde er sie anklagen wollen, seinen Tod verschuldet zu haben.

Ein leiser Wind im Nacken ließ Jochum aufblicken. Es war ihm, als hauchte der Tote sie an, um ihnen mitzuteilen, sie wären die Nächsten.

»Es kommt Wind auf.« Haye hatte es auch bemerkt. »Das wird Ärger geben.« Er schien nicht den Wind, sondern den Toten zu meinen.

»Lass uns die Schaufeln holen.«

»Was hast du vor?«

»Vergraben. Vorher sehe ich nach, was in seinen Taschen ist.« Er zog dem Toten die Mütze vom Kopf. Im linken Ohrläppchen steckte ein Ring. »Seemann«, stellte Jochum fest. »Dafür bekommt er ein schönes Begräbnis.«

Der Ohrring war aus Gold und dicker, als ihn die meisten Seeleute trugen.

»Er hatte Geld«, sagte Haye. »Die Kleidung ist auch vom Feinsten.« Er rieb den Stoff der Hose zwischen den Fingern.

In der Innenseite der Jacke steckte ein Päckchen, wasserfest eingeschlagen.

»Seine Papiere?«, mutmaßte Hayes.

»Bestimmt ein Kapitän.«

»Wie kommst du darauf?«

Jochum zog seine Hand aus der anderen Jackentasche des Toten. Im Licht des Mondes funkelte eine Taschenuhr.

»Bringen wir ihn ins Dorf.« Unbehagen lag in Hayes Stimme.

Auch Jochum spürte, wie sein Schreck um den Fund des Toten

nachließ und Fürsorge für den Leichnam an dessen Stelle trat. Jedem Seemann war bewusst, dass die Wahrscheinlichkeit, auf See zu sterben, groß war. Um in der Fremde, falls das Meer den Leichnam hergab, nicht auf dem »Drinkeldodenkarkhoff«, dem Friedhof für unbekannte Ertrunkene, zu landen, sollte man etwas von Wert bei sich tragen, damit man wenigstens einen Sarg und ein Kreuz bekam. Dazu diente der Ohrring. Identifiziert zu werden, war schwieriger. Ein Fingerring mit dem Namen und den Daten des Seemanns konnte helfen, doch die Möglichkeit, dass frei liegende Körperteile von Tieren gefressen wurden, war hoch. Da konnte ein Ring schnell verloren gehen. Eine Tätowierung war da schon besser.

Es gab Seeleute, die ließen sich den Längen- und Breitengrad ihres Heimatortes in die Haut tätowieren. So konnten sie nach Hause gebracht werden, oder zumindest ermöglichte es dem Bürgermeister oder Pastor am Fundort, die Familie des Toten davon in Kenntnis zu setzen, wo er sein Grab gefunden hatte.

»Nein, wir lassen ihn liegen. Wenn wir ihn mitnehmen, müssen wir dem Vogt erklären, wo er lag und was wir hier mitten in der Nacht zu suchen hatten. Was machst du da?«

»Lass uns wenigstens den Ohrring nehmen.«

Jochum schlug Haye auf die Hand. »Lass den Ring stecken.«

Haye stellte sich aufrecht hin und streckte den Rücken durch. »Hey, war doch nur Spaß. Ich würde niemals jemanden um sein christliches Begräbnis betrügen.«

Jochum musterte ihn prüfend.

»Ich werde morgen zum Pastor gehen und ihm von dem Toten erzählen«, bot Haye nach längerem Schweigen an, und Jochum nickte. Die Taschenuhr kam an ihren Platz zurück, doch das Päckchen, in dem Jochum Schiffspapiere vermutete, wog schwer in seiner Hand.

»Verschwinden wir.« Von Haye unbemerkt, verstaute Jochum das Päckchen in seinem Hosenbund.

»Gut siehst du aus.« Sinas Finger berührten den hochstehenden Kragen von Martens Hemd. Seine kurzen Haare waren ins Gesicht gekämmt, und er trug lange Koteletten. Das Tuch der Weste war feinste Webarbeit und hing hinten etwas länger als vorn über einer Kniebundhose. Die Messingknöpfe waren schlicht und einfach. »Nun erzähl, wie es dir ergangen ist.«

Sina setzte sich neben Marten an den Tisch. Sie hatte sich an seinem Arm untergehakt, ihr Kopf lag auf seiner Schulter. Sie mochte ihn einfach nicht loslassen. Ihr großer Bruder war zurück.

»In Cherbourg kam ich an Bord einer französischen Fregatte. In einer Schlacht mit den Engländern sind wir mit Mann und Maus untergegangen.«

»Und du konntest dich retten und an Land schwimmen? Oder jemand hat dich aus dem Meer gefischt.«

»Sina«, sagte Cornelius Klaasen, »lass deinen Bruder erzählen.«

Sie überhörte seinen Einwand. »Ich habe immer gehofft, du sitzt weit weg vom Krieg und der Kontinentalsperre irgendwo in Frankreich und wartest ab«, offenbarte sie ihre Tagträume. »Und nun … Warum hast du uns das nicht geschrieben?« Sie hob den Kopf und knuffte zärtlich seinen Oberarm. Ihre Worte hörten sich an wie der Vorwurf einer Mutter.

»Das habe ich.«

»Aber nur zwei Briefe«, klagte Sina.

»Da warst du noch in Frankreich. Danach also in englischer Kriegsgefangenschaft«, nahm Cornelius den Faden wieder auf.

»Erzählt ihr die Geschichte oder ich?« Marten lachte, beugte sich vor und schnitt sich noch ein Stück Käse ab, obwohl er bereits satt war. Er war zu köstlich. Seine Schwester verstand etwas von der Käseherstellung. »Schmeckt wunderbar.« Er küsste ihre Wange.

»Du erzählst. Aber dann sag uns endlich, wie du aus der Gefangenschaft fliehen konntest und wer dich hergebracht hat.«

»Die Engländer haben mich gebracht.«

»Du lügst.« Sina knuffte ihn erneut, diesmal heftiger.

»Aua«, übertrieb er. In seiner Hand lag immer noch das Käsemesser, mit dem er anstelle eines Kopfschüttelns nachdrücklich durch die Luft schnitt. »Nein, ich sage die Wahrheit. Die Engländer haben mich persönlich hier abgeliefert.« Er tippte mit dem Ende des Messergriffs mehrmals auf die Tischplatte.

»Hier auf dem Hof?« Sina glaubte ihm kein Wort. »Dann haben

wohl die Engländer das Scheunentor offen gelassen.« Sie tat, als schaute sie sich suchend um. »Ich sehe niemanden.«

»Das ist kein Spaß, ihn könnt mir glauben. Ich habe eigentlich schon zu viel verraten. Aber ich brauche eure Hilfe.«

»Wobei?«

»Könnt ihr schweigen?«

Was für eine Frage in einer Schmugglerfamilie. Marten verkniff sich ein Grinsen. Sinas Gesicht war ernst und gleichzeitig enttäuscht.

»Wie kannst du nur an uns zweifeln? Wir sind deine Familie. Außerdem«, sie schaute ihren Vater herausfordernd an, »kann ich dir mein großes Schmugglerehrenwort geben.« Dabei legte sie eine Hand aufs Herz.

Die beiden Männer wechselten einen Blick. Martens war vorwurfsvoll, Vaters zeigte Resignation. Er hob abwehrend die Hände. »Sie ist noch keine Stunde dabei.«

»Wenn das so ist«, sagte Marten mit gesenkter Stimme, »erzähl ich euch alles.«

Den Zeigefinger senkrecht vor die Lippen haltend, lehnte er sich vor; Sina und Cornelius taten es ihm nach.

»Der Plan ist folgender.«

Ohne zu pausieren, erklärte Marten, was die Engländer vorhatten.

»Nicht nur Deserteur, auch noch Spion.« Cornelius Klaasen konnte schwer sagen, was ihm mehr Angst um seinen Sohn machte. Die Tatsache, dass auf Fahnenflucht zuerst die Auspeitschung und dann der Tod standen, oder der Umstand, dass Spione hingerichtet wurden. Beides lief auf dasselbe hinaus, und dennoch ergab Martens Plan Sinn. Zumindest aus Sicht der Engländer. Cornelius' Wangen gewannen an Farbe zurück. Die Blässe verschwand, sein Herz schlug wieder normal, gedanklich suchte er das Vorhaben nach Schwachstellen ab. »Ein gewagtes Abenteuer. Was springt für dich dabei heraus?«

»Aus der Kriegsgefangenschaft können sie mich kaum entlassen …«

»Warum denn nicht?«, fragte Sina.

»In den Augen der Briten bin ich ein Franzmann, also ihr Feind. Schließlich sind alle Ostfriesen auf Napoleons Befehl hin seit einem Jahr Franzosen. Aber wenn mich die Franzmänner in den kommenden drei Tagen nicht erwischen, kann ich zurück nach England gehen. Dort darf ich auf einem Schiff meiner Wahl anheuern oder sogar an Land arbeiten. Sobald der Krieg zu Ende ist, komme ich heim.«

»Und du meinst, ich glaube dir das?« Cornelius wusste immer, wann sein Sohn log oder sich die Wahrheit zumindest ein wenig zurechtbog.

»Aber so lange giltst du hier bei uns als Deserteur«, sagte Sina besorgt.

Marten schüttelte den Kopf, er wirkte erleichtert, auf Cornelius' Einwand keine Antwort geben zu müssen. Etwas versuchte sein Sohn ihm zu verschweigen.

»Nicht unbedingt. Ich gehe davon aus, dass die Franzosen mich seit der Seeschlacht als ertrunken von ihrer Liste gestrichen haben. Was für ein Glück, dass ihr von ihnen noch keine Nachricht über meinen Tod bekommen habt.«

»Ich glaube kaum, dass die Franzosen jeden von uns auf einer Liste haben«, sagte Sina.

»Jetzt vielleicht noch nicht, aber bald. Der Kaiser ist dabei. Napoleon führt in den besetzten Gebieten die Kommunalverfassung ein. Und man erzählt sich, dass in den kommenden Wochen das kaiserliche Dekret verabschiedet wird, wonach alle, die bis jetzt keinen Familiennamen haben, diesen bestimmen müssen.« Cornelius sprang auf, um aus seiner Jackentasche eine Zeitung zu holen. »Die habe ich vom Bürgermeister. Hier steht es: Artikel fünf. ›Diejenigen unserer Untertanen, welche ihre Namen und Vornamen behalten wollen, sind nichtsdestoweniger verbunden, davon Anzeige zu tun, nämlich die, welche in den gedachten Departements wohnen, vor der Maire ihrer Gemeinde …‹ Und so weiter. Und hier«, er tippte auf das Papier, »Artikel sechs: ›Der Familienname, welcher der Vater oder in Ermangelung desselben der väterliche Großvater anzunehmen erklärt hat, wird allen Kindern gegeben, welche verbunden sind, ihn zu führen und bei allen Handlungen zu gebrauchen. Diejenigen unserer

Untertanen, welche ihren Vater oder Großvater noch am Leben haben, beschränken sich zu erklären, dass sie existieren und wo sie wohnen‹.«

»Vater«, rief Marten. »Das tut doch jetzt nichts zur Sache.«

»Doch. Es bestätigt mir, dass die Franzosen …«

»Die haben keine Ahnung, vertraue mir.«

Vertrauen würde Cornelius Marten gern. Aber hatte sein Sohn alles genau durchdacht? Die Engländer konnten bei dem Spiel nichts verlieren. Ihnen war es egal, ob jemand draufging, zumal es keinen der ihren traf. »Der Krieg kann noch ewig dauern. Willst du wirklich so lange in Britannien bleiben?«

Marten tat seinen Einwand mit einem Handwinken ab, und da wusste Cornelius, dass er neben seinem Plan einen weiteren hatte, den er ihnen bislang verschwieg. Oder schlimmer noch, sein Sohn hatte vor, in den kommenden Tagen sowohl vor den Engländern als auch vor den Franzosen zu fliehen.

»Die Engländer sind großzügig«, sagte Marten, Daumen und Zeigefinger aneinanderreibend. »Fünfhundert holländische Gulden.«

Das war fast ein Viertel des Wertes ihres Hofes.

»Geld ist nicht alles.« Cornelius bewegte seinen Kopf langsam abwägend hin und her. Ein Lachen stieg in ihm auf.

»Was ist so lustig?«

»Ich denke an das betretene Gesicht von Tadeus Ulrichs.«

»Ich hoffe, er wird die Wahrheit nie erfahren«, sagte Marten, konnte sich ein Grinsen aber ebenfalls nicht verkneifen.

»Nein, du hast recht. Schade, die Gelegenheit kommt selten, Tadeus eins auszuwischen. Man möchte es ihm am liebsten sofort auf die Nase binden. Nun gut. Ich muss in Ruhe über alles nachdenken. So lange bleibst du hier. Nur eine Frage habe ich noch: Worauf hat der Froschfresser heute geschossen?«

»Auf uns jedenfalls nicht. Das wird ein Salutschuss für Napoleons Geburtstag gewesen sein. Wir haben gänzlich unbeobachtet auf halber Höhe zwischen Nord- und Südstrand geankert. Hätten sie uns bemerkt, wäre mehr als einmal geschossen worden. Und sollten sie uns auf See gesehen haben, sind sie sicher davon ausgegangen, dass wir auf dem Weg in den Dollart sind, um andere

Schiffe abzufangen, Emden oder Greetsiel zu beschießen oder die Ems hochzufahren.«

Schweigend hingen die drei Klaasens ihren Gedanken nach. Klappte es, klappte es nicht? Welche Konsequenzen ergaben sich für die gesamte Inselbevölkerung?

Die Stille wurde unterbrochen durch ein grummelndes Geräusch, das alle drei erschrocken auffahren ließ.

FÜNF

Ein Franzose hatte sich ins Haus geschlichen.

Aber wieso? Wenn die Franzosen etwas von Cornelius Klaasen haben oder wissen wollten, dann kam eine bewaffnete Truppe von wenigstens vier bis sechs Mann, die Gewehre geschultert, und schritt unter lauten Kommandos einfach auf den Hof und zur Haustür hinein.

Schade, dass immer mehr Wolken das Mondlicht verdeckten. Schlank war die Gestalt gewesen und vermutlich jung, so leichtfüßig, wie sie sich bewegt hatte. Augenscheinlich kannte sie sich hier aus, denn sie hatte zielsicher ein in der Dunkelheit kaum sichtbares Fass umrundet, welches das Regenwasser, das vom Dach herunterlief, auffing. Als Maria beobachten konnte, wie die Gestalt sich im Vorbeigehen nach etwas bückte, es aufhob und an die Stallwand lehnte, hatte dieser Handgriff ihren Herzschlag beruhigt. Menschen, die Böses im Sinn hatten, würden wohl kaum einen umgefallenen Spaten oder Besen wegräumen. Es sei denn, derjenige wäre so vorausschauend, sich einen Fluchtweg freizuräumen.

Das erschien ihr jedoch unwahrscheinlich, zumal der Gang und die Art, wie die Gestalt mit den Armen schlackerte, Maria durchaus vertraut vorgekommen waren. Marten, hatte sie spontan gedacht. Sie kannte ihn, seit er das Licht der Welt erblickt hatte. Aber das konnte nicht sein. Der Junge war irgendwo in der Armee, vielleicht sogar schon tot. Nein, sie musste sich geirrt haben. Das musste Sina gewesen sein. Dennoch durchlief ein Frösteln ihren Körper.

Marias Augenmerk wurde nach links gelenkt. Dort trat in diesem Moment Cornelius Klaasen aus der Scheune und folgte dem Mann, leise und geduckt und mit einer Mistgabel bewaffnet.

Die Verdunstungskälte der feuchten Schuhe und Strümpfe lag klamm auf Marias Haut, Rock und Bluse waren ebenfalls durchnässt. Der kalte Stoff klebte an ihr, und sie merkte, dass sie zitterte. Maria befürchtete, sich trotz der warmen Nacht eine

Lungenentzündung zu holen. Seit sie im Armenhaus lebte, stand es um ihre Gesundheit nicht mehr allzu gut.

Jetzt kam Sina aus der Scheune. Als sie ebenfalls im Haus verschwunden war, ging Maria ihr nach.

Vorsichtig drückte sie die Klinke hinunter. In der offenen Tür blieb sie stehen und lauschte. Im Flur war es dunkel, nur durch die angelehnte Küchentür drang etwas Licht herüber. Maria hörte drei verschiedene Stimmen und lächelte. Sie sah doch keine Gespenster. Das war kein Eindringling gewesen, den Cornelius die Mistgabel spüren lassen musste. Es klang eindeutig nach Marten Klaasen. Aus Freude darüber, den Jungen gesund wiederzusehen, atmete sie tief durch. Die Anspannung der letzten Minuten wich von ihr. Bei all der Aufregung hatte sie fast vergessen, weshalb sie hier war. Wunderbar, gleich zwei kräftige Männer und die zupackenden Hände eines tüchtigen Mädchens, da sollte es möglich sein, genügend Strandgut zu bergen.

»Was machst du hier?«, hörte sie Cornelius fragen. Die Panik in seiner Stimme veranlasste Maria, reglos stehen zu bleiben. Cornelius klang, als habe er von der Ankunft seines Sohnes keine Ahnung gehabt. Und das Mädchen, der überschwänglichen Stimmung Sinas nach zu urteilen, ebenfalls nicht. Der Gedanke, die beiden Männer könnten sich erschrecken, wenn sie aus dem Dunkel trat, und sie aus einem Reflex heraus niederschlagen oder gar mit der Forke erstechen, verstärkte Marias Zittern. Blieb zu hoffen, dass die wenigen Zähne, die in ihrem Mund aufeinanderschlugen, in der Küche nicht zu hören waren.

Dass Marten auf der Insel war, konnte nur eines bedeuten. Er war desertiert. Das wiederum hieß, er war auf der Flucht, jederzeit gewappnet, sich gegen eine weitere Gefangenschaft mit allen Mitteln zu wehren. Sie fühlte bereits die Klinge eines Messers an ihrer Kehle entlangfahren, griff sich an den Hals. Ein paar Atemzüge blieb sie mit der Hand am Hals stehen. Ihre Phantasie ging mit ihr durch. Marten würde niemals einer Mitwisserin die Kehle durchschneiden.

Von diesem Gedanken beflügelt, wagte sie sich weiter vor. Sie beschloss, den richtigen Zeitpunkt zum Eintreten abzuwarten. Kurz kam ihr der Gedanke, zurück zur Haustür zu gehen, diese laut zuzuschlagen und nach Cornelius zu rufen, um sich anzukündigen. Damit verschaffte sie Marten Zeit, sich vor ihr zu verstecken, falls er kein Vertrauen zu ihr haben sollte. Doch sie blieb stumm. Die Hand weit vorstreckend, als könnte die Küchentür ihr die Finger abbeißen, machte sie einen Schritt darauf zu und drückte sie einige Zentimeter weit auf. Alles, was sie sehen konnte, war der Küchenfußboden. Die orangen, grünen und schwarzen hart gebrannten Steine hatten ihr schon immer gefallen.

Maria lehnte den Kopf an den Türrahmen und konnte dadurch an den hölzernen Regalen, auf denen Porzellanurnen mit Mehl, Zucker und mehr standen, vorbeisehen. Zwischen den beiden Küchenfenstern hing eine Uhr, deren Kopfstück an die Zimmerdecke stieß. So spät schon? Sie hatte länger für die Strecke gebraucht als vermutet. Sie hörte, wie Sina ihren Bruder aufforderte, noch ein wenig Brot und Käse zu essen, doch Marten schien satt zu sein und erzählte seine Geschichte. Eine äußerst interessante Geschichte. Maria meinte die ganze Zeit über, den Duft des Brotes riechen zu können, und drückte eine Hand auf ihren leeren Magen. Sie hoffte, dass niemand ihr Bauchgrummeln hören möge.

Der Gedanke war noch nicht zu Ende gedacht, da ließ ein »Pscht« Maria die Luft anhalten. Sie vernahm ein Geräusch, Holz schabte über Stein. Ein Stuhl wurde zurückgeschoben, jemand stand auf, ein Schatten legte sich zwischen Maria, die Fenster und die Uhr, und sie wurde zu Boden gerungen.

»Eigentlich wollte ich mich zeigen«, entschuldigte sich Maria und zupfte an ihrem Rock. Die Haarnadeln, die den Haarknoten auf ihrem Kopf hielten, hatten sich gelöst. Ihr taten alle Knochen weh, aber dennoch musste sie ein Kichern unterdrücken. Von gleich zwei Männern zu Boden gerungen zu werden, das hatte sie auch noch nicht erlebt. Sicherlich würde sie an Hüfte und Oberschenkel einige blaue Flecken bekommen.

Während sie noch benommen auf den Steinen saß, griffen ihr kräftige Hände unter die Arme, hoben sie hoch und setzten sie auf einen Stuhl.

Sina strich ihr eine Haarsträhne aus dem Gesicht. »Geht es wieder?«

Maria nickte und nahm von dem Mädchen ein Glas Wasser entgegen. Als ob ein Schlückchen gute Milch nicht viel besser taugte. Das sagte Maria auch, und sie fühlte nur ein winziges Quäntchen Scham, als Sina sogleich davonstürzte, um das Gewünschte zu holen. Beide Hände um das Wasserglas geklammert, damit niemand ihr Zittern bemerkte, schwieg sie und senkte den Kopf. Erst als sie hörte, wie Sina aus der Milchkammer zurückkam und auf dem Weg in die Küche den Riegel vor die Haustür schob, schaute sie auf. Das Kind war vernünftig. Kein zweites Mal sollte sich jemand hereinschleichen können.

Schweigend beobachteten Maria und die beiden Männer, wie Sina den Milcheimer auf die Arbeitsfläche stellte, einen Becher vollgoss und damit zu Maria an den Tisch trat. Ohne einen Schluck davon genommen zu haben, schob Maria das Wasserglas zur Seite und nahm mit einem Augenzwinkern die Milch entgegen. Sie leerte den Becher in einem Zug und wischte sich mit dem Handrücken den Milchbart ab.

»Du hättest dich zu erkennen geben sollen, dann wären dir ein paar blaue Flecke erspart geblieben«, sagte Cornelius. Seinem breiten Gesicht und den eng beieinanderliegenden Augen war keine Regung anzusehen. Er fuhr sich mit einer Hand über die spärlicher werdenden Haare, verweilte am Hinterkopf und kratzte sich. Das tat er immer, wenn er in Verlegenheit war oder nicht wusste, was er von einer Sache halten sollte.

»Das ist wahr, nur hätte ich dann niemals erfahren, was ihr vorhabt. Einer alten Frau erzählt keiner was.«

»Das stimmt nicht«, widersprach Sina, und Maria musste ihr recht geben.

»Von dir einmal abgesehen, meine Kleine.« Immer wenn Sina sie besuchte, brachte sie eine Kleinigkeit mit und blieb ein Weilchen, um sich mit ihr zu unterhalten. Maria streichelte Sinas Wange. Wie zart ihre Haut doch ist, dachte sie wehmütig. So eine hatte sie zuletzt gehabt, als sie mit neunzehn Ehemann Nummer eins geheiratet hatte. »Du hast immer Zeit für mich«, fügte sie hinzu und ergänzte mit einem Blick auf Cornelius, der sich gekünstelt räusperte, »und du natürlich auch.«

»Schluss mit der Süßholzraspelei. Was treibt dich hierher?«

Cornelius griff nach Marias Becher und reichte ihn Sina, damit sie nachschenkte. »Was verschlägt dich mitten in der Nacht auf das Ostland?«

»Der Kanonenschuss und die ›Neptunus‹.«

Maria erzählte, was sie gesehen hatte. Ihre Vermutung, dass Freriks seine Ware über Bord warf, um nicht von den Franzosen auf frischer Tat ertappt zu werden, war logisch, der Meinung waren die Klaasens auch.

»Und da machst du dich auf den weiten Weg hierher?« Sina stand am Küchenschrank, um das Brot, das sie eben erst weggeräumt hatte, die selbst gestampfte Butter und den Käse für Maria auf den Tisch zu stellen.

»Wen sonst sollte ich um Hilfe bitten? Außerdem bin ich mir sicher, dass du, Cornelius, bestimmt ein verstecktes Plätzchen hast, um die Ware unterzubringen. Im Armenhaus kann ich nicht mal ein kleines Säckchen lassen, geschweige denn einen Korb oder eine Kiste.«

Marten betrachtete die Brote, die Sina für Maria geschmiert hatte. Er nahm sich eines und biss hinein. »Bekomme ich auch einen Becher Milch?«

Noch vor einem Jahr hätte Sina ihm gesagt, er wisse selbst, wo die Milch stehe, jetzt beeilte sie sich, ihm einzuschenken.

»Maria hat recht«, sagte Marten kauend. »Heute Nachmittag glaubte ich, Freriks' Schaluppe gesehen zu haben. Gegen das Sonnenlicht war sie schwer zu erkennen, aber jetzt bin ich mir sicher, dass es die ›Neptunus‹ war. Sie steckte wie wir in der Flaute fest.« Er nahm einen Schluck aus dem Becher.

»Ich muss nachdenken«, sagte Cornelius, stand auf und schaute in den Herd.

»Suchst du etwas?«, fragte Sina.

»Glut.«

»Was hast du vor?«

»Um den Vogt zu täuschen, brauchen wir ein ganz besonderes Wrackteil.«

Niemand musste fragen, was er vorhatte, als er ein Stück Holz am Herdfeuer anbrannte. Nicht zu viel und nicht zu wenig. Es musste aussehen wie ein Teil eines Schiffes, das verbrannt und untergegangen war. Ein Schicksal, das einige Schiffe erlitten und bei dem niemand hinterfragte, warum der Strand voller Waren lag.

»Fehlt noch ein Name«, sagte Sina.

»Ein Name?« Er zwinkerte seiner Tochter zu. »Du darfst dir einen aussuchen.«

»Um dem Vogt weiszumachen, ein englischer Kauffahrer sei untergegangen, sollten wir vielleicht noch zerfetzte und angebrannte Reste von einem Segel finden«, sagte Marten.

»Die Segel, die in meinem Lager liegen, sind zu wertvoll, um sie aufzugeben. Das hier muss reichen. Wenn Tadeus Ulrichs später nur genug Gulden in seine eigene Tasche stecken kann, ist der für alles andere blind. Ein Schiffsname wird ihm reichen.«

»›Elisabeth‹ ist ein schöner Name für ein Schiff.«

»Nein, nicht eindeutig genug. Es muss etwas typisch Britisches sein. Elisabeth kann auch eines unserer Schiffe heißen.«

»Warum muss es überhaupt ein englisches sein?«

»Denkt an Pipi. Auch er darf keinen Verdacht schöpfen. Es wird ihn glücklich machen.«

»Der Untergang eines Briten wird jeden Franzosen fröhlich stimmen«, bestätigte Maria zufrieden. »Wir sollten ihn bei Laune halten.«

»›Pandora‹. Wie wäre es damit?«

Cornelius schüttelte den Kopf. »In Greetsiel *und* in Emden gibt es jeweils eine ›Pandora‹.«

»›Beagle‹«, schlug Marten vor.

»Ein schöner britischer Name«, sagte Sina.

»Aber die gibt es wirklich«, widersprach Cornelius.

»Das ist doch gut.«

»Nein, das wird Ärger geben. Stell dir vor, sie taucht hier auf. Wenn wir Pech haben, schon heute oder morgen. Wer weiß, wo die gerade ist. Dann fliegt der Schwindel auf.«

Marten winkte ab. »Wird er nicht.«

»Kannst du jetzt in die Zukunft sehen, mein Sohn?«

»Nein. Ich habe sie in Calais gesehen. Im Heck klaffte ein gewaltiges Loch, und die Masten waren weggeschossen.«

»Also schreiben wir ›Beagle‹ auf das Brett.«

Sina angelte mit der Kaminzange ein Stückchen Glut aus dem Ofen und brannte sechs Buchstaben in die Planke.

»Marten«, wies Cornelius seinen Sohn an. »Im Schuppen liegt etliches zerschlissenes Tauwerk. Hol es. Zwei, drei Enden mit einem britischen Seemannsknoten darin sollten auch den letzten Skeptiker überzeugen.«

Die Vorbereitungen waren abgeschlossen, und Marten verließ die Küche.

»Wo willst du hin?« Cornelius' Frage klang hart. Er folgte seinem Sohn in den Flur.

»Ich hole das Pferd. Dann können wir los.«

»Du bleibst hier.«

»Das ist nicht deine Entscheidung.«

Cornelius wusste, dass sein Sohn damit recht hatte. Marten war ein erwachsener Mann, der selbst bestimmen konnte, ob er das Risiko eingehen wollte, gesehen zu werden.

»Dann los, ich komme gleich.«

Sina wartete in der Küche mit dem Holzbrett und einigen Tauenden in der Hand. Maria saß vornübergebeugt, auf ihren Unterarmen liegend, am Tisch. Sie schnarchte. Der Rest des Haarknotens hatte sich aufgelöst.

»Sie sollte aus den nassen Kleidern raus«, sagte Sina.

»Weck sie auf und koch ihr Eierbier.«

»Du weißt, wie man Gäste verwöhnt, Cornelius«, hörten sie Maria unter den verschränkten Armen müde murmeln. Sie hob in erwartungsvoller Freude den Kopf und leckte sich über die Lippen. »Soll ich dir helfen?«

Die Frage galt Sina. Eine Höflichkeitsfloskel, auf die sie mit Abwinken reagierte.

»Ich hole dir trockene Sachen und lege noch etwas Holz in den Ofen.«

Erst als die Herdplatte glühte, merkte Sina, dass die Männer bereits auf dem Weg zum Nordstrand waren. Ohne sie.

Sie goss einen ganzen Liter Bier in einen Topf, die Männer wollten später sicherlich auch ein Glas, und gab Kandis und Zimt hinzu. Während alles heiß wurde, schlug sie zwei Eiweiß zu Schaum und verrührte die Eigelbe mit einem ordentlichen Schuss Korn. Kurz bevor das Bier aufkochte, nahm sie den Topf vom Herd, rührte Eigelb und Schnaps ein, um abschließend den Eierschaum unterzuheben. Für Maria goss sie einen Becher voll, den diese sogleich leer schlürfte. Es musste ihr die Speiseröhre verbrennen.

Wütend darüber, dass die Männer sie hiergelassen hatten, goss Sina sich selbst auch einen Becher ein, musste aber viel pusten, bis die heiße Flüssigkeit für sie trinkbar wurde.

»In meinem Magen kann ein Stachelschwein Junge kriegen«, erklärte Maria, als habe sie Sinas Gedanken erraten, und hielt ihr den leeren Becher hin, damit sie ihr nachschenkte.

So trank sie das gesamte Eierbier aus.

»Ich leg mich auf euer Sofa«, sagte Maria, als der Topf leer war.

Sie wird bis weit in den kommenden Tag hinein schlafen, vermutete Sina. Doch da täuschte sie sich.

SECHS

Im Krieg zwischen den Franzosen und den Engländern blieb jedes Handelsschiff anderen Schiffen möglichst fern. Begegnete man sich dennoch, war es von Vorteil, wenn sich der Kauffahrer in Luv eines vermeintlichen Kaperschiffs befand. Daraus ergaben sich gute Chancen zu verschwinden oder einen rettenden Hafen anzulaufen, ehe das andere Schiff einen gegen den Wind erreichte. Jemand, der die Luvstellung freiwillig aufgab und vor dem Wind kreuzend auf einen vermeintlichen Feind zusegelte, war entweder stark genug, um aus einem Gefecht als Sieger hervorzugehen, oder ein völlig Irrer.

Auf Jan Pieter Freriks traf eher Letzteres zu, mit dem Vorteil, dass der Kaperfahrer sie im Dunkel der Nacht erst spät sehen konnte. Wenn sie Glück hatten, blieb die »Neptunus« unbemerkt – oder die Engländer interessierten sich nicht für sie. Freriks sah keinen Grund, weshalb seine Schaluppe für den Engländer von Interesse sein sollte. Als Priese lohnte sein Schiff kaum, und wenn sie ihn als Blockadebrecher erkannten, ließen sie ihn sowieso in Ruhe. Jeder Schlag gegen die Franzosen war den Engländern recht. Allerdings war Freriks' Beweis, ein Blockadebrecher zu sein, über Bord gegangen. Niemand konnte sagen, wie der Engländer sich verhielt, wenn sie aufgerieben wurden.

Als endlich Nordwind aufkam, befanden sie sich in Luv der Fregatte. Den Engländer in weitem Bogen zu umfahren, war unmöglich, da er genau in der Wasserstraße lag. Zur Seeseite hin gab es viele Untiefen. Freriks plante, vor dem Wind steuerbords an ihnen vorbeizusegeln. Den Briten auf der Backbordseite zu passieren, hielt er für gefährlich, dabei kämen sie minutenlang zwischen die Fregatte und den Strand, außerdem vermutete er dort die Ankerleine. Sollten sie dort hineingeraten, reichte eine einzige Breitseite, und die »Neptunus« würde selbst zum Strandgut werden.

Hatten sie die Fregatte hinter sich gelassen, würden sie an der Insel vorbeisegeln, um auf Höhe der auslaufenden Sandbank

»Ronde Plate« nach backbord abzudrehen und mit halbem Wind ins Borkumer Fahrwasser einzulaufen. Danach wollte Freriks gut ein Drittel der Wegstrecke ins Hopp hineinlaufen und dort mitten in der Fahrrinne ankern. Sobald die Sonne aufging, würden die wachhabenden Soldaten der Franzosenschanze ihn sehen. Ein Risiko, gewiss, denn ein Kanonier mit gutem Auge war in der Lage, jeden einzelnen Belegnagel seiner Schaluppe anzuvisieren. Freriks konnte nur hoffen, dass die Franzosen sein Schiff erkannten. Die Flagge am Mast musste gut zu erkennen sein. Da der Wind aber von der Schanze in Richtung Schiff wehte und seine »Neptunus« an ihrem Liegeplatz mit dem Heck gen Westen zeigen würde, sollte sie gut auszumachen sein.

Freriks würde nicht darum herumkommen, sich vor dem Kommandanten zu verantworten, da er ohne den erforderlichen französischen Soldaten an Bord unterwegs gewesen war. Eine Vorschrift für jeden legalen Frachttransport. Kein Frachtschiff durfte ohne Aufsicht und die entsprechenden Papiere hinausfahren. Aber das war Freriks' geringste Sorge. Dokumente ließen sich fälschen, und eine Ausrede wegen des fehlenden Soldaten würde ihm bestimmt noch einfallen. Er und seine Männer mussten nach Hause, sehen, ob es ihren Lieben daheim gut ging. Endlich erfahren, was es mit dem Kanonenschuss auf sich hatte.

Torben jammerte bereits unablässig.

»Sie haben unseren Familien etwas angetan, das spüre ich. Jemand hat gesehen, wie wir ohne Begleitung aus Greetsiel abgesegelt sind, und uns verraten. Der Franzmann kann sich ausrechnen, dass niemand sechs Tage von Greetsiel bis Borkum braucht, da kann man ja gleich schwimmen. Und wenn die nicht rechnen können, Tadeus Ulrichs kann's auf jeden Fall. Sie wissen, dass wir auf Helgoland waren.«

Mit seinem Gejammer steckte er die anderen an. Sogar Hinderk rutschte der Kommentar heraus, das Pipi alle Insulaner mitten im Ort zusammengetrieben und mit nur einem einzigen Schuss alle gemeinsam in den Tod geschickt haben könnte.

»Verdammter Idiot, halt den Mund. Warum sollten sie das tun? Schluss damit. Du machst alle verrückt. Ich kann niemanden gebrauchen, der mit den Gedanken jetzt nicht beim Schiff ist.

An die Arbeit. Großsegel, Stagfock, Besansegel ...« Mehr Befehle brauchte er nicht zu geben, die Männer wussten, was zu tun war.

Der Wind kam von achtern, was für die »Neptunus« von Vorteil war. Kaum einem Seemann gelang es, seine Schaluppe so schnell vor dem Wind laufen zu lassen, wie Jan Pieter Freriks es konnte. Die Fregatte kam näher, Freriks konnte sie jetzt mit bloßem Auge erkennen. Verflixt, was hatte er sich nur dabei gedacht? Der Engländer würde ihn sehen. Jetzt konnte er nur noch hoffen, dass der Fregattenkapitän darauf verzichtete, ihn aufzubringen.

Sie hatten die Fregatte fast erreicht. Immer wieder hob Freriks das Fernrohr ans Auge und schaute hinüber. Ihr Name war »Victoria«, und so wie es aussah, hielt ihr Kapitän es für unnötig, Wachen aufzustellen.

»Jan Pieter«, flüsterte Hinderk. »Ihr Vormastsegel muss heruntergefallen sein. Schau, wie es an der Rah hängt. Ganz schlaff.«

»Sie liegt vor Anker, schwojert. Sie ist manövrierunfähig«, vermutete Torben.

»Glaube ich nicht. Sie hatten doch während der Flaute Zeit genug, um den Schaden zu beheben.«

Die Fregatte lag mit dem Bug im Wind.

»Achtundzwanzig Kanonen«, stellte Hinderk fest. »Was glaubst du? Wie viel Mann Besatzung?«

»Zu viele. Hundertzwanzig vielleicht?«

»Den Schaden an Baum und Segel hatte sie noch nicht, als wir sie entdeckt haben«, flüsterte Torben.

Freriks nickte. »Genau das macht mir Sorgen. Kein Sturm, der das hätte anrichten können.«

»Ein Trick? Meinst du, wir sollen glauben, sie sei manövrierunfähig?«

Der Gedanke war Freriks gekommen, doch ihm fehlte jede Erklärung dafür. Es ergab wenig Sinn, wenn ein englisches Schiff fast in Reichweite französischer Kanonen so tat, als sei es unfähig, weiterzusegeln. Und warum schien man die »Neptunus« nicht zu bemerken? Freriks schob das Fernrohr zusammen, wandte sich seinen Männern zu und meinte, in dem wenigen Licht des Mondes Angst auf ihren Gesichtern zu erkennen.

Was, wenn die »Victoria« sie längst gesehen hatte und mit einer sich versteckt haltenden Entermannschaft auf den richtigen Moment wartete, um anzugreifen? Freriks hätte sein Schiff praktisch selbst zum Aufbringen an die Fregatte herangesegelt.

»Seid leise. Torben, halt den Block fest, er klappert.«

An Bord des Engländers schlug die Schiffsglocke acht Glasen. Beginn der Hundswache. Wachwechsel. Mehrere Seeleute mussten jetzt auf Deck sein. Der schlechteste Zeitpunkt für ihr Manöver, den man sich denken konnte. Freriks zog das Fernrohr erneut auseinander und schaute hinüber.

Zu dicht fuhr er in Luv an der »Victoria« vorbei und nahm ihr für wenige Sekunden den Wind weg. Auch wenn sie vor Anker lag, würde ein erfahrener Seemann das kurze Wegbleiben des Windes auf der Wange oder im Haar spüren. Freriks war der Überzeugung, spätestens jetzt waren sie entdeckt.

Seine Mannschaft war erfahren genug, um dieselben Schlüsse zu ziehen. Es kam Bewegung in die Männer. Damit die Schnelligkeit des Schiffes beibehalten werden und sie bei Rückenwind schneller, als der Wind blies, segeln konnten, musste regelmäßig angeluvt und wieder abgefallen werden. Nur so konnten sie vor dem Wind alles aus der »Neptunus« herausholen. Freriks legte das Ruder weit herum.

Auf halber Höhe zur »Victoria« sah er zwei Männer an der Reling stehen. Freriks glaubte, ausdruckslose Gesichter zu erkennen, die seiner Vorbeifahrt wenig Beachtung schenkten. Die Engländer taten nichts weiter, als die Fahrt seiner Schaluppe zu beobachten.

Später würde Freriks erzählen, er habe Kapitän und Steuermann breit grinsen gesehen, jetzt jedoch atmete er nur erleichtert durch.

Als sie die »Victoria« eine Seemeile hinter sich wussten, ließ die Anspannung deutlich nach. Im Wissen, dass laute Stimmen und Geräusche die Engländer gegen den Wind nicht erreichten, jubelte Freriks' Mannschaft. Torben ließ den Block los und zog die Tampen fest, damit das Klappern aufhörte. Der normale Geräuschpegel stellte sich wieder ein. Wie geplant bog die »Neptunus« nach backbord ab, erreichte mit halbem Wind die Einfahrt zum

Hoppgraben und kreuzte gegen den Wind etwa ein Drittel des Weges in Richtung Hafen.

»Segel reffen und Anker raus«, befahl Freriks. Falls der Ausguck auf der Schanze sie entdeckte, konnte es sein, dass er sie im Dunkeln für einen Engländer hielt, der den Mut und das Können besaß, bis hierher zu segeln. Sollte es wirklich so einen verwegenen Kapitän geben, wäre die Franzosenschanze in Gefahr. Die Kriegsschiffe hatten alle mehrere Kanonen an Bord, da brauchte das angreifende Schiff nicht einmal auf Tageslicht zu warten. Einfach in die ungefähre Richtung der Schanze gezielt, und schon wäre es ein Kinderspiel, die Gebäude und ihre Bewohner in Grund und Boden zu schießen.

Wenn das so leicht wäre, hätten die Engländer es allerdings schon längst gemacht. Das Gefährliche an der Sache war die Einfahrt. Abhängig von Ebbe und Flut und vom Typ des Seglers war sie entweder tief genug oder viel zu flach. Einer Fregatte beispielsweise gelang es nicht einmal bei idealen Bedingungen, den Hafen zu erreichen, dazu war das Schiff zu groß. Unmöglich, unter Segeln hineinzukreuzen, das Schiff lief Gefahr, aufzulaufen. Mit halbem Wind jedoch mochte einem kleineren Kriegsschiff so ein verwegener Überfall gelingen. Ein wagemutiges Unterfangen, denn ein einziger Treffer aus einem Geschütz der Schanze in die Takelage reichte, um das Schiff manövrierunfähig zu machen, einer in den Rumpf unterhalb der Wasserlinie, um es zu versenken und anschließend in aller Ruhe die an Land kommenden Seeleute einzusammeln.

Wie dem auch sei, Freriks wusste nicht, wie die Franzosen reagierten, wenn er mit seiner Schaluppe nachts den Hafen anlief. Da war es sicherer, wenn der Ausguck ein ohne Segel vor Anker liegendes Schiff entdeckte.

Die »Neptunus« kam zum Stillstand, der Anker rauschte in die Tiefe. Freriks konnte nicht einmal mehr mit dem Fernrohr die genauen Umrisse der Schanze ausmachen. Wolken waren aufgezogen und verdunkelten den Mond.

»Es wird hoffentlich keine Panik bei den Froschfressern ausbrechen, wenn sie uns hier liegen sehen«, sagte Hinderk und sprach damit Freriks' Sorgen aus.

»Hochwasser ist morgen früh um neun. Drei Stunden vorher haben wir bereits eine Handbreit Wasser unter dem Kiel, das wird reichen, um uns davonzumachen. Die Dämmerung beginnt um fünf Uhr. Mit viel Glück schlafen die Franzmänner um diese Zeit noch, dann können wir ungesehen in den Hafen einlaufen.« Torben unterschätzte die Franzosen gern.

»Nein«, sagte Freriks. »Sie sollen sehen, wie wir ankommen. Sie werden die ›Neptunus‹ so oder so nach Waren durchsuchen.«

»Und nichts finden.«

»Richtig. Und das wird sie misstrauisch machen, wenn wir dann schon am Kai liegen. Beobachten sie aber, wie wir anlegen, können sie später kaum behaupten, wir hätten mitten in der Nacht im Hafen Schmuggelware gelöscht. Haben das jetzt alle verstanden?«

»Du bist ein Fuchs«, sagte Hinderk.

»Deshalb ist er der Kapitän«, sagte Sven.

»Geht in die Kojen, beim ersten Sonnenstrahl wird der Anker gelichtet.«

Doch so weit kam es nicht.

Die Blöcke knarrten leise in der Takelage. Freriks fand keinen Schlaf. Tausend Einzelheiten fielen ihm ein, wenn er über die Schrecken der vergangenen Stunden nachdachte. Der Engländer hätte ihn wegnehmen können, indem er einfach eine Jolle mit acht Mann Besatzung herüberschickte. Der Kapitän der Fregatte hätte keine Gegenwehr zu erwarten, wusste er doch, dass ein Frachtschiff laut Bonapartes Gesetzen unbewaffnet war, wenn man von dem einzigen zwingend vorgeschriebenen französischen Soldaten einmal absah. Doch Kapitän und Steuermann der Fregatte hatten ihn angegrinst, der eine von ihnen sogar beinahe gelacht.

Was war denn so spaßig daran gewesen, dass er versucht hatte, sich an ihm vorbeizuschleichen? Freriks' Schaluppe an sich konnte kaum für so viel Heiterkeit sorgen. Hinzu kam das herabgerissene Segel an Bord des Briten, das nur so aussah, als verhinderte es die Weiterfahrt der Fregatte. Es wirkte instand, keine Flicken oder Anzeichen irgendwelcher Reparaturarbeiten waren zu erkennen gewesen.

Der englische Kapitän hätte sie auch alle erschießen können. Sie waren so dicht an der Fregatte vorübergeglitten, dass er jeden Einzelnen an Deck der »Neptunus« mit einem Gewehrschuss hätte erreichen können. Ist mein Schiff keine Prise wert?, fragte sich Freriks. Der Gedanke erzürnte ihn, jedoch nur kurz. Der Engländer hatte schlicht etwas viel Wertvolleres im Sinn gehabt als ein kleines Frachtschiff von zehn Meter Länge, einem Lagerraum von fast achtzehn Kubikmetern und einem exzellenten Takelgeschirr zum Laden. Sie mussten mitbekommen haben, wie Freriks' Ware über Bord gegangen war.

Alles in allem kam Freriks bis zum Morgengrauen zu dem Entschluss, hier etwas anders als geplant besser schleunigst zu verschwinden. Er weckte seine Mannschaft, ließ Anker lichten und Segel setzen.

Im ersten Licht des kommenden Tages hatte er die Osterems erreicht und war auf dem Weg zur Nachbarinsel Juist.

Während Maria auf dem Hof der Klaasens ihren Rausch ausschlief und Cornelius mit Marten am Strand war, hockten Keno Agena und Adrian Nicolai in einem der drei Schuppen in der Nähe des hölzernen Kaaps. Das Kaap, eine Feuerbake, stand auf fünf dicken Holzständern. Oben war eine hölzerne Plattform angebracht, auf der eine Schicht von hochkant gesetzten Steinen ruhte. In der Mitte der Plattform befand sich ein steinerner Sockel. Darauf war ein eiserner Feuerkorb befestigt. Die Geländer um die Plattform waren gegen Verbrennen mit Blei abgeschirmt. An einer Seite hatte man oben einen kleinen Kran mit einem Flaschenzug für das Hinaufhieven der Kohlen angebracht.

In der Nähe der Feuerbake stand das Wärterhäuschen. Eine kleine Holzhütte, die an einen der Schuppen angebaut war. In den Schuppen lagerten die Kohlen. Verfeuert wurden schottische Kohlen, die mit besonders heller Flamme brannten. Und das seit bald dreißig Jahren. »Sehr zum Schaden der Insulaner«, wurde gern hinter vorgehaltener Hand gesagt, weil sich die Zahl der Strandungen seither enorm verringert hatte. Das Kaap war etwa elf Meter hoch und stand auf einer kleinen Düne. Die Reichweite des Lichtes betrug nur wenige Seemeilen, sie reichte aber aus, um die Schiffe vor den gefährlichen Außenriffen zu warnen. Jedenfalls konnte man nachts von See aus erkennen, wo sich Land befand. Das Feuer brannte täglich von Sonnenuntergang bis Sonnenaufgang und verbrauchte in einer Winternacht etwa eine Tonne Kohlen.

»Wären wir nur mit Marten zum Ostland gegangen«, maulte Keno. »Dann könnten wir jetzt wenigstens etwas Ordentliches essen und trinken.«

Adrian teilte eben mit ihm den letzten Rest ihres kargen Vorrates für heute und brummte. Es klang weder zustimmend noch ablehnend.

»Sollen wir uns auf die Socken machen?« Keno klang müde. Adrian ließ sich von ihm anstecken und gähnte herzhaft.

»Nein, wir bleiben. Lass uns schlafen, hier sind wir sicher. So schnell kommt im Sommer keiner her.«

Ihr Versteck war der kleinste und verfallenste der drei Schuppen, in denen Brennmaterial gelagert wurde, um das Licht der Feuerbake über Nacht zu gewährleisten. Der Mann, der von Sonnenuntergang bis Sonnenaufgang dafür Sorge trug, dass es nicht ausging, hatte das erforderliche Brennmaterial bereits tagsüber nach oben geschafft. Wegen der Kürze der Sommernächte war nicht davon auszugehen, dass er weitere Kohle holen musste, als er für die kommenden Stunden oben angehäuft hatte. Und sollte es doch der Fall sein, würde er sich am Lagerbestand des nächstgelegenen Schuppens bedienen. Keiner machte sich mehr Arbeit, als er musste.

Keno und Adrian verbrachten eine ereignislose Nacht. Der Schlaf wollte sich nur teilweise einstellen, was nicht am fehlenden Bett lag. Sie waren es gewöhnt, ohne weiche Unterlage oder Decken zu schlafen. An Bord eines Kriegsschiffes oder in Gefangenschaft lernte man, in jeder Position Ruhe zu finden. Die Rücken an die Wand des Schuppens gelehnt, dösten sie vor sich hin, schreckten beim kleinsten Geräusch hoch und hörten, wenn Wind aufkam. Trotzdem waren sie früh auf den Beinen und liefen wie Gefangene in einer Zelle hin und her. Es war verabredet, dass zwei Tage lang keiner der beiden den Schuppen verlassen sollte. Sollte es länger dauern, würde Marten ihnen Bescheid geben, ebenso wenn er merkte, dass man auf die Idee kam, sie hier zu suchen. Dann würden sie eines der Schmugglerverstecke aufsuchen, um darin unterzukriechen. Was weder der Franzose noch ihr geliebter Vogt bis dahin gefunden hatte, konnte wohl auch noch für weitere Tage gut sein. Außerdem sollte Marten feststellen, ob es für Keno eine Möglichkeit gab, seine Familie zu sehen. Wenn das überhaupt möglich war, dann vermutlich kurz bevor sie zurück an Bord gingen.

Um sich die Zeit zu vertreiben, unterhielten sie sich flüsternd oder schnitzten an einem Stück Holz herum. Keno, ein Künstler, was Zierknoten anging, versuchte vergeblich, Adrian wenigstens ein oder zwei der leichteren Konstrukte beizubringen. Doch außer den Arbeitsknoten, die an Bord täglich gebraucht wurden, konnte Adrian sich keine merken. Er war nicht in der Lage, sich die verschlungenen Wege der Taue einzuprägen. Nachdem er seinem Freund ein wüstes Durcheinander mit der Bemerkung »Das ist ein japanischer Teeknoten« vor die Füße geworfen hatte, erzählten sie sich Geschichten. Obwohl beide das Leben des anderen kannten, war das kurzweiliger, als dumpf herumzusitzen und zu schweigen oder aus dem verdreckten und zugestellten Fenster oder durch die Ritzen neben der Tür zu spähen.

»Keine fünf Minuten würde es dauern, dann wäre ich bei meiner Familie«, jammerte Keno.

»Verdammt, wie oft soll ich es noch sagen, wir dürfen uns nicht bei ihnen blicken lassen. Sie könnten uns verraten.«

»Meine Familie kann den Mund halten«, versicherte Keno bereits zum x-ten Mal.

»Wenn der Vogt ihnen richtig zusetzt, werden sie einknicken, darüber haben wir doch lang und breit gesprochen. Und er *wird* ihnen zusetzen, das kannst du mir glauben. Deine Mutter ist eine starke Frau. Sie kann den Mund halten, das weiß ich. Aber deine Schwestern? Sie sind noch viel zu klein. Kinder verplappern sich schnell. Es braucht sie nur einer der Franzosen mit etwas Süßem zu locken. Und der Vogt …«

»Er wird ihnen keine Gewalt antun, das hast du mir versprochen.«

Adrian seufzte. Bei den Agena-Frauen würde das kaum nötig sein, Tadeus Ulrichs war kein Mann, dem Kenos Verwandte lange vormachen konnten, ihn in den letzten Stunden nicht gesehen zu haben. So schrecklich es auch war, die Angst ihrer Familien musste echt sein, die Panik, welche Konsequenzen die Fahnenflucht für die Männer und für sie selbst haben würde, wahrhaftig. Es tat Adrian in der Seele weh, dass er geliebten Menschen so etwas antun musste. Doch es war zu ihrem eigenen Besten. Vor allem Kenos Verlobte – sie hatte vor Monaten das erste gemeinsame Kind geboren – wäre kaum in der Lage, auf Kommando verzweifelt auszusehen, wenn sie ihren Liebsten auf der Insel und in einem sicheren Versteck wusste.

Adrian verstand, dass Keno es kaum erwarten konnte, sein Kind zu sehen. Aber er musste sich gedulden. Ob es wohl ein Junge oder ein Mädchen war?

»Ich werde verrückt, nicht zu wissen, was geschieht«, sagte Keno. »Komm, erzähl mir was, und wenn es die Geschichte ist, wie du in den ganzen Schlamassel hineingeraten bist.«

Er setzte sich neben Keno auf den Fußboden und brachte sich in eine angenehme Position. »Ab Frankreich oder …«

»Von Anfang an«, sagte Keno.

»Ich war damals mit einem Muttschiff unterwegs. Ein Torfschiff …«

»Ich weiß, was ein Muttschiff ist.«

»Auf dem Torfschiff fing alles an. Von Borkum kommend fuhren wir ein Stück die Ems hinauf. Du warst schon von Borkum weg, also kannst du es nicht wissen: Ich verdiente meinen Lebensunterhalt mit dem Transport von Torf oder anderen Gütern. Manchmal transportierte ich auch Schill, der von den Muschelbänken abgebaut wird«, er deutete mit der Hand die ungefähre Richtung an, in der die Bänke lagen, »und in die Kalkmühlen auf dem Festland gebracht werden muss. Schill befördere ich nicht gern. Du weißt, der stinkt so.«

An dieser Stelle hielt Keno sich immer die Nase zu und nickte. So auch heute.

»Noch dazu im Sommer, wenn die Muscheln sich öffnen und das Fleisch in der Sonne verwest. Igitt. Na, jedenfalls war es zu der Zeit, als uns frischgebackenen ›Franzosen‹ das höchste Gut, unsere Freiheit, verloren ging.«

»›Leiwer dod as Sklav‹«, zitierte Keno den Wahlspruch aller Ostfriesen.

»Du sagst es«, gab ihm Adrian recht, obwohl der Spruch schwer umzusetzen war, wenn es einen selbst betraf. Seine Stimme klang heiser, was am Durst liegen mochte.

»Leiwer dod as Sklav«, wiederholte Keno.

»Nun sei still, anders sag ich kein Wort mehr.«

»Ich hör ja zu. Was soll ich sonst tun?«

»Jedenfalls bin ich auf der Ems unterwegs. Du weißt, ostfriesische Seeleute werden bevorzugt in Napoleons Armee gebracht. Deswegen forderte das Militär Aurich, Norden und alle anderen Städte auf, vierhundert Teerjacken zu stellen …«

Adrian erzählte bis zu der Stelle, an der er vom Bürgermeister des Ortes verraten wurde, und fügte an: »Vor dort aus marschierte ich in einem zwölf Wochen dauernden Fußmarsch mit den anderen Ostfriesen, die sie geschnappt hatten, nach Toulon.«

»Davon höre ich zum ersten Mal. Ich wusste gar nicht, dass du auch in Toulon an Bord gingst.«

»Doch, doch, Toulon, der Kriegshafen. Dort verteilte man uns zum Dienst in der kaiserlichen Marine auf verschiedene Schiffe. Im Gewirr des Hafens konnte ich meinen Häschern entkommen und gelangte zu Fuß zurück nach Emden.«

»Hey, das mit Toulon ist doch meine Geschichte«, widersprach Keno.

»Ich kenne sie so gut, dass ich für dich weitererzählen kann. Jedenfalls, das hat viele Wochen gedauert. Endlich erreichte ich den Emder Hafen. Es war Nacht, und ich hatte Glück. Jan Pieter Freriks lag mit seiner ›Neptunus‹ am Kai. Er hatte tagsüber Waren für die Insel aufgenommen und wollte bei Sonnenaufgang in See stechen. Der uns begleitende Soldat hat gar nicht gemerkt, dass ein Mann mehr an Bord ging. Zu Hause angekommen, konnte ich mich die erste Zeit frei bewegen, so lange, bis eine Depesche über meine Fahnenflucht den Kommandanten der Franzosenschanze erreichte. Dessen Stellvertreter, Pipi, wollte mich sogleich verhaften. Aber einer der Soldaten hatte es Jochum erzählt, und der konnte mich warnen. Mit knapper Not bin ich entkommen. Und den Franzosen direkt in die Arme gelaufen. Es war wohl ein kleines Glück im Unglück, dass sie mich wenigstens auf das Schiff schickten, auf dem du – also ich – bereits dientest. So waren wir zwei Borkumer zusammen und sind auch nach dem verlorenen Gefecht bei den Engländern zusammengeblieben. Irgendwann geht es nach Hause, sagte ich mir immer wieder. Irgendwann, da war ich mir sicher. Und dann trafen wir Marten.«

»Das ist ein Wunder, Adrian, findest du nicht?«

Adrian dachte da anders. Egal, wo auf der Welt sich zwei oder mehrere Borkumer an einem Ort aufhielten, und mochte er noch so abgelegen sein, man konnte sicher sein, dass sie sich irgendwann trafen. Vermutlich lag es daran, dass sich dort, wo Menschen räumlich begrenzt zusammenlebten, alle gegenseitig kannten – und einander auch bemerkten. Den Dörflern war es das Normalste von der Welt, einem entgegenkommenden anderen Menschen ins Gesicht zu sehen. Leute aus Städten taten so etwas nie. Nur so war es zu erklären, dass sie nach Monaten fern der Heimat, sie lagen gerade in Plymouth vor Anker, in einer Kneipe Marten Klaasen begegnet waren. Die Briten hatten ihn bei einer Seeschlacht aus dem Ärmelkanal gefischt. Gemeinsam durchzechten sie die Nacht. Trotz oder vielleicht gerade wegen des vielen Alkohols keimte in ihnen der erste Funke einer Idee. Es mochte aber auch daran gelegen haben, dass sich am Nebentisch einer der englischen Seesoldaten lauthals darüber beschwerte, dass die britische Admiralität seiner Meinung nach nur katastrophale Karten der feindlichen Gebiete besäße. Was könne man dem Feind nicht alles zufügen, wenn man nur wüsste, wie es hinter den Deichen aussah! Wie groß waren die Franzosenschanzen, und wie konnte man ungesehen nahe genug an sie herankommen? Wo war Napoleon verwundbar?

Als die drei am kommenden Morgen wieder nüchtern waren, erinnerte sich Marten an den Wunsch des Briten nach geeigneten Karten. Und daran, dass die Franzosen auf Helgoland einen Spion eingeschleust hatten, um zu erfahren, welche Schiffswege die »Contrebande«, die Schmuggler, nahmen und wo sie ihre Kontakte an Land hatten, um die Waren in Ostfriesland zu verteilen. Das Leben eines Spions fand Marten damals, als er von der Geschichte hörte, nicht sonderlich erstrebenswert, an diesem

Morgen jedoch schon. Es sollte ein Leichtes sein, den Engländern vorzuschlagen zu erkunden, wie stark Napoleons Schanze auf Borkum wirklich war.

Sie versprachen den Briten eine Gelegenheit, die Insel komplett zu kartografieren. Fachleute, die Dünen, Strände, natürliche Häfen und Wasserläufe zeichneten, sollten mit ihnen nach Borkum kommen. Was gab es Besseres für einen Kartografen, als alles mit eigenen Augen zu sehen?

Kapitän Simmonds war von der Idee begeistert.

So konnten die »Borkumer Deserteure« in der Heimat abgesetzt werden. Unter dem Vorwand, nach Fahnenflüchtigen der englischen Kriegsmarine suchen zu wollen, würden die Briten vor den Augen der Franzmänner an Land gehen, ohne in ein Gefecht verwickelt zu werden. Den Trick wollten die Briten bei Gelingen später auch auf anderen Inseln mit französischen Festungen einsetzen.

Nun hockten Keno und Adrian hier im Schuppen zwischen der Kohle und mussten abwarten, ob der Plan aufging.

SIEBEN

Martha Ulrichs, Madame, wie sie sich gern nennen ließ, weil sie eine Schwäche für Napoleons Josefine hatte, hatte den Kanonenschuss gestern bei Sonnenuntergang mit einem zufriedenen Kopfnicken registriert. Zeit, um die restlichen Wimpel im Garten in die Beete zu stecken. Der Vorwurf an sich selbst, nicht pünktlich zum Salut fertig geworden zu sein, war ebenso schnell verflogen, wie er gekommen war. Was sollte es. So wie es aussah, war sie sowieso die Einzige, die an des Kaisers Ehrentag gedacht hatte. Selbst der Garten des Bürgermeisters sah aus wie eh und je. Dabei sollte der es besser wissen. Es war immer gut, sich bei den Besatzern lieb Kind zu machen. Fähnchen in den Wind stellen nannte man das. Der Bürgermeister schien zu dämlich dazu zu sein.

Nachdem der Salut verhallt war, hatte sie daran gedacht, dass Napoleon ja erst am nächsten Tag Geburtstag hatte. Da bliebe genügend Zeit, die Frauen im Dorf zur Dekoration zu drängen. Warum konnten diese Weiber nicht eins und eins zusammenzählen und sich ausrechnen, was es für einen guten Eindruck auf den neuen Kommandeur machen würde, wenn man sich als treue Untertanen präsentierte? Niemand vermochte zu sagen, was der Neue für einer sein würde. Wenn er auch nur annähernd den Charakter von Pierre Petit oder ihrem Ehemann hatte, würde alles gut werden. Für sie und ihre Familie wenigstens. Der Rest der Einwohner interessierte sie nicht. Das jedenfalls redete sie sich gern ein.

Ihr Leben hier in der Ödnis war anders, als sie es sich für sich als Ehefrau eines Vogtes erhofft hatte. Damals, als er hierher versetzt worden war, hatte sie noch geglaubt, die Insel sei nur ein Sprungbrett für seine Karriere und schon bald würden sie in eine Stadt ziehen. Doch die Jahre auf Borkum zogen dahin. Zugegeben, es ging ihnen gut. Viel besser jedenfalls als den meisten von Napoleons Untertanen. Dennoch fand sie, ihr Leben entsprach nicht dem, was sie sich darunter vorgestellt hatte. Die Menschen mieden sie, was in erster Linie an der Position ihres Ehemannes lag. Nachdem Tadeus dafür gesorgt hatte, dass sie das Monopol auf den Verkauf von Waren auf der Insel bekam, hatte sie niemanden mehr, den sie als Freund bezeichnen konnte. Momente, in denen sie das gern ändern wollte, gab es häufiger. »Geld ist nicht alles« war ein Sprichwort ihrer Mutter gewesen. Immer öfter konnte sie sich mit dieser Philosophie anfreunden.

Mit diesen trüben Gedanken wachte sie am frühen Morgen auf. Die Sonne war bereits aufgegangen.

Für die Zubereitung des Frühstücks für ihre Familie war sie persönlich verantwortlich. Den Rest der Hausarbeiten überließ sie der Haushaltshilfe, die im Laufe des Vormittages kam. »Madame« buk ihren Söhnen »Öljeflurten«. Den geriebenen Teig aus Kartoffeln, Zwiebeln, einem Ei und etwas Salz mochten die Jungs am liebsten.

Als der Teig aufgebraucht war, goss sie erneut Rapsöl in die Pfanne, um zwei Fische für Daniel anzubraten. Der Junge war in der Pubertät und fraß ihr die Haare vom Kopf. Um den bitteren Geschmack des Rapsöls zu neutralisieren, legte sie eine Scheibe Schwarzbrot in die Pfanne. Wurde Zeit, dass wieder besseres Öl auf die Insel gebracht wurde.

Schweigend betraten ihre Söhne die Küche, nahmen am Tisch Platz und warteten darauf, von ihr bedient zu werden. Feinster Kaffeeduft zog durch den Raum. Nachdem sie bis auf eine alle Tassen gefüllt hatte, nahm sie selbst Platz.

»Wo willst du hin?« Madame Ulrichs griff nach dem Handgelenk ihres jüngsten Sohnes.

»Vater wecken.«

»Setz dich wieder und lass ihn schlafen.«

»Aber Vater schläft nie so lange.«

Empfindliche Ohren hörten die mitschwingende Angst aus der Kinderstimme. Martha Ulrichs reagierte wie jede gute Mutter. »Ich sag ihm, dass dich keine Schuld trifft. Iss deinen Kartoffelpuffer.«

»Der kommt vor Mittag kaum aus dem Bett«, erklärte Daniel, ihr Ältester, mit verstockter Miene.

Jeder in der Küche wusste, dass Tadeus Ulrichs stockbesoffen in seinem Bett lag. Die ganze Nachbarschaft musste mitbekommen haben, wie ihr Mann in der Nacht nach Hause gebracht worden war. Laut genug gegrölt hatte er ja. Martha war für Sekunden versucht gewesen, Tadeus aus der Hand seiner Begleiter an der Haustür in Empfang zu nehmen. Da sah wenigstens mal jemand ihre seidene Nachtbekleidung. Was brachte es, wenn man zum Schlafen Stoffe trug, die sich kein anderer im Ort leisten konnte, und niemand bekam sie zu sehen? Doch sie hatte es bleiben lassen. Ungesehen stand sie abwartend hinter der Eingangstür, um ihn anschließend in sein Bett zu schleppen.

Erneut fragte sie sich, was sie damals veranlasst haben mochte, Tadeus zu heiraten. Er war rücksichtslos und berechnend. Wenn es vorteilhaft für ihn und seine Familie schien, ließ er jeden über die Klinge springen. Sie machte sich nichts vor. Sobald es hart auf hart kam, würde er sich für sich selbst entscheiden und sogar Frau und Söhne hängen lassen. Warum nur hatte sie ihn geheiratet? Im selben Moment konnte sie sich die Antwort geben. Damals schien er ein anderer zu sein. Er war jung, stattlich und ehrgeizig, und er war für das Amt des Vogtes bestellt worden. Eine Stellung, die ein regelmäßiges und gutes Auskommen versprach. Ein angesehenes Amt, unanfechtbar und machtvoll, mit weniger hätte sie sich kaum zufriedengegeben. Dazu das Privileg des Ladenmonopols, welches ihnen vor Jahren vom Amt in Greetsiel zugesprochen worden war.

Das meiste Geld auf der Insel floss aufgrund einer wunderbaren Bestimmung als Zusatzbonus in ihre Taschen. Sobald Strandgut antrieb, stand Tadeus von dessen Verkauf ein gehöriger Batzen zu. Egal ob er etwas dafür tat oder nicht. Hinzu kam das Vorrecht, als Einziger auf der Insel über Fang und Abschuss eines jeden frei laufenden Kaninchens und der wilden Enten zu verfügen. Was ihr Mann nur Jägern vom Festland zubilligte, da diese in der Lage waren, eine Jagdpacht zu zahlen. Zugegeben, der damit einhergehende Ärger über die Wilddieberei war in den vergangenen Jahren gewachsen. Man konnte es den Einheimischen kaum verdenken, gelegentlich einen wunderbaren Sonntagsbraten auf dem Tisch haben zu wollen. Zumal sie die Felle ins benachbarte Holland verkaufen konnten. Sehr ärgerlich für ihren Ehemann. Es verursachte unnötigen Papierkram, da Tadeus alle Verstöße schriftlich nach Greetsiel zu melden hatte.

Unterm Strich betrachtet war sie, bis die Franzosen gekommen waren, recht zufrieden mit ihrem Leben gewesen. Davor hatten wenigstens noch ein paar Einheimische genügend Geld, um nicht die ganze Woche einer Tätigkeit nachzujagen, die ihren Lebensunterhalt bestreiten konnte. Die Kluft zwischen ihrer Familie und allen anderen war immer größer geworden. Seit der Ankunft der Franzosen verloren die Menschen an Respekt gegenüber der Obrigkeit.

Sogar die Achtung vor ihr schwand. Man mied und fürchtete sie. Das störte Martha und machte ihr Angst. Hätte sie keinen Laden, wäre ihr Kontakt zu anderen Menschen außer der eigenen Familie gleich null. So sahen sich die Leute gezwungen, wenigstens das Nötigste mit ihr zu reden, wenn sie bei ihr einkauften. Aber das war nicht genug. Sie wollte fort von hier.

Martha fischte sich mit den Fingern ein Stück Kartoffelpuffer vom Teller und überlegte, seit wann genau dieser Wunsch sie jeden Tag aufs Neue beschäftigte. Vermutlich seit sie die mit Bildern illustrierten Zeitschriften bezog, in denen so viel von Glanz und Gloria am Pariser Hof geschrieben wurde. Bonapartes Josefine schien eine Frau mit großem Herz für die Armen zu sein, meinte Martha zwischen den Zeilen zu lesen. Ein Vorbild. Sie wollte sein wie Josefine und hatte daher vor Kurzem damit begonnen, die Ärmsten in ihrem Laden anschreiben zu lassen. Gelegentlich riss sie vor den Augen der Kundschaft ein Blatt aus dem Anschreibheft, zerknüllte es und warf es weg.

Ein Anfang, doch vermochte sie nicht zu sagen, wie Tadeus reagieren würde, sollte er die fehlenden Seiten entdecken. Gefallen würde es ihm jedenfalls kaum. Am besten, sie vernichtete es ganz oder schaffte ein zweites an. Eines speziell für Tadeus, in dem sie nur Kunden eintrug, die ihre Schulden begleichen konnten.

»So besoffen habe ich Vater noch nie erlebt.«

»Daniel, dein Ton gefällt mir nicht«, schalt sie ihren Ältesten, wusste jedoch, dass er recht hatte. Ohnehin wunderte sie sich, warum Tadeus so ausgiebig mit den Einheimischen gezecht und die ihn auch noch nach Hause gebracht hatten, wo doch keiner den anderen leiden konnte. »Esst auf, und dann geht ihr zur Schule.«

»Mutter«, widersprach der Jüngste. »Heute ist schulfrei.«

»Dann geht spielen.« Sie räumte den Tisch ab, prüfte, ob noch heißes Wasser im Kessel war, und schaute kurz ins Schlafzimmer. Tadeus lag bäuchlings auf dem Bett und schnarchte. Trotzdem das Fenster offen stand, stank es nach Alkohol. Wenn der nicht verflog, würde sie kommende Nacht auf der Chaiselongue schlafen.

Zurück in der Küche goss sie sich erneut einen Kaffee auf und dachte über ihre Zukunft nach.

Gegen zehn Uhr schlich sie sich noch einmal ins Schlafzimmer und zwängte sich in ihr Empirekleid. Eine Nachempfindung eines Gewandes, das Josefine einmal getragen hatte. Martha hatte die Zeichnung aus der Zeitung ausgeschnitten und aufgehoben. Der hauchdünne Stoff saß ein wenig zu eng an ihrer runden Figur. Die Taille rutschte unter die Brust, wie es sich gehörte, nur war durch das dünne Gewebe viel zu viel davon zu sehen.

»Was willst du in dieser Nacktmode?«, grollte es vom Bett her.

Martha schnappte sich die zum Kleid passenden Ballerinas und verließ das Schlafzimmer. »Ich mache dir das Frühstück.«

Zehn Minuten später ließ Tadeus sich in der Küche auf seinen Stuhl fallen und schaufelte wortlos Rührei auf das mit Rapsöl durchtränkte Schwarzbrot. Danach aß er drei Scheiben frisches Brot, dick mit Butter beschmiert, und schlürfte Kaffee. Darüber, dass sein Getränk die Kontinentalsperre durchbrochen hatte, machte er sich keine Gedanken, das wusste sie.

Sie schenkte ihm nach. Mit fettigen Fingern griff er nach ihr. Wenn er getrunken hatte, musste sie ihm am folgenden Tag beiwohnen, auch wenn er meistens unfähig dazu war.

Wenn sie nur wüsste, warum er sich das antat. Hatte er denn keine Angst, dass sie ihn deswegen eines Tages verspotten würde? Nein, gab sie sich selbst die Antwort. Die Schuld für sein Versagen bekam sie in die Schuhe geschoben. Vermutlich würde er behaupten, sie habe an Attraktivität verloren.

Durch einen Schritt zurück entzog sie sich seiner Hand, griff nach der Pfanne und dem Löffel. »Noch Rührei?«

»So gehst du mir nicht aus dem Haus. Wieso hast du dich in dieses Kleid gezwängt? Man sieht ja alles.« Die letzten vier Worte klangen fies.

Es gelang ihr, die aufkeimenden Tränen zu unterdrücken.

»Warum ich es anziehe? Das solltest du doch am besten wissen.«

Er hob die Hand, als wollte er sie schlagen, grunzte dann aber bloß und hielt ihr den leeren Teller hin.

Mit der heißen Pfanne bewaffnet, trat sie näher. Sein haifischartiges Grinsen verriet ihr, wenn sie ihn jetzt verbrühte, würde er sie windelweich schlagen.

»Was sollte ich wissen?«, fragte er lauernd.

»Unser Kaiser hat Geburtstag. Da erwarte ich …«

»Du erwartest etwas?« Er schlug ihr die Pfanne aus der Hand und packte sie am Handgelenk. »Was kann eine wie du schon erwarten?«

»Den neuen Kommandanten. Er ist gestern angekommen, hat aber noch nicht bei uns vorgesprochen.«

Sie hob die Pfanne vom Fußboden auf und holte einen Wischlappen. Mit Genugtuung sah sie das Entsetzen in seinem Gesicht. Vermutlich dachte er darüber nach, was er gestern Abend verpasst haben könnte, als er sich in der Gaststube hatte volllaufen lassen.

Sie wusste es besser. Die Nacht war friedlich und ohne irgendwelche Feierlichkeiten oder Ehrenbezeugungen vorübergegangen. In der Franzosenschanze tat sich bisher nichts, was auf Feierlichkeiten hindeutete. Sie hatte zwischenzeitlich ihren Jüngsten mit einem Präsent für den Kommandanten zur Erkundung hingeschickt.

Sie brachte die Reste des Frühstücks in die Speisekammer. Als sie in die Küche zurückkam, war Tadeus verschwunden.

Während Sina sich im Bett hin und her wälzte und von wilden Träumen gequält wurde, graute der Morgen. Martens Anwesenheit auf der Insel raubte ihr den tiefen Schlaf. Die Sonne strömte mit solcher Kraft in ihr Fenster, dass sie niesen musste.

Ihr erster Gedanke galt ihrem Bruder. Sie war glücklich, ihn bei bester Gesundheit zu wissen, doch sie bangte um sein Leben. Einem Fahnenflüchtigen drohten Auspeitschung und Erschießung. Da mochte er noch so oft versichern, ihm könne nichts passieren, es sei alles mit den Briten abgesprochen. Und was war mit den Franzosen?

Sie zog an ihrem durchschwitzten Nachthemd und bemerkte den Wind, der leicht die Gardinen bewegte. In den vergangenen Stunden war er aufgefrischt. Mit dem Schwung der Jugend setzte sie sich auf, wobei ihr Scheitel nur wenige Millimeter unter der Holzdecke des Alkovens landete. Sollte sie noch wachsen, würde sie sich in Zukunft den Kopf stoßen. Sie schwang ihre Beine aus der Butze heraus. Ihre nackten Füße stellte sie auf eine Bettbank. Die Bank half beim Ein- und Aussteigen aus dem hohen Alkoven. Sie stammte vom Großvater und war mit Schnitzereien verziert, die den Walfang zeigten. Ein häufiges Motiv zu Opas Zeiten. Jetzt, im Sommer, standen die mit ebenso kunstvollen Schnitzereien versehenen hölzernen Flügeltüren des Alkovens, die mit einem Haken an beiden Seiten an der Wand festgestellt wurden, offen. Im Winter waren sie geschlossen, um die Wärme in der Butze zu halten.

Sina hüpfte von der Bettbank und ging zur Kommode unter dem Fenster. Darauf stand eine Porzellankanne. Sie goss etwas Wasser zum Waschen in eine Schüssel und tauchte ihr Gesicht hinein. Mit den Händen verteilte sie es über den Nacken und kam mit einem Prusten hoch, als ihr die Luft ausging. Sie sollte den ganzen Inhalt der Schüssel über ihren verschwitzten Körper gießen. Warum eigentlich nicht? Niemand würde es sehen.

Sie hörte Marten und Vater in der Scheune reden. Vermutlich hatten sie das Strandgut bereits ins Versteck gebracht. Sie nahm sich vor, später nachzuschauen. Nur kleine Mädchen konnten es kaum abwarten, die gefundenen Schätze zu begutachten.

Sie goss den Inhalt der Schüssel zurück in die Kanne, die sie mit auf den Hof nahm, und schüttete sich das Wasser über den Kopf. Nur ein nasser Fleck am Boden zeugte kurze Zeit später noch davon.

Sina lachte leise, ließ die Kanne stehen und eilte tropfend zurück in Haus. Zurück in der Schlafkammer, zog sie sich etwas Trockenes an und hängte das Nachtgewand draußen an die Leine, ehe sie in die Küche ging, um das Frühstück zu machen.

Sie bereitete die doppelte Menge wie üblich zu. Ihr Bruder verdrückte so viel wie Vater und sie zusammen.

Als alles auf dem Tisch stand, ging sie über den Hof zur

Scheune, um Bescheid zu geben, dass das Frühstück fertig sei. An ihrer »Badestelle« blieb sie stehen. Etwas stimmte nicht. Sie betrachtete die Stelle am Boden, auf der sie vorhin gestanden hatte. Der Fleck war weg. Die Sonne hatte das Wasser verdunstet, und dennoch, irgendwas war falsch.

Wo war die Kanne? Sie erinnerte sich genau. Sie hatte das Ding einfach draußen stehen lassen. Suchend schaute sie sich um. Vermutlich hatte Vater oder Marten sie ins Haus gebracht, aber wäre einer der beiden dann nicht in die Küche gekommen? Der Duft von gebratenen Eiern hätte ihn gelockt. Achselzuckend überquerte sie den Hof und verschwand in der Scheune.

Satt und zufrieden schoben Marten und Cornelius Klaasen ihre leer gegessenen Teller zur Tischmitte.

»Das war wunderbar.« Vater vergaß nie, ihre Kochkünste zu loben, auch wenn sie mal danebengegangen waren.

»Danke. Wo ist meine Porzellankanne?«

»Woher sollen wir das wissen?«

Sina schaute in ratlose Gesichter.

»Was bin ich doch für ein Dummkopf!« Sina schlug ihre Hand vor die Stirn, sprang vom Stuhl auf und stieß sich dabei das Knie an der Tischschublade. »Au.« Sie hatte Maria, die mehr Eierbier trinken konnte, als sie erwartet hatte, vergessen. »Warum habt ihr mich nicht daran erinnert, Maria zu wecken?«

»Die traurige Nachricht, dass wir keine einzige Kiste am Strand gefunden haben, wird sie noch früh genug hören«, sagte Marten.

»Wie bitte?« Sina wischte vor Schreck einen Teller vom Tisch, der auf dem Steinfußboden zerbrach.

»Kein Grund, mit Porzellan zu werfen«, sagte Marten. »Vielleicht haben wir ja bloß an den falschen Stellen gesucht.«

»Lass Maria ausschlafen und bitte sie, hierzubleiben«, sagte Cornelius. »Wir dürfen in den kommenden Tagen kein Risiko eingehen.«

»Risiko? Maria wird Marten niemals verraten«, sagte Sina, und ihr Vater nickte.

»Du verschwindest erst einmal wieder auf den Dachboden«, wies er Marten an.

»Er kann auch die Kühe holen«, sagte Sina. »Auf den Weiden sieht ihn keiner.«

»Die Kühe holen? Ich denke, die kommen von allein.«

»Nur noch Ella und ein paar andere. Die anderen müssen geholt werden. Es sind neue Tiere dabei, sie werden es bald lernen.«

»Du hast neue Kühe?«

»Nur für die Sommermonate. Sie kommen von Petkum, dort wird in letzter Zeit viel Vieh beschlagnahmt.«

Im Sommer stand das Vieh auf den Salzwiesen. Es wurde morgens wie abends gemolken. Da Kühe intelligenter sind, als manch einer meint, lernten sie bald, den Weg allein zu finden, wenn die Milchlast im Euter sie zwickte.

»Nein, Sina holt die Kühe. Du wirst dich auf dem Dachboden verstecken.«

»Aber die Briten kommen nicht vor Mittag an Land, um die Insel zu durchkämmen.«

»Dann hast du auf dem Westland auch noch nichts zu tun. Du solltest es nicht darauf ankommen lassen, dass dich ein Einheimischer sieht. Verschwinde.«

Cornelius hörte das Muhen und Hufgetrappel zuerst. Er hob seinen Zeigefinger an den Mund. »Die Kühe sind da. Da stimmt was nicht. Versteck dich.« Er lief hinaus.

Sina warf die Scherben, die sie vom Boden aufgesammelt hatte, in den Spülstein und eilte hinterher.

Marias grauer Dutt war zwischen den aufgereckten Kuhköpfen zu erkennen. Sie pfiff, schnalzte mit der Zunge und trieb die Tiere auf den Stall zu. Dort wurde es einfacher, denn jede Kuh kannte zumindest schon ihre eigene Box.

Cornelius öffnete das Tor. »Du brauchst sie nicht anzubinden«, rief er Maria zu.

»Damit habe ich mir mein Frühstück wohl verdient.«

»Das hättest du auch so bekommen.«

»Stimmt. Aber dann hätte ich keine Neuigkeiten.«

Greta war kurz vor Sonnenaufgang von zu Hause losgegangen, um ihre Fallen zu kontrollieren. Die Vierundvierzigjährige war für die Gesundheit der Insulaner verantwortlich. Auch wenn sie über keinerlei medizinische Ausbildung verfügte, wurde sie gerufen, wann immer ein Arzt benötigt wurde. Greta hatte alles, was man über Kräuter und deren Wirkungen wissen musste, von ihrer Großtante gelernt. Genau wie das Aufspüren und Fallenstellen für Kaninchen.

»Greta«, hatte die Großtante zu ihr gesagt, »auch wenn das keine Tätigkeit für eine Frau ist, solltest du es lernen. Nicht immer ist ein Mann zur Hand, der für Fleisch auf dem Tisch sorgt.« Ein nützlicher Rat und in weiser Voraussicht gesprochen, denn Greta war Witwe.

Dass ihre Fallen der Gesundheit der Inselbewohner dienten, lag für Greta klar auf der Hand, die Jagderlaubnis blieb ihr jedoch verwehrt. Andauernd versicherte sie dem Vogt, dass Kaninchen oder eine fette Wildente zur Heilung Kranker beitrugen. Was sonst half einem ausgemergelten Körper wieder auf die Beine? Auf Dauer konnte von Kartoffeln niemand Fett ansetzen. Aber der Vogt zeigte kein Erbarmen. Das Fangen blieb den Insulanern verboten.

Gretas einfache Schlingen lagen gut versteckt im niedrigen Gestrüpp der bewachsenen Dünen, dort, wo die Tiere entlangwanderten oder ihren Bau hatten. In einem Sack steckte die Beute der vergangenen Nacht. Das Tier war noch recht jung. Mit einem Griff ins Genick und einer kurzen ruckartigen Bewegung hatte sie seinem Leben ein Ende gesetzt. Nun, da sie sich in den südwestlichen Dünen befand, der sogenannten »Kievitzdelle«, einem langen und schmalen Tal, in dem sich viele Kiebitze aufhielten, konnte sie auch gleich nach Blutegeln suchen.

In der Mitte der »Kievitzdelle« lag ein flacher, stehender, mit Süßwasser gefüllter Tümpel. Er enthielt Blutegel, die sie zum medizinischen Gebrauch nutzte. Greta griff in ihre Rocktasche und zog ein kleines Glas heraus, in das sie die Egel warf. Ein Band und ein Stück Leder sorgten dafür, dass sie nicht entweichen konnten.

Auf ihrem weiteren Weg begutachtete sie die Holundersträucher, deren Blüten und Beeren sie sammelte. Bei Erkältungen waren ihre schweißtreibenden Kräfte heilend. Sie pflückte ein wenig Kamille, die krampfstillend wirkte. Hervorragend bei

Wundspülungen, zur Hygienepflege bei Wöchnerinnen und vielem mehr. Sie bückte sich nach Schafgarbe und Tausendgüldenkraut, einem herrlichen Magenmittel. Ein wenig Löwenzahn für ihre Stallkaninchen, dann war sie fertig. Noch während sie alles in den Sack stopfte, schaute sie hoch und entdeckte die Masten eines Segelschiffes. Den Sack legte sie in einem Gebüsch ab und lief in Richtung Strand, um zu sehen, aus welchem Grund ein so großes Schiff so nah an die Insel heranfuhr.

Das Meer lag glatt wie ein Spiegel vor ihr. Gut einen Kilometer vom Strand entfernt lag die Fregatte; die Fahne im Top des Mastes bewegte sich leicht im Wind. Das Schiff schwojerte um den Anker herum, was nur bedeuten konnte, dass der Wind ein wenig mehr aufbriste. Grillen zirpten, und die Möwen an der Wasserkante zeigten Greta mit ihren Schnäbeln die Windrichtung an. Möwen hockten immer mit dem Kopf in den Wind. Nun griff der Wind nach der Fahne, die sich wie ein schlapper Sack hob und senkte, und sie erkannte den Union Jack.

Ein englisches Kriegsschiff so dicht am Strand, da war etwas faul dran. Auf allen vieren kroch Greta eine Sanddüne hoch, um besser sehen zu können. Auf dem Bauch liegend und den Kopf tief in den Strandhafer geduckt, erkannte sie, dass es eine Fregatte mit Namen »Victoria« war. Die Engländer hatten ein Beiboot ausgesetzt, das soeben den Strand erreichte. Die Ruderer nahmen die Riemen hoch, und ein paar Männer sprangen ins Wasser.

Greta duckte sich instinktiv tiefer, obwohl die Männer, die jetzt den Strand erreichten, sie nicht sehen konnten. Ehe sie den Rückzug antrat, sah sie, dass die auf dem Beiboot verbleibenden Matrosen erneut in die Riemen griffen und zurückruderten. Sie meinte sogar, das Leder am Dollbord knarren zu hören. In ihrem Kopf arbeitete es heftig. Was konnte es für einen Grund geben, nur fünf oder sechs Mann an Land abzusetzen? Sollte die kleine Gruppe etwa Kaninchen jagen wollen?

Nein, der Gedanke war abwegig. Die hatten sicherlich genügend Verpflegung an Bord. Obwohl, Frischfleisch war jedem Menschen lieber als Pökelware.

Unten am Fuß der Düne angekommen, klopfte sie sich den Sand vom Rock und hätte beinahe ihre Beute im Gebüsch vergessen.

Auf dem Weg ins Dorf öffnete sie aus einem Reflex heraus den Leinensack und vergewisserte sich, dass genügend Grünzeug den Kadaver bedeckte. Man konnte nie wissen, wann und wo der Vogt einen entdeckte. Schon mehrere Male war sie von ihm kontrolliert worden, meist in Gegenwart anderer. Ulrichs wusste um ihre Wilddieberei und würde sie hart bestrafen, wenn sie nicht aufpasste. Doch wenn es ihm möglich war, ließ er sie unkontrolliert passieren. Sicherlich befürchtete er ihre Rache, sollte er einmal auf ihre medizinischen Kenntnisse angewiesen sein. Dennoch hielt Greta es für ratsam, einen Mann wie ihn wegen eines Bratens nicht herauszufordern, und die Kräuter ließen beide ihr Gesicht wahren. Das heutige Tier war für die Frauen im Armenhaus gedacht. Maria war klug genug, das Festessen erst mitten in der Nacht zu braten und später nur aufzuwärmen. Der verführerische Duft verriet den Dieb.

Als sie die Häuser am Rand des Dorfes erreichte, wusste sie nicht, was sie zuerst tun sollte. Die Beute loswerden oder Alarm schlagen. Sie verschob die Entscheidung, als sie am Grundstück der Familie Tellinghusen vorbeiging. Der alte Evert Tellinghusen kannte sich in der Seefahrerei aus und hatte bestimmt eine Erklärung, weshalb der Brite vor Anker lag.

So früh am Morgen wirkten Ort und Straßen wie ausgestorben, doch der alte Herr schlief wenig. Ehe sie die in drei Meter Höhe gekreuzten Walkinnladen, die das Eingangstor zum Grundstück bildeten, durchschritt, blieb sie lauschend stehen. Alles war still, nur das Brummen einer Biene war zu hören. Ihre Schritte knirschten auf dem mit Muschelschalen ausgelegten Weg. Bevor ihre Handknöchel gegen das Türholz klopften, wurde die Haustür geöffnet. Eine Hand schoss heraus, packte sie am Unterarm und zog sie hinein.

»Hat Agnes dich gesehen?«, flüsterte der Hausherr. »Sie sitzt immer am Fenster.« Sein Kopf nickte in Richtung seiner Nachbarin.

»Heute nicht«, sagte Greta. »Agnes plagt die Sommergrippe. Ich habe ihr Bettruhe verordnet.«

»Welch glückliches Geschick«, sagte Tellinghusen laut. »Komm mit in die Küche, da hört uns keiner.«

Greta folgte ihm, ohne darüber nachzudenken, woher der alte Herr wissen konnte, dass sie ihm etwas Wichtiges zu sagen hatte. Was gab es sonst für einen Grund, morgens um fünf Uhr die Nachbarn zu besuchen?

In der Küchenesse, die mit Delfter Fliesen gekachelt war, hing an einer Kette ein Wasserkessel über einem Stapel Holz, der nur noch angezündet werden musste. An der Wand daneben baumelten mehrere Messingtöpfe und eine Bettpfanne, die im Winter unter die Bettdecke gestopft wurde, um sich daran zu wärmen. In einer Zimmerecke stand ein Schaukelstuhl. Es roch nach Grützsuppe. Auf dem Tisch stand ein Teller, der halb leer gegessen war. Greta schüttelte sich unmerklich. Kalte Grützsuppe war ekelig.

»Warum bist du hier?«, fragte er.

»Die Engländer ankern vor der Insel und haben am Südstrand ein paar Mann an Land gesetzt. Soll ich die Glocke schlagen?«

Tellinghusen runzelte die Stirn. »Nein, das geht nur den Franzmann etwas an. Wenn sie behaupten, es sei ihre Insel, dann müssen sie schon selbst darauf aufpassen, dass keiner sie ihnen wegnimmt. Geh du an den Nordstrand, dort liegt Strandgut. Um die Glocke kümmere ich mich.«

Etwa zu der Zeit, als Greta sich auf den Weg gemacht hatte, um ihre Fallen abzulaufen und später an seiner Haustür zu klopfen, war Evert Tellinghusen ebenfalls unterwegs gewesen. Es wurde gern behauptet, dass alte Menschen wenig schlafen, doch das war vermutlich ein Mythos. Er jedenfalls war ein Nachtmensch und schlief am Tag. Außer sonntags, wenn seine Frau ihn in die Kirche schleppte.

Heute war Mittwoch, und er stapfte früh durch den Sand, auf der Suche nach Strandgut.

Schon von Weitem sah er am Nordstrand etwas im Wasser schwimmen. Es wunderte ihn kurz, weil kein Wrack oder wenigstens Teile davon zu erkennen waren, doch man sollte die Gaben, die der liebe Gott einem zukommen ließ, nicht in Frage stellen. Strandgut, was für ein Segen. Er blickte sich um. Zwei oder drei Kisten lagen schon am Strand, alles andere schwamm noch, man musste nur abwarten, bis das auflaufende Wasser alles an den Strand schob.

Weit und breit kein Mensch zu sehen, er sollte seine Freunde alarmieren. Ein Adrenalinschub verscheuchte den Schmerz der Gicht in den Füßen. Fast wie ein Jungspund eilte er zu einer Kiste. Die Krankheit zog seine Finger in Mitleidenschaft, dennoch spürte er sofort, dass das Holz erst kurz im Wasser lag. Er überlegte, ob er zuerst bis zum Wellensaum gehen sollte, um nachzusehen, was genau im Meer trieb, oder gleich die Freunde holen sollte, um die Schätze zu bergen, ehe der Vogt von alledem Wind bekam. Es war ihm unmöglich, in kürzester Zeit ans Wasser zu laufen und auf dem Rückweg auch noch eine Kiste mitzunehmen, also entschied er sich für die zweite Variante.

Der schnellste Weg ins Dorf ging über die Dünenkante und danach querfeldein über Wiesen und Äcker. Keine drei Schritte war er gegangen, da glitt ihm die Kiste aus den Händen. Lass sie liegen, ermahnte er sich, und überlass die Bergung denjenigen, die jünger sind. Noch ein flüchtiger Blick auf den verlorenen Schatz, dann eilte er weiter.

Aus dem Augenwinkel nahm er etwas wahr, das ihm wohlbekannt war und ihm dennoch jedes Mal erneut einen Schauer über den Rücken jagte. Ehe er seinen grausigen Fund jedoch aus der Nähe begutachten konnte, erkannte er in der Ferne einige Insulaner. Der Tote wird mir nicht weglaufen, dachte er und ging den Leuten entgegen.

Von ihnen erfuhr er, dass es Jochums Idee gewesen war, den Vogt im Gasthaus besoffen zu machen, damit er spät aus dem Bett kam. Es blieben ihnen also ein paar Stunden Zeit, das Strandgut zu bergen.

»Evert, dein Anteil ist dir sicher. Geh du zur Glocke. Sobald der Vogt sein Haus verlässt, schlägst du Alarm.«

So kam es, dass er als Erster von Greta von der Anlandung der Briten erfuhr. Besser konnte es kaum kommen. Der Vogt lag noch im Bett, und die Briten würden ihren Teil tun, um die Franzosen zu beschäftigen.

ACHT

Henri Lebon lag auf seiner Pritsche und schaute aus dem Fenster in den Himmel. Er hatte gut geschlafen. Die Hände im Nacken verschränkt, beobachtete er die Wolken. Seit gestern, nachdem Napoleons Salut verhallt war, klang Petits sarkastisches »Herzlichen Glückwunsch« in seinen Ohren. Die darin mitschwingende Botschaft war angekommen. Lebon würde ihn auf keinen Fall fragen, was zu Ehren von Napoleon Bonapartes Geburtstag auf der Insel geplant war, und auch kein Wort über die Nichteinhaltung der weiteren Pläne für das Fest verlieren. Außer ein paar traurigen Fähnchen, die in einem Vorgarten schlaff an ihrem Stock herunterhingen, hatte er gestern keine weitere Dekoration im Dorf entdecken können. Nichts, was auf Feierlichkeiten oder auch nur das Wissen der Einwohner um den Ehrentag des Regenten schließen ließ.

Lebon schnaubte kurz und verließ das Bett. Er hatte nicht damit gerechnet, neben der Bevölkerung auch einen Gegner in den eigenen Reihen zu haben. Ein Glück, dass ihm Petit auf Anhieb unsympathisch gewesen war, womöglich hätte er sonst Tage gebraucht, um seinem Stellvertreter gegenüber misstrauisch zu werden.

Beim Zuknöpfen der Uniformhose überlegte er, ob Petit die anstehende Pulverkontrolle von allein durchführen würde oder ob er ihn noch einmal explizit darauf hinweisen musste. Während er sein Hemd anzog, durchzuckte ihn ein flüchtiger Gedanke. Was, wenn Petit nur so getan hatte, als habe er die Feierlichkeiten vergessen? Ein Fest zu Ehren des Kaisers war für Lebon die ideale Gelegenheit, alle Honoratioren des Ortes auf einen Schlag kennenzulernen. Nur fiel ihm kein Grund ein, warum Petit Lebon nicht dabeihaben wollte. Ein dummer Gedanke. Bei einer Einwohnerzahl von etwa vierhundertfünfzig Leuten würde es ein Leichtes werden, den Bürgermeister, den Pastor, die Gemeinderäte und den Vogt kennenzulernen. Mehr als zehn Personen konnten es kaum sein.

Lebon verließ die Schlafkammer, um beim Frühstück weiter darüber nachzudenken. Im Gemeinschaftsraum wartete bereits ein Soldat auf ihn. Ein junger Kerl, kaum älter als siebzehn, achtzehn Jahre und sehr gesprächig. Er plapperte frank und frei, so als kenne er Lebon schon ewig und beide seien die dicksten Freunde. Vermutlich war er ebenfalls erst kurz auf der Insel, denn das meiste betraf das Leben in der Schanze. Lebon konnte sich vorstellen, dass Petit das Geschwätz kaum gefallen würde. Ihn selbst lenkten die Belanglosigkeiten zwar von seinen eigenen Gedanken ab, sie versetzten ihn jedoch auch in die glückliche Lage, pikante Einzelheiten zu erfahren, die aus dem Jungen auf Nachfrage nur so heraussprudelten.

Als Lebon fertig gegessen und vorerst genug gehört hatte, erkundigte er sich, wo sein Stellvertreter sich aufhielt.

»Der Sergent hat die Befestigungsanlage verlassen, *mon Commandant.*«

»Wissen Sie, wohin?«

»*Non, mon Commandant.* Der Sergent sagt nie, was er vorhat.« Dabei wirkte er, als wüsste er sehr wohl, was sein Vorgesetzter so trieb.

Lebon blickte ihn prüfend an.

»Pardon«, nuschelte der Soldat und nahm Haltung an.

»Dennoch wissen Sie, wohin er gegangen ist?« Lebons ließ die Frage wie eine Feststellung klingen.

»Jawohl.«

»Und?«

»Zu einem Haus in der Nachbarschaft des Vogtes.« Der Soldat sah aus, als wäre ihm dieses Wissen peinlich.

Schweigen konnte vieles bewirken, insbesondere wenn man der Ranghöhere war und seinen Untergebenen nur anstarrte.

»Wir können es von oben, äh …«, er deutete mit dem Finger zur Zimmerdecke, »… von der Geschützstellung aus sehen.«

Lebon schwieg weiter.

»Ich meine, wir erkennen, in welche Richtung der Sergent geht. Wir können selbstverständlich nicht …« Jetzt hatte er sich verhaspelt. »Ich meine, wir sehen nicht, wie er ins Haus geht, aber aus Erfahrung …« Der Mann begann zu schwitzen, obwohl dieser Tag wesentlich kühler anfing als der gestrige. »Die Praxis zeigte, dass wir …«

»Verstehe«, ging Lebon dazwischen und erlöste ihn. »Sergent Petit besucht regelmäßig jemanden in der Nachbarschaft des Vogtes. Sie können gehen.«

Zufrieden lehnte er sich zurück. Der Vogt, dachte Lebon und ahnte, dass der Mann vermutlich mit Petit auf einer Wellenlänge schwamm. Ihm kam eine der Depeschen in den Sinn, die sich in seinem Gepäck befanden. Laut kaiserlichem Dekret kam der »Code Napoleon« noch in diesem Monat über Ostfriesland. Der Kaiser wollte wissen, wen und wie viele Untertanen er hatte.

Die patronymische Namensgebung an der ostfriesischen Küste verwirrte die französischen Beamten. Der erste Sohn eines Gerd Harms erhielt den Namen Harm Gerds. Jedes weitere Kind hieß dann beispielsweise Anje Gerds, Daniel Gerds, Michel Gerds und so weiter. Der Sohn des Harm Gerds wiederum hieß Gerd Harms wie der Großvater, dessen Geschwister Lübbe Harms, Michel Harms und so weiter. Der erstgeborene Sohn von Lübbe Harms würde den Namen Harm Lübben erhalten. Ein heilloses Durcheinander, fanden die Franzosen.

Doch Napoleon ging es nicht um die Nachnamen der Ostfriesen an sich, sondern um die gezielte Rekrutierung von Soldaten und die Steuereintreibung. In Paris befürchtete man, das kommende Dekret würde schwer umzusetzen sein. Jede Familie musste sich in den kommenden Wochen auf einen Familiennamen festlegen, der sowohl von den Kindern wie auch den männlichen Enkelkindern weitergeführt werden würde.

Lebon verschob den Gedanken an den »Code Napoleon«, rief nach einem Offizier und ließ im Hof Aufstellung nehmen. Er wollte die Gelegenheit nutzen, sich ohne Pierre Petit jeden Winkel in der Schanze zeigen zu lassen.

Nach der Frage an jeden einzelnen seiner Soldaten, was dessen spezielle Aufgabe war, ging es los. Als Erstes stiegen sie den Turm hinauf. Lebon betrat zum zweiten Mal das Herzstück der Schanze. Neben zweiunddreißig bewaffneten Soldaten waren die vier Kanonen ihre ganze Verteidigung.

Die Feuerwerker und Kanoniere eilten voraus und nahmen

neben den Achtzehnpfündern Haltung an. Wie gestern wirkte der Raum, als sei jedes Teil beiseitegeschafft worden, das hinderlich sein konnte. Dazu machte es den Eindruck, als sei alles neu oder zumindest noch niemals in Gebrauch gewesen, wenn man von dem Salut einmal absah.

Bei einer so peinlichen Ordnung erwarteten die Soldaten vermutlich eine eingehende Kontrolle. Sie sollten sie haben.

Gemächlichen Schrittes durchwanderte Lebon den Raum. Jedes Teil lag an seinem Platz, dort, wo es gebraucht wurde.

»Hervorragend«, lobte er.

Die angespannte Haltung der Männer ließ nach, die verkrampften Gesichtsausdrücke lockerten sich. Einer wagte zu lächeln, was sich gestern keiner getraut hatte. Die Soldaten hatten Angst vor Petit. Man musste schon blind sein, um das nicht innerhalb kürzester Zeit zu bemerken.

Lebon hielt nichts von Angst vor dem Vorgesetzten, ihm war Respekt lieber. Im Gefecht machten ängstliche Menschen doppelt so viele Fehler wie diejenigen, die sich nur vor dem Feind zu fürchten hatten.

Sie verließen die oberste Etage der Schanze, und Lebon besichtigte Küche, Vorratslager und Mannschaftsunterkünfte. Keinen Raum ließ er aus. Anschließend betrat er die Schreibstube. »Keine Vorkommnisse«, meldete der Diensthabende. Er dankte dem Schreiber für die Auskunft.

»Ist der Sergent zurück?«

»Nein, *mon Commandant.*«

Es war etwa zehn Uhr vormittags, als Lebon das Fort verließ, um in den Ort zu gehen. Dass es heute keine Feierlichkeiten geben würde, brauchte ihm keiner extra zu sagen. Er hatte gehört, wie sich einer der Grenadiere über die phlegmatische Art der Einwohner beschwerte. Mit denen sei nur etwas anzufangen, wenn man ihnen mit einem Bajonett im Rücken drohte, ansonsten machten die freiwillig keinen Finger für die Franzosen krumm. Lebon konnte es den Menschen kaum verdenken.

Er trat aus dem Tor hinaus, erwiderte den Gruß der Wache und schritt weit aus. Er plante, sich den Insulanern selbst vorzustellen, wenn sein Stellvertreter es nicht für nötig befand, das für ihn zu übernehmen. Vermutlich war es sogar besser so. Wenn er allein war, so hoffte Lebon, konnte er dem einen oder anderen Insulaner weniger förmlich entgegentreten. Es war anzunehmen, dass die Einheimischen die gleiche Angst vor Petit verspürten wie seine Soldaten. Und als Kommandant würde auch ihm zunächst keine Sympathie entgegenschlagen, das war klar. Die wollte er sich erarbeiten, obwohl er kaum zu sagen vermochte, was ihn dazu bewog.

Der Zettel seines Schreibstubensoldaten, auf dem Namen und Hausnummern des Bürgermeisters, des Pastors und des Vogtes notiert waren, knisterte in seiner Hosentasche.

»Keine Straßennamen?«, hatte Lebon gefragt.

»Nein, *mon Commandant*. Die Borkumer haben keine Straßennamen. Die Nummern sind kreuz und quer im Ort verteilt. Ich vermute, so wie die Häuser gebaut wurden, so bekamen sie ihre Hausnummer.«

»Setzen Sie die Namen weiterer Persönlichkeiten auf die Liste«, hatte Lebon gefordert.

»Als da wären?«

»Nun, ich denke da zum Beispiel an einen Ladenbesitzer, Bäcker oder den Betreiber einer Rossmühle.«

Ein weiterer Name war dem Zettel hinzugefügt worden. »Das ist der Bäcker«, erklärte sein Schreibstubensoldat. »Der Ehefrau des Vogtes gehört der Laden, und die Rossmühle ist verpachtet. Das Mühlrecht besitzt der Vogt.«

»Da ist doch noch etwas?« Lebon konnte es dem Mann ansehen.

»Man erzählt sich, dass die Einwohner regelmäßig Anträge stellen, eine zusätzliche Mühle betreiben zu dürfen, der Vogt dies jedoch zu verhindern weiß.«

Mit Mehl ist immer Geld zu verdienen, das wusste Lebon. Er sah seine Vermutung über den Charakter des Vogtes zum zweiten Mal bestätigt.

Am Pulverhaus machte er halt. Der Mann mit dem Zahnweh war abgelöst worden. Der Wachhabende grüßte zackig, eine Pistole steckte in seiner Koppel. Lebon betrat das Haus. Wie gestern hingen im Türrahmen zu den Pulverkammern weiche Tuchpantoffeln, und auch heute musste Lebon sie nicht anziehen, die Fußböden waren blitzblank. Vor dem Haus vollzog sich eben ein weiterer Wachwechsel, der vermutlich seinetwegen mit lauten Worten und Stiefelknallen durchgeführt wurde. Als er zur Tür heraustrat, stand er dem zahnschmerzgeplagten Mann gegenüber. Dessen Wange war geschwollen und rot. Sollte in den kommenden Stunden keine Besserung eintreten, musste er jemanden beauftragen, ihm den Zahn zu ziehen, ehe der Mann ernsthaft erkrankte.

Lebon fragte, wann die letzte Bestandsaufnahme im Pulverlager durchgeführt worden war.

»Das sollte einige Tage her sein, *mon Commandant.*«

Demnach hatte Petit noch keinen entsprechenden Befehl herausgegeben. Lebon nickte und erwiderte den Gruß des Wachsoldaten.

Auf dem Weg in den Ort verwarf er den Gedanken, einen der Einwohner auf seiner Liste zu besuchen. Den Ersten, der ihm begegnete, wollte er ansprechen. Er blickte zum Himmel hinauf. Die Wolkenbildung wurde dichter, und wenn man genau hinschaute, flogen sie schneller, als er es von seinem Bett aus gesehen hatte. Wind briste auf, und die Hitze wurde erträglicher.

Nach wenigen Metern gabelte sich der Sandweg, Straße mochte Lebon kaum dazu sagen. Er musste sich entscheiden. Vereinzelt kamen ihm ein paar Einwohner entgegen. Sie gingen mit gesenktem Kopf an ihm vorbei oder nickten zum Gruß, keiner jedoch sagte etwas. Sie alle gingen in eine Richtung, und er dachte kurz, er sollte ihnen folgen, entschied sich aber dagegen. Vielleicht gingen sie zu einem Familientreffen, da wäre er fehl am Platz.

Er bog nach links ab, denn den Leuchtturm hatte er gestern ja schon gesehen. Ach ja, der Turm. Sobald er zurück im Fort war, würde er Petit beauftragen, zwei Mann hinaufzuschicken. Er mochte sich auf den Lampenwärter nicht verlassen.

Vor einem weiß gekalkten Gebäude sah er einen alten Mann, der für die Jahreszeit zu warm gekleidet war, im Schatten auf einer Bank sitzen. Er saß etwas vorgelehnt, mit beiden Händen einen Spazierstock zwischen den leicht gespreizten Oberschenkeln haltend. Das Gebäude beherbergte die Ortsverwaltung, wie ein Schild bekundete. Im selben Gebäude, jedoch einen Eingang weiter, befand sich ein kleiner Laden. Die Schaufensterauslage zeigte ihm, dass er alles führte, was man zum Leben brauchte. Gleich daneben schloss sich eine Gaststube an. Lebon warf dem alten Herrn einen Blick zu und hätte gegrüßt, wenn dieser sich bewegt hätte.

So ignorierten sie sich gegenseitig, und Lebon schlenderte weiter. An einem Haus, das vormals prächtig gewesen sein musste und wie die meisten mit hohen Walknochen gesäumt war, blieb er stehen. Eine Frau unbestimmten Alters stand mit dem Rücken zu ihm am Rand eines Gemüsebeetes. An ihrem Arm hing ein Korb, in den sie etwas legte, ehe sie sich zu ihm umwandte. Sie hatte anscheinend seinen Blick gespürt oder einfach Schritte gehört.

Mit einer leichten Verbeugung stellte er sich vor, und die Frau machte ein paar Schritte auf ihn zu. Sie war älter, als er von ihrer Statur und den Körperbewegungen her vermutet hatte. Der Stoff ihres Rockes war dünn und blau eingefärbt. Blau war billig aufgrund des Indigo-Farbstoffes, der überall in Europa preiswert zu haben war. Er verstand nicht viel von Kleidern, doch er wusste, die Frau war mehr nach der holländischen als nach der deutschen oder gar französischen Mode gekleidet. Sie stellte den Korb auf den Boden ab, wischte ihre Handflächen gegeneinander, um Sand und Erde loszuwerden, und erwiderte den Gruß mit einem Kopfnicken. In ihren Augen erkannte er einen hellen Verstand und eine Portion Schalk. Er musste kein Genie sein, um zu erkennen, dass sie schon bessere Zeiten gesehen hatte und keineswegs ein dummes Landei war. Sie errötete leicht und bückte sich erneut nach unten.

»Lassen Sie ihn stehen. Ich trage ihn für Sie«, erbot sich Lebon. Mit der Hand wies er auf die Haustür und folgte ihr ungebeten ins Haus.

Aller Glanz ist aus ihrem Leben verschwunden, dachte er, während er sich auf ihre Handbewegung hin auf einem Holzstuhl niederließ. Die Rückenlehne war auf beiden Seiten aufwendig mit Szenen aus der Walfangzeit versehen und musste einmal ein Vermögen gekostet haben. In diesem Haus hatten früher Prunk und Überfluss geherrscht. Heute war nur noch Verfall durch Abnutzung und keinerlei Erneuerung oder Instandsetzung zu sehen.

»Darf ich Euch etwas zu trinken anbieten?« Ihre Stimme hatte einen angenehmen Klang. Er nickte und rückte näher an die Eichentafel heran. Allein gelassen, betrachtete er die mit Holz und Fliesen getäfelten Wände, an denen Ölgemälde hingen, die Schiffe in aufgewühlter See zeigten. Eine Wanduhr, deren schweres Pendel unablässig hin und her schwang, erzeugte einen satten Ton bei jeder Sekunde. Das einzige Geräusch in der vorhandenen Stille.

Er legte den Kopf ein wenig in den Nacken. Unter der Decke des Wohnraumes hing ein »Marsemmer«, ein kunstvoll geküferter Holzeimer mit einem verschließbaren Deckel. Er enthielt Geld für den laufenden Gebrauch, war aber mit Sicherheit im Moment leer. Früher, nach erfolgreicher Walfahrt, sollte er oft bis zum Rand mit Goldmünzen gefüllt gewesen sein.

Lebon holte tief Luft und wandte den Kopf in Richtung des holländischen Kachelofens, auch ein Zeichen, dass er sich hier im Hause eines ehemals reichen Commandeurs aus der Walfängerzeit befand. Einige leere Stellen in dem relativ großen Wohnzimmer ließen Lebon vermuten, dass hier mal Barockschränke und edle Kommoden mit Schildplatt gestanden hatten, die jedoch verkauft worden waren. Ob wohl noch Delfter und englisches Porzellan in den geschnitzten Truhen stand? Vermutlich waren auch sie gegen Lebensmittel eingetauscht worden.

Er erhob sich, trat an eine Wand und besah sich in einem Spiegel. Er hing in einem Rahmen, der aus dem Elfenbein von Walzähnen geschnitzt war, angefertigt von den Seefahrern bei ihren langen Fahrten. Dieser Künstler hatte hervorragend mit dem Schnitzmesser umgehen können.

Lebon spürte, dass er nicht mehr allein war. Er wandte sich um und sah seine Gastgeberin, die ein Glas Wasser in der Hand hielt, ihn unverwandt anschaute und kein Wort sagte. Er erwiderte ebenso schweigend ihren Blick und fragte sich, warum er auf die blöde Idee gekommen war, hier ungebeten einzutreten. Mit Sicherheit war er gegen ihren Willen hier. Dieses Mal errötete sie nicht. Ihr Gesicht zeigte keinerlei Regung, und er schämte sich, sie in diese Situation gebracht zu haben.

Er nahm das Glas Wasser entgegen, trank ein paar Schlucke

und stellte es auf dem Tisch ab. Ihre Sympathie hatte er sich wohl verscherzt. Wie konnte er ihr beweisen, dass er aus einem ganz anderen Holz geschnitzt war?

Was hatte er letztens irgendwo gehört? Es ging um die Beschlagnahme des wenigen, was den Menschen noch blieb, und vor allem um die Pressung derjenigen Männer, die sich unbeugsam zeigten. Ein gängiges Verfahren, um Rädelsführer loszuwerden, aber verhängnisvoll für deren Familien, die von ihren Ernährern abhängig waren. Ob es hier auch so war? Sicherlich kämpfte der Ehemann seiner Gastgeberin ungewollt irgendwo an einer Front für einen Kaiser, den er verabscheute.

Lebon fühlte sich unangenehm berührt, räusperte und verabschiedete sich, ohne dass die Frau ein Wort erwidern konnte. Er floh aus dem Haus, ging durch den Garten, der aus Gemüsebeeten und Obststräuchern bestand, durchschritt das Tor und wandte sich erneut nach links. Er hatte nicht einmal ihren Namen erfahren. Einen Blick zurückwerfend, entdeckte er einen Jungen von etwa zehn oder zwölf Jahren. Rothaarig und übersät mit Sommersprossen an Armen, Beinen und Gesicht. Die Haut auf den Schultern, der Nase und den Ohren war knallrot, als habe er ohne Schutz zu lange in der Sonne gesessen.

Lebon winkte dem Jungen zu und freute sich, als dieser zurückwinkte und ihm sogar ein Lächeln schenkte.

Ohne weiter darüber nachzudenken, riss er sich einen Knopf vom Hemd, steckte ihn in die Hosentasche, machte kehrt und betrat noch einmal das Haus. Die Frau stand immer noch an derselben Stelle, an der er sie zuletzt gesehen hatte, und schaute ihn erwartungsvoll an.

»Gibt es eine Schneiderwerkstatt auf der Insel?«

Sie schüttelte den Kopf.

Er zog den Knopf aus seiner Tasche und hielt ihn ihr hin. »Der sollte angenäht werden.«

In diesem Augenblick musste er sehr hilflos wirken.

»Tretet näher. Ich denke, ich kann Euch behilflich sein.«

Sie verwendete ihm gegenüber die Anredeform, mit der die gemeine Bevölkerung den Pastor und den Maire, also den Bürgermeister, anredete. Schweigend sah er zu, wie sie eine Kommodenschublade aufzog, ein Kistchen herausnahm und es auf den Tisch stellte. Mit dem Zeigefinger winkte sie ihn zu sich und half ihm aus seiner Uniformjacke.

»Die müsst Ihr hier nicht tragen. Es ist viel zu warm. Jeder weiß, wer Ihr seid. Setzt Euch.«

Sie warf die Jacke über eine Stuhllehne, entnahm dem Kästchen Nähzeug und trat dicht vor ihn hin. Ihre Bewegungen wirkten locker und unverkrampft, was man von ihm in diesem Moment nicht behaupten konnte. Sie ging leicht in die Knie und begann, den Knopf anzunähen. Der Geruch ihres Haares stieg ihm in die Nase, den Blick fest auf ihren Kopf gerichtet.

Als sie sich vorbeugte, um mit den Zähnen den Faden abzubeißen, konnte er an ihrem Nackenansatz die obersten Knochen ihrer Wirbelsäule sehen. Er bekam einen roten Kopf und redete sich ein, sie habe es nicht bemerkt, da sie sich sofort abwandte, um das Nähzeug wieder zu verstauen. Sie legte es zurück in die Schublade.

Lebon kramte in der Hosentasche. Seine Finger suchten nach der kleinsten Münze, es klimperte leise. Er hielt ihr das Geldstück hin. Fünf Stüber. Dafür kann sie vermutlich ein Kilo Fleisch kaufen, dachte er und kam sich protzig vor.

»Als Anzahlung. Vieles an meiner Kleidung muss geflickt werden.«

Sie erwiderte nichts, nahm das Geld und legte es auf den Tisch. Sie musste etwa zehn bis fünfzehn Jahre älter sein als er selbst, schätzte Lebon, wenn er davon ausging, dass der Junge im Garten ihr Kind war.

»Was macht Ihr Sohn da?«, fragte er und meinte, Trauer in ihren Augen zu sehen, ehe sie blinzelte und seinem Blick nach draußen folgte.

»Das ist Haye Steffens, der Sohn von Steffen Hayes. Sein Vater ist vor wenigen Wochen gestorben, die Mutter schon lange vorher. Er hilft mir im Garten, anschließend essen wir zusammen.«

Weil der Junge wahrscheinlich sonst nichts zum Essen hatte, vermutete Lebon.

»Wo wohnt er?«

Sie drehte ihren Kopf leicht nach rechts und hob kurz das Kinn.

»In diese Richtung?«

»Mal hier, mal dort. Es stehen ja genug Häuser leer.« Ihr Gesicht verschloss sich, und Lebon trat den Rückzug an.

»Adieu«, sagte er mit einem Kopfnicken zum Tisch. »Ich würde mich freuen, wenn Sie mein Angebot annehmen.«

Sie lächelte, was sein Herz berührte.

»Mein Name ist Greta«, sagte sie. »Greta Lüpperts.« Mit diesen Worten drehte sie sich um, verließ durch eine zweite Tür den Raum und ließ ihn allein zurück.

Lebon griff nach seiner Uniformjacke und ging. Unter dem strengen Blick des Jungen durchquerte er den Garten. Wenn er in den kommenden Monaten mit einem reinen Gewissen schlafen wollte, musste er sich etwas einfallen lassen, um das Wohlergehen der Bevölkerung zu fördern.

Er ging denselben Weg zurück. Der alte Herr mit dem Spazierstock bewegte sich offensichtlich mit dem wandernden Schatten, denn er saß jetzt nicht mehr auf der Bank, sondern auf einem Stuhl gleich um die Ecke des Hauses. Er war immer noch völlig reglos, sodass Lebon sich fragte, ob hilfreiche Geister ihn einfach weiter in den schützenden Schatten getragen hatten. Der Mann rührte keinen Muskel.

Lebon trat näher und wünschte einen guten Tag. Einer der Mundwinkel bewegte sich kurz, doch die Augen des Alten schauten unbeweglich in die Ferne. Lebon stellte sich zwischen ihn und das, worauf der Mann wahrscheinlich blickte, und wiederholte seinen Gruß, dieses Mal im schönsten Französisch. Der Alte rührte sich nicht, was Lebon innerlich amüsierte. Er hütete sich, seinerseits eine Regung zu zeigen, und wünschte – nun erneut auf Niederländisch – einen guten Tag.

Langsamen Schrittes weitergehend, überkam ihn das Gefühl, beobachtet zu werden. Vermutlich schaute der Alte ihm hinterher.

An einem Haus mit Garten, aber ohne Gemüsebeete und mit nur wenigen Metern Wäscheleine blieb er kurz stehen. Fähnchen standen hier herum. Das Haus des Vogtes, dachte Lebon instinktiv und ging weiter.

Greta hörte, wie der Franzose ihr Haus verließ. So, wie er sich benommen hatte, schien er noch keine Ahnung von der Landung der Engländer und dem Strandgut zu haben. Was für ein Glück, dass sie sich dagegen entschieden hatte, an den Strand zu gehen. Ihren Anteil am Treibgut würde sie ohnehin erhalten, und zwar dadurch, dass die Einwohner ihre medizinische Hilfe und die erhaltenen Heilkräuter und Salben danach bezahlen beziehungsweise bereits Erhaltenes vergüten konnten.

Aus der Nähe betrachtet sah der Kommandant jünger aus als erwartet. Er war schlank, aber nicht so dünn wie die meisten Jungs und Männer auf der Insel. Seine Haltung ließ auf Selbstbewusstsein schließen und hatte etwas Vornehmes. Die Nase war krumm, was aber zu seinem Gesicht passte und ihn attraktiver machte, da alles andere darin absolut gleichmäßig war. Hätte man in der Mitte, senkrecht über Stirn, Nase, Mund und Kinn hinweg, einen Spiegel angehalten, wären ohne diese Krümmung beide Gesichtshälften absolut identisch gewesen und damit langweilig. Sie hielt ihn für einen angenehmen Menschen.

Sein Vorgänger, der letzte Kommandant, hatte kein Wort Holländisch gesprochen, geschweige denn eine der Mundarten in Ostfriesland. Sein Stellvertreter Pipi hatte dem Mann jedes Wort übersetzen müssen, was dieses Aas in die Lage versetzte, über alles, was sein Vorgesetzter mit der Bevölkerung besprach, im Bilde zu sein. Petit war geschickt darin, diesen Umstand für seine Zwecke zu nutzen, was die Einheimischen schnell spitzbekommen hatten, aber der ehemalige Kommandant vermutlich nicht. Die Tatsache, dass Henri Lebon allein unterwegs war und ihre Sprache beherrschte, ließ hoffen, mit ihm Dinge besprechen zu können, ohne dass Petit es mitbekam.

Lebons fließendes Holländisch mit dem hübschen französischen Akzent klang nett. Durch das Fenster schaute sie ihm hinterher und dachte an die vergangenen Minuten.

Bei seiner formvollendeten Verbeugung, die aussah, als wollte er sie zum Tanz auffordern, war sie rot geworden. Vor jemanden zu erglühen, ohne dass dieser sie verärgert hatte, war ihr nicht mehr passiert, seit sie mit ihrem verstorbenen Ehemann geflirtet hatte, kurz vor ihrer Verlobung.

Sie schwankte zwischen dem Gefühl, überrumpelt worden zu sein, da sie nun seine »Schneiderin« war, und dem Eindruck, einen Freund gewonnen zu haben. Greta war keine Frau, die sofort Freundschaften schloss, doch Henri Lebon strahlte etwas aus, das sie Vertrauen fassen, ihre Skepsis gegen die Franzosen verblassen und ihre Vorsicht schwinden ließ. Mehrmals während des Gespräches war sie versucht gewesen, Lebon ihre Beobachtung am Strand mitzuteilen. Vermutlich habe ich instinktiv richtig gehandelt, dachte sie und versuchte, den Gedanken an die Rekrutierung als Schneiderin abzuschütteln.

Als ob sie nicht bemerkt hätte, dass seine Uniform tadellos in Ordnung war und er als Soldat den Knopf sicherlich selbst annähen konnte. Der Rest der auf Borkum stationierten Soldaten saß weit schäbiger in Rock und Hosen. Er wollte sie unterstützen, ohne dass sie ihr Gesicht verlor. Ein Mann, über den es nachzudenken lohnte. Doch nun hatte sie Wichtigeres zu tun. Sie wollte noch einmal an den Südstrand. Die Standuhr im Hausflur verriet, dass um diese Tageszeit mit Einheimischen zu rechnen war, die am Strand Krabben mit einem Schieber fingen, Krebse sammelten oder einfach nur nach Strandgut Ausschau hielten und die Engländer bemerken würden. Jeden Augenblick erwartete sie, dass jemand Alarm schlug.

Sie wartete noch zwei Minuten, dann trat sie zur Haustür hinaus. Beide, der Franzose sowie Haye, waren verschwunden. Gut so. Sie umrundete ihr Häuschen, schaute kurz nach ihren Stallkaninchen und packte den leeren Sack, der danebenlag. Dabei fiel ihr Blick auf ihren dunkelblauen Rock und ihre Bluse. Für einen Moment ärgerte sie sich, immer noch in Trauerkleidung zu stecken. Es wurde Zeit für eine weiße Bluse.

Erneut lag sie auf der Sanddüne, den Kopf tief in den Strandhafer geduckt. Der Kapitän der englischen Fregatte musste sich gut auskennen. Sein Schiff ankerte im Schutz einer besonders hohen Düne, die den Blick von der Schanze auf die Fregatte vereitelte. Glück oder Wissen? Um darüber nachzugrübeln, blieb ihr keine Zeit. Das Knarren der Riemen im Dollbord war zu hören. Das Beiboot kam nahe genug, um die Uniformjacken der britischen

Marine zu erkennen. Auch die Bewaffnung der Männer war gut auszumachen. Landeten noch mehr Briten an, oder wollten sie die von heute Morgen wieder einsammeln?

Greta schaute sich suchend um. Dahinten rührte sich etwas. Eine Reihe Tschakos, die sich wippend durch ein Tal mit Weißdornbüschen bewegten. Es waren Franzosen, zu erkennen an den schwarzen hohen Hüten, an denen rote und gelbe Pompons mit jedem Schritt hin und her pendelten. Sie alle trugen Säbel um die Hüfte geschnallt. Im blauen Waffenrock und weißer Hose drängte sich der erste Franzose durch das Gestrüpp. Die Dummköpfe hatten sich die schlechteste Stelle ausgesucht, um voranzukommen. Vermutlich, weil das eine gerade Linie zwischen dem ausgetretenen Weg zum Südstrand und der genauen Lage der Fregatte vor dem Strand war. Aber eine Gerade war nicht immer die kürzeste Verbindung, was die Schnelligkeit der Fortbewegung anging. Greta beobachtete, wie sich einige von den Brombeerranken und Sanddornbüschen losmachen mussten, die sich in den Hosen verfangen hatten. Sie blieb so lange reglos liegen, bis die Franzosen sich wieder auf den ausgetretenen Wegen in Richtung Strand befanden.

Als die sechs Soldaten die letzte Dünenreihe erreichten, die sie vom Strand trennte, nahmen sie gleichzeitig ihre Hüte vom Kopf. Greta glaubte, einige Befehle zu hören, und beobachtete, wie die Männer auf die Knie oder in die Hocke gingen. Sie bezweifelte, dass die Franzosen von dem Engländer unbemerkt geblieben waren, und wollte auf keinen Fall zwischen die Fronten geraten. Der Mann oben im Top des Mastes der Fregatte hatte sie bestimmt bemerkt. Im selben Moment gingen auch schon bunte Fahnen am Mast des Kriegsschiffes hoch. Greta vermutete Signale an die Mannschaft, die eben anlandete. Amüsiert über die plumpen Versuche der Franzosen, den Engländer auszuspionieren, schüttelte sie den Kopf. Ehe Greta sich abwandte, um in den Ort zu eilen, verging ihr jedoch das schadenfrohe Grinsen. Auf der Fregatte wurden die Geschützluken geöffnet. Sie hatte keine Ahnung, wie weit Kanonenkugeln flogen, nur eines war sicher: Die wenigsten davon würden die Schanze treffen, wenn geschossen wurde, die meisten erreichten die Häuser, die dazwischenlagen. Niemand konnte garantieren, dass die englischen Kanoniere zielsicher trafen, vermutlich interessierte es sie gar nicht.

Sie hoffte, die Gefechtsbereitschaft der Engländer wäre nur eine Warnung für die herannahenden französischen Soldaten. Eine Zeit lang wollte sie noch beobachten, ehe sie ins Dorf zurückkehrte.

Pierre Petits eng zusammenstehende Augen funkelten verschlagen. Er zupfte an seiner spitzen Nase. Den Mund zusammengekniffen und die Stirn gerunzelt, wirkte er streitsüchtiger als üblich. Ein Mann, mit dem man sich besser nicht anlegen sollte. Wie sein großes Vorbild Napoleon Bonaparte, von dem sein Vater einmal gesagt hatte: »Wer hätte gedacht, dass dieser kleine Mann Kaiserpotenzial hat?«

Er hatte bei einer Witwe übernachtet, doch die Nacht war anders verlaufen, als er es sich vorgestellt hatte. Schlecht gelaunt rief er den Wachhabenden des Pulverhauses an. »Ribaud, glotzen Sie keine Löcher in die Luft.«

»Nein, Herr Sergent.«

»Wo ist der Pulverjunge?«

»Weiß ich nicht, Herr Sergent. Ich vermute jedoch, er wird gleich kommen. Kann nicht mehr lange dauern, Herr Sergent.«

»Ich warte«, verkündete Petit, begab sich in den Schatten des Hauses und setzte sich auf eine Bank. Mit finsterer Miene beobachtete er das Federvieh.

Drei oder vier Kätzchen versuchten sich darin, ein Huhn zu fangen. Petit bückte sich nach einem davon, nahm es in den Arm und kraulte es. Das Tier kuschelte sich an ihn und fing nach einer Weile an zu schnurren.

»Verdammt, wo bleibt der Bengel?«, knurrte Petit. Das Kätzchen begann zu schreien, als er fester zugriff. Ein unangenehmes Geräusch, das mit einem Knacken abrupt verstummte. Achtlos ließ Petit das Tier fallen und beförderte den Kadaver mit einem Tritt unter die Bank.

Er erhob sich, als er meinte, in einiger Entfernung ein wandelndes Skelett in kurzärmligem Hemd und Hose zu erkennen. Da war er ja. Petit war sich bis eben im Unklaren darüber gewesen, warum er den Wachhabenden des Pulverhauses nicht schon bei seiner Ankunft von der bevorstehenden Kontrolle in Kenntnis gesetzt hatte. Dann war ihm bewusst geworden: Etwas in seinem Inneren trieb ihn, das dümmliche Gesicht des Pulverjungen bei der Überbringung des Befehls im Auge zu haben. Obwohl er sich jetzt, da der Idiot direkt auf ihn zugeschlendert kam, selbst einen Blödmann schimpfte. Jochum Melchers war geistig kaum in der Lage, etwas gegen die Besatzer zu unternehmen, geschweige denn sich etwas auszudenken. Unregelmäßigkeiten waren also nicht zu erwarten, ebenso keine nennenswerte Reaktion des Jungen auf die anstehende Überprüfung. Dennoch musste eine Bestandsaufnahme gemacht werden, der Kommandant würde eine Auflistung haben wollen.

Petit hob eine Augenbraue, als der Junge ihn höflich grüßte. Der hochmütige Gesichtsausdruck, der dadurch entstand, entsprach genau seinen Gefühlen. »Abschaum«, murmelte er auf Französisch und befahl Jochum, ihm ein Glas Wasser zu bringen.

Er folgte dem Dorftrottel in die Küche. Während der Junge an der Küchenpumpe beschäftigt war, rief er nach seinem Soldaten: »Ribaud, wo ist das Pulverbuch?«

Petit wartete lauernd auf die Reaktion des Pulverjungen. Er reagierte in keiner Weise. Sag ich doch, ein Schwachkopf, dachte er.

»Das Pulverbuch befindet sich in der Schreibstube«, informierte ihn Ribaud. »Soll ich es holen?«

»Nein, ich schicke jemanden damit her.«

Das war der Augenblick, in dem ein Trupp von sechs Kameraden im Laufschritt am Pulverhaus vorbeieilte.

NEUN

Der halbe Vormittag war schon rum, als der erste Bergungstrupp am Strand ankam. Das Meer hatte Körbe, Stoffballen, Kisten und Fässer an Land gespült. Vieles trieb noch auf den seichten Wellen. Der mäßig wehende Wind reichte kaum aus, um Wellen zu erzeugen, die hoch genug waren, die Waren auf den Strand zu heben.

Sieben Männer und Knaben eilten über die Dünenkante. Gemeinsam schleppten sie ein offenes Boot dorthin, wo der Sand feucht und fest war. Unten warteten bereits drei Frauen, die einen Trailer mit zwei Rädern darunterschoben. Im Laufschritt ging es bis an die Wasserkante. Niemand achtete darauf, ob sein Schuhwerk nass wurde. Hässliche Salzränder, die nach dem Trocknen an den Lederschuhen zurückblieben, wurden zur Nebensache. Geschwind wurden Boot und Trailer über den niedrigen Wellenkamm hinweg ins Wasser gedrückt, bis das Boot aufschwamm. Den Männern reichte das Wasser bis übers Knie, als sie es bestiegen. Zwei Frauen zogen den Trailer zurück an Land, die Dritte schwang sich ins Boot, ungeachtet der nassen Ärmel und Röcke. Sie würden innerhalb einer Stunde in der Sonne trocknen.

Sören, ein alter, aber kräftiger Mann, kletterte als Letzter an Bord, griff nach der Pinne und rief seine Kommandos. Die anderen legten sich in die Riemen und pullten dem nahe gelegenen schwimmenden Warenhaufen entgegen. Sie kamen schnell voran.

»Zuerst die Fässer, die Kisten schwimmen länger. Nur noch wenige Meter«, spornte Sören die Mannschaft an. Er merkte, wie seine Leute den Schlag verlangsamten. »Nicht nachlassen, da, das Fass dort drüben.«

Sie mussten sich beeilen. Wer vermochte schon zu sagen, wie gut oder schlecht das Fass kalfatert war? Sobald Wasser eindrang, sank es auf den Meeresgrund, und jemand musste hinterherspringen, um es zu retten.

Zugegeben, die Wetterbedingungen für so einen Tauchgang wären heute ideal. Leicht bewölkter Himmel, und die Sonne durchdrang die glatte Meeresoberfläche. Der Blick ging tiefer als an den meisten Tagen im Jahr, wenn Wellen den sandigen Untergrund so aufwühlten, dass man keinen Meter weit nach unten sehen konnte. Sören warf einen Blick auf die pullende Mannschaft. Nur Friederike vermochte dem Fass hinterherzuspringen, da sie die Einzige war, die schwimmen konnte. So weit durften sie es nicht kommen lassen, eher ließ er es sinken. Dann blieb immer noch die Hoffnung, dass der nächste Sturm es an den Strand warf. Durch die Wucht der Wellen würde es vermutlich zerbrechen. Immerhin bliebe ihnen das Holz zum Verfeuern.

»Steuerbord Riemen hoch, backbord noch drei Schläge. Jetzt, greift nach dem Fass.«

Sie hievten zwei Stück ins Boot hinein. Für ein weiteres war noch Platz, dann mussten sie umkehren. Sechs Hände an Steuerbordseite fischten danach. Es drehte sich, als ihre Finger die runde Seite durch Bewegung so nahe an den Bootsrand heranbringen wollten, dass sie es ergreifen konnten. Das Fass richtete sich auf und versank vor ihren Augen.

»Nein, Friederike«, rief einer der Männer und hielt sie fest. »Nicht hinterherspringen.«

»Ich schaff das.«

»Du verbrennst dich.« Er zeigte auf eines der Ruderblätter, an dem die abgerissenen Fangarme einer Feuerqualle hingen.

Das Bötchen schwankte, als sie sich wieder hinsetzte. Vor lauter Jagdfieber hatte kaum jemand auf die Tiere geachtet. In besonders heißen Sommern wurden sie riesengroß und vermehrten sich explosionsartig. Jedes Inselkind hatte schon Bekanntschaft mit den Fangarmen gemacht. Ihr Gift ließ die berührten Hautstellen anschwellen, empfindliche Menschen lagen mit Schmerzen ein paar Tage im Bett.

Schaudernd schüttelte Sören seinen Kopf. Er hatte im Eismeer mit über zehn Meter langen Walen gekämpft, ohne Angst zu haben, doch Quallenfangarme machten ihn schlottern. Es gab Nächte, da griffen rostrote Tentakel in seinen Träumen nach ihm, um ihn auf den Meeresgrund zu ziehen. Dabei wusste er, dass ganze Quallenfelder dieses kaum vermochten.

»Zurück an den Strand«, kommandierte er und fischte unterwegs einen treibenden Korb aus dem Wasser. Das hätte er besser bleiben lassen. Ein abgerissenes Stück Seegras streifte seinen Arm, er dachte an Tentakeln und ließ die Beute fallen. Das Lachen der anderen erstickte er mit dem Befehl: »Pullt Leute, pullt.«

Nahe am Strand nahmen ihnen hilfreiche Hände die Beute ab, und sie machten sich erneut auf den Weg nach draußen. Am Strand wimmelte es jetzt von Einheimischen. Die wenigen Pferde, die es auf der Insel gab, zogen entweder einen voll beladenen Wagen oder besonders schwere Kisten hinter sich her. Die Leute stapelten die Funde in sicherer Entfernung vom Wasser und warteten auf den Abtransport.

»Verflucht.« Einer der Ruderer deutete mit einem Kopfnicken zum Strand. Sören musste sich umdrehen, ohne dabei die Pinne zu weit herumzuschwenken, was misslang, das Boot schoss in die falsche Richtung. Auf einer der Dünen stand jemand. Gegen das Sonnenlicht, das ihnen anzeigte, dass es schon bald Mittag war, erkannten sie schemenhaft einen Mann. Jeder wusste, wer es war. Der Vogt.

Warum hatte Tellinghusen nicht die Glocke geschlagen?

Tadeus Ulrichs hatte das Frühstück mit der Familie verschlafen. Erst als Martha sich umziehen wollte, war er wach geworden. Nachdem er ebenfalls gefrühstückt und seinen fürchterlichen Kater dadurch etwas besänftigt hatte, war einer seiner Söhne in die Küche geplatzt und hatte berichtet, die Borkumer seien bereits seit Stunden auf den Beinen, um am Nordstrand Strandgut zu bergen.

Von hier oben sah es aus, als sei das ganze Dorf versammelt. Die Menschenmenge trug Lasten auf Schultern, Rücken oder Armen, verlud Kisten, Ballen oder Fässer auf Handkarren und schleppte sie fort. Schwer atmend und in Schweiß gebadet, eilte Ulrichs zum Strand hinunter, schob sich rücksichtslos durch die Menge, stieß einer alten Frau in den Rücken, sodass sie strauchelte und mit dem Gesicht zuerst in den Sand fiel. Endlich hatte er zur größten Ansammlung von Menschen und Waren aufgeschlossen.

Er stieg auf eine Kiste und brüllte, um sich Gehör zu verschaffen: »Finger weg, niemand rührt sich. Keiner bringt auch nur ein Teil fort, ohne dass es vorher notiert wurde. Ihr kennt den Weg zum kaiserlichen Lagerhaus.«

Die Menschen wirkten unentschlossen, schwankten zwischen der Möglichkeit, unter den Augen des Vogtes die Waren fortzuschleppen oder dessen Befehl zu folgen. Ersteres bedeutete, später vom Vogt zur Rechenschaft gezogen zu werden. Er war bekannt für seine harten Strafen und in der Lage, sich jedes Detail zu merken, das er sah.

Ulrichs erkannte das, sprang von der Kiste, sprach vereinzelt Leute mit Namen an, drohte, zog an Kragen oder Ärmeln und stieß einige Männer und Frauen von den Waren fort. Zuletzt zerrte er an seinem Gürtel, löste die Schlaufe. Dann drosch er damit auf Männer, Frauen und Kinder ein, stieß die üblichen Drohungen aus, schwor, jeden erschießen zu lassen oder wenigstens ins Gefängnis zu stecken, der nicht sofort die Finger vom Strandgut ließ.

Da landete eine Faust auf seinem Kinn, der Vogt taumelte, konnte den Angreifer aber festhalten.

»Das wirst du büßen!«, schrie Ulrichs ihn an.

Ein mächtiges Gewicht sprang ihm zwischen die Schultern, er musste seinen Angreifer loslassen. Ulrichs taumelte nach vorn, erreichte das Wasser und stolperte über einen Stoffballen. Ehe er auf den feuchten Sand aufschlug, traf ihn ein weiterer Schlag ins Gesicht, und er ging besinnungslos zu Boden.

Als er erwachte, umspülte Wasser seine Beine im Rhythmus der an den Strand schlagenden Wellen. Er war allein, nur ein paar Möwen saßen in sicherer Entfernung und betrachteten ihn.

Verärgert rappelte er sich auf. Es wurde Zeit, etwas zu unternehmen, das den Borkumern den nötigen Respekt zurückbringen würde.

Nachdem Lebon Gretas Haus verlassen hatte, hatte er einige Straßen und Wege erkundet, Äcker begutachtet, zugewehte Häuser und Gärten sowie imposante Zäune bestaunt, auf denen Walrossschädel mit langen Zähnen steckten. Frauen, ein paar Männer und Kinder waren an ihm vorbeigeeilt. Erst wenige, dann immer mehr. Er fragte sich, wo all die Menschen hingingen, und glaubte schon, er sei unsichtbar. Keiner beachtete ihn. Zwei kleine Jungen liefen gar in ihn hinein. Sie schauten nicht einmal auf, so als sei er ein beliebiges Hindernis, das ihnen den Weg versperrte und umrundet werden musste. Ein etwa siebenjähriges Mädchen dagegen, das den Buben folgte, stieß einen spitzen Schrei aus, schaute ihn an, als wäre er der leibhaftige Satan, raffte den knielangen Rock, als könnte sie dadurch schneller laufen, und eilte den Freunden hinterher.

Die Menschen liefen in Richtung Norden.

Einem galoppierenden Pferd musste Lebon ausweichen. Der Kutscher machte keine Anstalten, seinetwegen anzuhalten. Es kam Lebon vor, als habe jemand einen Startschuss gegeben, und alle rannten los. Dabei wirkte niemand ängstlich, eher so, als würde etwas Erfreuliches sie erwarten. Zweimal versuchte er, jemanden am Arm festzuhalten, nachdem niemand auf sein Anrufen hin stehen geblieben war. Sie ignorierten ihn, den Mann, der – durch seine Uniform deutlich erkennbar – über Leben und Tod, über Gefangenschaft und Freiheit zu entscheiden hatte. Etwas Außergewöhnliches musste geschehen sein, etwas, das für die Insulaner wichtig war. Er beschloss, sich dem Strom der Menschen anzuschließen.

So kam es, dass Lebon zur rechten Zeit auf dem Dünenkamm war und eine Kostprobe vom Charakter des Vogtes bekam.

Zurück in der Schanze stellte er fest, dass er sehnlich erwartet wurde.

»Da sind Sie ja endlich!«

Die Bemerkung des Wachhabenden schrieb Lebon der allgemeinen Aufregung im Fort zu. Er ließ Bericht erstatten und erfuhr, dass eine englische Fregatte in Schussweite vor der Insel lag.

»Wer hat sie entdeckt?«

»Einer der Kanoniere, *mon Commandant.*«

Es stand zu vermuten, dass die Engländer mit den Gezeiten hier in der südlichen Nordsee nicht so vertraut waren. Beim Wechsel von Flut zu Ebbe war das Schiff herumgeschwojert. Am Anker hängend drehte es sich um hundertachtzig Grad. Dadurch kam die »Victoria« aus ihrem Sichtschutz der hohen Düne heraus. Vom Geschützturm des Forts war sie jetzt deutlich zu sehen. In Abwesenheit des Kommandanten und seines Stellvertreters hatte ein aufgeweckter Unteroffizier den Befehl gegeben, die Ruhe zu bewahren, und war mit fünf Mann Begleitung zur Erkundung der Lage aufgebrochen.

»Ist der Erkundungstrupp schon zurück?«

»Jawohl. Die Briten baten um ein Treffen mit Ihnen. Ort und Zeitpunkt wurden vereinbart, aber das erklärt Ihnen Unteroffizier Berceau besser selbst.«

Evert Tellinghusen war auf seinem Stuhl gegenüber dem Vogthaus eingeschlafen. Im Traum spukte ihm ein verlorener Gedanke durch den Kopf. Etwas, das wie eine kalte Hand nach Magen und Herz griff, hatte ihn heute berührt, und er hatte es verdrängt.

Er schreckte hoch.

Das Gefühl blieb und erinnerte ihn an das, was er am Morgen gesehen hatte. Es ließ ihm keine Ruhe. Ein Blick auf den Stand der Sonne verriet, dass er zu lange geschlafen hatte. Der Vogt konnte um diese Zeit unmöglich noch im Bett liegen. Er überquerte die Straße und überlegte, wie er in Erfahrung bringen konnte, ob der Vogt von der Sache Wind gekriegt hatte, als er vom Nordstrand her jemanden auf sich zukommen sah.

»Ist der Strand geräumt?«, fragte er Sören, den er am Arm festhielt.

»Ja. Aber der Vogt ist überraschend aufgetaucht. Du hast vergessen, uns zu warnen.«

»Tut mir leid.«

»Es kommt noch schlimmer. Ulrichs wurde niedergeschlagen.«

»So ein Schiet. Und was machen wir nun, was wird aus der Ware?«

»Die haben wir ins Lagerhaus gebracht. Dann bekommen wir wenigstens noch etwas heraus.« Sören schüttelte seine Hand ab und ging weiter.

Verdammt, alles deine Schuld, du hast verschlafen, schimpfte Tellinghusen innerlich mit sich selbst.

Deswegen ein schlechtes Gewissen zu haben, brachte sie allerdings auch nicht weiter, er wollte sich lieber auf den Weg machen, um sich dem Grund seiner Unruhe zu stellen.

Als er den Nordstrand erreichte, war dort niemand mehr zu sehen. Demnach waren alle, auch der Vogt, inzwischen nach Hause gegangen. Von Lee her näherte er sich der Fundstelle.

Mit jedem Schritt wurde der Gestank unerträglicher. An der Leiche angekommen, verboten es ihm seine schmerzenden Knie, sich zu bücken, um Hand an den Drinkeldoden zu legen. Nicht dass er den Wunsch danach verspürt hätte.

Tellinghusen hob den Kopf. Er hatte richtig gesehen. Haye Steffens. Den Bengel traf man überall. Er winkte ihn zu sich.

»Sieh in der Jacke nach, ob was in seinen Taschen steckt. Was ist? Du schaust so entsetzt. Ist es deine erste Wasserleiche?«

Haye tat wie ihm befohlen, doch die Taschen waren leer. »Ohrring und Taschenuhr fehlen auch«, sagte er, ohne zu merken, was er damit verriet.

Tellinghusen nickte. »Wird Zeit, dass der Pastor Meldung bekommt. Saus los. Er soll jemanden zum Tragen schicken, und sag dem Bürgermeister, er und sein Nachbar müssen sich von den Resten in ihren Eiskellern trennen.«

»Wofür …«

»Wir müssen den Toten in Eis packen. Pastor Siefken wird den armen Kerl nicht sofort verscharren, wenn eine Chance besteht, seine Identität herauszubekommen.«

So kam es, dass der Tote auf dem Rest der im vergangenen Winter in den »Isdobben« geschnittenen Eisblöcke gebettet wurde.

»Nicht länger als einen Tag«, bestimmte Pastor Siefken. »Wenn bis dahin keine seiner Sachen wieder auftauchen, kommt er ohne Kreuz und Sarg auf den Drinkeldodenkarkhoff.«

ZEHN

Das Wort ist schneller als der Mann. Daher wusste bald jeder auf der Insel, dass ein Trupp Engländer auf ein paar Franzosen getroffen war und sie sich friedlich ausgetauscht hatten. Mit einer Botschaft für den französischen Kommandanten waren Letztere zum Fort zurückgekehrt.

Es blieb ein heimlicher Beobachter, auf dem Bauch auf der Düne liegend, um die Briten im Auge zu behalten. Es war langweilig, da sich nichts Aufsehenerregendes auf der Fregatte tat. Aber einer musste es tun. Eine ehrenvolle Aufgabe, die für die Franzosen ebenso wie für die Einheimischen von Interesse war.

Endlich tat sich etwas. Einige Beiboote wurden über die Reling gehievt.

Man hörte, wie der Tambourmajor mit den Trommelschlägeln auf die Felle schlug. Ein Wirbel, dann ertönten durchdringende Pfeifen. Es klang wie eine lustige Melodie.

Was machten die da bloß? Feierten die Briten irgendetwas? Den Geburtstag von Napoleon Bonaparte sicherlich nicht.

Jens hätte bei Kapitän Brieses Unterricht besser aufpassen sollen, dann wüsste er, welche Kommandos die Pfeifen und Trommeln verkündeten. Schon bestiegen Männer der »Victoria« die Boote. Es dauerte nur wenige Minuten, bis sie den Jollen am Strand mit geschulterten Musketen wieder entstiegen. Ihr Hauptmann rief Kommandos, die Männer formierten sich. Das Metall an den Musketen und Gürtelschnallen blitzte im Sonnenlicht. Rote Waffenröcke und das weiße Lederzeug der Seesoldaten stachen besonders hervor. Der Anführer trug die Tressen eines Unteroffiziers. Vor dem Mann, der als Letzter die Jolle verließ, salutierten sie. Unverkennbar der Kapitän der Fregatte.

Ein Soldat, in der Hand einen Stock mit einer weißen Fahne dran, trat vor. Diese vor sich herschwenkend, marschierte er los, seine Kameraden ihm hinterher.

Jens musste sich sputen, um vor den Engländern im Dorf zu

sein und das Zusammentreffen mit eigenen Augen beobachten zu können.

Ein paar Stunden zuvor hatte der Kapitän der Fregatte »Victoria«, William Simmonds, zufrieden festgestellt, dass das letzte Herumschwojen der »Victoria« wie geplant auf der Schanze zu sehen gewesen war. Wenig später war als Reaktion darauf der Franzosentrupp erschienen. Seine Männer hatten wie befohlen die weiße Fahne geschwenkt und die Franzosen dazu veranlasst, ihrem Kommandanten eine Nachricht von ihm zu überbringen. Damit die Mission gelang, hatte Simmonds jemanden geschickt, der Französisch sprechen konnte. Durch den Kieker hatte er das Zusammentreffen beobachtet und erleichtert den Atem ausgestoßen, als er sah, wie einer seiner Männer dem Feind die Hand schüttelte.

»Acht Faden und Grund«, meldete der Mann am Lot und ließ den Kapitän wieder an das Wohl seines Schiffes denken.

Die vorhandenen Seekarten zeigten steile wie auch flache Küstenabschnitte. Aber sie waren älteren Datums. Wie jeder gute Seemann wusste, änderten sich die Verhältnisse im Wattenmeer jährlich, es kam auf die Häufigkeit und Heftigkeit der Winterstürme an. Genau deswegen waren sie ja hier.

Simmonds beobachtete, wie die Zahl sorgfältig notiert wurde.

In den Gewässern rund um die Inseln Fahrrinnen auszuloten, war relativ einfach, solange man sich außerhalb der Reichweiten der Geschütze befand. Um einen genauen Plan der Insel selbst zu erhalten, hatten sie die Einheimischen ausgesetzt. Der Plan war simpel. Zuerst ein friedliches Treffen mit den Franzosen, um ihnen mitzuteilen, dass sie keinen Angriff im Sinn hatten, sondern nur nach Entflohenen suchen wollten. Der Franzmann würde hoffentlich keine Einwände erheben und seinerseits auf ein Gefecht verzichten.

Natürlich wäre er mächtig genug, die Kartografierung der Insel auch ohne Zustimmung des Feindes vorzunehmen. Doch ein Beschuss der Schanze wäre ein Angriff, der spätestens am kommenden Tag weiteren Truppen Napoleons auf dem Festland zu Ohren käme, die dann wiederum die Kraft der Schanze von

See her verstärken würden. Um Pulver, Kanonenkugeln und Soldatenleben zu sparen, gepaart mit dem Reiz, unter den Augen der Froschfresser das zu bekommen, was er haben wollte, war der Trick mit den Deserteuren doch angenehmer. Während einige vorgaben, diese zu suchen, verschaffte das anderen die Zeit, um jeden Quadratmeter Borkums zu kartografieren. Und wenn sie Glück hatten, würde der Kommandant der Schanze nur eine kurz gehaltene Mitteilung an seine Vorgesetzten senden, den Vorfall womöglich sogar ganz unter den Tisch fallen lassen. So konnten sie Insel für Insel das Spielchen wiederholen.

»Siebeneinhalb Faden und Grund«, sang der Mann am Lot.

Simmonds trat neben den Kartografen und schaute zu, wie dieser gewissenhaft jede gemeldete Fadentiefe festhielt.

»Geben Sie mir noch einmal die andere Karte.«

Der Mann war ein Künstler. Gestochen scharf zeigte das Bild den Küstenverlauf von Borkum, so, wie er von See aus zu erkennen war. Mit entsprechenden Maßen bestückt, hatte der Mann die geschätzte Höhe und Breite jeder einzelnen Düne eingetragen. Er war ein Meister im Umgang mit dem Bestimmungsbesteck.

Simmonds gab die Karte zurück und nahm das Fernglas zur Hand; er suchte den Strand nach einem Stück Holz ab und behielt dessen Abstand zu den auflaufenden Wellen im Auge. Er wurde größer. Die Ebbe lief sichtbar ab. Auf diese Erkenntnis war jedoch kein hundertprozentiger Verlass, denn man konnte nie sagen, ob nicht das vergangene Hochwasser aufgrund des Mondstandes und der Windverhältnisse höher aufgelaufen war als normal.

Ein Anruf des Ausgucks meldete: »Segel in Sicht, steuerbord, achterlicher als dwars.«

Jeder Mann an Deck wandte sich der anderen Schiffsseite zu. Ein winziges braunes Segel zeigte sich hinter Rottum. Vermutlich eine Schaluppe, die von Warfum entweder nach Delfzijl, Emden oder Greetsiel segelte. Sie war genauso harmlos wie die Schaluppe, die sich vergangene Nacht an ihnen vorbeigeschlichen hatte. Das überraschte Gesicht des Kapitäns war köstlich gewesen.

Nach wenigen Sekunden schon erschien ihm die hinter Rottum sichtbare Schaluppe uninteressant. Simmonds' Aufmerksamkeit wandte sich erneut Borkum zu.

Die Deserteure waren seit über achtzehn Stunden an Land. Zeit für Simmonds, mit der Aktion zu beginnen.

Die Beiboote der »Victoria« setzten sanft auf dem Strand auf, einige Männer ließen ihre Riemen los, sprangen heraus und zogen das Boot höher hinauf, sodass Simmonds trockenen Fußes an Land kam. Es dauerte nur zwei Minuten, da hatten die Seesoldaten Aufstellung genommen. Über den Strand, im Gänsemarsch durch die Dünen hindurch, ging es, bis sie auf einen ausgetretenen Sandweg kamen, der sie in den Ort führte. Die Waffen, extra poliert, blitzten in der Sonne metallisch auf.

Bereits am Rand des Dorfes schickte Simmonds' Trompeter ein schmetterndes Trompetensignal in die Nachmittagshitze, es drang an die Ohren aller im weiten Umkreis. Die Trompete spiegelte das Sonnenlicht und blendete die ersten herbeigeeilten Zuschauer, von denen einige kurz die Augen zusammenkniffen und sie wieder öffneten, als das Signal verklang und der Trompeter sein Instrument von den Lippen nahm. Gut alle zweihundert Meter ertönte erneut das Signal. Aus einer Handvoll Leute wurde spätestens nach dem fünften Warnsignal eine Menschenmenge.

Sein Mann mit der weißen Flagge hatte inzwischen die Kreuzung in Sichtweite des Turmes erreicht. Der Träger blieb stehen, legte leicht den Kopf in den Nacken, so als könnte er kaum glauben, dass in einem so winzigen Dorf ein dermaßen prächtiger und gewaltiger gemauerter Turm stand. Er senkte Kopf und Parlamentärfahne und wartete.

Im Schatten des viereckigen Leuchtturmes machte die Kompanie mitten auf der Straße halt. Die Franzosen erreichten den Treffpunkt eine Minute später.

Wenige Schritte vor dem Parlamentär und Kapitän Simmonds hielt ein hochgewachsener dunkelhaariger, sehr jung wirkender Mann in blitzblanker weißer Hose und polierten schwarzen Stiefeln. Seine Uniformjacke saß makellos, sein Tschako keinen Millimeter schief. Leicht zu erraten, um wen es sich handelte.

Der britische Soldat mit der weißen Fahne trat zur Seite, um Simmonds vorzulassen. Er zappelte nervös, bemüht, sich nichts anmerken zu lassen, doch seine Nervosität war unübersehbar, was man von der Ausstrahlung des französischen Kommandanten nicht behaupten konnte. Er wirkte, als sei es für ihn das Normalste auf der Welt, sich mit dem Feind auf ein Schwätzchen zu treffen. Doch der Schein trog. Bei genauerem Hinsehen war ein Zucken unter einem Auge zu erkennen.

Lebon hatte im Hof der Franzosenschanze an der Spitze seiner Kompanie gestanden, mit dem Rücken zu den Männern, und auf seinen Stellvertreter gewartet, als der erste Warnruf der Trompete erklungen war. Die wenigen Spatzen, die im Hof hockten, flogen auf, und eine Sturmmöwe gackerte hoch am Himmel stehend ihren Schrei, als regte sie sich über diese Störung auf.

Vor seinem inneren Auge sah Lebon nach internationalem Kriegsrecht einen Parlamentär die weiße Fahne schwenken. Die Trompetensignale sollten anzeigen, dass keine Überraschung seitens der Engländer geplant war.

Derweil die Trompetensignale näher kamen, überlegte er kurz, ob er überhaupt die Vollmacht besaß, mit dem Feind zu verhandeln, schüttelte den Gedanken aber sofort wieder ab. Wen sollte er um Erlaubnis fragen? Der nächste Vorgesetzte saß in Aurich, wenn man Pech hatte, mehr als eine Tagesreise entfernt. Er könnte frühestens in drei Tagen mit einer Antwort rechnen.

Die Männer seiner Kompanie scharrten ungeduldig mit den Füßen. Nur noch wenige Sekunden beabsichtigte er auf Sergent Petit zu warten, damit dieser neben ihm in den Ort einmarschierte, um an der Straßenkreuzung unterhalb des Leuchtturmes auf die Engländer zu treffen. Lebon wäre kaum überrascht, wenn Petit sich nicht blicken ließe. Als er eben den Mund aufmachte, um das Kommando zum Abmarsch zu geben, hörte er hinter sich das Getrampel eines Stiefelpaares. Lebon meinte, eine leichte Streckung der Schultern und das Anheben des Kinns in seiner Kompanie zu spüren. Die Männer hatten mehr Angst vor Petit als vor dem Feind. Aus den Augenwinkeln sah er seinen Stellvertreter heraneilen. Lebon wusste nicht, was er erwartet hatte, das jedoch kaum.

Petit hatte sich zum Treffen mit dem Feind herausgeputzt. Die Messing-Schuppenketten an seinem Tschako, die zur Abwehr von Säbelhieben gedacht waren, sowie die Rosette funkelten im Sonnenlicht. Neben den roten Pompons an der Seite des Hutes wippte vorn mit jedem seiner Schritte eine gleichfarbige Feder. Lebon wusste, dass die Kopfbedeckungen je nach Laune des Regimentsinhabers verziert wurden, fand Petits Aufmachung jedoch übertrieben. Er bezweifelte sogar, dass sein Vorgänger so viel Prunk vom Stellvertreter verlangt hatte. Doch es gab Wichtigeres zu bedenken. Sosehr er sich auch anstrengte, ihm fiel kein Grund ein, weswegen ein britischer Fregattenkapitän ihm eine Komplementärfahne schickte und um ein Treffen bat.

Lebon zupfte an seinem Uniformrock und rückte den Säbel zurecht. »Abmarsch«, befahl er.

In der Ferne krächzte erneut die englische Trompete über die Insel. Lebon konnte sich vorstellen, wie die Einheimischen aus ihren Häusern gelaufen kamen. Der Treffpunkt würde voller Menschen sein.

Hocherhobenen Hauptes lief er voraus. Bis zum Treffpunkt starrte er nur geradeaus.

Die Engländer warteten bereits. Lebon hasste es, zu spät zu kommen, doch nun war nicht der Zeitpunkt, sich über Kinkerlitzchen Gedanken zu machen.

»Sie sind der Kommandant der Insel«, stellte der britische Kapitän in Lebons Muttersprache fest.

»Henri Lebon, Leutnant seiner kaiserlichen Majestät Napoleon Bonaparte. Kommandierender Befehlshaber des Außenpostens Borkum«, antwortete Lebon in Englisch. Er wusste, der Hut, an den er grüßend die Hand hob, saß perfekt, als habe er ihn mit Hilfe eines Lineals aufgesetzt.

Ein Blick auf die Uniformen der Seesoldaten, die hinter dem Kapitän Aufstellung genommen hatten, verriet ihm, das der Engländer an sich noch lange nicht am Ende war, wie die französischen Zeitungen behaupteten. Ihre Kleidung zeigte keinerlei Verschleiß, und die Männer wirkten wohlgenährt. Vermutlich gab es Zwieback und fauliges Wasser nur auf den Schiffen, die nach Amerika und noch weiter reisten.

Beim Anblick der im Sonnenlicht gut zu erkennenden blauschwarzen Stoppeln am Kinn eines Seeoffiziers war er versucht, an sein eigenes zu fassen, obwohl er genau wusste, er hatte sich am Morgen rasiert.

Der englische Kapitän trat einen Schritt auf ihn zu, lüpfte kurz seinen Hut und verbeugte sich. »William Simmonds, Kapitän der Fregatte ›Victoria‹.«

Aus einer Gruppe von Insulanern löste sich ein etwa fünfzig Jahre alter feister Mann, hüstelte künstlich und trat näher. Ohne zur Vorstellung seiner Person aufgefordert zu sein, schob er sich mit seinem drallen Bauch zwischen Lebon und Simmonds.

»Tadeus Ulrichs mein Name. Strandvogt der Insel Borkum. Polizist, Ordnungshüter und Richter.« Ein Status, der, bevor die französische Besetzung gekommen war, richtig gewesen sein mochte, jetzt aber kaum mehr stimmte.

In Henri Lebons Augen blitzte Ärger auf, doch sofort hatte er sich wieder im Griff.

Petit winkte Ulrichs, der daraufhin einen Schritt zurücktrat, was darauf schließen ließ, dass der Vogt Petit gehorchte, Lebon jedoch den gehörigen Respekt schuldig blieb. Gut zu wissen.

»Darf ich erfahren, Kapitän Simmonds«, sagte Lebon über den Kopf des Vogtes hinweg, der ihm gerade mal bis zur Schulter ging, »was Sie hierherführt?« Dabei blickte er kurz auf die weiße Fahne.

Der Brite hielt seinen Blick weiter auf Lebon gerichtet. Seine linke Hand löste sich von der Hosennaht. Er hob den Arm, die Handfläche nach oben gedreht, und einer der englischen Soldaten trat aus der Reihe, kam an seine Seite und legte ihm ein zusammengerolltes Stück Papier in die offene Hand. Kapitän Simmonds rollte es auseinander.

»Wenn Sie gestatten ...« Er schob den Vogt beiseite und verbeugte sich vor Lebon. Der antwortete mit einem kaum merklichen Kopfnicken.

Simmonds' Stimme war anzuhören, dass sie sich gegen Wind und Wetter Gehör zu verschaffen wusste. Laut, deutlich und auf Niederländisch trug er den Text vor, sodass er weithin zu hören war.

»Keno Agena und Adrian Nicolai, geborene Borkumer und Angehörige der Kriegsmarine Ihrer britischen Majestät, sind aus dem Kriegsdienst desertiert und in der vergangenen Nacht auf diese Insel geflüchtet.«

Während er las, hob Simmonds gelegentlich den Kopf, um Lebon anzusehen. Es schien, als interessierte er sich ausschließlich für seine Reaktion. Die entsetzten Gesichter der Umstehenden beeindruckten ihn nicht.

»Wer die Flüchtigen versteckt, wird erschossen. Wer sie mit Lebensmitteln versorgt, wird erschossen.«

Mit jedem weiteren Wort zog Tadeus Ulrichs sich ein paar Zentimeter zurück.

»Wer ihnen Unterschlupf gewährt, wird erschossen und sein Haus in Brand gesetzt. Ich fordere den Bürgermeister auf, den Truppen Ihrer britischen Majestät jedwede Unterstützung in dieser Angelegenheit zukommen zu lassen und jedwede Gegenwehr abzuwenden. Ich fordere die französischen Truppen auf, die Suche nach den Flüchtigen nicht zu behelligen, sonst wird auf sie das Kanonenfeuer eröffnet. Es ist untersagt, die Soldaten bei der Durchsuchung der Insel und der Häuser zu behindern, wer es dennoch tut ...«

»... wird erschossen«, murmelte der Vogt. Er machte den Eindruck, als würde gleich sein Kreislauf versagen, und schwankte leicht.

»... der wird erschossen«, donnerte Simmonds' Stimme. »Sollten die Flüchtigen nicht gefunden werden, behalte ich es mir vor, Geiseln zu nehmen und diese bis zur Auslieferung der Deserteure festzuhalten.«

Simmonds hob den Kopf und ließ den Blick über die schweigende Menschenmenge wandern. Mit einer erneuten Verbeugung bot er Lebon das Papier an, als sollte dieser den Befehl darin nachlesen.

Lebon trat zwei Schritte vor, nahm es entgegen, warf höflichkeitshalber einen Blick darauf und gab es zurück. Simmonds rollte es, ohne eine Miene zu verziehen, zusammen und klopfte kurz damit in seine Handfläche. Lebon bemühte sich, ebenfalls eine gleichgültige Miene aufzusetzen. Ein Seitenblick auf Petit zeigte ihm, dass dieser nicht so wie er reagierte.

Gut zu wissen, dass Petit mit etwas zu erschrecken war, auch wenn er und seine Leute nach den Forderungen keiner akuten Gefahr ausgesetzt waren. Der Brite schien Petits Blick allerdings ebenfalls gesehen zu haben. Auch er war kein guter Schauspieler. Seine Augen verrieten Zufriedenheit. Sicherlich war ihm gerade klar geworden, oder er vermutete es jedenfalls, dass die Geschütze der Schanze nicht ausreichten, um dem Feind Schaden zuzufügen.

Wenn die »Victoria« mit ihren viel weiter reichenden Kanonen mit dem Beschuss begann, hatten die Franzosen zu kapitulieren oder so lange zu kämpfen, bis keiner von ihnen übrig war. Napoleon Bonaparte würde es sicherlich missfallen, sollte Henri Lebon in seiner Eigenschaft als Kommandant innerhalb von drei Tagen seinen Außenposten verlieren. Von der Schande für Lebons Vater und die gesamte Familie einmal abgesehen.

»Ihr denkt, ein paar Tagen reichen aus, um der Flüchtigen habhaft zu werden?« Die Frage klang scharf, so als wollte er Kapitän Simmonds nicht mehr Zeit zugestehen, ehe er der Suche ein Ende setzte. Er hoffte inständig, dass ihm keinerlei innerliche Regung anzusehen war. »Und ein Waffenstillstand für die Dauer der Suche wird garantiert?«

Simmonds senkte kurz den Kopf und hielt ihm erneut die Rolle hin. »Das garantiere ich.«

Lebon blieb nichts weiter übrig, als ebenso höflich zu nicken und seine Hand auszustrecken, um die Proklamation doch noch entgegenzunehmen. Er grüßte militärisch und gab seinen Soldaten den Befehl zum Rückmarsch.

Lieber wäre es ihm gewesen, ein bisschen Zeit zu haben, um über den Vorschlag nachzudenken. Aber was würde ein halber oder ganzer Tag Bedenkzeit ändern? Im Grunde konnte Lebon gar keine andere Entscheidung treffen. Er musste einwilligen. Mit vier Kanonen und dreißig Mann gegen eine Fregatte mit vierundzwanzig Kanonen und etwa zweihundert Mann? Keine Chance, zu gewinnen. Außerdem hatte er kein schlechtes Gefühl dabei. Er spürte, dem Wort von Kapitän Simmonds war zu trauen. Der Mann strahlte etwas Echtes und Respekteinflößendes aus. Er war jemand, der es gewohnt war, Befehle zu geben, die anschließend sofort befolgt wurden, egal ob von Freund oder Feind.

Ja, die Botschaft, die Lebon auffing, war eindeutig: Dem Mann war zu trauen, er war jemand, auf dessen Wort Verlass war.

»Ich wünsche Ihnen alles Gute«, sagte Simmonds leise auf Französisch, und Lebon glaubte herauszuhören, seinem Gegenüber sei diese Farce, die die Suche nach den Fahnenflüchtigen in seinen Augen war, zuwider. Er beschloss, sich auf seine Intuition zu verlassen und darauf zu bauen, dass William Simmonds die Art Gentleman war, auf die sich die Briten weltweit etwas einbildeten.

Als hättest du eine Wahl, moserte ein gemeines Stimmchen in seinem Hinterkopf.

Doch, er hatte eine Wahl. Er konnte dumm genug sein und das Feuer auf einen übermächtigen Feind eröffnen. Könnte die Einwohner eines ganzen Dorfes opfern, denn die würden als Erste unter dem Beschuss zu leiden haben. Kein Kanonier verstand sein Handwerk so gut, dass er bei jedem Schuss das anvisierte Ziel traf. Und er könnte seine Karriere aufs Spiel setzen, denn große Erwartungen dürfte er in sie dann nicht mehr setzen.

»Werden Sie ihm Zutritt zur Schanze gewähren, *Commandant*?«, fragte Petit auf dem Rückweg. »Wenn ich etwas vorschlagen dürfte«, fuhr er fort, ohne einen Antwort abzuwarten. »Wir sollten alles abriegeln und warten, bis sie sich davonmachen.«

Unerwartete Worte mit einem völlig anderen Klang, als Lebon es von seinem Stellvertreter bisher kannte. Nichts Forderndes, kein Sarkasmus schwang darin mit. Im Gegenteil, Lebon glaubte, Angst herauszuhören.

»Ich gebe zu bedenken«, fuhr Petit fort, »dass die Briten uns aushungern und anschließend als Kriegsgefangene nach England bringen könnten.«

»Wenn Simmonds das wollte«, sagte Lebon, »könnte er sich das ganze Theater sparen.«

Energischen Schrittes und erhobenen Hauptes – jeder seiner Soldaten schien trotz Verständigungsschwierigkeiten die Lage erkannt zu haben – marschierten die Franzosen ins Fort zurück.

Eine faire Vereinbarung, sagte sich Lebon und spürte Verständnis für den englischen Kapitän. Kein Kommandant ließ Deserteure ungestraft davonkommen. Wenn es eine Möglichkeit gab, ihrer habhaft zu werden, musste man sie nutzen. Lasches Durchgreifen,

Nachsicht oder Verzicht auf Verfolgung eines Fahnenflüchtigen untergrub die Moral der Truppe, verwässerte Zucht und Ordnung. Mit einem undisziplinierten Haufen war kein Krieg zu gewinnen. Lebon sah keinen Grund, weshalb er den Vorschlag des Engländers nicht annehmen sollte.

»Sofort in die Schreibstube«, befahl Lebon. Petit folgte, die Feder an seinem Tschako wippte bei jedem Schritt. Lebon setzte sich hinter den Schreibtisch, sein Stellvertreter nahm davor Haltung an. »Sergent, haben Sie die Bestände im Pulverhaus überprüft?«

»Die Bestände, *mon Commandant*?«

Da war er wieder. Petit hatte zu seinem anmaßenden Tonfall zurückgefunden.

»Ich will wissen, was wir im Zweifelsfall den Briten entgegenzusetzen haben.«

»Soldat Rebaud sollte fertig damit sein. Wenn nicht, werde ich ihn bestrafen.«

»Nein, das werden Sie nicht.«

»Ihr Vorgänger, *mon Commandant*, hat die Züchtigungen mir überlassen.«

Was dir gehörig Spaß macht, dachte Lebon. »Besorgen Sie mir die Liste.«

Petit tippte zum Zeichen, dass er der Aufforderung nachkommen würde, mit der rechten Hand an seine Stirn. »Sollen die Gluteimer gefüllt werden, um in ständiger Bereitschaft zu sein?«

»Ja. Außerdem verdoppeln Sie den Ausguck im Geschützturm und schicken zwei Mann auf den Leuchtturm. Ich will, dass rund um die Uhr jede Himmelsrichtung bewacht wird.«

Petits Gesichtsausdruck zeigte nur kurz eine Veränderung. »Kommandant, darf ich etwas vorschlagen?«

»Bitte.«

»Das Wohl des Bürgermeisters und des Vogtes, ja der ganzen Bevölkerung geht uns im Grunde nichts an.«

»Und?«

»Ich meine immer noch, wir sollten uns verbarrikadieren und abwarten«, sagte Petit.

Verstecken, toter Mann spielen und die Insulaner sich selbst überlassen? Nein, so feige wollte Lebon nicht sein. Er stand auf und stellte sich ans Fenster, um hinauszuschauen.

»Gibt es alte Pulverlisten?«

Petit trat ans Aktenregal und griff nach einem Buch. »*Voilà*, die Auflistung aller Lunten, Pulverfässer und Kanonenkugeln.«

Lebon wandte sich um und studierte sie eingehend. Der letzte Eintrag stammte aus dem vergangenen Jahr. Wenn sich nicht viel geändert hatte, könnten sie sich im Bedarfsfall kaum lange halten. Laut klappte er das Buch zusammen und hielt es seinem Sergent unter die Nase. »Klären Sie das und lassen Sie den halben Bestand in die Schanze bringen.«

»Aber die Feuchtigkeit …«

»Sofort.«

Damit war Petit entlassen.

Jochum Melchers löste sich als einer der Ersten aus der Menge der Menschen, die, nachdem alle Fremden die Kreuzung geräumt hatten, vor Aufregung alle durcheinanderredeten. Er folgte den Franzosen Richtung Schanze. An seinem Haus blieb er stehen und starrte der marschierenden Truppe hinterher. Was würden die jetzt tun?

»Was ist passiert?« Die Stimme des Wachhabenden Ribaud riss ihn aus seinen Überlegungen. Was als Nächstes passierte, war ohnehin nicht abzusehen. Petit würde sich verkriechen, bis alles vorbei war. Ob nun zwei, vier oder mehrere der Bevölkerung starben, war dem vollkommen egal. Wie der Neue darüber dachte, vermochte Jochum jedoch nicht zu sagen.

Er berichtete Grenadier Ribaud vom Inhalt der englischen Proklamation, als er vom Fort einen einzelnen Soldaten im Laufschritt herankommen sah. Jochum blieb im Flur stehen und beobachtete, wie sein zahnschmerzgeplagter »Freund« mit dem Kameraden diskutierte. Unflätiges Fluchen erkannte er in jeder Sprache.

»Kann ich euch helfen?«, fragte Jochum, als Ribaud mit dem anderen Soldaten ins Haus zurückgekehrt war. Er ahnte, worum es ging. Inventur, und zwar genau jetzt. Er trat zu ihnen in die Pulverkammer. In einer freien Fläche im Regal an der Wand lag bereits das aufgeschlagene Inventarbuch, Feder und Tintenfass daneben. »Ihr macht jetzt Inventur?«

»Der Kommandant wünscht die genauen Zahlen.« Man konnte Ribaud schwer verstehen, mit der Hand hielt er sich die schmerzende Wange.

Die genauen Zahlen – verflixt. Er musste den zweiten Mann loswerden. Das fehlende Pulver war Jochums finanzieller Beitrag zu Jan Pieter Freriks' Reise nach Helgoland gewesen. Dort hatte Freriks es gegen lebensnotwendige Kolonialwaren eingetauscht.

»In Ordnung, dann fangen wir am besten gleich an.«

»Das ist verboten«, sagte Ribauds Kamerad prompt.

»Petit wird es nicht merken, außerdem haben wir das schon immer so getan.« Jochum legte dem Soldaten eine Hand auf die Schulter. Eine Vertrautheit, die er sich sonst nur mit Ribaud erlaubte. »Grenadier Ribaud weiß, er kann sich auf mich verlassen. Geht Ihr doch solange in die Küche, im Schrank steht eine Flasche Genever.«

Jochum wartete, bis Ribauds Kamerad den Pulverraum verlassen hatte, gab Ribaud einen kleinen Klaps und drängte ihn an eines der Fässer. »Setz dich. Nimm Feder und Buch, ich sage an.«

Ehe Ribaud protestieren konnte, legte Jochum ihm das Buch auf den Schoß, drückte ihm Feder und Tintenfass in die Hand und ging ans Fenster. Dort standen ein paar Pulverfässer. Mit der flachen Hand klopfte er auf den Deckel des ersten. »Zehn.« Er schlug auf die nächsten beiden Deckel: »Neun, acht«, und sah den Franzosen kurz an. Der nickte. »Sieben«, zählte er weiter, und seine Handfläche krachte auf das nächste Holz. »Sechs.«

Jochum ging um ein paar Kisten herum. Er hob die Hand als Standortmarkierung für Ribaud. »Und hier stehen vier Fässer.«

Der nickte, er kannte die Prozedur.

»Sechs«, das Wort betonte Jochum und hob dazu die entsprechende Anzahl an Fingern, »und vier sind zehn. Notiere: zehn Fässer.«

Ribaud kritzelte die Zahl ins Buch, und Jochum atmete auf. Ein Fass hatte er schon mal von der Liste gestrichen.

So arbeiteten sie die Bestände im Raum ab. Ein paar Minuten

später wandten die beiden sich den Mengen des nächsten Raumes zu.

»Was macht der Zahn?« Jochum klang besorgt.

»Tut verflucht weh.«

»Wir machen das hier zu Ende. Dann hole ich dir etwas gegen die Schmerzen.«

»Du hast mir verschwiegen, dass Genever in der Küche steht.«

»Der hilft nicht. Ich habe was Besseres.«

»Von der Kräuterhexe?«

»Ist doch egal, Hauptsache, es lindert.«

ELF

Pierre Petit verließ die Verteidigungsanlage an diesem Abend so zeitig, wie es ihm möglich war. Er zog es vor, weit weg von der Schanze zu sein, falls der Engländer es sich anders überlegen sollte und das Feuer eröffnete. Bei der Witwe, die ihn von Zeit zu Zeit mehr schlecht als recht verwöhnte, wollte er heute Nacht unterkriechen. Auf dem Weg dorthin kam er an der Rossmühle vorbei. Der Duft frisch gebackenen Brotes zog ihn in die Backstube des Bäckers gleich nebenan. Er konfiszierte zwei Laibe Brot, die er der Witwe mitbringen wollte. An der Hausecke traf er auf einen Jungen.

»Hey, kannst du nicht aufpassen?« Die Brote fielen hinunter, der Bengel bückte sich flink, hob sie auf und putzte den Sand ab.

»Lass das«, forderte Petit, ehe er ihm die Laibe entriss.

»Ich bitte Euch um Entschuldigung«, buckelte der Junge.

»Du bist Daniel Ulrichs, der Sohn des Vogtes.«

»Jawohl, Herr Leutnant.«

»Was hast du da?« Ehe Daniel zurückweichen konnte, fielen die Brote erneut hinunter, und Petits eiserne Hand ergriff sein Handgelenk, die andere zog an einem Stück Kette, das aus der Hosentasche des Jungen hing. »Das ist sicherlich nicht deine.«

Petit betrachtete die Taschenuhr, schleuderte sie an der Kette hoch und fing sie geschickt mit derselben Hand wieder auf, während er mit der anderen weiter Daniel festhielt. Einhändig schaffte er es auch, den Deckel der Taschenuhr zu öffnen. Sein haifischartiges Grinsen hätte manchen Erwachsenen erschaudern lassen. Daniel hob den Kopf, sein Gesichtsausdruck wirkte trotzig.

»Sie gehört meinem Vater.«

Petit verstärkte den Druck um Daniels Handgelenk. »Taschen ausleeren«, befahl er. Blitzschnell verschwand die Uhr in seiner Tasche. Eine Ohrfeige verlieh der Aufforderung Nachdruck. »So, so. Und der Ohrring gehört deiner Mutter«, spottete er und überprüfte mit einem Biss die Festigkeit des Goldes. »Vierundzwanzig Stockhiebe für jeden Dieb. Die Haut wird dir in Fetzen vom Rücken fliegen. Weil du ein Knabe und der Sohn des Vogtes bist, für dich nur zwölf.« Er stieß Daniel fort. »Auf den blanken Hintern«, ergänzte er und lachte meckernd.

Maria, die hinter dem offenen Fenster der Backstube stand, hatte genug gesehen und gehört. Sie fragte sich, wem sie es erzählen sollte. Pastor Siefken, dem Bürgermeister oder vielleicht sogar … Ja, das war eine gute Idee.

Lebon hatte am Ende des Tages von Petit die gültige Inventarliste überreicht bekommen. Die Inventur war auf dem neuesten Stand, was an dem heutigen Datum zu erkennen war. Petit bestätigte außerdem, dass die Hälfte der Bestände an Pulver, Lunten und Kugeln wie befohlen zur Schanze gebracht worden war.

Mit einem Handwinken entließ Lebon seinen Stellvertreter. Seither hatte ihn niemand mehr gesehen.

Seit seinem Treffen mit Kapitän Simmonds ließ Lebon ständig eine Wache rund um die Schanze patrouillieren. Die Sonne war bereits untergegangen, doch noch immer war es warm und stickig; Lebon brauchte frische Luft.

Am Kai, unterhalb einer schwach leuchtenden Laterne, die nach Tran roch, blieb er stehen. Im schwarzen Wasser spiegelten sich die Lampe und der Mond, der mehr als halb voll war. In seinem Licht warfen die Fischerboote und Transportschiffe Schatten auf die Wasseroberfläche, die still dalag. Er konnte die einzelnen Masten und Takelagen erkennen. Er trat einen Schritt vor und spuckte ins Wasser, wodurch die Lichtflecken im Wasser leicht zitterten. Er wartete, bis sich die Wellen, die von dem Punkt ausgingen, den seine Spucke getroffen hatte, auflösten, und wiederholte das Spiel. Er erstarrte, als sich eine Hand auf seine Schulter legte.

Eine alte Dame mit grauem Dutt auf dem Hinterkopf erklärte: »Ihr solltet etwas trinken, junger Mann.«

»Setzt Euch dort an den Tisch.« Im Gasthaus wies Maria dem Kommandanten die Richtung. »Ich bringe Euch ein Bier.«

An besagtem Tisch saß der alte Herr, den Lebon gestern als reglose Statue im Schatten vor der Ortsverwaltung sitzen gesehen hatte. Als habe Maria ihm mit ihrer Aufforderung die Eintrittskarte zum Innenleben des Alten gegeben, winkte dieser Lebon nun äußerst lebhaft heran, als seien sie seit Langem gute Freunde.

»Ich werde Euch ein Geheimnis verraten«, sagte er. »Ich war in der amerikanischen Armee, weil ich in Irland einen Offizier geschlagen habe. 1756, nein, es war 1760 am Lake Champlain, da räumten wir mit den Rangern eine meilenweite Strecke durch bergiges Gelände frei, um ein Walfangboot bis zu einem See zu schaffen. Ihr als Kommandant werdet verstehen, wie überrascht der Feind war. Unser plötzliches Auftreten weit hinter den feindlichen Linien, um den Stützpunkt der französischen Indianer bei Saint Francis anzugreifen, war eine fast übermenschliche Tat. Vier Monate dauerte die Aktion und zählt zu den außergewöhnlichsten Einsätzen der amerikanischen Militärgeschichte.« Der Alte hob sein Glas, um zu trinken, doch es war leer. »Ein Walfangboot vom Meer zu einem See geschleppt, stellt Euch das vor.« Er sah Lebon an, als wollte er jetzt ein Kompliment dafür haben.

»Glaubt ihm kein Wort«, sagte Maria und stellte zwei Gläser auf dem Tisch ab. Eines schob sie Lebon hin, das zweite nach kurzem Zögern dem Geschichtenerzähler. »Ich heiße Maria. Maria Lohmann«, sagte sie und schenkte der Wirtin, die ihr mit einem weiteren Glas gefolgt war, ein dankbares Lächeln. Alle anderen Gäste im Raum hatten ebenfalls der Geschichte gelauscht, obwohl jeder hier sie bereits in all ihren Facetten zu kennen schien.

»Ich sage die Wahrheit«, grollte der Geschichtenerzähler in das eintretende Schweigen hinein.

»Niemand behauptet, dass du lügst«, sagte Maria und legte eine Hand auf seine. »Es ist nur nicht deine Geschichte. Es ist die deines Vaters.«

»Na und? Was macht den Unterschied? Was heute mit uns geschieht, ist doch das Gleiche.«

»Du meinst, wir sollen ein Walfangschiff weit ins Landesinnere der Franzosen schaffen?«

»Nein, ich meine, wenn wir uns nicht bald wehren, sterben nach unseren Söhnen auch noch unsere Frauen und Töchter.«

»Kapitän Simmonds ist ein Ehrenmann«, widersprach Lebon, in diesem Augenblick fest von seiner Aussage überzeugt. »Sobald die Deserteure verhaftet sind ...«

»Werden sie erschossen. Das wisst Ihr so gut wie wir.«

Schweigen machte sich breit.

»Sollte ich den Kapitän noch einmal treffen, werde ich ihn in dieser Angelegenheit um Nachsicht bitten«, versprach Lebon, obwohl ihm klar war, dass er den Briten kaum hineinreden konnte, wie sie mit ihren Deserteuren verfahren sollten. Er trank in einem Zug sein Glas leer, griff in seine Hosentasche, legte zwei Stüber auf den Tisch, ohne zu wissen, ob das Geld reichte, und verließ den Raum.

Maria folgte ihm.

»Weißt du was? Mit deinem Gejammer gehst du mir fürchterlich auf die Nerven.« Adrian schmiss ein Stück Kohle nach seinem Freund Keno, der versuchte, aus einer leeren Flasche doch noch einen Tropfen Wasser herauszukitzeln. Es funktionierte nicht, und er stellte sie weg.

Beiden Männern klebte die Zunge am Gaumen. Sie hockten jetzt eine Nacht und bald einen Tag in einem halb verfallenen Schuppen zwischen Torf und Koks. Der heutige Tag war weniger stickig und heiß gewesen als der gestrige, dennoch hatten sie bereits zur Mittagszeit den Vorrat an Trinkwasser aufgebraucht. Von Lebensmitteln ganz zu schweigen. Auf ihrer »Flucht« trugen sie nur wenig bei sich. Der Hunger war nicht das Schlimmste, ihre Mägen hatten sich daran gewöhnt, unregelmäßig etwas oder überhaupt nichts zu bekommen.

»Was denn? Ich jammere kein bisschen.« Keno hob beide Hände. »Den letzten Schluck hast ja wohl du genommen.«

»War sowieso nichts mehr drin«, sagte Adrian.

Keno verpasste der Bretterwand einen Tritt, nahm noch einmal die leere Flasche in die Hand und schaute hinein. Sein leicht aggressiver Tonfall änderte sich in einen bittend fragenden. »Was meinst du, Junge oder Mädchen?«

Sein Freund stöhnte auf. »Ich kann es nicht mehr hören.«

Keno überhörte Adrians Einwand. »Ein Mädchen wäre besser.

Sie muss später keinen Militärdienst machen. Andererseits, ein Junge, so ein Stammhalter …«

»Kannst du mal von etwas anderem reden?«

»Du hast doch keine Ahnung, wie das ist, so einen Säugling in den Armen zu halten.«

»Ach ne, du aber schon?« Spott klang in Adrians Stimme mit. »Entschuldige«, fügte er sofort hinzu, als der Gesichtsausdruck des Freundes befürchten ließ, dass dieser gleich in Tränen ausbrechen würde. Er wusste, wie sehr Keno sich danach sehnte, seine Verlobte zu sehen und sein Erstgeborenes zu begutachten. »Es geht ihnen bestimmt gut«, versicherte er.

»Und du meinst nicht, dass Lina von den anderen geächtet wird?«

»Keno, das haben wir doch schon tausendmal durchgesprochen. Du und Lina, ihr hattet das Aufgebot bereits bestellt, ihr wart bei Pastor Siefken, ihr hattet einen Hochzeitstermin. Was kann deine Verlobte dafür, dass du vorher zum Militär musstest? Glaub mir, die Menschen werden Lina nicht meiden, nur weil sie ein nicht eheliches Kind hat.«

»Wenn doch jemand im Dorf lästert, das sag ich dir …«, drohte Keno mit erhobener Faust.

Adrian begegnete dieser Geste mit einem Lächeln und nickte. »Dann wirst du ihn dir vornehmen. Doch niemand, Keno, wird sie schief ansehen oder hinter ihrem Rücken lästern. Die Menschen haben andere Probleme.«

»Ich sollte sie mir noch heute oder morgen schnappen. Wir lassen uns bei Nacht und Nebel von Pastor Siefken den kirchlichen Segen geben. Dann bin ich ein verheirateter Mann, was sagst du dazu?«

Adrian vermutete, dass das der Grund war, weswegen Keno überhaupt mitgekommen war. Wenn man von der Aussicht, die restliche Zeit des Krieges unter angenehmeren Umständen in England verbringen zu dürfen, einmal absah.

»Nebel im August?«, spottete er und brachte damit seinen Freund zum Lachen.

»Nein, im Ernst. Sobald es dunkel ist, geh ich zu meiner Familie.«

»Das tust du nicht. Du wirst alles verderben.«

»Ach was, es sieht uns schon keiner.«

»Das ist gegen den Plan.«

»Scheiß auf den Plan. Ob die Engländer schon jemanden eingelocht haben, oder ist es dazu noch zu früh?«

»Der Vogt wäre dir am liebsten, was?«

»Ja, dann könnten wir gehen.«

»Bist du so dumm«, rief Adrian, »oder tust du nur so? Wenn man uns sieht, wie wir frei und ungehindert über die Insel stolzieren, kann es passieren, dass Pipi uns erwischt und uns den Engländern übergibt, egal ob die den Vogt als Geisel haben oder nicht. Denen bleibt dann nichts anderes übrig, als uns zu erschießen.«

»Die Franzosen haben den Engländern überhaupt keine Befehle zu geben. Ob die ihre Deserteure töten oder am Leben lassen, kann denen doch egal sein.«

»So was nennt man Diplomatie. Oder Kriegskunst. Weißt du was, halt einfach den Mund.«

Die Sonne war noch keine halbe Stunde untergegangen, da ließ Adrian sich von Keno breitschlagen. Der unerträgliche Durst hatte wohl auch dazu beigetragen.

Im Schutz der Dunkelheit öffneten sie die Schuppentür und schauten sich um. Niemand anderes als der Wärter, der bis zum Sonnenaufgang das Feuer auf dem Kaap erhalten musste, war zu sehen.

Sie schlichen hinter den beiden anderen Schuppen entlang, immer den Feuerwärter im Blick behaltend, obwohl der Mann, von der Helligkeit ins Dunkel blickend, sie vom Kaap aus kaum erkennen konnte, nicht einmal, wenn sie sich winkend an den Fuß des Seezeichens stellen würden. Mit dem Feuerschein im Rücken gingen sie davon.

Den Weg durch die Dünen hätten sie auch bei völliger Dunkelheit gefunden, sie waren ihr Kinder- und Spielzimmer gewesen.

»Schleich nicht so«, befahl Adrian. »Du siehst aus, als würdest du Verstecken spielen. Lauf normal.«

Sie passierten die ersten Gebäude des Ortes und bogen für einen Moment in den Sandweg ein, als sie aus einem Haus laute

Stimmen hörten. Sie verbargen sich hinter einem Holzstapel, und Adrian schnupperte an den aufrecht stehenden Hölzern. »Was soll das?«, flüsterte Keno.

»Steht noch nicht lange da, ich kann das Salz noch riechen.«

»Nun komm schon.«

Es gelang ihnen, den Weg durch die nächtlichen Straßen zu dem gut einen Kilometer entfernten Haus der Familie Agena ungesehen zu bewältigen. Das Grundstück besaß keinen Walkinnladenzaun, sondern wurde von einer Mauer umgeben, die an zwei Seiten sehr hoch war, um den aus der überwiegenden Windrichtung anwehenden Sand aufzuhalten. Der ließ sonst nicht nur das Haus im Sand versinken, sondern war auch Gift für den Garten.

Die Fensterflügel im Haus Agena standen offen und wurden von Sturmhaken festgehalten, damit keine aufkommende Böe sie zuschlug. Die Männer duckten sich unter die Fensterbank, als ein Kleinkind zu brüllen begann. Keno hörte die vertraute Stimme seiner Verlobten, die das Kind beruhigte. Die beiden rührten sich nicht, merkten jedoch, wie Lina mit dem Kind an das offene Fenster trat.

»Keno?«, flüsterte sie. »Bist du das?«

Im linken Arm ihr Kind haltend, die rechte Hand frei, war eine Ohrfeige das Erste, was sie ihm verpasste. Keno hatte, dicht gefolgt von Adrian, durchs Fenster das Haus betreten. Jetzt rieb er sich die schmerzende Wange und starrte die Frau, die er liebte, ungläubig an.

Lina drückte Adrian, der vor Schreck bis an die Fensterbank zurücktrat, das Baby auf den Arm, ehe sie sich Keno erneut zuwandte, ihn in die Arme schloss und an ihren Busen presste.

Beide Männer standen wie angewurzelt, als warteten sie auf ein Zeichen. Keno schien unter der Umarmung kaum Luft zu bekommen, doch das konnte kaum sein. Lina war eine schmächtige Person, auch wenn die Ohrfeige etwas anderes verriet. Vermutlich traute er sich nicht, Atem zu holen, aus Angst vor … ja, wovor sollte er Angst haben? Wartete ein Häscher bereits im Wohnzimmer auf sie?

Lina ließ von ihm ab, murmelte: »Ihr habt bestimmt Durst und Hunger«, um dann, ehe Keno reagieren konnte, den Geliebten abzuküssen. Erst danach ließ sie von ihm ab, warf einen Blick auf ihr Baby, das sie wohl in geeigneten Händen wusste, und zog Keno hinter sich her in die Küche.

Diese war, seit er sie zum letzten Mal gesehen hatte, unverändert geblieben. Die Wandregale für Porzellan, Steingut und ein wenig Zinngeschirr beherbergten Gegenstände in der gleichen Reihenfolge wie zu alten Zeiten. Im Löffelgestell für Zinnlöffel fehlten ein paar. Kenos Blick wanderte über die mit Fliesen gekachelten Wände zur Waschstelle. Dort lagen die fehlenden Löffel, gleich neben der gebräuchlichen »greune Seipe«, einer Schmierseife mit starker antiseptischer Wirkung. So, als wäre er überhaupt nicht fort gewesen, trat er an den »Göttstein«, pumpte Wasser hoch, griff nach der Seife und wusch sich die Hände.

Vor dem Essen Hände waschen, ein Automatismus, den seine Mutter ihm beigebracht hatte. Der typische Geruch vermittelte ihm den letzten Rest des Gefühls, endlich wieder zu Hause zu sein. Hinter sich hörte er Fußgetrappel, Stühle scharrten, jemand räusperte sich.

Sogar aus einem Hüsteln kann man heraushören, wessen Stimme es ist. Mit einem glücklichen Lächeln wandte er sich um und wischte die Hände an der Hose trocken.

Am Tisch saß die komplette Familie und blickte ihn erwartungsvoll an. Die Lippen seiner Schwestern waren zu einem Lächeln hochgezogen, wirkten aber leicht verkniffen. Mutter schaute gleichzeitig finster und erleichtert, wenn so eine Kombination überhaupt möglich war. Keno zeigte sich angenehm berührt, dass seine Familie mit ihm gerechnet hatte. Er warf Adrian einen Blick zu, und dann noch einen, und begann zu gackern wie ein Huhn.

Sie beide hatten in den vergangenen Monaten einiges durchgemacht, viel Elend gesehen und manche Gefahr überwunden. Doch nie hatte sich Adrian so hilflos gefühlt wie in diesem Augenblick. Mit ausgestreckten Armen und beiden Händen um den Babybauch, hielt er das Kind vor sich.

Von Kenos geckenhaftem Gelächter auf Adrian aufmerksam gemacht, nahm seine Mutter Adrian das Baby ab, um es ihrem

Sohn in die Arme zu legen. Der wirkte sogleich ebenso überfordert und rührte sich nicht. Er starrte in das Gesicht seines Kindes, das lebhaft jede Bewegung im Raum mit Blicken verfolgte.

»Wir haben sie Luise genannt.«

»Nach Oma?«, fragte Keno. Offensichtlich war ihm das lieber, als wenn sie nach der künftigen Schwiegermutter benannt worden wäre, auch wenn die denselben Namen trug. Lina nickte und nahm ihm ihr Kind ab.

»Wir wohnen jetzt hier, deine Tochter und ich«, sagte sie und deutete mit dem Kopf in die Richtung, in der die Schlafzimmer lagen. Als ob jemand ein Zeichen gegeben hätte, redeten Kenos Mutter, drei seiner Schwestern und ein Schwager drauflos, bombardierten die beiden mit Fragen. Während sie sich nacheinander erhoben, um Keno und Adrian kurz an sich zu drücken, erkannten diese die Köstlichkeiten, die Mutter und Lina aus der Speisekammer geholt und auf den Tisch gestellt hatten. Der Duft erreichte ihre Nasen, und ihre Mägen antworteten mit einem lauten Knurren. Auf dem Tisch lag zur Feier des Tages ein Tischtuch. Zwei Teller und Teetassen aus hauchdünnem Porzellan standen darauf. Als hätten sie gewusst, dass die beiden kommen würden, lagen frisch geschmierte Stücke Schwarzbrot mit Käse und Butter, darüber ein halber Zwieback, auf einer Servierplatte. Daneben eine seltene süße Köstlichkeit: Wabenballen der Moosbienen, die in den Dünen zu finden waren. Sie hatten etwa die Größe von Taubeneiern. Man fand sie an Steilhängen von Dünentälern im Wurzelgeflecht des Strandhafers. Den Honig saugte man einfach aus. Der Vorgeschmack ließ ihnen das Wasser im Mund zusammenlaufen.

Erst nachdem alle Umarmungen abgeschlossen waren, sagte Kenos Mutter in einem Tonfall, als habe sie diese Aufforderung schon mehrmals ausgesprochen: »Jetzt setzt euch endlich und esst etwas.«

Adrian wurde von Kenos unverheirateter Schwester ein zweites Mal ans Herz gedrückt, was keinem weiter aufzufallen schien. Erst danach konnte er sich setzen. Keno hatte das Kind weitergereicht, kaute schon den ersten Happen Schwarzbrot mit Käse und stopfte sich ein Stück geräucherte Makrele dazu, da war Adrian noch unentschlossen, was er zuerst essen sollte. Er trank das Glas Wasser leer, das ihm Kenos Schwester unter die Nase hielt, ehe eine andere Schwester seine Teetasse füllte. Kamille mischte sich mit dem Räucherduft der Makrele. Keno spülte bereits mit einem zweiten Glas Wasser sein Essen hinunter.

»Nun gulps doch nicht so, du verschluckst dich ja.« Mutters Vorhersage trat sofort ein, Keno verschluckte sich, hustete. Seine Arme wurden hochgerissen, jemand klopfte ihm heftig zwischen die Schulterblätter. Als er wieder atmen konnte, wurde es ruhiger, die Familie ließ die Männer in Ruhe. Unter Aufsicht stillten die beiden den Durst und aßen so viel, bis die Bäuche schmerzten.

Adrian strich als Erster die Fahnen. »Ich kann nicht mehr«, verkündete er, obgleich ihn die Austern lockten, die Lina soeben auf den Tisch stellte. »Austern? Haben wir schon September?«, wollte er sogleich wissen. Adrian hielt sich strikt an die alte Fischerregel, keine Muscheln in Monaten ohne »r« zu essen, da sie in dieser Zeit durch die Hitze leicht verderblich waren.

»Frisch geholt«, sagte eine der Schwestern, nahm aber die Schüssel wieder vom Tisch. Kokett meinte sie: »Aber wenn du nicht willst …«, ehe sie lachend die Kumme zurückstellte. »Die haben heute Mittag noch auf der Austernbank gelegen«, versicherte sie.

»Die in der Westerems, nördlich von Rottum?« Er erhielt ein Nicken von Kenos Schwager als Antwort.

»Behaupten die Schiermonnikooger immer noch, dass die Muscheln ihnen gehören, weil die Bank im Groninger Gebiet liegt?«

»Im Moment haben die auch andere Sorgen«, erklärte Kenos Schwager und meinte damit die Franzosen, die auch die holländischen Inseln annektiert hatten.

»Dann konntet ihr von Rottum aus den Engländer sehen?«

»Die Fregatte?« Er nickte. »In all ihrer Pracht.«

Adrian hörte den feinen Singsang aus den Worten heraus und betrachtete den Mann. Er machte ein Gesicht, als wüsste er alles, was es auf der Welt zu wissen gab, und als wäre kein Geheimnis vor ihm sicher.

»Wir haben auch gesehen, wie sie jemanden am Südstrand

absetzten, zurückruderten und …« Er hob den Zeigefinger dicht unter Adrians Nase. »Nun, es sah mir keinesfalls nach einer Flucht aus.«

Adrian erkannte, dass er seinem Gegenüber keine dämliche Geschichte über Fahnenflucht erzählen konnte. Keno war nicht so helle wie sein Kamerad, aber er hatte ein Gefühl dafür, wann die Stimmung umschlug. Ein Erbe seiner Mutter, die sich neben ihn stellte, ihm die Haare aus der Stirn strich und sagte: »Nun erzählt endlich, wie es euch ergangen ist und was zum Teufel euch geritten hat, falsche Deserteure zu werden.«

Die Sonne würde jeden Moment aufgehen, draußen konnte man bereits mehr sehen, als Keno und Adrian lieb war. Sie waren zu lange im Haus der Familie Agena geblieben, und Keno hatte, wie von Adrian befürchtet, jedes einzelne Detail des Geheimnisses um ihre Flucht und deren Sinn und Zweck ausgeplaudert. Wenigstens in einem Punkt hatte er den Mund halten können, obwohl Adrian vermutete, dass es reiner Zufall gewesen war. So konnte zumindest die Anwesenheit von Marten Klaasen auf Borkum vorerst geheim bleiben.

Keno und Adrian eilten durch die leeren Straßen, mussten sich einige Male hinter Zäunen in Deckung bringen oder vor Holzstapeln verbergen. So kam es, dass sie aus östlicher Richtung kommend auf das Kaap zuhielten und ihr Versteck auf Umwegen erreichten. Wann immer es ging, mieden sie die Wege. In den Dünen fühlten sie sich sicherer. Die ersten Kohlenschuppen schon in Sichtweite, zwangen Stimmen sie, sich kopfüber in struppige Büsche zu werfen. Auf den Bäuchen liegend, bedeutete Adrian Keno mit einer raschen Handbewegung, unten zu bleiben, er selbst kroch auf Knien aus dem Gestrüpp hinaus und die nächste Dünenkante hoch. Wie ein Jäger, der sich an seine Beute heranschleicht, prüfte er, aus welcher Richtung der Wind kam. Als ob die Menschen ihn wittern könnten. Er sah drei Personen, die ihm den Rücken zuwandten. Ehe sich einer von ihnen umdrehen und Adrian entdecken konnte, rutschte er zurück.

»An denen kommen wir nicht vorbei«, flüsterte er. »Wir gehen jetzt schon in eines der Schmuggellager.«

»Aber wir sollten auf Marten warten. Er wollte die Verstecke vorher überprüfen.«

»Zu spät. Dort entlang.« Adrian deutete die Richtung an.

»Durch die Dodemannsdelle?«, widersprach Keno.

»Keine Angst, Geister spuken nur um Mitternacht. Gleich dahinter liegt Freriks' Versteck.«

»Woher weißt du das?«

»Wo Freriks' Versteck ist?«

»Nein, das mit den Geistern.«

»Pah, Keno. Werd erwachsen.«

»Mutter sagt, die umherirrenden Seelen der namenlos verscharrten Toten …«

»Sei still.«

Keine Minute später zerrten sie die Tarnung zur Seite und betraten den in eine festgewachsene Düne eingebauten Bretterverschlag. Die Männer mussten sich bücken, um hineinzugehen. Der Raum war lang und schmal und leer. Es gab außerhalb der Regale nur Platz für wenige Kisten und Fässer. Adrian suchte nach dem Band, mit dem man die Verkleidung von innen zuziehen konnte. Sofort wurde es dunkel um sie herum. Jetzt konnten sie nur hoffen, dass von außen nichts zu erkennen war. Durch einige Ritzen in der Tür spähten sie hinaus, reglos und lauschend. Hier waren sie vorerst sicher.

ZWÖLF

In der Nacht schlief Maria schlecht. Sie träumte von der Brigg, die sie am Morgen, als sie Klaasens Kühe von den Salzwiesen holte, gesehen hatte. »Keine Sorge, Maria«, hatte Cornelius sie beruhigt. »Das ist die, die regelmäßig die Inseln von Borkum bis Wangerooge und zurück kontrolliert.«

Ihr spukte Martens Geschichte im Kopf herum.

»Das ist alles geplant«, murmelte sie im Schlaf und wiederholte damit Martens Worte. »Die Fregatte vor dem Südstrand, die ausgesetzten Deserteure, die heimliche Kartografierung.«

Im Schlaf stieß sie einen Schrei aus, der sie aufweckte.

»Der englische Kapitän hat nur zwei Namen vorgelesen. Von Marten kein Wort«, murmelte sie verschlafen. Sie streckte die Glieder. Die blauen Flecke taten ihr weh. »Wie ich den Jungen kenne, hat er mit dem englischen Kapitän eine ganz private Vereinbarung getroffen.«

Sie stand auf. Mit raschen Strichen mit der Haarbürste und ein paar Klemmen steckte sie den Dutt fest. Sicherlich sollte Marten das Spionageunternehmen von Land aus irgendwie unterstützen.

»Was hat man dir noch versprochen?«, fragte sie ihr Spiegelbild und drohte sich selbst mit dem Zeigefinger. »Neben der Freiheit in England?«

Was nutzte ihm die Freiheit in einem fremden Land, ohne zu wissen, wann und ob der Krieg überhaupt jemals ein Ende fand und er zurück in die Heimat konnte? Nein, Marten war pfiffiger, als sich auf so etwas einzulassen.

»Helgoland!«, rief sie und hielt sich selbst danach den Mund zu. Auch wenn ihre Mitbewohnerinnen vorgaben, schwerhörig zu sein, das, was nicht für ihre Ohren gedacht war, hörten sie garantiert.

Helgoland ergab Sinn. Die Insel gehörte zu England. Die Zusage, dort bleiben zu können, war verlockender als die britische Insel selbst. Weder Pipi noch Ulrichs bekämen Kunde davon. Doch konnte man den Briten trauen? Maria nickte, presste die

Lippen aufeinander und legte den Kopf schief. Ihr kam eine Idee. Während sie sich anzog, nahmen die Gedanken feste Formen an.

Auf dem Weg zu Gretas Haus gefiel ihr die eigene Idee immer besser. Wenn sie Glück hatte, traf sie Sina dort an. Das Mädchen übernachtete oft bei Greta. Ihr wollte sie auch von der Idee erzählen. Außerdem wollte sie von Greta die Versicherung einholen, dass sie gestern Nacht richtig gehandelt hatte, als sie den Sergent bei dem neuen Kommandanten anschwärzte.

»Dieser Lebon«, sagte Maria, als Greta ihr die Haustür öffnete. »Henri, stimmt's?«

»Mein Gott, jetzt fängst du auch noch an.«

»Wieso? Wer fragt denn noch?«

Greta deutete mit einem Kopfnicken zum Haus auf der anderen Straßenseite. »Und die Nachbarn, die hinten an meinen Garten angrenzen, haben auch schon gefragt.«

Maria grinste. »Das Dorf ist klein.«

»Er ist kein Patient, wenn es das ist, was du so früh am Morgen wissen willst.«

»Er scheint in Ordnung zu sein.«

»Du wirst es sicherlich als Erste erfahren, wenn dem nicht so ist.«

»Das dachte ich mir auch«, sagte Maria und berichtete von ihrem Gespräch mit Lebon.

Greta nahm es ohne Kommentar zur Kenntnis.

»Was wollte er denn bei dir?«

»Sich vorstellen. Pass nur auf, sicherlich wird er auch bei euch vorbeikommen.«

»Ins Armenhaus hat sich noch kein Franzmann verirrt. Möchtest du, dass er dir fernbleibt?« Maria tat, als läge so etwas in ihrer Macht.

»Um meinen Ruf mache dir mal keine Sorgen, Maria. Ich nähe ein wenig für ihn, das ist alles. Ansonsten, du weißt, ich kann mir gut selbst helfen.«

Maria lachte meckernd. Das hatte sie fast vergessen. Als Pipi ganz frisch auf der Insel angekommen war, hatte er Greta belästigt, sich in ihrem Heim breitgemacht und getan, als sei er der Hausherr. Zuerst bekam er Durchfall und flitzte nach jedem Besuch wie der geölte Blitz auf die nächste Latrine. Später bekam er

Pusteln, gefolgt von Atemnot oder Magenkneifen. So lange, bis ihm dämmerte, dass er ohne Greta besser dran war. Erstaunlich nur, dass der Sergent trotz dieser Erkenntnis niemals Hand an sie gelegt hatte. Maria vermutete, der Feigling bangte um sein Leben. »Ist Sina da?«

»Nein. Ich erwarte sie in zwei, drei Stunden. Wir wollen über ihre Geburtstagsfeier sprechen.«

»Ich habe mir etwas überlegt, der Tote brachte mich auf die Idee.«

»Der Seemann? Er soll, so schnell es geht, unter die Erde gebracht werden.«

»Sören sagte, er hätte ihm die Ärmel seines Oberhemdes bis zur Schulter hochgestreift. Der rechte Arm hat eine Tätowierung.«

»Was du alles weißt.«

»Ja. Und ich weiß auch, dass jemand, den wir beide gut kennen, sich ›53° 35'N, 006° 40'E‹ hat stechen lassen.«

Greta musste kein Seemann sein, um zu wissen, welche Koordinaten das waren. Genau an diesem Punkt stand Borkums Leuchtturm.

»Dieser Jemand ist Marten Klaasen. Er hat sie sich in einer Hafenspelunke von einer schmuddeligen zahnlosen Alten stechen lassen.« Maria tat, als wäre sie dabei gewesen. »Bezahlt wurde sie mit Bier und Schnaps, dementsprechend verwackelt sehen die Zahlen auch aus. Aber man kann sie lesen, und darauf kommt es an. Die Kameraden, die bei ihm waren, haben ihn verspottet. Der eine hat einen Indianerkopf mit vier Federn im Haar auf dem Oberarm und der andere einen Anker mit Herz und Kreuz.«

»Stopp, stopp. Was gehen mich die Tätowierungen fremder Männer an, und was hat das alles mit dem Toten zu tun?«

»53° 35'N, 006° 40'E«, wiederholte Maria und überhörte die Frage. »›Damit kannst du keine Frau beeindrucken‹, hat ihm die Tätowiererin gesagt. Und da bin ich der gleichen Meinung, aber ich sage dir, was dieses Tattoo stattdessen bewirkt.« Maria gackerte und zeigte ihre letzten sieben Zähne. »Auch der Tote vom Strand hat sich die Längen- und Breitengrade seiner Heimat in die Haut stechen lassen.« Sie tippte sich nachdrücklich mit dem Zeigefinger gegen die Schläfe.

»Ein weiser Seemann und ein wahrer Christ«, bestätigte Greta. »Ich sehe immer noch keine Verbindung.«

»Es sind ähnliche Tätowierungen.«

»Der tote Seemann hat eine von Borkum?«

»Nein, du Dummerchen. Von seiner eigenen Heimat.«

»Ich verstehe. Keiner möchte in fremder Erde und ohne Gottes Segen verscharrt werden.«

»Für ein Grab mit Kreuz wird es dennoch nicht reichen. Uhr und Ohrring hat Pipi. Zumindest ist anzunehmen, dass es seine sind, weil wir derzeit keinen anderen toten Seemann haben, der einen Ohrring vermissen lässt.«

»Mag der Teufel wissen, wie er daran gekommen ist.«

»Das kann ich dir sagen, obwohl ich kein Teufel bin.«

»Erzählst du mir auch, was das alles mit Sina und Marten zu tun hat?«

Maria sagte es ihr.

Sie trug ein rotes Kleid und tanzte. Deshalb wusste sie sofort, dass es ein Traum war. Sie hatte noch nie ein rotes Kleid besessen und im ganzen Leben noch nicht einen Schritt getanzt. Sie drehte sich immer weiter im Kreis, während die Musik immer flotter und lauter wurde. Sie wirbelte herum, und wohin sie auch schaute, alles war festlich mit Blumen geschmückt. Sie drehte sich schneller und schneller, strauchelte und fiel auf die Knie. Ihr rotes Kleid wurde schmutzig, die Blumen ringsherum ließen ihre Köpfe hängen, und die Musik bekam einen leiernden Klang. Mit einem Keuchen sprang sie auf die Füße. Etwas wickelte sich darum, sie zog und zerrte daran. Sie erwachte.

Die Bettdecke hielt ihre Füße auf der Matratze. Im Zimmer konnte sie einige Konturen erkennen. Es musste so gegen halb fünf am Morgen sein. Die Sonne würde in weniger als dreißig Minuten aufgehen. Sina legte sich zurück ins Bett, beobachtete durch das Fenster, wie es heller wurde, und dachte darüber nach, ob dieser Traum etwas zu bedeuten hatte. Es war lange her, seit sie etwas Angenehmes geträumt hatte. Der Traum war schön gewesen, wenn man von dem abrupten Ende einmal absah.

Nachdem sie die dringend erforderlichen Arbeiten auf dem

Hof erledigt hatte, der Traum war längst vergessen, machte sie sich auf den Weg zum Westland.

»Ich habe dich schon erwartet.«

»Warum?«, fragte Sina und betrat Gretas Küche.

»Dein Geburtstag, hat du ihn vergessen? Ich habe dir eine große Feier in meinem Haus versprochen, wir wollten darüber sprechen.«

Bevor der Handel mit England verboten worden war und als Gretas Ehemann noch lebte, waren Gretas Feiern legendär gewesen. Kuchen mit Zuckerguss und Sirup auf Pfannkuchen für Frauen und Kinder, Wein und Bier für die Männer. Doch das war Vergangenheit. Es gab selten etwas zu feiern, und wenn Pipi Wind davon bekam, verhängte er Ausgangssperren, wie es ihm gefiel. Er brachte Verbote für oder gegen alles, was das Insulanerleben lebenswert machte. Sina hatte von Lebons Besuch in diesem Haus gehört. Vielleicht war der Neue in diesen Dingen zugänglicher.

»Wirst du den Kommandanten dazu einladen?«

»Wie kommst du auf den Gedanken?«, fragte Greta. Sie bemerkte, dass Sina fahrig nach einem Geschirrtuch griff und rot wurde. Greta legte ihr eine Hand auf die Schulter, mit der anderen nahm sie ihr das Leinentuch weg und warf es ins Waschbecken. »Du wirkst, als wolltest du …« Sie brach ab, schlug sich mit der flachen Hand leicht gegen die Stirn und sagte: »Ich Dummchen. Du wirst siebzehn. Ein Alter, in dem man hübsch aussehen will. Du hast kein Kleid.«

Kräftige Finger schlossen sich um Sinas Handgelenk. Greta zog sie hinter sich her ins Schlafzimmer. Unter dem Fenster stand eine Holztruhe. Eine Ausstattungstruhe, in der alles an Wäsche gesammelt wurde, was eine Braut, wenn sie alt genug für einen eigenen Haushalt war, brauchen konnte. Nur dass Sina selbst keine solche Truhe besaß. Ihre Mutter war tot, und Cornelius hatte sich nie darum gekümmert. Bis auf ein paar Tücher besaß Sina nichts, was sie mit in eine Ehe nehmen könnte.

Greta kniete sich vor die Truhe und öffnete den schweren Holzdeckel. »Hilf mir mal«, forderte sie Sina auf und reichte ihr Handtücher, Bett- und Tischwäsche, Erstausstattungen für

Säuglinge und ein Taufkleid, das gleichzeitig auch als Totenkleid verwendet werden konnte.

Die Truhe war fast leer. Sina legte alles, was sie nicht mehr halten konnte, in Gretas Butze.

»Ah, da ist es ja.« Mit einem Strahlen im Gesicht und glühenden Wangen, so als wäre sie es selbst, die dieses Kleid tragen wollte, hielt sie es Sina hin. »Anziehen«, forderte sie.

Sina kam ihrer Aufforderung gern nach.

»An den Hüften werde ich es etwas abnähen müssen«, bestimmte Greta wenig später. Flinke Finger rafften das Stück Stoff zusammen, das verschwinden sollte. »Schau in den Spiegel.«

Ihre Blicke trafen sich darin. Die Wangen beider Frauen glühten vor Vorfreude. Greta zupfte ein wenig am unteren Teil des Kleides. »Du bist gut eine Handbreit kleiner als ich, das müssen wir berücksichtigen«, erklärte sie und raffte den Rock entsprechend hoch. »So weit darf es abgenäht werden.«

Sina schlang die Arme um ihren Oberkörper, drehte ein paar Pirouetten und lachte.

»Daniel Ulrichs würde Augen machen, wenn er dich so sehen könnte.«

Sina stoppte, sie wäre beinahe hingefallen. »Was geht ihn das an?«

»Nun, er ist unsterblich in dich verliebt«, erklärte Greta und machte dabei den Eindruck, als sei es das Selbstverständlichste auf der Welt. »Das wirst du doch bemerkt haben«, fügte sie hinzu und zwinkerte fröhlich. »Jetzt aber ruck, zuck raus da. Ich muss dir etwas Wichtiges erzählen.«

»Daniel Ulrichs«, rief Sina, das Kleid über den Kopf ziehend, so verpasste sie, dass Greta ernst wurde. »Der läuft mir überall über den Weg. Manchmal habe ich das Gefühl, er wartet an jeder Ecke auf mich. Er spioniert mir nach.« Ihre Stimme drang gedämpft durch den Stoff, gleich darauf hatte sie sich befreit.

»Gibt es denn etwas, was er ausspionieren kann?«

»Er kennt Freriks' Lager.«

»Und woher weißt du das?«

»Ich habe mich dort versteckt, und er hat mich darin gesucht.« Sina erzählte von der Begegnung.

»Mach dir keine Gedanken. Wenn er dich beziehungsweise Freriks bis heute nicht an seinen Vater verraten hat, wird er weiter den Mund halten, schon allein, um dir zu gefallen.«

»Ich mag ihn nicht. Als kleiner Junge hat er immer mit Quallen nach uns geworfen, und einmal hat er sich an Lina und mich von hinten herangeschlichen und unsere Zöpfe zusammengebunden.«

Greta lachte. »Da müsst ihr ja ganz schön in euer Gespräch vertieft gewesen sein, wenn ihr ihn überhört habt.«

»Hast du gemerkt, dass er seit Neustem einen Tick hat? Andauernd rauft er sich die Haare. Streicht sie hinters Ohr, zwirbelt darin herum. Der nervt. Sieh nur …« Sina reichte Greta das Kleid und trat ans Fenster. »Da steht er.«

Greta folgte ihr. Daniel stand draußen und tat, als interessierte er sich für den Gartenzaun. Trat leicht mit dem Fuß dagegen, kratzte mit dem Fingernagel daran und schaute herüber. Greta winkte, Daniel ließ seine Haarsträhne los und ging.

»Hat er Pomade reingeschmiert?«, fragte Greta verwundert.

»Mag sein. Neulich hat er dasselbe stinkende Zeug wie sein Vater benutzt.«

»Um Daniel mach dir mal keine Sorgen, der verrät keines deiner Geheimnisse«, prophezeite Greta. »Aber ich erzähle dir jetzt etwas.«

»Pah, nur weil er in mich verliebt ist?«

»Genau. Solange du nett zu ihm bist, wird er schweigen.«

»Nett? Nie im Leben. Da soll er sich eine andere suchen.«

»Die Auswahl ist mager. Neben dir kämen nur noch zwei, drei andere Mädchen in Frage.«

»Pah«, war alles, was Sina dazu zu sagen hatte.

»Können wir jetzt über wichtigere Dinge reden?«

»Welche denn?«

»Über deinen Bruder zum Beispiel.«

»Stell dir vor«, rief Sina aufgeregt und umarmte ihren Bruder, nachdem sie ihn in seinem Versteck auf dem Dachboden gefunden und in die Küche gebeten hatte, »der Tote, er hat genauso eine Tätowierung wie du.«

»Welcher Tote?«, wollte Cornelius Klaasen wissen.

Sina erzählte ihrem Vater und Marten vom Leichenfund, davon, was Maria herausgefunden hatte und welche Idee ihr dazu gekommen war.

»Die gleiche Tätowierung? Er ist einer von uns?«

»Nein, nein.« Sina schüttelte so heftig den Kopf, dass ihr die Zöpfe um die Ohren flogen. »Es sind natürlich andere Längen- und Breitengrade als deine. Und es gibt noch was Neues.« Sina wartete auf ein »Was?«, doch es blieb aus. »Pipi soll die Wertsachen des Toten gestohlen haben.« Sina grinste, als wäre das der beste Teil der ganzen Geschichte.

»Du meinst, dann hat er einen Grund, den Mund zu halten, falls unangenehme Fragen zur Identität gestellt werden.«

»Genau. Was haltet ihr davon?«, fragte sie nach einer Weile, die in angespanntem Schweigen verbracht wurde.

Cornelius starrte seine Hände an, vermutlich dachte er über die Konsequenzen nach.

»Hab ich das richtig verstanden?«, fragte er und schaute seine Tochter ungläubig an. »Marten tritt an die Stelle des toten Seemannes, ehe Pastor Siefken diesen heute auf den Drinkeldodenkarkhoff bringt?«

»Und ihn namenlos verscharrt«, ergänzte Sina als zusätzliches Argument. So etwas wünschte man niemandem.

»Wie soll das gehen?«, fragte Marten.

»Vater und ich, wir beide gehen zum Pastor. Wir behaupten, die tätowierten Zahlen seien die Koordinaten von Borkum, und der Tote könntest nur du sein. Sein Gesicht soll unkenntlich sein, die Koordinaten schlecht lesbar, also lass ich mir seine Füße zeigen und behaupte, das sind deine.«

»Du weißt, was das bedeutet?«

»Ich schau einfach weg.«

»Ich rede nicht vom zerfressenen Gesicht. Der Mann kommt unter den Turm auf unseren Friedhof.« Cornelius hob den Zeigefinger. »Ein Fremder bekommt den Namen deines Bruders auf sein Kreuz. Sina, das ist Unrecht.«

Die Geschwister tauschten einen Blick, sie waren sich bereits einig.

»Du bestiehlst einen Toten. Der Mann wollte das Gleiche mit

seiner Tätowierung erreichen wie du, Marten. Hast du daran mal gedacht?«

»Wir wissen doch, wo er herkommt. Wir werden den Angehörigen Mitteilung geben, wo er geblieben ist und dass er ein christliches Begräbnis erhalten hat.«

»Und eines Tages schreiben sie dem Herrn Pastor, dem Bürgermeister oder gar dem Vogt einen Brief, um ihren Dank auszusprechen. Was dann?«

Marten und Sina zuckten mit den Schultern.

»Und noch etwas, meine lieben Kinder, habt ihr vergessen.« Cornelius Stimme bekam einen anderen Klang. Er schien sich mit dem Gedanken angefreundet zu haben.

»Was?«

»Wie lange gedenkst du denn, tot zu sein? Du kannst dich nicht ewig in unserem Stall verstecken. Eines Tages sieht dich einer …«

»Die werden alle den Mund halten«, behauptete Marten.

»Das mag sein. Aber irgendwann verplappert sich einer. Dann erfährt es der Vogt. Ganz zu schweigen von der Reaktion des Pastors. Wir hätten nicht nur ihn betrogen, sondern Gott. Bei dem bräuchten wir uns nie mehr blicken zu lassen.«

»Er ist ein weitsichtiger Mann, wir weihen ihn ein.«

»Das ist eine schwachsinnige Idee«, erklärte Cornelius lahm. Spätestens jetzt wussten Sina und Marten, er war dabei.

Marten nahm Sina in die Arme und drückte sie fest an sich. »So oder so, ich verschwinde nach Helgoland, nur mit dem kleinen Unterschied, dass ich dann nicht am Gängelband der Engländer hänge. Der Krieg ist irgendwann vorbei, die Franzosen weg, und der Vogt hat niemanden mehr, der ihm Glauben schenken wird, wenn er meinen Fall meldet. Er wird keinen finden, der als Zeuge gegen mich aussagt.«

»Das ist unfair.«

»Unfair, Sina? Warum denn?«

»Du darfst schon wieder nach Helgoland.«

DREIZEHN

Die Sonne brannte auf die Franzosenschanze. Oben im Geschützturm war die Hitze etwas erträglicher, da die Geschützpforten in alle Himmelsrichtungen geöffnet waren. Die Feuerwerker und Kanoniere hatten ihre weiß-blauen Uniformjacken abgelegt. Wenn Sergeant Petit das sah, mussten sie mit einer Strafe rechnen. Seit der neue Kommandant auf der Insel war, hatte Petit nur noch schlechte Laune, die er gern an den Untergebenen ausließ.

Die leichte Brise von Nordwest tat gut. Ein Ausguckposten war besetzt, die anderen saßen mit dem Rücken gegen die Holzwände gelehnt und dösten. »Auf Schildwache stehen«, Mittagsschläfchen eingeschlossen.

Lebon hockte in der Schreibstube, um sich die Order der vergangenen Monate anzusehen. Er wollte sich ablenken. Da konnte es kaum schaden, nach Abzug der Engländer über den sonstigen Stand der Insel, aus militärischer Sicht, informiert zu sein. Petit hatte Lebons Vorgänger ein halbes Jahr lang vertreten, zuvor trat er als Dolmetscher für ihn auf. Davon hatte Lebon nichts gewusst. Ihm kam der Verdacht, dass ein Mensch wie Petit so eine Situation bestimmt zu seinem Vorteil zu nutzen wusste.

»Ein Schiff, *mon Commandant*. Nordwestliche Richtung. Vermutlich eine englische Brigg.«

Lebon schaute den Mann verständnislos an. »Wie? Was heißt das?« Er sprang von seinem Stuhl hoch, ein Dokument flatterte zu Boden. Der Soldat hob es auf.

»Ihre Route ist normal, *mon Commandant*. Und sie ist pünktlich.«

»Was soll das bedeuten?«

»Die Brigg kommt mit schöner Regelmäßigkeit hier vorbei. Heute ist sie auf dem Weg von West nach Ost. Sie hat vermutlich in der Nacht Schiermonnikoog passiert. Wir erwarten, dass sie gegen Mittag außer Sichtweite sein wird, wenn der Wind so bleibt.«

»Ich werde mir das selbst ansehen.«

Lebon stieg die Stufen zum Geschützdeck hoch. Vier strammstehende Soldaten erwarteten ihn, der Unteroffizier reichte ein Fernrohr herüber. Lebon zog es auseinander, wandte den Kopf in Richtung eines ausgestreckten Zeigefingers und setzte es ans Auge. Weit draußen auf dem Meer erkannte er ein vermutlich zweimastiges Segelschiff, so winzig, dass er unmöglich sagen konnte, um was für einen Schiffstyp es sich handelte.

»Sie ist pünktlich und hält gen Osten«, sagte nun auch der Unteroffizier. »Fährt vermutlich bis hoch nach Amrum oder Sylt. In wenigen Tagen wird sie wieder hier zu sehen sein, dann segelt sie von Ost nach West.«

Ohne vom vorhergesagten Kurs abzuweichen, zog das Schiff seine Bahn, bis es zuletzt selbst mit dem Fernglas für Lebon nicht mehr auszumachen war.

»Wo ist Sergent Petit?«

»Der schaut der Brigg schon lange nicht mehr hinterher.«

Das war keine Antwort auf Lebons Frage. Ein pfiffig aussehender Soldat sagte: »Er hat das Fort verlassen.«

»Das macht er regelmäßig um diese Zeit«, ergänzte sein Kamerad und fing sich dafür einen warnenden Blick ein.

»Sobald der Sergent zurück ist, bitte Meldung machen.«

»Ja, *mon Commandant.*«

»Da bist du ja endlich«, hörte Derk Siefken Martha Ulrichs ihren Ehemann im Flur zurechtweisen. »Der Pastor ist da, wir essen jetzt.«

Tadeus Ulrichs betrat sein Esszimmer. »Nanu, Herr Pastor, heute so förmlich?«

Siefken schaute an sich hinunter und fragte sich selbst, was ihn dazu bewogen haben mochte, an diesem warmen Sommertag seine Soutane anzulegen. Normalerweise trug er sie nur zum Gottesdienst oder wenn er offiziell in ein Privathaus eingeladen war, bei Taufen beispielsweise und natürlich bei gesellschaftlichen Ereignissen. Auf diesen Tag traf nichts davon zu, und dennoch hatte er vorhin das Bedürfnis verspürt, sie anzuziehen.

Tadeus Ulrichs schob sich an seiner Frau vorbei und setzte sich an den Tisch. Er tätschelte seinen gewaltigen Bauch, so als klatschte er einem Ross auf das Hinterteil. »Was schauen Sie so, Herr Pastor? Alles mühsam angefuttert«, prahlte er. »Der Leib ist eine empfindliche Sache. Er muss geschmiert werden. Bier, Schweinebraten mit viel Soße, fetter Aal und geräucherte Makrele. Die Nachspeisen nicht zu vergessen. Für Reis mit Zimt und Zucker oder Grießbrei mit eingekochten Pflaumen könnte ich töten.«

Sein Gesichtsausdruck verriet Siefken, dass Ulrichs in diesem Punkt die Wahrheit sagte. War er ihm schon vorher unsympathisch gewesen, fand er ihn jetzt einfach nur abstoßend.

»Wo sind die Jungen?«, fragte Ulrichs. Er machte nicht den Eindruck, als interessierte es ihn wirklich.

»Die kommen gleich.«

Schweigend warteten die Männer ab, bis Martha Ulrichs die Schüsseln auf den Tisch gestellt hatte und sich endlich setzte.

»Nun, Herr Pastor, lassen Sie es sich schmecken.«

Ihre Stimme kratzte an Siefkens Gefühl für Klangschönheit, doch die arme Frau konnte ja nichts dafür. Sehr wohl hingegen konnte sie etwas für ihr überschwängliches Getue ihm gegenüber. Seit die Gelder für die Renovierungsarbeiten der Kirche und der Neubau des Pfarrhauses da waren, die Freigabe aber vom Vogt immer wieder verschoben wurde, bemühte sie sich, freundlich zu ihm zu sein. Es bewies, dass wenigstens sie noch über den Rest eines Gewissens verfügte, was ihrem Mann gänzlich verloren gegangen war. Doch heute war sie zu gefällig. Siefken war auf der Hut.

Die drei Jungen betraten die Küche, sie wirkten wie getretene Hunde, da sie zu spät zu Tisch kamen. Mit der Andeutung einer Verbeugung vor ihrem Vater gingen sie an ihre Plätze. Über den Tisch hinweg warfen sie sich Blicke zu, so als fragten sie sich, was den Alten wohl beschäftigte. Normalerweise setzte es jetzt ein Donnerwetter, egal ob der Pastor dabeisaß oder nicht.

»Lasst es euch schmecken«, sagte die Hausherrin, auch sie wirkte, als könnte sie sich nicht entscheiden, ob sie über die fehlende Reaktion überrascht oder erleichtert sein sollte.

»Guten Appetit«, wünschte auch der Vogt, wobei er lauernd über seinen Teller hinweg den Gast betrachtete. Die Essen, die

Siefken regelmäßig in diesem Hause zu sich nahm, behagten weder ihm noch seinem Gastgeber. Aber was konnte man schon dagegen tun? Der Pastor hatte am Reihetisch teilzunehmen, sonst verhungerte er, und der Vogt musste ein guter Gastgeber sein. Zum einen, weil er auf der Insel das Gesetz, die Polizeigewalt und den Fiskus in Sachen Steuerangelegenheiten vertrat und es einem Vogt schlecht zu Gesicht stand, eine der ältesten Traditionen mit den Füßen zu treten. Zum anderen, weil er sonst Gefahr lief, dass sich Siefken höheren Ortes über ihn beschwerte. Was die Verköstigung ihrer Seelsorger anbelangte, nahmen es die Landesherren sehr genau, schließlich war es Bestandteil des Gehaltes eines Pastors.

Siefken wunderte sich, warum der Vogt mit keinem Wort das Thema Strandgut ansprach. »Wie geht es voran mit dem Zusammenschluss des Ost- und Westlandes?«, fragte er, nachdem er seinen Teller – wie alle am Tisch schweigend – leer gegessen hatte. Ein Thema, das immer dann kontrovers zwischen ihnen ausdiskutiert wurde, wenn es gar keinen anderen Gesprächsstoff gab.

»Überhaupt nicht, Herr Pastor. Der Anschluss mag ein frommer Wunsch von Ihnen sein, aber …«

»Wir können schlecht warten, bis die gütige Mutter Natur uns neue Sanddünen vorlegt. Wir müssen die Sandverwehungen, die in wenigen Wochen, wenn der Herbst naht, mehr werden, so lange mit Helm bepflanzen, bis sie hoch genug sind, um das Meer aufzuhalten.«

Siefken seufzte. Das musste er keinem Insulaner erzählen. Sie wussten alle, wie es ging, wie man dem Meer Land abtrotzte. Nur hatte es in den guten Zeiten, bevor die Franzosen angerückt waren, keinen Grund gegeben, die Stelle zwischen dem Dorf und den Ostlandbauern, die zweimal am Tag vom Meer überspült wurde, zu schließen. Jetzt, da die Armut immer weiter um sich griff, war man für jede Salzwiese und jedes Dünental, das beackert werden oder auf dem Vieh grasen konnte, dankbar. Von der Sicherheit des Westlandes ganz zu schweigen. Es kam oft genug vor, dass bei Sturmfluten die Insel von der Wattenseite her voll Wasser lief.

»Vielleicht wird der neue Befehlshaber, wie heißt er doch gleich …«

»Henri Lebon«, half der Vogt aus.

»Vielleicht wird Lebon uns helfen. Es wäre doch auch in seinem Sinne, ich meine, die Franzosen beabsichtigen bestimmt, länger hierzubleiben.«

»Ich kenne den Mann noch nicht«, sagte Ulrichs.

»Er hielt es nicht für nötig, sich bei uns vorzustellen«, mischte sich Martha Ulrichs ein. Sie klang, als sei dieser Umstand das Unverschämteste, was sie seit Langem erlebt hatte.

»Und das, obwohl Sie so hübsch geschmückt haben«, lag es Siefken auf der Zunge zu sagen. Er verkniff sich den Kommentar. Stattdessen erklärte er freundlich: »Sicherlich fand er bisher keine Zeit und kommt gleich morgen. Sie werden ihn gewiss kennenlernen. Sie sind sein Ansprechpartner, was die Inselbevölkerung und die Insel betrifft. Womit wir wieder beim Thema sind. Sie sollten ihm erklären, dass das Wasser an der Nordseite schon bei einer gemeinen Flut bis an die Dünen kommt. Lange wird es nicht mehr halten, und dann ist auch seine Napoleon-Schanze in Gefahr.«

»Tadeus, wir sollten den neuen Kommandanten dazu verpflichten …«, begann Martha Ulrichs und fing sich einen tadelnden Blick von ihrem Mann ein.

Wozu sie Lebon verpflichten wollte, blieb ihr Geheimnis.

»Aber es ist jetzt ihr Land«, verteidigte sie sich gegen den stummen Vorwurf. »Obwohl ich hoffe, dass sie nicht mehr lange hier sind.«

»Ihr Wort in Gottes Ohr, meine Liebe«, sagte Siefken. »Ob mit oder ohne Franzosen, wir sollten an die Zukunft denken. An *unsere* und die unserer Kinder. So ein Kaiser lebt nicht ewig.«

Die Söhne des Hauses saßen wie immer schweigend am Tisch, ließen die Gespräche der Erwachsenen ungestört über sich ergehen. Ja nicht den Zorn des Vaters auf sich ziehen, war ihre Devise. Doch heute gab es eine Ausnahme. Der älteste Sohn, Daniel, spuckte auf den Boden. »Napoleon Bonaparte«, sagte er. »Der Teufel soll ihn holen.«

Dafür gab es eine Ohrfeige vom Vater.

»Vorsicht, mein Sohn«, mahnte Martha Ulrichs und warf einen Blick auf den Pastor, der sich erhoben hatte, um zu gehen.

Siefken verstand es, ein Gesicht aufzusetzen, als habe er nichts mitbekommen. Wie schön, dass es in diesem Haus wenigstens etwas Widerstand gab, wo doch der Vogt allerorten als Handlanger und Arschkriecher der Franzosen verschrien war. »Ach«, sagte er und stand schon an der Küchentür. »Da ist noch etwas, das ich wissen wollte.«

Seine Frage konnte er nicht mehr stellen. Brüllende Männerstimmen und Gepolter von schweren Stiefeln auf Holz ließen ihn verstummen. Jemand riss ihm die Tür aus der Hand, er wurde beiseitegeschubst. Ein Ellbogen traf ihn in die Rippen, ehe er mit dem Rücken gegen eine Kommode stieß.

Soldaten, mit aufgesetztem Bajonett und Pistolen in ihren Koppeln, stürmten das Zimmer, verteilten sich im Laufschritt überall im Raum und umringten die Familie Ulrichs. Daniel sah aus, als glaubte er, sein Fluch habe die Soldaten herbeigerufen.

Siefken konnte später kaum sagen, warum er bei diesem Überfall zuerst den Sohn im Auge behielt. Niemals hätte er sonst bemerkt, wie nach dem anfänglichen Erschrecken ein Ausdruck der Erleichterung über dessen Gesicht flog. Erst da merkte Siefken, worauf der Junge starrte. Die Uniform war kein vertrauter Anblick.

Siefken dankte Gott und seiner Vorsehung, trotz des warmen Wetters die Soutane angezogen zu haben. Nicht die Franzosen und schon gar kein Engländer legte sich mit einem Soldaten Gottes an.

»Raus aus meinem Haus!«, rief Ulrichs. Sein Atem ging unregelmäßig. Er stützte beide Handflächen auf dem Tisch ab, um sich hochzustemmen. Sein Stuhl ruckte rückwärts, ehe er stand. Zu dick, um sich schnell zu bewegen. Eine Flucht hätte ihm sowieso nichts genutzt. Es gab kein Entkommen. Er starrte auf die Spitze eines britischen Bajonetts, das in wenigen Zentimetern Entfernung seinen prallen Leib bedrohte. Der Versuch, den Bauch einzuziehen, war lächerlich. Siefken schaute weg und hoffte, seine zusammengepressten Lippen würden eher angespannt wirken und nicht wie das verkniffene Grinsen, das sie waren. Auch ein Pastor kannte Schadenfreude.

»Bitte, tut mir nichts«, jammerte Ulrichs und fingerte in seiner Westentasche herum. Wollte er dem Engländer etwa eine Münze zustecken? Keine gute Idee, fand Siefken und wandte sich ab, in Gedanken bereits ein Vorschnellen des Metalls und ein Loch im Bauch sehend. Siefken meinte, Ulrichs' Gedanken an den Tod riechen zu können.

War das da ein nasser Fleck an Ulrichs' Hose? Die Hausherrin bemerkte es im selben Augenblick und presste ebenfalls die Lippen zusammen. Um keinen Laut herauszulassen, schlug sie beide Hände vor den Mund. Dennoch entschlüpfte ihr ein Wimmern. Ihr jüngster Sohn trat neben sie, nahm ihre Hand, und es sah so aus, als täte er es, um der Mutter Mut zu machen, nicht um selbst beschützt zu werden. Im Gesicht seines ältesten Bruders erkannte Siefken etwas anderes. Der Blick des Jungen war dem von Siefken zur Hose seines Vaters gefolgt. Lächelte er etwa?

»Bitte verschont mich«, rief Ulrichs, hob die Arme und machte Anstalten, vor dem Bajonett auf die Knie zu gehen. Der Soldat wedelte mit dem Gewehr, Ulrichs sollte in Richtung Tür vorausgehen, dann ließ er seiner Geste Worte folgen. Auch ohne Englisch zu verstehen, ließen seine Körperbewegungen keinen anderen Schluss zu, als dass er forderte, Ulrichs solle sofort hinausgehen. Der zögerte, jammerte: »Nun hilf mir doch jemand!«, und stürzte auf Siefken zu.

Ulrichs' Körpergewicht hatte der dünne Pastor nichts entgegenzusetzen. Widerstandslos ließ er sich als Schutzschild zwischen ihn und den Soldaten schieben. Derart geschützt, wiederholte Ulrichs sein Flehen. Der Soldat fluchte, spuckte aus, fuchtelte mit dem scharfen Metall und ratschte Ulrichs' Haut am Oberarm ein. Der Stoff riss, und Blut lief hinunter. Ein dünnes Rinnsal, das kurz vor dem Handgelenk zum Stehen kam. Dennoch klagte der Vogt, als wäre er tödlich verletzt worden.

Siefken, von den Engländern bisher unbeachtet, sah Daniel mit den Augen rollen. Einer der Soldaten bemerkte es ebenfalls und brach in Gelächter aus, was aber nicht ansteckend war. Ein schmaler goldbetresster Brite, vermutlich der Befehlshaber der kleinen Truppe, übermittelte Siefken mit einer Kopfbewegung das internationale Zeichen für »Verschwinde«.

Das brauchte man ihm nicht zweimal zu sagen. Er verließ das Haus. Das halbe Dorf war zusammengekommen und wartete auf der Straße. Siefken eilte durch den mit der Trikolore geschmückten Vorgarten, überquerte die Straße und drängte sich zwischen diejenigen, die dort standen. Einige der Insulaner hatten ihre Arme verschränkt und auf der Nachbarn Gartenzäune abgelegt, um die Szene in Ruhe verfolgen zu können.

An beiden Seiten neben des Vogtes Haustür hielten zwei Soldaten Wache. Sie nahmen Haltung an, als ein englischer Rotrock in der offenen Haustür erschien. Mit erhobenem Haupt, gefolgt vom gebeugten Vogt, dem man zwischenzeitlich die Arme auf dem Rücken gebunden hatte, verließen sie das Haus.

Auf der Straße wartete, in strammer Haltung und mit undurchdringlichem Gesichtsausdruck, der Bürgermeister, ebenfalls in Handfesseln, auf seinen Mitgefangenen.

Von zwei englischen Seesoldaten untergehakt, wurde Ulrichs bis zur Mitte der nächsten Straßenkreuzung gestützt und gezogen. Dort machten sie halt. Sie gaben Ulrichs' Arme frei und traten ein paar Schritte beiseite. Wollten sie ihn wieder freilassen? Nein.

Von hinten trat der Unteroffizier heran, und Ulrichs bekam einen Gewehrkolben in die Kniekehle gestoßen. Schweigend verfolgte die Menge, wie er einknickte und auf die Knie sank. Er konnte gerade noch verhindern, mit dem Gesicht in den Sand zu fallen, schwankte und setzte sich auf die Unterschenkel. Die Wirbelsäule blieb gekrümmt, sodass er wie ein runder Sack, seinem Elend ergeben, auf der Straßenkreuzung kniete.

Erst jetzt ging ein Raunen durch die Zuschauer. Von dem selbstgefälligen Mann, den sie alle kannten, war nichts mehr zu erkennen.

»Hochmut kommt vor dem Fall«, flüsterte jemand. Keinem wäre in den Sinn gekommen, Mitleid zu empfinden.

Der Unteroffizier trat vor Ulrichs, entfaltete ein Stück Papier und verkündete etwas in englischer Sprache.

»Was sagt er?«, fragte eine Frau mit Spitzenhäubchen. Eine Sichel hielt sie verborgen unter der Schürze.

»Das ist Englisch.«

»Schlaumeier. Übersetz mal.«

»Irgendetwas mit dem Vogt«, begann der Mann zu übersetzen, dann blieb er still, denn die Mitteilung wurde in Niederländisch wiederholt.

»Kann er das nicht gleich sagen …«

»Pscht.«

»Hiermit fordern wir erneut die Herausgabe der Deserteure Keno Agena und Adrian Nicolai. Bis sich diese gestellt haben, wird der oberste Polizeipräfekt Borkums dafür verantwortlich gemacht, dass den Deserteuren Unterschlupf gewährt wurde. Vogt und Bürgermeister bleiben in Gewahrsam, bis die Fahnenflüchtigen gefasst wurden.«

»Den Vogt könnt ihr behalten«, rief eine weibliche Stimme.

»Ich bin unschuldig«, klagte Ulrichs und wollte aufstehen. Ein Soldat sprang herbei und verpasste ihm mit der Faust einen Schlag zwischen die Schulterblätter.

Mochte in diesem Moment der eine oder andere Mitleid mit Ulrichs empfinden, so verflog das Gefühl sofort wieder.

»Nehmt die Mütter der Deserteure in Ketten und lasst mich frei«, rief Ulrichs und bekam ein chorähnliches »Buh« zur Antwort. »Die Nicolais wohnen eine Straße weiter. Mich zu verhaften, ist ein Fehler, eine Verwechslung. Ich habe nichts damit zu tun.«

Der Unteroffizier gab ein Zeichen. Ulrichs wurde auf die Füße gezerrt.

»Der Gefangene ist erst freizulassen, wenn die Deserteure sich stellen«, rief er über die Köpfe der Menge hinweg, faltete seine Order zusammen und ging.

Alarmiert durch die Unruhe im Ort, war wenige Minuten zuvor Pierre Petit aus einem der Gebäude geeilt. Im Laufen seine Uniformjacke überziehend, stolperte er fast über seinen Säbel, der nicht korrekt an der Koppel hing. Jeder im Ort wusste, dass er die Hauseigentümerin regelmäßig besuchte. Mit gesenktem Kopf auf die Straße stürzend, wie ein aggressiver Ziegenbock, sah er aus, als habe er es schon mit mehr als einem Feind aufgenommen.

Zwei Engländer eilten herbei und stellten sich ihm in den Weg.

Die beiden wirkten wie unerfahrene fünfzehnjährige Knaben in Uniform, was sie vermutlich auch waren. Petit wollte sich an ihnen vorbeidrängen, jeder sagte etwas in seiner eigenen Sprache, ein Brite griff nach Petits Arm. Der riss sich los, gab dem einen eine Ohrfeige und stieß dem anderen seinen Ellbogen in den Magen. Der Jüngling krümmte sich und bekam von Petit einen Tritt in den Hintern, sodass er vornüberkippte und einen Moment lang auf der Straße liegen blieb.

Innerhalb weniger Sekunden trafen die ersten Zuschauer ein und bildeten einen Kreis um die Kontrahenten. Jeder kannte Petit, wenn er in Wut geriet, und keiner wollte den Moment verpassen, da es ihm womöglich an den Kragen ging.

Der große Engländer hielt sich die schmerzende Wange, doch so eine Ohrfeige konnte einen Soldaten kaum aufhalten, zumal dann nicht, wenn die Parole ausgegeben wurde, jeden Franzmann zu verhaften, sobald er sich rebellisch zeigte. Eine extra Tagesration an Verpflegung plus ein Viertelliter zusätzlicher Rum war ihnen versprochen. Zum Glück für Petit hieß die Parole »lebend« – sonst wäre er in diesem Augenblick vermutlich einfach erschossen worden.

Zu zweit stürzten sie sich auf ihn. Petit wehrte sich heftig, doch vergebens. Einer bekam ihn am Handgelenk zu packen und drehte ihm den Arm auf den Rücken. Der Zweite trat ihm gegen das Schienbein, gefolgt von einem weiteren Tritt in die Petit'schen Kronjuwelen. »Autsch«, kommentierten das einige männliche Zuschauer. Diese Schmerzen wünschte man keinem, außer dem rasenden Franzosen. Gemeinsam rangen ihn die Engländer in den Straßensand, der Kleinere nahm ihn in den Schwitzkasten. Das war der Moment, als sich die Zuschauermenge teilte. Energisch betrat ein englischer Offizier das Parkett.

»Was haben wir da?«, erkundigte er sich auf Englisch.

»Angriff auf einen Soldaten, Sir«, meldete der Große.

Der Unteroffizier winkte ihn beiseite, klopfte dem Kleineren der beiden auf die Schulter, dass er den Franzosen loslassen sollte, und griff mit einer Hand Petit zwischen die Schulterblätter. An seiner Kleidung hochgezogen, wurde er auf die Beine gestellt.

»Der Mann ist ja betrunken«, stellte der Unteroffizier fest und ließ ihn los, nur um ihn sogleich an Hosenbund und Kragen zu packen. Mit Schwung flog der Sergent über den nächsten Gartenzaun.

Ein Insulaner klatschte Beifall, verstummte aber unter den warnenden Blicken der anderen. So was konnte Konsequenzen haben, auch wenn Petit im Augenblick mit dem Gesicht in den Ranken grüner Bohnen steckte.

In der Zwischenzeit hatte der Trupp mit den anderen Gefangenen sie erreicht.

»Melde gehorsam, Sir, der Franzmann hat uns angegriffen.«

»Verhaften und mitnehmen.«

»Der Kapitän sagte, wir sollen nur zwei Geiseln aufs Schiff bringen.«

»Dann lasst den da laufen.« Er deutete auf den Bürgermeister.

Kurz darauf marschierte Pierre Petit, der die Stelle des Bürgermeisters eingenommen hatte, mit gefesselten Händen neben Ulrichs her. Die zwei Kilometer bis zum Südstrand wurde der Tross von den Einheimischen begleitet. Dort nahm ein Ruderboot sie auf und brachte sie an Bord der Fregatte.

»Ich hätte mir niemals träumen lassen, dass ich dem Sergent einmal so dankbar sein würde«, soll der Bürgermeister am Abend zu seiner Frau gesagt haben.

Tadeus Ulrichs traf die Schmach, als popliger Gefangener abgeführt zu werden, schwer. Wenn sie mich nur nicht foltern, dachte er und überlegte, was er den Engländern bieten sollte, damit sie ihm kein Leid antaten. Geld? Nein. Geld, beispielsweise aus der Gemeindekasse, konnten sie sich einfach nehmen, da mussten sie niemanden fragen oder in Ketten legen. Informationen? Wusste er irgendetwas über Napoleon und dessen Kriegspläne, das sich gegen seine Freiheit eintauschen ließe? Nein. Er verfluchte Keno Agena und Adrian Nicolai; er hätte sie damals, als sie ihre Steuern nicht zahlen konnten, erschießen lassen sollen. Wie um alles in der Welt kamen sie auf ein englisches Schiff, und warum waren die beiden so blöd, ausgerechnet hier zu desertieren? So etwas fiel auf ihn als Polizeipräsidenten zurück, wie man an der Reaktion der Engländer deutlich sah.

An ihm bliebe es später außerdem hängen, sich irgendeinen Schwachsinn auszudenken, sollte er über die ganze Angelegenheit einen Rapport an seine Vorgesetzten schreiben müssen. Auf Pipi mochte er da kaum zählen. Der jammerte ihm schon minutenlang die Ohren voll, er würde diese elende Gegend verlassen, sobald er wieder auf freiem Fuß war. Er habe Beziehungen, behauptete der Franzose. Ein schöner Schreibtischposten in Paris war das, was ihm für die Zukunft vorschwebte.

Wen kann ich bei den Briten anschwärzen?, überlegte Ulrichs. Pastor Siefken? Wenn er sich nur erinnern könnte, ob der Pastor jemals Lästerliches über die Engländer gesagt hatte. Bestimmt fiele es ihm wieder ein, doch bezweifelte er, dass es die Engländer interessierte. Nein, für eine Freilassung würde das nicht reichen.

»Ich protestiere energisch …«, sagte er denn auch, als er mit Hilfe eines Bootsmannsstuhls an Bord der Fregatte gehievt wurde. Der englische Kapitän ignorierte seine Beschwerden. Was bildete Simmonds sich ein, mit wem er es zu tun hatte?

Der Kapitän wies die Matrosen mit einer Handbewegung an, ihn unter Deck zu bringen. Keine Begrüßung, keine Erklärung, warum gerade er und nicht der Bürgermeister als Geisel herhalten sollte. Nicht einmal einen Blickkontakt hielt der Mann für nötig. Unverschämtheit.

Ohne darauf zu achten, ob er sich womöglich den Kopf am Niedergang stieß, schubste ihn ein Soldat die steilen Stufen hinunter. Unter Deck roch es nach ungewaschenen Leibern. Er hätte sich gern die Nase zugehalten, was die Fesseln aber verhinderten. Sein Mitgefangener, der seit Betreten des Schiffes schwieg, verlor angesichts des Verschlages, in den sie gezerrt wurden, seine steinerne Miene. Es roch, als ob hier frisch kalfatert worden wäre, doch die Holzwände wirkten feucht. Sie befanden sich irgendwo am Heck des Schiffes, vermutlich unter der Wasseroberfläche.

»Hinsetzen«, befahl der Brite auf Englisch und schubste Petit zu Boden, als dieser nicht reagierte. Ulrichs gelang es, sich auf den Po fallen zu lassen, noch einen Hieb konnte er nicht vertragen. Der hölzerne Verschlag fiel hinter ihnen zu, das Drehen eines Schlüssels war zu hören, Schritte entfernten sich, dann war es still.

So still, wie es auf einem Schiff sein konnte, dessen Holz knackte, dessen Takelage knarrte und auf dem Fußgetrampel und Stimmen von allen Seiten gedämpft zu hören waren.

»Ich verlange, dass mir auf der Stelle die Ketten abgenommen werden«, schrie Petit den Männern hinterher, die schon längst außer Hörweite sein mussten.

Das erneute Rasseln des Schlüssels im Schloss erschreckte beide. Die Tür flog auf, ein Mann kam herein. Kein Soldat, ein einfacher Matrose, schätzte Ulrichs. Dessen verschlagenes Grinsen gefiel ihm überhaupt nicht. Der Mann kam auf ihn zu und beugte sich hinunter. Eine kraftvolle Hand bog Ulrichs' Rücken vor, mit der anderen ergriff der Engländer Ulrichs' Fesseln. Im Nu hatte er sie an einem eisernen Ring, der im Boden fest verankert war, eingehängt.

Petit wehrt sich kurz, als er ebenfalls festgekettet werden sollte. »Wenn der Kahn untergeht, verrecken wir wie die Ratten«, protestierte er. Ein leichter Schlag in den Nacken ließ seinen Widerspruch verpuffen.

Petit und Ulrichs wechselten einen Blick miteinander. Was Ulrichs in den Augen des Franzosen erkannte, mochte er kaum glauben. Als wären sie ab sofort Feinde statt Kameraden oder zumindest Gleichgesinnte im gemeinsamen Schicksal.

Von diesem Zeitpunkt an machte Ulrichs sich Gedanken, wie er es wohl anstellen konnte, nach überstandener Geiselhaft Petit die Schuld an allem zuzuschieben.

Er wäre überrascht gewesen, hätte er Petits Gedanken gehört. Der dachte soeben, dass der Vogt sich, seit sie sich kannten, stets für etwas Besseres gehalten hatte. Worauf er seine Überlegenheit gründete, wusste nur der verdammte Vogt selbst. Ulrichs war weder gut gebaut oder schön, noch hatte er für irgendetwas ein Talent. Der Mann glaubte an sich selbst, war davon überzeugt, dass ihm nur das Beste im Leben zustand und er es sich nehmen konnte, wann immer es ihm beliebte. So bereitete es Petit eine stille Genugtuung, dass die Engländer wenigstens *einen* eingekerkert hatten, der es auch verdient hatte. Der Dummkopf war unfähig, die Flüchtigen zu finden. Von sich selbst glaubte Petit, dass er das schnell erledigt gehabt hätte. Die Frauen der Familien ein wenig quälen, und schon meldeten sich die Deserteure. So einfach war das.

Alles in allem änderte diese Erkenntnis aber nichts an seinem Entschluss, am Ende der Geiselnahme die Insel zu verlassen. Er hatte die Nase voll von den Insulanern. Petit fühlte sich befugt, seine Versetzung selbst anzuordnen. Auf die Zustimmung des Neuen pfiff er.

VIERZEHN

Von alldem bekamen Lebon und seine Soldaten nichts mit. Lebon wanderte durch den Ort und stand am späten Nachmittag vor Gretas Haustür.

»Ihr habt mir die Jacke erst gestern Abend bringen lassen, sie ist noch nicht fertig. Setzt Euch auf die Gartenbank und genießt die Sonne«, bat sie ihn. Ihre Verwunderung versuchte sie zu verbergen. Als ob es nichts Wichtigeres für den Kommandanten zu tun gäbe, als sich nach seiner Uniformjacke zu erkundigen, nach dem, was eben vorgefallen war.

Im Wohnzimmer holte sie die Jacke hervor, nahm das Nähzeug und begann mit der Arbeit. Kurz darauf hob sie alarmiert den Kopf, lauschte und sprintete los. Es gehörte einiges dazu, um Greta aus der Ruhe zu bringen, doch die wenigen auf Englisch gesprochenen Worte brachten sie in Fahrt. Flink wie ein junges Mädchen stürzte sie den Flur entlang, riss die Haustür auf, ihren Gast von der Bank und zerrte ihn ins Haus. Die Tür schlug zu, und sie lehnte sich mit dem Rücken dagegen. Sie hätte kaum gezögert, ihm eine Hand auf den Mund zu legen, hätte er etwas sagen wollen.

Er verhielt sich still, betrachtete sie mit ernster Miene und folgte mit einer leichten Drehung seines Kopfes ihrem Blick in die Richtung, aus der Stimmen durch die geöffneten Fenster zu ihnen hereindrangen.

Für einen Augenblick hatte sie den Verdacht, er verstand ihr Getue als Annäherungsversuch.

»Engländer«, flüsterte sie.

»Das höre ich.«

»Ihr tragt Zivil. Das ist gefährlich.«

»Gefährlich?«

»Euer Gesicht ist den Briten bekannt, treffen sie Euch ohne Uniform an, lauft Ihr Gefahr, als Spion verhaftet zu werden.«

Ihr Herz klopfte wild, und sie fragte sich, ob es an ihrer Vermutung oder an seiner Nähe lag. Er war bestimmt fünfzehn Jahre jünger als sie. Nein, stellte sie fest, es war eher die Befürchtung, er könnte sein Leben verlieren oder in Gefangenschaft geraten. Greta spürte, Lebon war Borkums Chance auf eine bessere Zukunft.

»Sie sind weg.« Greta trat ans offene Fenster und lehnte sich weit hinaus. Nirgends ein Rotrock zu sehen.

Lebons Blick fiel auf die Uniformjacke, an deren Ärmel Greta neue Tressen und Rangabzeichen nähen sollte. Faden und Nadel hingen herab. Er griff danach und spürte im nächsten Moment ihre Hand auf seinem Arm.

»Das würde ich sein lassen.« Ihr scharfer Ton ließ ihn innehalten. »Wollt Ihr aufgespießt werden?«

»Von der winzigen Nadel?«

»Von einem britischen Bajonett. Schnell …« Sie schob ihn vom Fenster weg. Eine weitere Gruppe Engländer, das Gewehr geschultert, marschierte auf der Straße vorbei. »Irgendetwas scheint geschehen zu sein.«

»Dann muss ich zur Schanze zurück. Und sagt nicht ›Ihr‹ und ›Euch‹ zu mir. Dabei komme ich mir vor wie mein eigener Vater.«

»Wie Ihr wünscht.« Gretas Lächeln zeigte, dass sie ihn auf den Arm nahm.

»Gebt mir meinen Rock.«

»Auf gar keinen Fall. In einer unvollständigen Uniform erweckt man Misstrauen. Monsieur ist ohne gekommen, also gehen Sie so auch wieder.«

»Ich bin kein Feigling.« Seine Empörung war echt.

»Hat niemand behauptet. Dennoch möchte ich vorschlagen, dass Sie noch ein wenig hierbleiben und ich nachschaue, was los ist.«

»Was haben Sie vor?«

»Nachsehen, wohin die Engländer gehen.«

»Nein.« Er schüttelte den Kopf und griff nach seiner Jacke, doch sie entriss sie ihm wieder, ignorierte die Nadel, die ihr in den Handballen piekste, und stopfte sie in eine Holztruhe.

Der Deckel fiel schwer zu, sie schob das Schloss in die Halterungen und ließ es einrasten. Sie war versucht, den Schlüssel in ihren Ausschnitt zu stecken, fand es aber zu kokett. Er kam in die Rocktasche, und sie setzte sich auf das Möbelstück. Dabei leckte sie die wenigen Bluttropfen von ihrer Hand und machte ein bockiges Gesicht. »So kommen Sie wenigstens nicht auf dumme Gedanken.«

Er trat ans Fenster, was sie von der Holztruhe hochschnellen ließ. Am Hemd zog sie ihn zurück und schob ihn vor sich her in die Küche. Dort drückte sie ihn wie einen kleinen Jungen auf einen Stuhl. »Du wartest hier«, befahl sie, sein Lächeln wegen der noch vertrauter gewordenen Anrede übersehend. »Du willst doch nicht als Geisel enden.«

»Wie bitte?«

»Vertraue mir und warte auf mich. Bin gleich zurück.« Die Türklinke schon in der Hand, wandte sie sich noch einmal zu ihm um. »Die Truhe ist ein Erinnerungsstück. Bitte nicht aufbrechen.« Sie verließ das Haus mit dem Gefühl, er würde ihr gehorchen.

Nach etwa zwanzig Minuten war sie zurück.

»Kann ich jetzt gehen?«, fragte er.

»Du, *mon ami*, gehst erst einmal nirgendwohin.« In der Küche betätigte sie den Pumpenschwengel über dem Spülstein und füllte einen Krug mit Wasser. Nachdem sie ein Glas in einem Zug leer getrunken hatte, bot sie ihm auch eines an. Er nahm es.

»Was ist geschehen?«

»In die Schanze kannst du vorerst nicht zurück. Deine Soldaten haben sich verbarrikadiert und stellen sich mausetot.«

»Das kostet Petit seine Stellung.«

»Pipi?« Sie schüttelte den Kopf und lachte. »Den haben die Briten aus dem Bett einer Frau gezerrt und verhaftet«, übertrieb sie. »Er ist als Geisel an Bord der ›Victoria‹ gebracht worden. Solange die Engländer sich im Ort herumtreiben, bist du bei mir sicher.«

»Ich werde mich nicht verstecken«, erklärte er und wirkte auf Greta wie ein kleiner Junge, der mit dem Fuß auf den Boden stampft, weil er keinen Kartoffelbrei mit Apfelmus bekommt.

»Als Gefangener hilfst du niemandem.«

»Ein freier Mann bin ich hier auch nicht.« Er breitete die Arme aus.

»Mein Haus ist kein Gefängnis. Sobald sich draußen alle beruhigt haben, kannst du gehen, wenn du willst.«

»Jeder deiner Nachbarn kann mich gesehen haben.«

»Da hast du recht, doch sie werden nichts sagen. Erstens: Was hätten sie davon? Zweitens: Es ist besser, dich zum Freund zu haben. Denn drittens: Dich zum Freund zu machen oder wenigstens in moralischer Hinsicht dazu zu verpflichten, uns etwas schuldig zu sein, kann für uns Borkumer nur von Vorteil sein.«

»Wer sagt, dass ich Moral besitze?«

»Wir sind Optimisten.«

Er lachte künstlich, aber man konnte ihm ansehen, dass er darüber nachdachte. »Du bist wenigstens ehrlich. Und viertens?«

»Viertens«, bestimmte sie im mütterlichen Ton, »mache ich uns einen leckeren Tee.«

»Ich hoff, du hast schwarzen Tee, nicht diese grässliche Kamillenbrühe«, sagte Sina im Flur.

Lebon und Greta fuhren erschrocken herum.

Lange vor der Geiselnahme und ihrer Bekanntschaft mit dem neuen Kommandanten hatte Sina das Kleid, das sie von Greta bekommen hatte, vorsichtig zu Hause in den Kleiderschrank gehängt und war in die Küche geeilt, um ihre Arbeit zu verrichten. Sie musste die Milch von heute Morgen zu Käse und Butter verarbeiten, ehe sie im Laufe des Tages verdarb. Die Familiendebatte um Martens Übernahme der Identität eines Toten hatte sie ihre Pflichten auf dem Hof fast vergessen lassen.

Hufgetrappel ließ sie aufhorchen. Sie unterbrach das Stampfen der Milch und stieß den Stiel bis zum Boden des Butterfasses. Lange durfte sie die Arbeit nicht unterbrechen, dann verdarb sie sich die halb fertige Butter. Wer mochte das sein? Viel Auswahl gab es nicht. Nur wenige Insulaner besaßen ein Pferd, weil eine Kuh wesentlich mehr zum Lebensunterhalt beitrug.

»Anje, was ist passiert?«

Die zehnjährige Anje hockte auf dem sattellosen Pferd ihres Vaters. Das Mädchen wirkte wie immer so, als fragte es sich selbst, was es hier tat. Ein Kind, das sich für nichts begeistern konnte, nur unter Druck einen Schritt schneller lief und in der Schule weit unterhalb der Erwartungen lag. Niemand bescheinigte ihr eine Zukunft, die etwas mit Geschwindigkeit, vorausschauendem

Denken oder Denken überhaupt zu tun hatte. Dennoch war sie hier, auf dem Pferd ihres Vaters, das selten einen Reiter auf seinem Rücken trug, da es einen Karren ziehen musste. Niemand leistete sich den Luxus eines Reitpferdes. Anjes Vater war Fuhrunternehmer.

»Anje, was ist passiert?«, wiederholte Sina.

Das Mädchen ließ die Zügel los und schaute auf Sina hinunter, so als sähe sie sie gar nicht.

»Steig erst einmal vom Pferd.« Sina machte sich lang, griff Anje um die Hüften und zog das Kind herab.

»Ich habe Durst.«

»Deswegen machst du den weiten Weg?«

»Maria schickt mich. Sie sagt, wenn ich bei dir bin, gibst du mir Milch und Brot mit fingerdicker Butter drauf. Sie sagt, du hast auch Zimt und Zucker, und ich kann so viel essen, wie ich will.«

»Das kannst du, Anje. Was Maria dir versprochen hat, sollst du alles haben. Was sagt Maria noch?«

Das Kind überlegte lange. Man durfte sie nicht drängen. Unter Druck versagte die Zehnjährige. Vermutlich hatte sie bereits vergessen, warum Maria sie geschickt hatte. Es musste wichtig sein und durfte kaum Zeit verlieren, sonst wäre Maria selbst bis zum Ostland gelaufen. Dass sie die Trantüte schickte, ließ vermuten, dass sie so schnell niemanden Verlässlicheren gefunden hatte, um die Botschaft zu senden. Aber Anje? Bei ihr konnte man hoffen, dass sie bis morgen alles vergessen haben würde, ehe sie etwas ausplauderte.

»Hat Maria dir einen Zettel gegeben?«

»Zettel?«

»Ein Stück Papier?«

»Nein.«

Sina ergriff die Zügel, führte das Pferd an den Wassertrog und ging dann mit Anje ins Haus.

»Stampf die Butter weiter«, verlangte sie, »dann mache ich dir Brot mit Zimt und Zucker.«

Es dauerte eine halbe Stunde, bis Anje die versprochenen Köstlichkeiten sinnig langsam aufgegessen hatte. Die Butter im Fass war längst fertig, als Sina endlich erfuhr, was geschehen war.

Das arme Tier schwitzte fürchterlich. Im scharfen Ritt hatte Sina das Mittelwatt überquert, ließ den Gaul im Trab den ausgetretenen Sandweg durch die Schilldünen nehmen und hatte das »Eender Land« passiert, auf dem Korn und Raps angebaut wurden. Danach ritt sie über eine Wiese, die vor Kurzem gemäht worden war. Sie kam aus der Deckung mehrerer Heuhaufen heraus und zügelte das Pferd so heftig, als müsste sie das Tier aus einem gestreckten Galopp zum Stehen bringen.

Zwischen den Häusern liefen Männer in roten Jacken, weißen Hosen und schwarzen Stiefeln. Ein paar unverständliche Befehle in einer Sprache, die sie nicht verstand, ließen sie vom Pferd abspringen. Sie gab ihm einen Klaps auf das Hinterteil und hoffte, es würde in den eigenen Stall laufen. Ein sattelloses Pferd würde kaum auffallen. Der Gaul trottete wie gewünscht in die richtige Richtung.

Maria hatte recht. Sie suchten nach den beiden Flüchtigen, und ihre Suche wirkte echt. Sina kamen Zweifel an den Erzählungen ihres Bruders. Ein einfacher Bauernlümmel aus einem vom Feind besetzten Land sollte den Kapitän einer Fregatte vor der Abreise in England zu dieser Geschichte überredet haben? Andererseits hatte Marten sie niemals angelogen. Doch warum durchsuchten die Briten dann Häuser, Ställe und Scheunen, warfen dabei rücksichtslos Möbel um und bedrohten die Menschen? Soweit Sina das erkennen konnte, waren die Gesichter der Soldaten bedrohlich, als würden sie kein Pardon kennen. Ihre Bewegungen waren zackig, ihre Aufgabe, die Flüchtigen zu finden, nahmen sie ernst. Ihre Suche nach den Deserteuren war echt.

Dumme Nuss, schalt sie sich. Der britische Kapitän wird seiner Truppe bestimmt keine Geheimnisse anvertrauen.

Selbstverständlich mussten die Briten die ganze Insel umkrempeln. Eben stieß einer mit seinem Bajonett in einen Heuhaufen. Eine Maßnahme, die sie auch unternehmen würde, müsste sie jemanden suchen. Dennoch bereitete das Engagement der Briten Maria Sorgen, sonst hätte sie nicht nach ihr geschickt. Bei dieser Energie bestand die Gefahr, dass die Verstecke gefunden wurden. Das musste Marten bei seiner Planung vergessen haben. Die Franzosen waren bis zum heutigen Tag zu faul, zu desinteressiert oder dumm genug gewesen, um sie zu entdecken. Da mochte Pipi seine Kameraden noch so sehr antreiben. Die schlampten hinter seinem Rücken, weil sie ihn ebenso wenig leiden konnten wie jeder andere auf Borkum.

Sina beobachtete, wie die Soldaten von den Heuhaufen abließen, auf die Straße zurückkehrten und Richtung Turm marschierten. Dort angelangt trafen sie auf einen weiteren Trupp. Die Engländer schienen ihrer Drohung, Geiseln zu nehmen, Taten folgen zu lassen. Vorn ging der Bürgermeister, erkennbar am Gang und der Haltung. Seine Hände waren gefesselt. Ein Befehl wehte zu ihr herüber, sie verstand kein Wort. Der Bürgermeister blieb stehen, zwei Bajonette kamen seinem Rücken recht nah.

»Bitte nicht zustechen«, flüsterte Sina. Blut zu sehen, machte ihr nichts aus, Tierblut zumindest. Leben und Sterben gehörte zu einem Bauernhof. Auch tote Menschen hatte sie schon gesehen, nur wie jemand starb, wollte sie keinesfalls miterleben. Sie hielt den Atem an und ließ die Luft erst wieder heraus, als der Bürgermeister ein paar Schritte weitergegangen war. Er blieb unversehrt, mit einem Winken mahnte man ihn, dort, wo er stand, zu warten. Eine Wache blieb bei ihm, der Rest der Truppe verschwand im Laufschritt im Haus des Vogtes.

»Wovor versteckst du dich?«

Sina wirbelte herum. »Oh, Frau Aggen«, krächzte sie. »Sie haben mich erschreckt.«

»Das sehe ich.« Frau Aggen, eine ältere Witwe, deutete auf die größer werdende Menschenmenge. »Sie nehmen die ersten Geiseln.«

»Im Haus der Ulrichs? Die Nicolais wohnen dort hinten.«

Die Frau kniff die Augen ein wenig zusammen und starrte hinüber. »Ich sehe das so schlecht, aber du hast recht. Ich möchte zu gern wissen, wie sie das geschafft haben.«

»Wer soll was geschafft haben?«

»Von einer englischen Fregatte zu fliehen, wo doch keiner der beiden schwimmen kann.«

»Der Keno schwimmt wie ein Fisch im Wasser, und Adrian hat es zwischenzeitlich gelernt.«

»Ich frage mich«, sagte sie, ohne Sina anzuschauen, »woher du das wissen kannst.« Was für Frau Aggens Augen unerkannt blieb, bemerkten ihre Ohren.

Sina biss sich auf die Lippen und tat, als habe sie die Frage überhört. Sie sollte mehr auf den Klang ihrer Stimme achten. Eine schöne Geheimnisträgerin bist du, schalt sie sich. Es bedurfte nur einer einzigen gezielt gestellten Erkundigung, ehe sie verraten hatte, mehr über Keno und Adrian zu wissen.

»Glauben Sie, die werden den Vogt auch in Ketten legen?«

»Du lenkst ab, Sina Klaasen. Ich kenn dich doch, du verheimlichst etwas.« Mit festem Griff packte sie Sina am Arm und zog sie mit sich. »Komm, wir gehen.«

»Ich muss zu Maria«, protestierte Sina.

»Maria! Die steckt überall ihre Nase rein. Dann kann ich mir denken, was ihr vorhabt.«

»Gar nichts.« Sina misslang es, den hysterischen Unterton aus ihrer Stimme herauszuhalten. Sie wollte sich losreißen, doch Frau Aggens Griff war gnadenlos, Sina musste ihr folgen.

»Komm schon, Kind, hab keine Angst.«

»Ich habe keine Angst vor den Engländern.« Eine Behauptung, die Schritt um Schritt sank, je näher die beiden dem Haus der Ulrichs kamen. »Sehe ich etwa aus wie ein Deserteur?«

»Lass dich nicht so ziehen.« Sinas Arm war frei, als sie das hintere Teil des Grundstückes gegenüber dem der Ulrichs erreichten. Ihr erster Gedanke war, wegzulaufen, doch die Neugier siegte. Jetzt wollte sie wissen, was im Haus des Vogtes vor sich ging. In der wartenden Menge achtete niemand auf sie. Viele reckten die Hälse, um dadurch besser in die Fenster hineinsehen zu können. Sie umrundeten das Grundstück und drangen von hinten in den Garten ein. Unbeirrt von den Geräuschen, die aus dem Haus zu hören waren, liefen sie geduckt bis an die Hauswand. Sina staunte über den Mut der alten Dame, die achtlos einen Wimpel niedertrat. Drinnen im Haus klang es, als fielen Möbel um, Glas klirrte. Eine Frauenstimme kreischte. Als es einen Moment still war, wagten sie, einen Blick durch das Fenster zu werfen. Sie sahen die Kehrseite des Pastors und wie er das Haus verließ.

»Verschwinden wir.«

Sina folgte Frau Aggen. Sie erreichten im selben Augenblick die

Haustür wie der Pastor. Ohne sie zu beachten, ging er vorbei. Sein Gesichtsausdruck verriet nichts darüber, was im Haus geschehen war.

»Hinterher!«, rief Frau Aggen. »Ihn müssen wir jetzt dringend sprechen.«

Mit weit ausgreifenden Schritten lief Siefken auf die Straße und steuerte direkt auf die Menschenmenge zu, die sich schweigend für ihn teilte und ihn verschluckte. Sekunden später ging eine Bewegung durch die Menschen, die verriet, dass sich an der Haustür zum Hause Ulrichs etwas tat.

Mehr Einwohner strömten herbei, die meisten davon Frauen. Zwei waren mit einer Forke bewaffnet, andere mit Besenstielen. Sina sah eine Teigrolle unter einer Schürze hervorlugen. Die finster blickende Hermine trug eine Handsichel, deren Metall gefährlich in der Sonne blinkte.

»Hermine, wen willst du damit köpfen?«, fragte eine in schwarz gekleidete Insulanerin und zupfte ihr Spitzenhäubchen zurück auf den Hinterkopf.

Hermine erwiderte, mit der Sichel drohend: »Ich hab keine Angst vor denen.«

»Schickt das dumme Weib nach Hause«, zischte Evert Tellinghusen. »Sie verdirbt noch alles.«

»Von dir wollen sie nichts.«

»Das will ich denen auch raten.«

Sina sprang auf eine Grundstückumfriedung aus locker aufeinandergestapelten Steinen, die von einer Seite mit Erde angehäuft und bepflanzt waren.

»Sina, komm da runter«, forderte Frau Aggen. »Saus zu Greta, du musst ihr was sagen.«

»Sag es ihr doch selbst.«

»Es geht um …«

Mehr erfuhr Sina nicht. Die Zuschauermenge verstummte, und Sina reckte den Hals, als der erste Uniformrock in Ulrichs' Haustür erschien. Jeweils zwei Soldaten nebeneinander verließen das Haus. Unter dem Schweigen der Menge wurde Tadeus Ulrichs von den Engländern abgeführt. Die Hände auf den Rücken gefesselt, lief er zwischen ihnen die Straße hinunter. Er stolperte. Ein Loch im Sandweg, ein gestelltes Bein, ein Stein? Vermutlich nur über seine eigenen Füße. Nicht in der Lage, sich mit den Händen abzustützen, fiel er unglücklich in den Straßenstaub, konnte sich fangen und sank wie ein nasser Sack in sich zusammen. Von zwei Soldaten untergehakt zogen sie ihn hoch. Die Zuschauer machten keinen Laut. Schadenfroh lachen konnte man später, wenn der Vogt fort war. Man konnte ja nie wissen.

Es ging weiter, die Menge folgte. Für einen zufälligen Beobachter wirkte es, als befänden sie sich auf einem Trauerzug, wenn nur die vielen zufriedenen Gesichtsausdrücke nicht wären. Pastor Siefken blieb allein zurück und schaute zur offenen Haustür. Wollte er sich etwa um die heulende Madame Ulrichs kümmern?

Sina meinte, Maria zu sehen, sprang vom Wall und folgte den Leuten. An der nächsten Straßenkreuzung war Frau Aggen vergessen.

Sina hatte beobachtet, wie Pipi und der Vogt in einem Bootsmannsstuhl an Bord gezogen wurden, dann machte sie kehrt, um zu Greta zu gehen. Die Türklinke noch in der Hand, hörte sie, wie Greta sagte: »… mache ich uns einen leckeren Tee.«

»Ich hoff, du hast schwarzen Tee, nicht diese grässliche Kamillenbrühe«, erwiderte sie. »Hast du die Engländer gesehen, sie haben …«

Ehe Sina die Küche erreichte, kam Greta ihr im Hausflur entgegen. Sina verstummte. Hatte sie sie bei etwas ertappt? Mit ausdrucksloser Miene versperrte Greta ihr den Weg zur Küche, so als wollte sie etwas verbergen.

»Entschuldigung, ich wollte nicht stören.«

»Lass uns ins Wohnzimmer gehen.«

»Ins Wohnzimmer, das tun wir nie.«

»Heute schon, mir ist danach.«

»Dir ist danach?«, wiederholte Sina. »Sie haben den Vogt verhaftet.«

»Ich weiß.«

»Ah, den Gesichtsausdruck kenne ich.« Sina lachte. Greta hatte zu dem Kleid eine weitere Überraschung. »Ins Wohnzimmer?«

Sina lief voraus, stieß die Tür auf und schaute sich aufmerksam um. Hier wirkte alles unverändert. Verlassen und unbenutzt, und dennoch, ein Duft, der hier nicht hingehörte, hing in der Luft.

»Versteckst du jemanden?«

Gretas betroffene Miene zauberte Sina ein Lächeln ins Gesicht. »Das hätte ich mir denken können. Sind alle beide da?«

»Beide?«

»Keno und Adrian.«

Gretas verblüfftes Gesicht interpretierte Sina falsch. »Ich verrate nichts.«

»Keiner von den beiden ist hier.«

»Aber ein Mann war hier«, sagte Sina. »Sein Geruch hängt noch im Raum.« Ihr Blick wanderte durch die Stube, blieb kurz am Nähkorb, der zwischen Kommode und Sitzbank stand, hängen. Der Deckel war halb heruntergerutscht. Dann sah sie die Truhe, etwas war ungewohnt daran. »Sie ist verschlossen? Liegt da jemand drin?«

»Rede keinen Quatsch.« Als müsse Greta es beweisen, nahm sie den Schlüssel aus der Tasche und öffnete Schloss und Deckel.

»Aber das ist eine …« Sina griff hinein und hob die Uniformjacke hoch, breitete sie auseinander und betrachtete sie ungläubig. »Die ist französisch«, stellte sie fest.

»Es ist meine.«

Die Männerstimme ließ Sina zusammenfahren. Die Jacke warf sie Greta zu, als habe sie sich an ihr verbrannt.

Vor ihr stand ein fremder Mann.

FÜNFZEHN

»Sina, das ist der neue Kommandant, Henri Lebon. Monsieur Lebon, das ist Sina.« Gretas Blick wanderte zwischen dem siebzehnjährigen Mädchen und dem hübschen Franzosen hin und her, und was sie sah, gefiel ihr gar nicht.

Die Gefühle der beiden meinte sie greifen zu können. Greta glaubte an spontane Seelenverwandtschaft und hatte von der »Liebe auf den ersten Blick« gelesen, sie aber nie erlebt. Wie denn auch? Die meisten Menschen auf Borkum kannten sich von Kindesbeinen an. Greta suchte nach einem Anflug von Eifersucht in sich, doch der blieb aus. Sie verspürte weder Missgunst noch Neid. Es hatte ihr geschmeichelt, von einem gut aussehenden jüngeren Mann hofiert zu werden, das war's. Der Blick, mit dem er Sina anschaute, war ein ganz anderer. Greta meinte den erhöhten Herzschlag des Mädchens am eigenen Körper zu spüren, sah, wie Sina rot wurde, steif dastand, unfähig, ein Wort herauszubringen, überwältigt von Gefühlen, die ganz neu für sie waren. Greta räusperte sich. Ihre Gäste brauchten noch ein paar Sekunden, ehe sie reagierten.

Einerseits gefiel Greta die Vorstellung, die beiden als Paar zu sehen, gleichzeitig erkannte sie die Schwierigkeiten, die auf die jungen Leute zukommen würden. Doch Greta war Optimistin, sie hatte viele unerwartete Wendungen in ihrem sowie in den Leben anderer mitbekommen. Wer konnte in diesen Zeiten wissen, was die nächste Woche brachte? Alles war möglich, warum sollten Besetzte und Besatzer also nicht glücklich miteinander werden können?

»Jetzt gibt es Tee«, verkündete sie.

In der Küche angekommen, amüsierte sie ihr eigener Gedanke. Die jungen Leute kannten sich keine sechzig Sekunden, und Greta sah sie bereits gemeinsam durchs Leben gehen.

»Hinsetzen«, befahl sie, als Lebon, gefolgt von Sina, in die Küche kam. »Du kochst ihm eine Tasse Tee«, wies sie Sina an. »Ich muss los.«

»Wo willst du hin?«

»An den Strand, nachsehen, ob das Wasser noch da ist.«

Als sie zurückkam, hatte sich das Klima zwischen den beiden verändert.

Gretas kurzes Fortbleiben hatte ihren Optimismus schwinden lassen. Überall sprachen die Menschen angsterfüllt miteinander. Sollte die Situation eskalieren, musste sie vorbereitet sein. Ihr erster Weg führte in die Vorratskammer statt in die Küche, um nachzusehen, wie es Sina und Lebon erging. Ihre Vorräte waren merklich geschrumpft. Die zuletzt bei einem Buckelapotheker in Emden gekauften Medikamente, solche, die sie selbst nicht herzustellen vermochte, waren aufgebraucht.

Buckelapotheker trugen auf dem Rücken ein Holzgestell, ein »Reff«. Darauf verpackt lagen Glasflaschen, wasserfest eingehüllte Kistchen und Tonkrüge. Zu Fuß ging er durchs Land, um seine Kunden zu erreichen. Schade, dass sie die Insel nicht bereisten. Dringend brauchte sie ölige Mohnsamen, sie hatten eine stark schmerzstillende Wirkung und waren sämtlich für den von Zahnschmerzen geplagten Soldaten draufgegangen. Doch die Investition lohnte. Jochum brauchte sie, um seine Diebstähle zu vertuschen, den Mann gnädig zu stimmen, falls er entdeckt würde. Wie auch immer Jochum das anstellte, es blieb sein Geheimnis und interessierte Greta nicht.

Ihre Finger glitten über die Töpfe, Tiegel, Gläser, Tuchhüllen und Netze. Sie musste bald zum Festland, um die Vorräte aufzufrischen. In Gedanken eine Liste zusammenstellend, betrat sie die Küche. Die glühende Wut in Sinas Augen und der betretene Gesichtsausdruck von Henri Lebon ließen sie jedes erforderliche Kraut vergessen.

»Was ist passiert?«

»Er sagt, er weiß davon nichts«, rief Sina. Ihre Stimme klang eine Oktave höher.

»Wovon soll er nichts wissen?«

»Von den Steuersätzen, die in den vergangenen zwei Jahren um das Achtfache angehoben wurden.« Sina deutete mit dem Zeigefinger auf Lebon, als wäre es seine Idee gewesen, die Steuern zu erhöhen. Ihre Augen funkelten wild, und Greta fragte sich, woher sie den Mut nahm, dem Kommandanten die Fakten um die Ohren zu schlagen, ohne sich der Konsequenzen bewusst zu sein. »Ihr richtet unseren Handel zugrunde. Ihr stehlt unsere Schiffe, unsere Freiheit, unsere Männer, unser Essen und unser Geld. Weißt du, wie viele Menschen noch vor dreißig Jahren hier lebten? Eintausendfünfhundert.«

Lebon schien feuchte Hände bei diesen Vorwürfen zu bekommen, er rieb unaufhörlich seine Oberschenkel.

»Wir zahlen Geld für die Nutzung von Gold- und Silbergegenständen, die uns seit Jahrzehnten gehören. Jetzt haben wir keins mehr. Sogar das Auflegen von Puder und das Tragen von Perücken kostet, als ob wir die noch hätten. ›Madame‹ vielleicht. Steuern auf Seife, Salz, Tabak, Alkohol, Torf, Mahlkorn, Schlachtvieh und das Wiegen. Fehlt nur noch, dass ich jedes Mal, wenn ich vom Ostland zum Westland gehe, eine Gebühr bezahlen muss.«

»Ihr seid auch keine Heiligen«, widersprach Lebon, als Sinas Anschuldigungen abbrachen, weil sie dringend Luft holen musste.

»Nicht?« Das eine Wort klang schneidend.

»Nein. Nach Durchsicht der Dokumente …«

»Dokumente?« Sinas zusammengekniffene Augen hätten ihn warnen sollen.

»Ihr schmuggelt, was das Zeug hält …«

»Ihr lasst uns keine Wahl«, rief sie.

Mit einem Lächeln im Gesicht, so als wüsste Greta, wie diese Diskussion enden würde, legte sie für einen Moment beruhigend eine Hand auf Sinas Oberarm. »Nicht so laut, die Nachbarn hören euch.«

»Fünfzig Prozent Steuern«, sagte Sina eine Spur leiser, beugte sich vor und hielt Lebon den Zeigefinger unter die Nase, »auf bereits im Lande befindliche Kolonialwaren. Und das, obwohl auf die Einfuhr schon einmal Steuern abgeführt wurden.« Sie schnaufte verächtlich. »Eure Gefängnisse sind überfüllt von Schmugglern. Wie man hört, habt ihr über hundert Gefangene nach Antwerpen bringen müssen, weil die Zellen in Aurich voll sind. Wer, frage ich, soll da noch die Felder bestellen oder Fische fangen?«

»Sina«, warnte Greta.

»Vermutlich die Frauen. Bin gespannt, wann die erste in Napoleons Heer eintreten muss.«

»Jetzt ist es aber genug«, sagte Greta.

Sina verschränkte die Arme vor der Brust, lehnte sich auf dem Stuhl zurück und klimperte bockig mit ihren schwarz bewimperten Augenlidern. Es war entzückend. Vermutlich war sie sich der Wirkung dieses Blinzelns überhaupt nicht bewusst.

»Der Kommandant ist an alldem unschuldig. Sieh ihn dir an. Er ist nicht wie Pipi.«

Sina wurde blass, sie erkannte wohl, was sie dem mächtigsten Mann der Insel vorgeworfen hatte. Mit einem Lächeln, das ihn aus dem Gleichgewicht zu bringen schien, erhob sie sich und verließ das Haus.

Greta lächelte entschuldigend. »Ihr werdet ihr hoffentlich verzeihen.«

Cornelius Klaasen hörte Hufgetrappel. Als er die Scheune verließ, konnte er nur noch den Hintern des Pferdes und den Rücken eines Reiters erkennen. Er betrat das Haus und war erstaunt, Anje in seiner Küche sitzen zu sehen.

»Was machst du denn hier? War das Sina auf dem Pferd? Wo ist sie hin?«

Zu viele Fragen auf einmal.

»Kann ich noch etwas Käse mit nach Hause nehmen?«

»Wenn du mir sagst, was los ist.«

»Vielleicht erschießen sie jemanden, sagt Maria.«

Cornelius gelang es schneller als Sina, herauszubekommen, warum das Kind hier war. Maria hatte sie geschickt, um mitzuteilen, dass die Suche nach den Flüchtigen brutaler wurde, sie schienen alle Drohungen wahrmachen zu wollen. Logisch, dachte Cornelius, wer soll die Geschichte sonst glauben? Er packte dem Kind einen Korb voll Leckereien und schickte es fort.

Cornelius vermutete Marten auf dem Dachboden, doch da war keiner. Er beschloss, auf die Rückkehr seiner Kinder zu warten, ehe er mit Pastor Siefken wegen des Toten verhandelte. Wenn es nicht schon zu spät dazu war und er nicht bereits unter der Erde lag. »Im Notfall grabe ich ihn eigenhändig wieder aus«, murmelte er.

Die Arbeiten auf dem Hof beschäftigten ihn, bis es dunkel wurde. Wo blieben sie nur? Sina würde sicher bei Greta übernachten und Marten sich um Keno und Adrian kümmern.

Nachdenklich machte sich Lebon auf den Weg zurück ins Fort. Sina hatte ihm sowohl den Kopf verdreht als auch gehörig gewaschen.

Auf den Straßen hatte sich alles beruhigt, und sein Kontrollgang in der Schanze verriet keine Änderung der politischen Lage. Im Augenblick gab es nichts zu entscheiden. Er beschloss, Sinas Vorwürfe mit einigen Bierchen hinunterzuspülen. Wie bereits gestern Abend führte sein Weg zuerst zum Hafen. Die Lagerhäuser waren vermutlich voll von Strandgut, denn einige Kisten und Fässer stapelten sich am Kai. Alles wirkte wie ausgestorben. Auf dem Weg zum Gasthaus begegneten ihm einige Leute, zweimal wurde ihm zugenickt, was ihn optimistisch stimmte. In der Schankwirtschaft brannte Licht. Kein Gast schenkte ihm Beachtung, als er eintrat. Die Leute lauschten dem Amerikareisenden. Evert Tellinghusen war wohl der örtliche Märchenerzähler.

Dass niemand auf ihn achtete, deutete Lebon als ein gutes Zeichen. Er setzte sich an einen Tisch gleich neben der Eingangstür und hörte zu.

Tellinghusen sprach kein reines Holländisch. Seine Sprache war mit vielen deutschen und noch mehr Wörtern aus dem Ostfriesischen vermischt. Dennoch konnte Lebon Wort für Wort folgen.

»Schon tagelang hatte die Sonne nicht geschienen, nachts verbarg sich der Mond, dass es so dunkel war wie in der tiefsten Höhle ohne das Licht einer einzigen Kerze. Bald war Neumond, dann würde das Wetter besser werden.« Er nahm einen Schluck von seinem Bier und wischte mit dem Handrücken über seine Lippen. »Aber in dieser Nacht ging ein leises Wehen, stärker wurde es und immer stärker. Das Meer, dessen Oberfläche sich lange Zeit nur wenig gekräuselt hatte, wurde unruhig und schwarz. Wellen bauten sich auf, erhoben schäumend ihre Kronen und wälzten sich gegen den Strand. Kein Seemann mit genügend Verstand wagte sich mehr hinaus. Der Wind wurde zum Sturm und blies Tag und Nacht, die Wellen gerieten immer mächtiger.« Seine erhobenen Arme demonstrierten die Naturgewalt. »Es war ein Donnern und Tosen darin, dass es das Herz des härtesten Matrosen erbeben ließ. Immer höher stieg das Wasser, der Sturm wurde zum Orkan. Der Neumond kam und mit ihm die Springflut. Der Weltuntergang, so glaubten die Menschen. Oh Gott im Himmel, Lenker der Welt, schütze unseren Strand und unsere Dünen, denn sonst sind wir verloren, beteten sie.«

Was für ein Thema. War die Geschichte interessanter als die Menge Strandgut, die geborgen am Hafen lag, aufregender als der Einfall der Engländer und die Verhaftung ihres Vogtes? Beängstigender als die Hausdurchsuchungen und die Drohung, bald jemanden zu erschießen? Weshalb gab es in dieser Spelunke keine Diskussion über den Verbleib der Flüchtigen, das musste die Insulaner doch mehr bewegen als die Geschichte einer Sturmflut.

»Das Meer brodelte und spritzte. Welle um Welle brauste heran, berghoch türmte sich das Wasser, stand schon an Stellen, an denen es nie zuvor ein Mensch gesehen hatte. Es riss an den Dünen. Inzwischen gähnten Löcher in ihnen, durch die das Wasser rauschte. Brüllend und tobend wälzte sich Welle um Welle heran und zerrte im Rückzug wertvollen Sand, Strandhafer und sämtliches Gewächs mit sich fort. Heulend stieb die dampfende Gischt über die anderen Dünen hinweg, die gierigen Finger des Meeres griffen bereits nach ihnen. Da, unter dem gewaltigen Aufprall einer Woge, rutschte die nächste schützende Dünenkette unaufhaltsam davon. Zwei, drei Wellen darüber hinweg, und niemand konnte mehr erkennen, wo vor wenigen Minuten noch meterhohe bewachsene Sandberge gestanden hatten.« Der alte Mann hielt inne, seufzte zum Gotterbarmen und räusperte sich, ehe er zum Finale ansetzte. »›Oh Gott im Himmel‹, schrien die Menschen, ›Lenker der Welt, schläfre den Sturm ein, lass das Wasser abfließen, mach, dass die Sturmflut uns nicht alle verschlingt.‹«

Er verstummte, und Lebon hätte es nicht gewundert, jetzt ein Amen aus den Mündern der ihn umgebenden Männer zu hören. Tief in seinem Innern regte sich Misstrauen.

Es dauerte, bis die Ersten sich aus ihrer Verspannung lösten, wieder kräftiger Luft holten und das angenehme Gefühl durch sich hindurchströmen ließen, hier und heute in einer sicheren Stube zu sitzen. Ein Mann drehte sich zum Tresen herum, um der Wirtin einen Wink zu geben. Ein Bier für sich, eines für den Geschichtenerzähler.

Lebon erhob sich und ging an den Tresen. Die Gruppe der Zuhörer löste sich auf, kleinere Grüppchen bildeten sich.

»Eine interessante Geschichte«, sprach er den Mann an, der am Tresen lehnte. Ein Seemann, wie man ihn sich im weitläufigen Sinne vorstellte. Braun gebrannt, kantiges Gesicht, markanter Bart, die Haare lang und zu einem Zopf zusammengebunden. Die Hände wie erwartet schwielige, kräftige Pranken, die anpacken konnten. »Interessante Geschichte«, wiederholte er. »Würde gern mal so einen Sturm miterleben.«

»Wünschen Sie sich das nicht«, brummte der Seemann.

»Henri Lebon«, stellte er sich vor und reichte dem Mann die Hand zum Gruß. Der Insulaner blickte auf sie herab, ihm ins Gesicht und erneut auf seine Hand. Dann griff er mit Kraft zu, und Lebon wünschte für Sekunden, er hätte sie nicht zur Begrüßung ausgestreckt. Der kurze Schmerz des Händedrucks wich jedoch der Freude darüber, dass sein Gegenüber freundlich reagierte.

»Hendrik Geuns«, sagte er. Lebon schätzte ihn auf Anfang bis Mitte vierzig.

»Seemann?«

»Fischer und Frachtschiffer – was sonst?«

Lebon winkte der Wirtin und bestellte sich ein Bier. »Trinken Sie eines mit?«, wollte er Geuns fragen, aber der war verschwunden.

Lebon trank sein Glas leer, zahlte und ging.

Er ahnte, dass die Borkumer allesamt gute Schauspieler waren, und hätte einen Louisdor darauf verwettet, dass sie vor seinem Eintreffen etwas anderes besprochen hatten.

SECHZEHN

Irgendwas hatte Henri Lebon geweckt. Er schreckte hoch, legte lauschend den Kopf schräg, doch es blieb still. Trotzdem sprang er mit klopfendem Herzen aus dem Bett. Er versuchte, eine Kerze anzuzünden, kam aber mit der Zunderbüchse nicht zurecht. Er warf sie zurück auf den Nachttisch und tapste im Dunkeln zur Tür, um sie zu öffnen. Der Schein einer Laterne auf dem Flur fiel in sein Zimmer, und er konnte sich anziehen.

Im Hof brannten einige Fackeln. Lebon stand bereits auf der ersten Treppenstufe, als ihn jemand anrief.

»*Mon Commandant*, ich wollte Sie eben wecken.«

»Was ist los?«

»Wir wissen es nicht, die Nacht ist zu dunkel, um Genaueres zu erkennen, aber wir befürchten …«

Lebon eilte die Treppe hoch. »Was befürchten Sie?«

»Die Wache glaubt, etwas auf dem Hopp gesehen zu haben. Einen Schatten.«

»Ein Schiff?«

»Das wäre Wahnsinn, man sieht die Hand vor Augen kaum.«

Der Wachhabende trat beiseite, um ihn vorbeizulassen. Neben den Kanonen hatte die Bedienungsmannschaft Stellung bezogen. Sie wirkten ebenso verschlafen, wie Lebon aussehen musste. Zwei Soldaten kamen die Treppe heraufgehastet. Sie trugen drei Eimer mit Wasser. Im vierten erkannte er ein wenig Glut. Der Wachhabende hatte an alles gedacht.

»Gute Arbeit«, lobte er. »Was ist das?« Es hörte sich an, als ob ein Lotgast die Wassertiefe sang. Lebon trat an die offene Geschützluke. Er hatte richtig gehört, was ihm ein Nicken des Wachhabenden bestätigte.

»Sie loten die Wassertiefe und sind sehr laut.«

Regungslos lauschten die Franzosen. Das erste Licht erschien am Horizont. Lebon lehnte sich weit durch die Geschützluke, um besser in den Hafen und zu den Kaianlagen sehen zu können. Er meinte, Masten und Takelage der festgemachten einheimischen

Kutter und Frachtschiffe zu erkennen. Der Geruch nach vergammeltem Fisch drang ihm in die Nase. Der Wachmann hatte es ebenfalls bemerkt.

»Bestimmt ein Fischkutter, der Schutz im Hafen sucht«, sagte er.

»Vielleicht schlägt das Wetter um«, meinte ein Kanonier. »Die alten Seebären haben eine Nase dafür.«

Lebon blickte angespannt in die Dunkelheit. Er glaubte, die Umrisse eines Ruderbootes mit wenigstens acht Riemen zu erkennen. Wozu musste eine Jolle die Wassertiefe ausloten?

Kurz war ein Strich hinter dem Ruderer zu erkennen. Die Jolle schleppte ein Schiff.

Das war der Moment, in dem der winzige Streifen am Horizont breiter wurde und verkündete, dass bald die Sonne aufgehen würde. Lebons Augen schmerzten schon vom anstrengenden In-die-Dunkelheit-Sehen, als die Takelage einer Brigg in Sicht kam. Verdammt, die Jungs hatten Mut und wurden belohnt. Das kleine Kriegsschiff hatte die Stückpforten geöffnet, wie in dem ersten bisschen Licht des Tages endlich auszumachen war.

Ohne etwas zu unternehmen, sah Lebon zu, wie das Ruderboot die Brigg herumzog. Am Heck hing ein weiteres Tauende, das zu einer zweiten Jolle reichte. Gemeinsam brachten die beiden Ruderer das Schiff in die Lage, dass die Breitseite direkt auf das Fort zielte.

Zwei Glasen wurden angeschlagen. Die Schiffsglocke verkündete fünf Uhr. Eine halbe Stunde später, als erneut geglast wurde, ging Lebon die Schiffsglocke bereits auf die Nerven.

»Er hat Muring gesetzt«, sagte der Soldat, der anscheinend wenig von Seefahrt verstand. Er meinte vermutlich die Befestigung der beiden Anker, vorn und achtern, jeweils an einer Kette. »Schon bald überflüssig. Bei der nächsten Ebbe liegt er mit dem Kiel im Schlick fest, dann können sie sich sowieso nicht rühren.«

Ob nun auf Grund sitzend oder schwimmend, es änderte nichts daran, dass Lebon nur eine Kanone blieb, die in diese Richtung zeigte. Eine einzige Breitseite und von der Schanze blieb kein Balken übrig.

Im Licht der aufgehenden Sonne waren die einzelnen Wanten und Stagen zu erkennen.

»Ihre Befehle, *mon Commandant*?«

»Abwarten.«

»Soll ich die Trikolore herunterholen?«, fragte der Wachhabende. Er klang, als wäre es ihm am liebsten.

»Auf keinen Fall«, sagte Lebon und fügte in Gedanken hinzu: Das können wir immer noch, sobald der Engländer auf der Brigg den ersten Schuss abgibt.

Er musste noch viel lernen, das war ihm klar. Zuerst sollte er misstrauischer werden, alles und jeden hinterfragen, wenn er weiter die Franzosenschanze führen wollte. Ein erfahrener Kommandant hätte eins und eins zusammengezählt, schließlich war die Brigg erst gestern deutlich zu sehen gewesen. War deswegen sein Stellvertreter verhaftet worden? Ihm widerstrebte der Gedanke, von Kapitän Simmonds hereingelegt worden zu sein.

Keine Zeit, sich darüber den Kopf zu zerbrechen. Ehe die Briten an Land gingen, an sein Tor klopften und die Schanze besetzten, würde *er ihnen* etwas vorspielen.

Etwa um die Zeit, als die englische Brigg im Hafen festmachte und die Franzosen so taten, als sei niemand zu Hause, war Greta mit einem fetten Wildkaninchen auf dem Weg zur Familie Agena. Gerüchte um Kenos und Linas Hochzeit liefen um, das Ultimatum der Engländer rückte näher. Und über alldem hatte Pastor Siefken womöglich einen Kunden auf Eis vergessen.

Keno und Lina am helllichten Tag und mit großem Getöse in der Kirche? In Gretas Ohren klang das unglaubwürdig, doch je länger sie darüber nachdachte, desto wahrscheinlicher erschien es ihr. Das würde erklären, weshalb der junge Mann überhaupt geflohen war.

Nur wenige Schritte von Agenas Grundstück entfernt war sie versucht, sich nach allen Seiten umzuschauen, ließ es jedoch bleiben. Dadurch würde ein zufälliger Beobachter nur aufmerksam werden. So glaubte jeder, sie wäre gerufen worden, weil das Baby Blähungen hatte oder Kenos Mutter vor lauter Aufregung etwas zur Beruhigung brauchte.

Ihre Schritte knirschten auf den Muschelschalen, was sie an die Zuwegung zur Kirche erinnerte. Vielleicht sollte sie erst mit dem Pastor sprechen. Er war ein Kirchenmann mit weltlichen Ansichten, jemand, auf den man sich verlassen konnte. Siefken oder Agena?

Wenige Minuten später wusste Greta, sie hatte sich richtig entschieden. Ihre Hand ruhte auf der Türklinke, als sie meinte, einen Blick im Nacken zu spüren. Betont gleichgültig schaute sie sich um. Niemand zu sehen. Langsam drückte sie die Klinke bis zum Anschlag hinunter, lehnte eine Schulter ans Türholz und schob. Verschlossen. Sie konnte sich nicht erinnern, dass die Kirche jemals zugesperrt gewesen wäre, und legte ein Ohr ans Holz. Stimmen. Schau durchs Fenster, dachte sie, doch dann ließ sie es bleiben. Hier sollte niemand stören. Das Wimmern eines Babys hinter der Tür, gefolgt von einer tröstenden Stimme, bestätigte sie in ihrem Impuls. Jetzt wurde gesungen, die unmusikalische Stimme von Pastor Siefken brachte alle anderen aus dem Takt.

»Ist denn schon Sonntag?« Der spöttische Tonfall ließ Greta zusammenfahren. »Was treibt dich in die Kirche?«

»Pastor Siefken, hast du ihn irgendwo gesehen?« Greta lief der Frau entgegen. »Hier ist er nicht.«

»Warst du schon bei ihm zu Hause?« Die Frau behielt Gretas Sack fest im Auge.

Da ging er hin, Agenas Braten.

»Wo kommst du denn her, Jan Pieter Freriks?«

»Die Juister haben mich auf ›Hooge Hörn‹ abgesetzt.«

»Schön, dich zu sehen.« Maria saß auf der Bank vor dem Armenhaus.

»Dir auch einen guten Tag, Maria.«

»Auf ein Wort, Jan Pieter«, rief sie.

Die Frau, die neben ihr saß, erhob sich und verschwand im Haus. Freriks nahm ihren Platz ein.

»Du musst nicht im Armenhaus leben. Du kannst immer noch in deinem Haus wohnen«, sagte er.

»Da ist zu viel Sand.«

»Ich habe dir versprochen, dich jederzeit auszugraben, das weißt du.«

Maria nickte. »Ich bin es leid, nach jedem verdammten Sturm weder Fenster noch Türen aufzukriegen. Auf der Westseite kann man schon zu Fuß auf das Dach gehen. Nein danke, Jan Pieter. Das ist Sisyphusarbeit. Du weißt doch, wer Sisyphus ist?«

»Ein Mann von List und Verschlagenheit. Er reizte den Zorn der Götter und musste einen schweren Felsbrocken immer wieder auf den Berg hinaufwälzen. Du hast mir die Geschichte oft erzählt.«

»Hast du ein paar Krümel Tabak?«

Freriks griff in seine Hosentasche und holte einen Beutel heraus. Maria tastete unter ihrer Schürze nach der Pfeife, nahm Freriks' Tabaksbeutel an sich und stopfte ihr Pfeifchen. »Glut ist in der Feuerblüse im Herd. Wenn du so lieb bist.«

Freriks erhob sich und ging in die Küche. »Die Glut ist ausgegangen«, rief er. »Wo liegt die Zunderschachtel?«

»Gleich neben dem Herd auf der Anrichte.«

Freriks brachte das Gewünschte und setzte sich wieder. Er schlug und schlug Flintstein gegen Stahl, doch nichts passierte, er mühte sich vergeblich.

»Feuer schlagen konntest du noch nie.« Maria tauschte mit ihm Pfeifchen gegen Stahl, Stein und Zunderschachtel.

Sie schlug vier Mal, beugte sich vor und blies leicht in den Funken. Im Zunder erwachte eine winzige Glut. Freriks hielt einen Fidibus daran. Als das Hölzchen entflammte, tauschten sie erneut. Sie sog heftig am Mundstück. Es knisterte, kleine Fünkchen fielen auf ihre Bluse. Mit der Rückseite des kleinen Fingers wehrte sie die Funken ab, doch es war zu spät, eines hatte schon ein Loch in den Stoff gefressen. Freriks zog an den Enden der Bänder des Tabaksbeutels und wollte ihn eben zurück in die Hosentasche stecken, als Maria mit der freien Hand fest zugriff. Sie ließ den Beutel unter ihrer Schürze verschwinden.

»Das muss ja eine ganz besondere Nachricht sein«, flüsterte Freriks. Maria schmauchte ein, zwei Sekunden.

»Sie ist es wert.« Maria versicherte sich, dass keiner in der Nähe stand und sie hören konnte. »Greta arbeitet für den Franzosen. Nicht, was du denkst, Jan Pieter«, sie schlug ihm mit der flachen

Hand kurz auf den Oberschenkel. »So eine ist Greta nicht. Nein, sie verdient sich ein paar Stüber nebenher. Näharbeiten für den neuen Kommandanten. Lebon heißt er, aber das weißt du bestimmt schon. Schau nicht so, als hättest du einen Schlag mit dem Mastbaum gegen den Hinterkopf bekommen. Meine Nachricht ist ihr Geld wert. Wenn du darüber nachdenkst, Jan Pieter, kommst du von selbst drauf.«

Schweigend warteten beide, als die Frau, die eben Freriks ihren Platz überlassen hatte, aus dem Haus trat, über den Schillweg auf die Straße gegangen und außer Sichtweite war.

»Greta sind gestern wenigstens zwei Uniformjacken gebracht worden. Habe ich mit eigenen Augen gesehen. Jan Pieter, ich sage dir was. Wenn ich dreißig Jahre jünger und ein Mann wäre, ich wüsste, was ich mit einer solchen Jacke mache. Du kannst die ja später wieder zurückgeben. Vermutlich wird der Franzmann das überhaupt nicht bemerken.«

»Heute ist ja was los.« Pastor Siefken griff sich ans Herz. »Kinder, habt ihr mich erschreckt. Erst die Trauung und dann das.« Marten und Sina saßen in seinem Kontor, als er heimkam. »Was wollt ihr denn hier?«

Er hörte sich ihren Vorschlag an, ohne die beiden zu unterbrechen, nickte gelegentlich oder schüttelte den Kopf und dachte bereits ein paar Schritte weiter als die Geschwister.

»Zu viele wissen von der Taschenuhr und dem Ohrring«, wehrte er ab. »Daniel, der sie dem Toten abgenommen haben muss, Tellinghusen, der Haye aufgefordert hat, die Leiche zu durchsuchen, Haye, der sich verplappert hat und wohl schon wusste, dass eine Uhr bei dem Mann zu finden war, und Pipi, der jetzt im Besitz der Wertsachen ist. Ich gehe fest davon aus, dass der Seemann außerdem Papiere bei sich hatte.«

»Was für Papiere?«

»Tellinghusen hat es angedeutet, er vermutet, Haye und Jochum haben den Toten als Erste entdeckt, und Jochum hat die Unterlagen eingesteckt.«

»Auf den Jungen kann man sich verlassen, der sagt kein Wort.«

»Wer mir Sorgen bereitet, ist Pipi.«

»Er wird hoffentlich auf der Fregatte verrotten«, erklärte Sina.

»Dein Gottvertrauen möchte ich haben.«

»Vater kommt für alle Beerdigungskosten auf«, versicherte Marten.

Als ob es darauf ankäme. »Unter einer Bedingung: Das Pfarramt des Toten erhält eine Nachricht. Oje. Habe ich das wirklich vorgeschlagen?«

Sina lächelte. »Dann sind wir uns einig.«

Ein Anklopfen und gleichzeitiges Öffnen der Tür ließ die drei erschrocken herumfahren.

»Eine Brigg liegt im Hafen«, verkündete Maria. »Und die Franzosen spielen Theater.«

»Zwei Mann bleiben an der Kanone, der Rest sofort in den Hof«, rief Lebon.

Die Männer standen stramm vor ihrem Kommandanten, um seine Befehle entgegenzunehmen.

»Zehn Mann mit Tschako, das Gewehr geschultert, im Laufschritt raus aus dem Fort in Richtung Lagerhallen am Hafen. Hinter dem Gebäude kehrtmachen und ungesehen über den Sandweg am Pulverhaus vorbei und hintenherum zum Ford zurückkehren.«

Ein Unteroffizier grinste, er verstand, was Lebon vorhatte.

»Sobald die ersten zehn hinter den Lagerhallen außer Sicht sind, verlassen die nächsten zehn das Fort. Sie biegen in den Weg zum Pulverhaus ein, von der Brigg aus gut sichtbar. Wenn sie aus dem Blickfeld der Briten verschwunden sind, geht es zurück zur Schanze. Der dritte Trupp verlässt das Fort kurz danach und macht sich ebenfalls auf den Weg zu den Lagerhallen. Dann beginnt alles wieder von vorn. Von der Brigg sieht es aus, als würden unablässig Soldaten das Fort verlassen und rund um den Hafen versteckt Aufstellung nehmen.«

Die Unteroffiziere nickten, der Rest starrte geradeaus.

»Männer, das wird anstrengend. Wenn wir Glück haben, glaubt der Feind, hier sind mehr als sechs Dutzend Soldaten stationiert.«

»Benötigen wir einen Tambour?«

»Gute Idee.«

Jetzt ist Maria übergeschnappt, war Sinas erster Gedanke.

»Du bleibst hier«, sagten Sina und Pastor Siefken wie aus einem Mund, als Marten ihnen folgen wollte.

Der kleine Hafen war belebt wie schon lange nicht mehr. Die Brigg lag stramm zwischen ihren beiden Ankern. Ein Trupp französischer Soldaten überholte die drei im Laufschritt. Sie verschwanden hinter den Lagerhallen. Im selben Moment kamen andere heraus, diese allerdings in Marschgeschwindigkeit. Bei einigen saß der Hut schief. Sie alle wirkten, als hätten sie einen Dauerlauf hinter sich.

»Raffinierter Hund, dieser Lebon«, sagte Maria mit Bewunderung.

»Was ist daran schlau?«

»So glauben die Männer auf der Brigg, es würde auf Borkum von französischen Soldaten nur so wimmeln.«

Sina zuckte nur mit den Schultern. »Komm, Maria, wir müssen gehen. Gleich ist die Beerdigung. Wo Vater nur bleibt?«

Cornelius Klaasen legte das Ruder der »Witte Seehund« härter an den Wind und halste, gleich hatte er die Hälfte der »Ronde Plate« abgesegelt und konnte ins Hoppfahrwasser einbiegen. Die Brigg lag so vor Anker, dass sie die Franzosen in Schach hielt, und der Vogt und Petit saßen auf der »Victoria« in Geiselhaft. Eine Gelegenheit, die man nutzen sollte. Er betrachtete die aufgeblähten Segel, sie standen gut im Wind. Noch ein Schlag und er erreichte die Einfahrt zum Hoppgraben. Ihm blieb wenig Platz, um in dem schmalen Fahrwasser gegen den Wind zu kreuzen. Schließlich drehte die »Witte Seehund« kurz vor der Brigg bei und schob sich langsam auf den Kai zu.

Eine hilfreiche Hand fing das Tauende auf und wickelte es fest um den Poller. Cornelius dankte mit einem Kopfnicken und betrachtete mit einem zufriedenen Lächeln die Kisten und Fässer, die sich vor der Lagerhalle stapelten und auf ihren Weitertransport warteten. Zehn hinter dem Lagerschuppen verschwindende französische Soldaten erschreckten ihn, doch sie beachteten ihn nicht. Cornelius warf einen Blick auf die Brigg. Auf dem Deck saßen Matrosen und ließen die Beine unter der Reling baumeln, die Geschützluken waren geöffnet, ansonsten war keine Aktivität an Bord zu erkennen. Schon sonderbar, doch darüber mochte er jetzt nicht nachdenken.

Zwei Mädchen von etwa neun Jahren kamen auf ihn zugelaufen.

»Was machst du?«

»Nichts.«

»Hast du schon von der Verhaftung gehört?«, rief eines.

»Verhaftung?« Verflucht, waren Keno und Adrian entdeckt worden, früher, als von Marten angekündigt? Dann bliebe wenig Zeit, bis der Vogt wieder freikam.

»Ja, sie haben die Männer in Ketten gelegt.«

»In Ketten? Was ihr nicht sagt.«

»Und einer wurde gepeitscht.«

»Mit der achtschwänzigen Katze«, sagte die erste.

»Dummkopf. Das heißt neunschwänzig.«

Ein Schauder jagte über Cornelius' Rücken. Jemand hatte sein Herz geöffnet und einen kalten Wind hineingeblasen. »Waren es Keno und Adrian?«

»Ich weiß nicht. Aber Vater sagt, sie werden jedes Haus durchkämmen und jeden Stein umdrehen«, behauptete das Kind, »und dennoch keinen Deserteur finden.«

»Ab nach Hause«, forderte eine Frauenstimme, und die Mädels stoben davon. »Sie reden von Pipi und Ulrichs«, erklärte sie.

»Wunderbar.« Kein Grund zur Sorge. »Kannst du mir Evert Tellinghusen schicken?«

»Soll er Papier, Tinte, Lack und Siegel mitbringen?«

»Soll er.«

Die Frau eilte davon. Cornelius sprang erleichtert zurück an Deck und öffnete die Luken. Als er sich erneut umwandte, standen einige Männer und Frauen am Kai, mit Körben und Kisten auf dem Arm. Vom Lagerschuppen her erklang auch schon das Rumpeln von Karrenrädern. Die ersten Fässer erreichten den Pier und verschwanden unter Deck der »Witte Seehund«.

»Viele Hände, schnelles Ende«, sagte Evert Tellinghusen, der herbeigeeilt kam, als bereits die Hälfte der Waren aus Ulrichs' Lagerhaus verstaut war, und ließ sich an Bord helfen. Mit Cornelius verschwand er unter Deck, um kurze Zeit später wieder an Land zu gehen. Beide waren äußerst zufrieden.

Tellinghusen fälschte alles, was man verlangte. Es gab kein Siegel, das er nicht nachmachen konnte, und keine Papiersorte, von der er nicht wenigstens ein Blatt zu Hause herumliegen hatte. Er besaß Siegelwachs in jedem gewünschten Rotton und war in der Lage, Handschriften zu kopieren. Solange Ulrichs und Pipi in Ketten lagen, konnte Cornelius mit diesen Dokumenten die Ware nach Greetsiel schaffen und dort legal verkaufen. Das berechtigende Papier – selbstverständlich trug es Ulrichs' Unterschrift und Siegel – lag jetzt unter Deck. Es würde jeden Zöllner überzeugen.

»Wenn du zurück bist, wird die gesamte Bevölkerung schwören, niemals Strandgut gesehen zu haben.« Evert Tellinghusen lachte, und Cornelius stimmte ein, auch wenn beide wussten, dass Ulrichs sich das nicht klaglos gefallen lassen würde.

Tellinghusen wurde zurück auf die Pier geholfen, während französische Soldaten mit nur teilweise zugeknöpften Jacken und hochroten Köpfen an ihnen vorbeimarschierten und hinter den Hallen verschwanden. »Loslassen«, wehrte der alte Herr die helfenden Hände ab, als er sicher auf dem Anleger stand. Sein Bart und die wenigen langen Haare flatterten im Wind. Die Augen schwammen im trüben gelben Weiß, blitzten aber vor Aufmerksamkeit. »Der Engländer wird das Theater bald durchschaut haben. Der Wind nimmt zu, du solltest segeln«, rief er zu Cornelius hinüber. Und dann stellte er die alles entscheidende Frage: »Das Wichtigste aber fehlt, wie willst du das regeln?«

»Ich werde mir was einfallen lassen.« Cornelius klang wenig zuversichtlich. Er brauchte einen Soldaten. Jeder Fährmann, Fischer, sogar alle auslaufenden größeren Ruderboote waren verpflichtet, einen französischen Soldaten zur Aufsicht an Bord zu haben. Fehlte dieser, konnte man gleich laut rufen oder beim Einlaufen in den Hafen eine Flagge hissen, die anzeigte, dass man »Contrebande« trieb.

»Von denen willst du sicher niemanden fragen.« Tellinghusen deutete mit dem Daumen zur Schanze.

Cornelius schüttelte den Kopf. »Ich werde mir etwas einfallen lassen«, wiederholte er.

»Dann beeile dich.«

Die »Witte Seehund« trieb bereits einen halben Meter neben dem Kai, als ein Seesack an Bord flog und jemand hinterhersprang.

»Jan Pieter Freriks, verdammt, wo kommst du denn her?«

Freriks warf einen ängstlichen Blick zum Turm der Schanze. Die Geschützmündung schaute oben aus der Bettung hervor, die Franzosen hatten die Kanone vorgeschoben. »Er muss nur noch die Lunte anlegen, dann sind wir erledigt«, sagte er. Jeden Augenblick war damit zu rechnen, dass Rauch aufstieg, was anzeigte, dass der erste Schuss abgegeben worden war, ehe man ihn hörte. Dann wäre die Fahrt vorbei, ehe es richtig losging. »Bestimmt hockt ein Kanonier mit Kieker in der Luke, um sich zu überzeugen, dass unser Ablegen rechtens ist.«

»Ganz ruhig, die haben jetzt andere Probleme.«

»Die Brigg? Hast du es nicht bemerkt? Sie liegt viel zu tief im Wasser und gleich auch noch auf Grund. Ich frage mich, wann der Kapitän endlich vor den Franzosen kapituliert. Irgendwann muss er ja mal mit seiner Reparatur anfangen.«

»Du meinst ...«

»Es heißt, vor Norderney gab es ein Gefecht.«

»Wunderbar.« Cornelius deutete auf den Seesack. »Was ist da drin? Dir ist klar, dass ich einen Soldaten brauche, keinen blinden Passagier?«

»Ich *bin* dein Soldat.« Freriks grinste.

Cornelius seufzte. Wenn das mal gut ging.

»Sie streichen die Flagge, *mon Commandant.*«

Ja, er konnte es mit eigenen Augen sehen.

»Aber warum?«

Diese Frage beantwortete sich, als später die Ebbe ihren tiefsten Punkt erreichte und die Brigg im Hafen auf Grund saß. Ein riesiges Loch klaffte in ihrem Rumpf.

»Die Lenzpumpen sind zerschmettert, und das Pulver ist nass geworden«, vermutete der Kanonier ganz richtig. »Die Geschützpforten hat sie nur geöffnet, um uns zu täuschen und unbehelligt einfahren zu können. Seht, sie besteigen ein Beiboot und schwenken eine weiße Fahne.«

»Der nächste Trupp, der reinkommt, soll hierbleiben. Die Männer können sich ausruhen. Sobald sie weniger abgehetzt aussehen, schicken Sie sie an den Pier. Dort sollen sie Aufstellung nehmen, den Blick auf die Brigg gerichtet. Einfach stehen bleiben und weitere Befehle abwarten. Vier Mann begleiten mich, um den Kapitän der Brigg in Empfang zu nehmen.«

Ein Feuerwerker kam die Treppenstufen heruntergestürzt, er rief nach seinem Vorgesetzten. »Die ›Victoria‹ setzt ein Beiboot aus«, meldete er.

»Gordon?«

»Ja?«, fragte der Soldat verwundert, vermutlich, weil Lebon seinen Namen kannte.

»Kann man von der Fregatte aus die Brigg sehen?«

»Ich denke nicht. Die Brigg liegt mitten im Hafen, und die hohe Düne, die vormals die ›Victoria‹ vor unseren Blicken verborgen hat, versteckt nun die Brigg vor ihnen.«

»Danke, Gordon. Berceau?«, rief Lebon seinen Unteroffizier an. »Kommando zurück. *Sie* begrüßen den Kapitän der Brigg und übernehmen die Prise, ich eile mit dem Rest der Truppe Kapitän Simmonds entgegen, ehe er die Brigg entdeckt.«

»Das wird aufregender als unsere erste Äquatorüberquerung.« Freriks verstaute den Seesack unter Deck. »Weißt du noch, der Gaffelschoner? Ein tolles Schiff. Ganz aus Eichenholz gebaut, die Masten in Teak und eine Segelfläche von zweihundert Quadratmetern.«

Wenn Freriks anfing, alte Kamellen zu erzählen, war er nervös, musste sich ablenken. Cornelius ließ ihn gewähren.

»Gefährlicher als jede Äquatortaufe. Du weißt, es hat mit einer Taufe im religiösen Sinn wenig zu tun. Es ist gedacht, um sich mit den Frischlingen einen Spaß zu machen, wenn sie die Grenze zur anderen Hälfte der Erde überschreiten.«

Cornelius hoffte, Freriks würde kurz vor Greetsiel auch so viel Mut finden. Oder sollte er die Uniformjacke anziehen?

»Hol die Jacke hoch.«

»Wozu?«

»Nachsehen, wem sie passt.«

»Dir bestimmt nicht. Der Eigentümer ist ein zarter Mann. Wie der, den wir damals mit Fett und Ruß eingeschmiert haben, ehe er die Leine um den Bauch gebunden bekam und wir ihn über Bord warfen. Weißt du noch, er musste die pockennarbige Bordwand küssen, ehe er wieder hochdurfte.«

»Anschließend haben wir ihn mit einem rostigen Messer rasiert und ihn versehentlich dabei in die Wange geschnitten.«

»Ja. Die Narbe kann man heute noch sehen.«

»Wo hast du sie her?«, fragte Cornelius und deutete auf die Jacke.

»Von Gretas Freund.«

»Aha.«

»Willst du gar nicht wissen, wer es ist?«

»Du wirst es sowieso sagen.«

»Der neue Kommandant.«

»Oh«, sagte Cornelius. Sie schwiegen, schauten übers Meer und hielten Kurs auf Greetsiel. »Freut mich für sie«, erklärte er fünf Minuten später und meinte das auch so.

Nach einer weiteren Viertelstunde fragte er: »Die hat er dir nicht freiwillig gegeben, oder?«

Freriks grinste.

Cornelius knuffte ihm mit der Faust gegen die Brust und warf ihm eine Leine zu. »Hol an.«

Die »Witte Seehund« machte eine Halse. Freriks belegte die Leine.

»Tut mir leid um den Rest deiner Ware«, sagte Cornelius.

»Mach dir keine Sorgen, die steckt noch vergraben am Nordstrand. Da kümmern sich die anderen drum.«

»Ah ja«, blieb Cornelius nur zu sagen.

»Jochum kümmert sich darum.«

»Ich habe alle erforderlichen Dokumente«, kam Cornelius auf den Kern ihrer Reise zu sprechen.

»Natürlich. Evert Tellinghusen hat sicher sein Bestes gegeben, wie immer. Und damit«, Freriks deutete unter Deck, »täuschen wir den Zöllner.«

»Ein gewagtes Spiel. Ulrichs wird dahinterkommen und uns anzeigen. Er wird toben, wenn er sich um seinen Anteil geprellt sieht.«

»Wir streiten alles ab, behaupten, er würde sich alles nur einbilden. Mit etwas Glück haben die Engländer ihn gefoltert, und er ist nicht mehr bei Verstand.«

»Optimist.«

Freriks schwieg, ging unter Deck und kam mit einer Flasche Rum und einem Becher wieder hoch. Er schenkte ein und kippte den Schluck über Bord. Neptun sollte besänftigt werden.

Danach tranken sie jeder einen halben Becher, bevor die Flasche wieder verkorkt wurde.

»Erwischen sie dich in französischer Uniform …«, begann Cornelius.

»… werde ich auf der Stelle erschossen.«

Freriks schaute entsetzt, und Cornelius erkannte, dass ihn etwas anderes als die Gewehre der Franzosen graute. Er drehte Kopf und Schultern nach hinten, um zu sehen, was seinen Freund so schreckte.

»Norleke Schwalk!«, rief Freriks.

Ein riesiges, waberndes grauweißes Tuch bestehend aus Abertausenden feinster Wassertropfen, wie von Riesen aufgespannt und vorwärtsgeschoben, erreichte sie. Mit dem Seenebel kam die Kälte. Es war, als nähme man einen Topfdeckel von einem großen Pott mit kochendem Wasser herunter, nur, dass die Wasserschwaden, die einen sogleich umgaben, kalt statt heiß waren. Das Atmen fiel schwer, in den Innenseiten der Nase bildeten sich Tropfen. Nach einer halben Stunde im Nebel war man durchgefroren und klatschnass. Ein Seenebel kam schneller, als ein gutes Pferd galoppieren konnte. Er bildete sich auf dem Meer, zog über Inseln, Sandbänke und hüllte Schiffe ein. Der eben noch ausreichende Wind ließ die Segel killen. Geräusche im Nebel schienen von überall her zu kommen, und nach wenigen zurückgelegten Metern war man orientierungslos. Eine gefährliche Situation nicht nur auf See, sondern auch am Strand, wenn man sich bei Niedrigwasser auf einer Sandbank befand. Manch einer hatte die Lage schon unterschätzt, wurde vom auflaufenden Wasser eingeschlossen, ins Meer hinausgezogen und ertrank.

»Pscht. Hörst du das?«, flüsterte Freriks, obwohl noch vor wenigen Minuten kein Schiff zu sehen gewesen war.

»Das Nebelhorn von Greetsiel.« Cornelius klang hundertprozentig sicher.

»Das denke ich auch. Aber aus welcher Richtung kommt es?«

»Schau auf den Kompass.«

Der Nebel zog glücklicherweise so schnell vorbei, wie er gekommen war. Greetsiel kam in Sicht, und Freriks ging unter Deck.

»Bleib unten«, befahl Cornelius. »Ich leg allein an.«

»Der Zöllner steht oben an der Schleuse«, murmelte er wenige Meter vom Pier entfernt. »Hoffentlich ist er zu faul, um herzukommen.« Lauter ergänzte er: »Jetzt, Freriks. Hochkommen, kurz winken und wieder ab unter Deck.«

Ausgestattet mit seiner eigenen Sterbeurkunde, war Marten Klaasen vermutlich bereits auf der Flucht nach Helgoland oder sonst wohin und Pastor Siefken nach Erledigung dieser Formalität auf dem Weg zum Friedhof der Unbekannten, die das Meer freigegeben hatte.

Zu Bestattungen auf dem Drinkeldodenkarhoff bestellte Siefken stets ein paar Klageweiber und entlohnte sie mit einer Handvoll Stüber. Die Frauen klagten nicht allein für die unbekannte Seele, sie jammerten stellvertretend für all die Ehemänner, Brüder, Väter und Onkel, die Borkum auf See verloren hatte und für die sie beteten.

Jetzt standen sie am Grab von Marten Klaasen. Ihr Klagen und Jammern war echt, es besaß jedoch weniger Intensität und Herzblut als sonst, wenn einer der ihren unter die Erde gebracht wurde. Gelegentlich warfen sie einen Blick auf Sina, die ohne ihren Vater gekommen war. Nicht nur Gott wusste, dass man ihn betrog.

Nach der Beerdigung ging Pastor Siefken in seine Kammer, die neben dem großen Schreibtisch auch ein Regal beherbergte, in dem er die in Leder gebundenen Kirchenbücher aufbewahrte. Er öffnete das Fenster und genoss die frische Brise, die der Hitzewelle ein Ende bereitete.

Sein Blick wanderte über das Bücherregal. Andere Pfarreien besaßen eigene Kontore, um Dokumente aufzubewahren, er musste sich mit diesem Kämmerlein begnügen. Er war es leid, sich deswegen mit dem Vogt zu streiten, der das Geld für die kirchlichen Baumaßnahmen festhielt. Ein unchristlicher Gedanke schlich sich bei ihm ein, und er empfand keine Reue dabei. Wäre schön, wenn die Engländer Tadeus Ulrichs behalten und ihn nach England als Kriegsgefangenen mitnehmen würden. Sogar die Möglichkeit einer Erschießung Ulrichs' gab ihm für kurze Zeit ein angenehmes Gefühl. Darin zu schwelgen, wie es sein könnte, wären Borkums Kirche und das Pastorenhaus endlich in Schuss, war herrlich. Stattdessen hockte der Vogt immer noch auf wenigstens fünfhundert Gulden, die dem Gemeindewohl zukommen sollten. Ulrichs' Witwe würde sie schon herausrücken, lägen der Druck der Bewohner und das Amt ihres Mannes auf ihren Schultern. Doch man sollte Gottes Gaben nicht verachten, zumal der neue Kommandant ein angenehmer Mensch sein sollte.

Siefken fühlte einen Funken Hoffnung für die Erfüllung seines Traumes. Vielleicht erfüllte sich sogar sein sehnlichster Wunsch. Freude berührte sein Herz bei dem Gedanken, nicht mehr über den Hof laufen zu müssen, um ein dringendes Bedürfnis zu erledigen. Jetzt im Sommer war das kein Problem, doch der nächste Winter kam bestimmt und mit ihm Siefkens Verdauungsbeschwerden. Er lächelte versonnen. Das Pastorenhaus könnte eines der ersten auf der Insel sein, das über eine Kanalisation verfügte.

Wie um den angenehmen Gedanken zu unterstreichen, schwirrte ein fetter Brummer in sein Zimmer. Er schlug mit der Hand nach ihm, erwischte ihn aber nicht. Er stand auf und ging an einen Schrank, um eine Flasche Wein herauszuholen. Ohne diese seelische Stärkung mochte er keine Eintragungen in das Totenbuch vornehmen. Er schwankte bei dem Gedanken, die Aktennotiz auf später zu verschieben, zumal es zwei Bücher gab. Das offizielle der Gemeinde und eines für die Namenlosen. Er hatte den Türgriff zum Schrank schon in der Hand, als ihm einfiel, dass er den letzten Tropfen am Montag ausgetrunken hatte. Er dachte an Jan Pieter Freriks, der ihn mit Nachschub versorgte. So schnell war wohl nicht damit zu rechnen, jetzt, da der Vogt doch noch jedes einzelne Teilchen, das an den Strand angeschwemmt worden war, fein säuberlich in seinem Buch notiert hatte.

Und schon wieder schlich sich ein Gedanke ein, der Siefkens Posten unwürdig war. Jemand sollte dieses Büchlein stehlen.

Er sandte ein Stoßgebet gen Himmel. »Ja, Herr, ich würde es tun.«

Mit trockener Kehle griff er nach dem Totenbuch, um die unbekannte Leiche zu beurkunden. Seine Vorgänger im Amt hatten mit fast unleserlicher Handschrift die ersten Seiten gefüllt, gut die Hälfte des Buches war schon vollgeschrieben. Es wog schwer in der Hand, und er legte es vorsichtig auf den Schreibtisch, als täte er jemandem weh, wenn er es achtlos ablegte. Mit der rechten Hand kramte er den Zettel aus der Hosentasche hervor, auf den der Zimmermann die Daten des Toten geschrieben hatte. Siefken strich die Mitteilung glatt und legte sie auf den oberen Teil der Schreibtischplatte, vor die akkurat in einer Reihe stehenden Schreibutensilien. Mit feierlicher Geste, im Gedenken an all die armen Seelen, die in ungeweihter Erde ihre letzte Ruhestatt fanden, schlug er das Buch auf.

Seit er im Amt war, hatte er viele Eintragungen vornehmen müssen. Er blätterte bis zu den zuletzt beschriebenen Seiten und las: *Am 11. April 1810 ist eine unbekannte Mannesleiche, 5 Fuß 10 Zoll groß, deren Angesicht bereits in Verwesung übergegangen war und nebst den Haaren abgefallen, an der Insel Borkum von der See ausgeworfen, gehörig eingesargt und beerdigt worden. Des Mannes bereits verdorbene Kleidung bestand aus einem schwarzseidenen Halstuche, schwarztuchener Weste, dobbelsteinener Hemdwocke, weißwollenem gestrickten Brusttuche, weißleinenem Hemde, langem blauduffelnen Beinkleide, weißbojenem Unter-Beinkleide, blaubunten Strümpfen und Stiefeln. Außer einer silbernen Taschenuhr, gemerkt M.F.S. und wegen verdorbenen Werkes nur zu zwei Gulden Holländisch geschätzt, haben sich in dem ledernen Portemonnaie mit Messingeinfassung gefunden: 10 Stüber in Holländischer, 1 Schilling in Englischer, 1 Schilling in Hamburgischer und 2 ½ in Schleswig-Holsteinischer Münze. An dem einen Finger baumelnd ein goldener Verlobungs- oder Trauring mit der Inschrift: Magdalena. Am nächsten Sonntag wird gepredigt aus Perd: 9:12.*

In der ersten Oktoberwoche des vergangenen Jahres war irgendwo zwischen Rottum und Borkum ein Schiff untergegangen.

Den Namen des Schiffes hatten sie nie erfahren, die Menschen jedoch, es waren acht, waren während der darauffolgenden Wochen auf Borkum angetrieben worden. Der erste Eintrag lautete wie folgt: *Ein unbekannter Mann, die Leiche ist auf dem Ostland Borkum gelegen, anscheinend zwischen 35 und 40 Jahre, gefunden den 6. Oktober. Die Leiche war 6 Fuß 3 Zoll groß, mit blondem gekräuseltem Haupthaar, glattem Backenbart. Die Kleidung bestand aus einem auf dem Kopfe befestigten sog. Südwesterhute, einem buntkutteinen Halstuche, einer Jacke von grauem Segeltuch, schwarzer Tuchweste, gestreiftem Oberhemd, blauwollenem Unterhemde, einer Oberhose von Öltuch, weißer Flanell-Unterhose, ledernem Leibriemen, gez. W.L., einem Paar bis an die Knie reichenden Stiefeln und einem Paar blauwollener Strümpfe. In der Hosentasche befanden sich ein Taschenmesser und ein Tabaksbeutel von Seehundsfell.*

Er überflog die weiteren Eintragungen, blätterte um und las seine letzte Notiz: *Ein unbekannter Mann, die Leiche wurde auf dem Südstrande gefunden, Alter: nicht anzugeben, gefunden den 16. Oktober, ertrunken wahrscheinlich am 6. Oktober 1810. Die Leiche war stark in Verwesung übergegangen, ohne Arme und Unterschenkel. Am Halse befand sich ein schwarzseidenes Halstuch und am Unterkörper mit einer Schnur befestigt eine Schifferhose von Öltuch.*

Er sprach laut ein Gebet für all die Seelen, egal ob sie nun Heiden oder Christen waren, und seufzte. Er öffnete das Tintenfass, nahm die Schreibfeder und begann mit dem jüngsten Eintrag.

Ein ungekannter Mann, die Leiche wurde am Nordstrand gefunden, Alter 25 bis 30 Jahre. Die Leiche hatte volles Haupt- und Barthaar, gesunde Zähne und maß 5 Fuß 7 Zoll. Besonderes Kennzeichen – folgende Tätowierung:

Er übertrug sorgfältig die Koordinaten vom Zettel ins Buch und vermerkte, welche Ortsangabe sich daraus ergab. Danach schrieb er: *Die Bekleidung war folgende: eine Jacke von blauem Duffel. In den Taschen derselben befanden sich ein Taschenmesser, ein rotes Taschentuch, eine kleine Pfeife, eine kleine Bürste. Ein weißes Hemd, eine Hose von grauem gutem Leinen, ein bunter Gurthosenträger, eine graue Unterhose, ein Paar Strümpfe, blau mit rotem Rand.*

Darunter setzte er den Vermerk, wann für ihn in der Kirche gepredigt werden sollte, und einen Eintrag darüber, der Pastorei des Heimatortes eine Mitteilung gesandt zu haben. Im Anschluss daran erfolgte der Eintrag ins Totenbuch der Gemeinde.

War es ein Zeichen Gottes, das er eine frische Seite beginnen musste? Die konnte man gegebenenfalls herausreißen. Er lehnte sich nach getaner Arbeit kurz auf seinem Stuhl zurück und lauschte dem Regen, der eben begann. Er nahm einen kräftigen Atemzug. Der typische feuchte Geruch des Sommerregens vertrieb einen Moment den Kummer um all die unbekannten Toten. Bei diesem bekam wenigstens die Gemeinde und damit die Angehörigen Nachricht über den Verbleib ihres Vaters, Sohnes, Bruders oder Ehemannes.

Die mit dem Regen weiter sinkende Temperatur war angenehm. Er erhob sich, um ans Fenster zu gehen. Mit den Händen stemmte er sich auf der Fensterbank ab und beugte sich ein wenig hinaus. Er empfand ein kindisches Vergnügen, als die Regentropfen ihm in den Nacken fielen. Erst als ein kleines Rinnsal seinen Rücken hinunterlief, trat er einen Schritt zurück. Er verschränkte die Arme vor der Brust und starrte auf den Hof, ohne wirklich etwas zu sehen.

Der Übergang vom wohligen Vergnügen zum körperlichen Unwohlsein vollzog sich innerhalb eines Augenaufschlages. Ihm war beinahe schlecht vor Unbehagen, und er versuchte zu ergründen, woher diese Unsicherheit stammte. Er wandte sich um und schaute auf den Schreibtisch. Alle erforderlichen Eintragungen ins Buch hatte er erledigt, nichts vergessen, und dennoch war etwas anders. Sein Verstand sagte klar und deutlich, dass alles korrekt verlaufen war, doch sein Bauch behauptete genau das Gegenteil. Er schloss das Fenster und setzte sich erneut.

Seine Finger glitten über die eben getrockneten Buchstaben, als könnten die Fingerspitzen ergründen, was die Augen übersahen. Und dann erkannte er es. Die Jahreszeit stimmte nicht. Er blätterte zum Anfang des Buches der unbekannten Toten und besah sich jede einzelne Eintragung. Alle eingetragenen Schiffsunglücke hatten in den Wintermonaten stattgefunden. Einige wenige im Frühjahr oder im Herbst, aber keines im Sommer. Ein Sturm mit Orkanböen zwischen Mai und September war äußerst selten, er jedenfalls konnte sich an kein Unwetter in den vergangenen Tagen erinnern.

Woher also kam der Tote, wenn nicht von einem Schiffsuntergang? Da gab es einige Möglichkeiten, zumal sie in Kriegszeiten lebten. Der Mann konnte offiziell – wenn man denn eine Tötung als legal bezeichnen wollte – als Kriegsverbrecher erschossen und einfach über Bord geworfen worden sein. Nein. Hätte der Mann irgendwo ein Schussloch im Körper gehabt, wäre es vom Tischler oder den Männern, die ihn auf den Handkarren gehoben hatten, bemerkt und notiert worden.

Oder jemand hatte den armen Mann hinterrücks erschlagen und den Fischen zum Fraß vorgeworfen. Ebenso konnte es sich um einen Schmuggler handeln, der bei einer Warenübergabe auf hoher See einen Unfall erlitten hatte, ins Wasser gestürzt und ertrunken war. Ihm fielen noch weitere Möglichkeiten ein, und er beschloss, den Gedanken erst einmal beiseitezulegen. Vielleicht sollte er sich in der Angelegenheit mit jemandem beraten, vermutlich war es das Beste, den Mund zu halten. In diesen Zeiten schlafende Hunde zu wecken, indem er von Mord und Totschlag sprach, war keine gute Idee. Der normale Alltag, in dem die Franzosen das Sagen hatten, würde schon bald wieder beginnen. Niemand konnte wissen, was der neue Kommandant für ein Mann war, auch wenn Greta gut von ihm sprach. Da durfte man den Franzmännern keinen Grund geben, Ermittlungen anzustellen.

Dennoch griff Siefken nach dem Zettel des Zimmermannes und drehte ihn um. Könnte ja sein, dass der Mann dort einen Vermerk über die Todesursache gemacht hatte. Auf der Rückseite gab es jedoch keine weitere Notiz. Er beschloss, die Angelegenheit zu vergessen, und machte sich daran, die Mitteilung über das Wechseln des Verstorbenen aus der zeitlichen in die ewige Welt für das ferne Pfarramt in England aufzusetzen. Mit dem nächsten Fährschiff zum Festland würde der Brief auf den Weg gebracht werden.

Als er fertig war, drückte er das kirchliche Amtssiegel in den heißen Lack, der den Umschlag verschloss.

Lebon erreichte den Südstrand in dem Augenblick, als Kapitän Simmonds seine Abordnung erneut unter Trompeten und mit einem Parlamentär vorneweg formierte. Vor Lebon ließ Simmonds haltmachen. Sollte er sich über die außer Atem wirkenden Franzosen Gedanken machen, so ließ er es sich nicht anmerken.

»Ich stehe in Eurer Schuld, daher dachte ich, ich erspare Euch den Weg in den Ort«, sagte Lebon. Eine bessere Ausrede hatte er nicht.

Es wurden Hüte gezogen, gefolgt von einer höflichen Verbeugung. Einige Briten richteten den Blick auf etwas, das hinter Lebon geschah. Er unterdrückte den Drang, sich umzudrehen, beschloss, einfach vor Simmonds stehen zu bleiben und abzuwarten. Dessen Gesicht zeigte eine Mischung aus Zufriedenheit und einem Hauch von Verwunderung.

Den Grund dafür erkannte Lebon aus dem Augenwinkel, als zwei Männer mit hängenden Köpfen und flankiert von britischen Soldaten an ihm vorbeigingen, Simmonds kurz zunickten und ihm ein Blatt Papier reichten, um sofort danach zum Beiboot zu gehen.

Simmonds warf einen flüchtigen Blick auf das Blatt. Dann richtete er den Blick wieder auf Lebon.

»Kapitän Simmonds, Ihnen ist es offenbar gelungen, der Deserteure habhaft zu werden«, sagte Lebon. »Nun, da Eure Suche erfolgreich verlaufen ist …«

»… trennen sich unsere Wege«, beendete Simmonds seinen Satz. Er schaute sich kurz um. Die Deserteure bestiegen das Beiboot. »Ich hoffe, Ihr hattet keine Unannehmlichkeiten«, sagte er ohne eine Spur von Ironie. »Den unsrigen Verlust werden wir sicherlich verschmerzen.«

»Ähem«, räusperte sich Lebon, etwas Intelligenteres kam ihm nicht über die Lippen.

»Ein Todesfall, so behauptet man.« Simmonds schwenkte bedächtig wie ein Vater, der seinen frechen Kindern gegenüber Nachsicht übt, das Papier.

»Gegenüber einigen Deserteuren sollte man Gnade vor Recht ergehen lassen«, sagte Lebon. Er wusste nicht, wie er einerseits sein Versprechen, für die beiden ein gutes Wort einzulegen, und andererseits die militärischen Regeln anders unter einen Hut bringen sollte.

Der Kapitän nickte, und Lebon spürte, Simmonds ging davon aus, sie beide seien jetzt quitt miteinander.

»Sobald ich an Bord bin, wird die ›Victoria‹ Anker lichten. Binnen einer halben Stunde sind wir außer Sichtweite der Insel.«

»Werden Sie dort auch bleiben?«

»Mein Ehrenwort, Kommandant Lebon. Mein Auftrag ist erfüllt. Es gibt keinen Grund, zurückzukommen.«

Mit einer Verbeugung verabschiedeten sie sich.

»Ach«, sagte Simmonds und wandte sich noch einmal um. »Ihren Sergent muss ich leider behalten.«

SIEBZEHN

Um die Kontinentalsperre der Franzosen zu durchbrechen, war es für englische Frachtschiffer vor etwa drei Jahren ein gängiges Verfahren, ihre Waren auf amerikanische Schiffe umzuladen. Falls eines von Bonapartes Patrouillenbooten sie aufgriff, erklärten sie, direkt aus Amerika zu kommen. Später wurden sie dreister und hissten auf den eigenen Transportschiffen einfach eine amerikanische Flagge, teilweise eine, die nicht einmal die Amerikaner als die ihre anerkannten. Während die Engländer und die meisten Nordseeküstenbewohner inklusive der Borkumer entsprechend erfinderisch sein mussten, wenn es darum ging, die Kontinentalsperre zu umgehen, wurde es den Einwohnern der Nachbarinsel Juist etwas leichter gemacht. Die Franzosen interessierten sich wenig für die kleine Insel, auf der nur um die hundert Menschen lebten. Was für ein Glück für die Juister, sie konnten segeln, wohin sie wollten.

Jochum Melchers sah den dichten Regen auf den weiten Nordstrand prasseln. Die Hitzewelle war vorbei. Finstere Wolken zogen über den Himmel und hatten die Sonne verdeckt. Der Sand auf dem Strand war nach der wochenlangen Hitze wie Puderzucker und so trocken, dass die ersten schweren Tropfen, die auf den Boden gefallen waren, wieder hochsprangen und dabei den pulvrigen Sand mitnahmen. Es sah aus, als hüpften Sandstückchen herum, und es dauerte ein wenig, bis die gesamte Oberfläche des Strandes zu nass war, um noch aufgewirbelt zu werden.

Jochum stapfte die Düne hinunter. Er war unterwegs zum östlichen Ende des Strandes, dorthin, wo bei Hochwasser genügend Wasser im Priel auflief, um mit einem Schiff mit wenig Tiefgang zwischen dem Ost- und dem Westland anlanden zu können. Der Sand klebte an seinen Schuhen, und er hinterließ Fußspuren, dort, wo seine Sohlen die durchtränkte Sandschicht in einem Stück abhoben und fortwirbelten. Es würde keine Minute dauern, bis diese Spuren durch den Regen verwischt waren.

Er erwartete die »Les trois frères«. Sie hieß früher mal »Drei Brüder« und war ein Fährschiff, das regelmäßig zwischen dem Festland und Juist hin und her pendelte und ab und an auch Waren nach Borkum brachte. Als Plattbodenboot war sie geeignet, um in den »Großen Schlot« in der Nähe von Cornelius Klaasens Hof einzulaufen.

Das Schiff war überfällig, und Jochum vermutete, dass die Besatzung von den Vorfällen auf Borkum zumindest teilweise Kenntnis erhalten hatte und abwarten wollte. Sie wussten aber vielleicht noch nicht, dass der Kapitän der englischen Brigg schon vor zwei Tagen über Bord gegangen war, als das Schiff in ein Gefecht geriet und sich mit letzter Kraft in den Borkumer Hafen retten konnte, wo die Mannschaft sich am nächsten Tag kampflos den Franzosen ergab. Vom Juister Nordland kommend erkannte man von Weitem nur eine Brigg, die quer im Hafenbecken lag. Dass sie beschädigt war, sah man nicht. Die »Les trois frères« könnte sicherheitshalber einen anderen Weg zur Anlandung als den »Großen Schlot« auf dem Ostland suchen wollen. Wenn sie nicht gar ganz fortblieb. Jochum blickte immer wieder aufs Meer hinaus.

Er hielt die Ungewissheit kaum aus. Er kletterte auf eine Düne, nahm einen Kieker aus der Jackentasche, zog ihn auseinander und drückte ihn ans Auge. Ein weißer Fleck im Osten zwischen Horizont und Himmel war zu sehen. Er blieb beständig, demnach war es kein Wellenkamm. Jochum starrte lange durch das Glas, dann nahm er es herunter, um sein Auge zu entlasten. Als er erneut hindurchschaute, gab es keinen Zweifel mehr. Da drüben kam ein Schiff. Jochum schob das Fernrohr zusammen. Jetzt musste er schnell Klaasens Hof erreichen.

Zwischendurch legte er eine Verschnaufpause ein, beugte schwer atmend den Rücken, um sich mit den Händen auf den Knien abzustützen. Seine Schläfen pochten. Kopfschmerzen waren das Letzte, was er jetzt gebrauchen konnte. Den Rest an Schmerzmitteln hatte Ribaud aufgebraucht. In dieser gebückten Stellung entdeckte er auf einmal erstaunliche Mengen an Tausendgüldenkraut, das hier offenbar in mehreren Dünentälern wuchs. Greta sollte das wissen. Sie würde es in Genever oder Branntwein ansetzen. Das Ergebnis half bei Magenverdruss, der durch harte und unverdauliche Nahrung wie getrocknete Fische und grobes Roggenmehl entstand.

Vergiss deinen Bauch, denk lieber an das versteckte Strandgut.

Jochum erreichte den Hof. Sina wartete bereits, ihr Pferd am Zügel haltend. Sofort galoppierte sie los, um dafür zu sorgen, dass befreundete Insulaner die am Strand verborgenen Körbe, Kisten und Fässer zum »Großen Schlot« brachten.

Nun aber schnell zurück, damit die drei Brüder erfuhren, wohin sie segeln sollten.

Es regnete so heftig, dass er die »Les trois frères« hörte, bevor er sie sah. Ein Segel knatterte im Wind, Männerstimmen, die Kommandos zum Reffen des Stoffes gaben, schallten zu ihm herüber. Die »Les trois frères« kam in Sicht. Jochum winkte mit den Armen, rief sie an, sie sollten zum »Großen Schlot« segeln, doch gegen den Wind reichte seine Stimme nicht hinüber. Das Schiff drehte die Nase in den Wind, der Anker fiel über Bord.

»Wo sind deine Leute?«

Jochum stand bis zur Hüfte im Wasser und hielt sich an der Reling fest. »Unterwegs, sie bringen die Waren. Ich bin hier, um euch zu sagen, ihr könnt im ›Großen Schlot‹ festmachen.«

»Vergiss es, da sieht uns die Brigg.«

»Keine Bange, die Engländer sitzen auf Grund. Pipi ist weg, der Vogt verlässt sein Haus nicht mehr, und sollte der neue Kommandant uns vom Geschützturm aus sehen, herkommen und Fragen stellen, zeigt ihm einfach euer Alibi.« Er rümpfte die Nase. Jochum konnte die Tarnung der Juister riechen. Die wenigen Fische an Bord stanken dermaßen, dass jeder, der den Trick noch nicht kannte, glaubte, der komplette Laderaum sei voll davon.

»Anker hoch«, befahl der Kapitän.

»Bonjour«, grüßte Lebon. Greta lächelte und trat in der offenen Haustür einen Schritt beiseite, um ihn reinzulassen. Er folgte ihrem Handzeichen und ging voraus in die Küche. Trotz geöffneter Fenster hing ein kräftiger Duft im Raum. Er sah zur Decke. Kopfüber, zu Bündeln zusammengebunden, hingen dort frische Kräuter zum Trocknen. Einige von ihnen, wie Kamille, erkannte er. An Bändern aufgefädelt wechselten Bohnen ihre Farbe von

grün nach braun und wurden schrumpelig. Sein Finger deutete nach oben. »Wozu verwendet man die?«

»Zum Essen. ›Dröge Bohntjes‹ nennt man sie. Getrocknete Bohnen mit Speck und Kartoffeln sind auf Borkum eine Delikatesse.«

Lebon durchquerte die Küche, die Tür zum angrenzenden Zimmer war angelehnt. »Darf ich?«

An zwei Wänden standen Regale, gefüllt mit Gläsern und Porzellandosen. Schon bei seinem ersten Besuch war es ihm vorgekommen, als sei Greta mehr als eine einfache Hausfrau mit Nähkenntnissen.

»›Spir. Formicar – Ameisenspiritus‹«, las er auf einem Glas.

»Gegen Muskel- und Gelenkschmerzen und Hämorrhoiden«, erklärte Greta. »Stelle ich selbst her. Wenn man genau hinschaut, sieht man die Tierchen am Boden liegen.«

Lebon legte zwei Finger an ein weiteres Glas mit der Beschriftung »Caryophylli – Nelken«.

»Entzündliche Veränderung der Mundschleimhaut und schmerzstillend bei Zahnweh.«

»›Ricini‹«, las Lebon auf der nächsten Flasche und verzog das Gesicht. Einen Verwendungszweck des Abführmittels brauchte er nicht.

»Aus den Samen des tropischen Wunderbaums«, erläuterte Greta.

Er wandte sich ihr zu. »Ich wollte meine Uniformjacke abholen.«

»Sie ist weg.«

Er nickte und konnte sich denken, wozu sie gebraucht wurde.

»Aber Ihr bekommt sie zurück.«

»Sind wir wieder beim förmlichen Ihr und Euch?«

»Entschuldigung, aber nach diesem Erfolg wirst du sicher bald ein Admiral.«

Sie lachten beide über ihren Witz.

»Ich habe eine Bitte. Jetzt, da Pipi fort ist, kannst du vielleicht seine Kammer durchsuchen?«

Zankende Spatzen vor dem Fenster verschafften Lebon eine kurze Bedenkzeit. »Wonach soll ich suchen?«

»Nach einem goldenen Ohrring und einer Taschenuhr. Sie gehörten einem Toten.«

Sein ehemaliger Stellvertreter als Leichenfledderer, wie abscheulich. »Wem soll ich die Sachen geben?«

»Dem Pastor. Die Sachen gehörten vermutlich dem Kapitän der Brigg, der bei dem Gefecht über Bord ging. Gratuliere zur Prise.«

»Bekomme ich auch etwas dafür?« Die Frage rutschte ihm raus, und er schämte sich sofort. »Entschuldigung, das war falsch von mir. Ich erwarte keine Gegenleistung.«

»Die medizinische Versorgung deiner Männer«, versprach Greta, ohne eine Spur beleidigt zu wirken. »Fünf Stüber für ein Bund heilende Kräuter, zehn Stüber für etwas Salbe und …«

Lebon hob die Hände, und sie verstummte.

»Aber deswegen bist du nicht hier.« Sie lächelte. »Ab in die Wohnstube, Sina wartet schon.«

ACHTZEHN

Es war einer dieser Träume, die man zwischen Schlafen und Erwachen hatte. Dieser winzige Zeitraum, der so dünn wie ein Haar war und an den man sich dennoch erinnerte, als wären es Minuten gewesen. Er erwachte und dachte daran, wie schön es doch wäre, wenn der Traum in Erfüllung ginge. Die Engländer, der Vogt und sein Stellvertreter waren fort, der Krieg zu Ende, und dennoch lebte er weiter auf dieser kleinen Insel. Sinas Gesicht schob sich vor Lebons Augen. Zufrieden legte er die Hände unter den Kopf und sah aus dem Fenster. Über etwas musste er sich im Klaren sein. Die Insulaner würden nicht aufhören, sich den Franzosen zu widersetzen, sie zu hintergehen und sie zu veräppeln, da mochte er ein noch so freundlicher und fürsorglicher Kommandant sein. Doch vielleicht würde sich ja eines Tages so etwas wie gegenseitiger Respekt entwickeln. Er jedenfalls nahm sich vor, die Einheimischen, soweit es in seiner Macht lag, zu unterstützen.

Er lauschte und meinte, hinter den Wänden aus Holz ein stetes Geräusch zu hören.

Regen?

Nein, es waren nur kleine, schnell treibende Wolken zu sehen.

Flüstern?

Mit einem Ruck saß er aufrecht im Bett, horchte und legte sogar ein Ohr an die Wand.

Mittlerweile gelang es ihm, die Stimmen seiner Soldaten zu unterscheiden. Sein Schreibstubenoffizier sprach mit dem Wachsoldaten des Pulverhauses. Lebon sprang aus dem Bett, zog Hemd und Hose an und verließ die Schlafkammer. Vor der Schreibstube sprachen ein paar Soldaten miteinander.

»Was macht der Zahn?«, erkundigte er sich bei Ribaud.

»Hat mir die Frau gezogen.«

»Ein Schiff legt gleich an«, sagte der Schreibstubenoffizier. »Sergent Petit erledigte immer die Kontrollen. Wen soll ich schicken?«

»Ich gehe selbst.«

Lebon ging zurück in seine Kammer, machte sich frisch und griff zur Uniformjacke. Er verließ die Schanze wenig später, um im Hafen die Ankunft der »Witte Seehund« zu überwachen und die Kontrollen durchzuführen.

Wenig gewandt betrat er das Deck des Schiffes. Man konnte ihm ansehen, dass er selten schwankende Planken unter den Füßen hatte. Er folgte dem Seemann zum Niedergang, recht unsicher auf den Beinen. Als er nach dem Handlauf greifen wollte, ließ eine kurze Böe die Tjalk in den Halteseilen rucken. Lebon taumelte. Er bekam etwas zu packen, an dem er sich festhielt. Der Schiffseigner dagegen glitt wie ein Aal vor ihm den Niedergang hinunter. Lebon folgte, so schnell er konnte.

Den Geruch, der ihm am Fuß der Treppe in die Nase stieg, hatte er nicht erwartet. Statt des Schweißes schwer arbeitender Seeleute, statt Teergestank von den kalfaterten Wänden oder Salz und Moder von der vermuteten Feuchtigkeit unter Deck schlug ihm ein Geruch wie in einem Kolonialwarenladen entgegen. Er glaubte, den Hauch eines Gewürzes auszumachen, wusste nur nicht, welches es war.

»Wie ist Ihr Name?«

»Jan Pieter Freriks. Aber der Eigner des Schiffes ist Cornelius Klaasen.«

»Klaasen? Hat er etwas mit Sina Klaasen zu tun?«

»Seine Tochter. Folgt mir«, rief Freriks.

Lebon folgte ihm in den Frachtraum, wo sie von Cornelius Klaasen erwartet wurden. Der Raum war zur Hälfte gefüllt mit Säcken und einigen Kisten. Auf einer der Kisten saß ein französischer Soldat, der aufsprang, als er Lebon sah. »Keine ungewöhnlichen Vorkommnisse«, meldete er zackig und überreichte ihm einige Dokumente.

Lebon brach das Siegel. Es handelte sich um eine Auflistung der Ware an Bord. Schinken, Würste und Fleisch, Mehl, Gemüse und vieles mehr. Alles Lebensmittel, die aus dem ostfriesischen Raum stammten. Alles in Ordnung. Sinas Vater hatte auf dem Festland ordentlich eingekauft, und die erforderliche Begleitung war ebenfalls an Bord.

»Wo sind Sie stationiert?«, fragte er den Soldaten.

»In Greetsiel. Bin aber auch in Emden oder Delfzijl, je nachdem, welches Schiff ich begleite.«

Eine weitere Böe musste die Tjalk erfasst haben. Mit dem Ruck, der entstand, kam Lebon ins Laufen. Hätte Cornelius Klaasen ihn nicht aufgefangen, wäre er vermutlich lang hingeschlagen.

»Hoppla«, sagte Klaasen und verzog keine Miene. Lebon konnte unmöglich sehen, ob der Mann sich amüsierte.

»Na denn«, sagte Lebon und ging.

Er ahnte, wie alles abgelaufen war. Der Stapel Strandgut war aus dem Hafen verschwunden. Der Vogt tobte, weil niemand mehr etwas davon wissen wollte. Lebon mochte wetten, dass Freriks und Klaasen das Strandgut verkauft und danach legale Waren eingekauft hatten. Sicherlich waren ihre Taschen voller Gulden.

Beim Verlassen des Schiffes rief er: »Dass mir das nicht wieder vorkommt.«

»Aye, aye, *mon Commandant.*«

EPILOG

Zwei Jahre später

»Ist jemand aus deiner Familie mit der ›Beagle‹ untergegangen?«, fragte Gretas Patient und deutete auf die hölzernen Reste der Planke mit dem Schiffsnamen darauf, die einmal Teil einer Schiffswand gewesen sein musste.

»Nein. Das ist ein Geschenk eines Freundes. Es hängt dort zur steten Mahnung.«

Der Mann nickte und meinte zu verstehen. Er war Seemann und kam von der Nachbarinsel herübergesegelt, damit Greta seine Schmerzen kurierte. »Wie macht sich der neue Vogt? Man hört, er sei ganz annehmbar?«

»Jakob Vriezenga? Ja, er ist ein formbarer Mensch. Was ist mit deinem Bein?«

»Dick und geschwollen.«

Sina, die Greta gelegentlich bei der Patientenversorgung half, schaute von ihrer Arbeit hoch. Die beiden Frauen wechselten einen Blick. Greta nickte unmerklich, und Sina verließ den Raum.

»Wo geht sie hin?«

»Ein paar Freunde holen.«

»Man sagt, der französische Kommandant hat Ulrichs ordentlich zurechtgestutzt?«

»Ja, hat er. Hose runter und dort hinlegen«, befahl sie. »Schau nicht so entsetzt. Ansehen sollte ich mir die Wunde schon.«

»Sie ist dort unten.« Der Seemann deutete auf sein Schienbein.

»Ich muss das ganze Bein sehen. Ihr hört ja viel auf Juist«, sagte sie und half ihm aus den Hosen heraus. »Oh weh. Wie hast du das denn hinbekommen?«

»Bin zwischen Reling und Kaimauer gekommen. Ist es schlimm?«

Die Wunde war schlecht gesäubert und begann an einigen Stellen zu eitern. Sina kam mit einer Porzellanschüssel, einem Arm voller Stofflappen und einer Kanne mit dampfendem Wasser wieder herein. Sie stellte alles auf einem Tisch ab, goss ein wenig Wasser in die Schüssel und tauchte das erste Stück Tuch hinein. Greta nahm es ihr ab, um die Wunde damit auszuwaschen. Ihr Patient kniff die Lippen zusammen und bemühte sich, weder zu jammern noch zu stöhnen.

Sina griff in ihre Schürzentasche und holte ein Glas heraus, in dem dicke schwarze Würmer lagen. Beim Patienten weiteten sich die Augen.

»Meine kleinen Freunde, die Blutegel«, erklärte Greta. »Phantastische Kreaturen.« Sie sagte das, als wären es Kuscheltiere. »Sie befreien dich von bösen Säften.«

Sina reichte das Glas hinüber, damit Greta mit einer Zange das erste Tier herausnehmen konnte. Der gestandene Seemann wirkte, als wollte er fliehen. Die Frauen verkniffen sich ein Lächeln. Bei Orkanstärke fuhren die Seeleute hinaus, ertrugen Nässe, Kälte und heftige Entbehrungen, doch beim Anblick von ein paar Egeln kniffen sie die Pobacken zusammen.

»Tut nicht weh, aber sie brauchen ein paar Minuten, um ihre Arbeit zu tun. Tja, unser neuer Vogt ist ganz passabel. Du kennst Cornelius Klaasen?«

Der Seemann nickte und blickte Greta an, offensichtlich froh, von den Egeln abgelenkt zu werden.

»Gleich am ersten Tag nach der Amtsübernahme hat Cornelius dem neuen Vogt erzählt, der französische Kommandant sei ein ganz scharfer Hund, der auf die Einhaltung aller Vorschriften achtgibt und den alten Vogt zum Teufel gejagt hat.«

Hätte der Seemann auch Sina im Blick gehabt, wäre ihm bei den Worten »scharfer Hund« ein verschmitztes Lächeln aufgefallen. »Das hat der Franzmann gemacht?«

»Ja klar. Er hat Ulrichs gezwungen, die Gelder für das neue Pfarrhaus herauszurücken. Das ist jetzt einige Monate her. Man munkelt, Henri Lebon, so hieß unser Kommandant, habe ihn sogar gezwungen, Zinsen und Zinseszinsen zu zahlen.«

»Tausende von Gulden?« Die Augen des Patienten leuchteten.

»Als Gegenleistung versprach Lebon, ein gutes Wort für ihn einzulegen, um seine Zeit im Gefängnis zu verkürzen.«

»Unterschlagung von Geldern der Armenkasse und der Kirche,

Ausnutzung des Geschäftsmonopols und was weiß ich noch alles wirft man ihm vor«, sagte der Seemann.

»Ihr hört wirklich viel auf Juist.«

»Gerüchte. Wir hörten auch, dass der Franzmann jetzt einer von euch sein soll.«

»Gerüchte sind schneller als der Mann«, sagte Sina und strich sich über den gewölbten Bauch. Sie lächelte.

Der Seemann wandte sich ihr zu und deutete mit einem Kopfnicken auf den Bauch. »Wann ist es denn so weit?«

Greta gab für Sina die Antwort: »In fünf Wochen. Zur Entbindung bleibt sie auf der Insel. Darauf habe ich bestanden. Danach geht es ab aufs Festland.«

»Warum sollte die junge Frau zum Festland wollen?«

»Sie wird mit ihrem Ehemann dessen Familie besuchen.«

Dass die Reise nach Frankreich ging, verschwiegen sie.

»Das Kind wird den Namen von Henris Großvater bekommen«, verriet Sina.

»Das arme Mädchen«, entgegnete er und zeigte beim Grinsen seine Zahnlücken. »Vorhersagen, was das Geschlecht angeht, sind meine Spezialität.« Er tippte sich mit dem Zeigefinger gegen die Nase. »Jede Wette, es wird ein Mädchen. Der Name Josefine ist ganz modern.«

»Auf keinen Fall!«, sagten Greta und Sina wie aus einem Mund.

Sina griff nach einem leeren Glas und hielt es über die Wunde, damit Greta die Blutegel abnehmen und darin ablegen konnte. Danach reichte sie ihr die Bandagen hinüber.

»Apropos Namen. Der Sohn von Cornelius Klaasen, Marten heißt er, glaube ich. Wie man hört, ist er von den Toten auferstanden und zum gleichen Zeitpunkt wie euer neuer Vogt wieder aufgetaucht.«

»Gerüchte«, erklärte Greta.

»Aua«, rief er, weil sie zu fest am Verband gezogen hatte.

»Ein übles Gerücht«, bestätigte Sina.

Jetzt, da Napoleon Bonaparte fort war, konnte sich alles zum Guten wenden. Von Petit hatten sie nie mehr etwas gehört, der Vogt war fort, und Lebon ihnen familiär verbunden, da konnte Marten die Papiere, die Tellinghusen einwandfrei für ihn gefälscht hatte, getrost weglegen. Die Seite aus dem Todesregister wollte Pastor Siefken jedoch nicht herausreißen.

Ein Mann mit Voraussicht, auch was die Bäume auf der Insel und das Zusammenwachsen des West- mit dem Ostland anging.

Ein dunkler Himmel lag über dem Eiland. Der Herbst war gekommen und mit ihm eine reiche Obsternte für Pastor Siefken. Aus jeder einzelnen Blüte schien ein Apfel, eine Pflaume oder eine Birne geworden zu sein. Dann folgte ein früher Winter, die Eisschollen stapelten sich auf dem Strand und wurden von Welle zu Welle höher auf den Sand geschoben. Draußen schneite es, ein wütender Sturm peitschte den Schnee gegen die Fensterscheiben.

Sina zog die Holzstove unter Marias Füßen hervor.

»Es ist kein Feuer mehr darin.«

Sie nahm mit einer kleinen Schaufel ein wenig Glut aus dem Herd, legte sie vorsichtig in die Holzstove und schloss das kleine Türchen. Der viereckige Holzkasten, etwas größer und höher als ein Schuhkarton und mit einem Türchen oder einem abnehmbaren Deckel versehen, gehörte zum meistgebrauchten Gegenstand einer alten Dame im Winter. In den Wänden und im Deckel des Kästchens waren Löcher oder feine offene Schnitzereien, damit die Glut, die hineingelegt wurde, Luft bekam. Das Innere der Stove war mit Metall ausgelegt.

Sina trug die Stove herüber, kniete sich vor Maria nieder, hob den langen Rock hoch und schob das Stövchen darunter. Mit einem dankbaren Lächeln stellte Maria ihre Fußsohlen darauf. »Ahhh, so schön warm.«

»Pass auf, dass die Spitze von deinem Unterrock nicht zu nahe herankommt.«

Sina wusste, warum sie die Warnung aussprach. Ihre Großmutter war mit einem Stövchen unter den Füßen eingeschlafen. Im Schlaf musste sie es umgeworfen haben. Die Glut hatte den Stoff in Brand gesetzt, und nur der Reaktion ihres Großvaters war es zu verdanken gewesen, dass sie nicht elendiglich in ihren Kleidern verbrannt war. Sina konnte sich gut an die Narben an Großmutters Beinen erinnern, die sie ihr immer dann gezeigt hatte, wenn sie als Kind fahrlässig mit Feuer umgegangen war.

Schwerfällig erhob sich Sina. Bald würde sie selbst ein Kind haben, das sie vor den Gefahren des Lebens warnen konnte. »Freriks und Vater sind vom Festland zurück. Sie bringen gute Kunde, Maria.«

Als Antwort, verstanden zu haben, stieg ein Rauchwölkchen aus dem Mund der alten Dame. Die Pfeife knisterte leise.

»Schon am achten November sind fremdartig aussehende Reiter in Aurich eingeritten. Kosaken. Sie verkündeten die Befreiung Ostfrieslands. Zwei Tage später dann marschierte ein Mann namens Friccius mit seinem Bataillon ein. Er übernahm für den preußischen König Ostfriesland. Er soll noch nicht entflohene Franzosen vertreiben.«

»Wie bitte?« Marias Lippen ließen die Pfeife los, fast wäre sie ihr in den Schoß gefallen.

»Keine Angst, Maria, für Henri besteht keine Gefahr.«

»Das will ich auch hoffen.« Sie würde vor jedem preußischen Beamten schwören, Henri Lebon sei einer von ihnen.

Der Krieg schien endlich vorbei zu sein.

Die Gemeinde begann den Gottesdienst mit dem Lied »Lobet den Herrn«. Pastor Siefken, musikalisch nicht sonderlich beliebt bei seinen Mitmenschen, sang mit krächzender Stimme von der Kanzel. Einige Gläubige hatten auf der letzten Kirchenversammlung geschworen, die Kirche auf der Stelle zu verlassen, sollte er noch ein einziges Mal versuchen zu singen. Schon bei »Lobet den« stand Opa Tellinghusen tatsächlich auf, wurde aber von seiner Frau am Ärmel festgehalten und wieder auf die Holzbank gezogen. Demonstrativ hielt er sich daraufhin die Ohren zu und schaute um sich. Nur einer erwiderte seinen Blick und hob wie er die Hände an den Kopf, die meisten, die ebenfalls geschworen hatten, blickten aufmerksam ins Gesangbüchlein, als müssten sie zuerst den Text nachlesen.

Sie hatten allen Grund, zu loben und zu preisen, egal ob der Gesang den Ohren wehtat. Gott würde Verständnis für schräge Töne haben, und das sollten sie auch.

Während Pastor Siefken unermüdlich weitersang, wobei er Tellinghusen durchgehend anstarrte, klappte dieser sein Buch zu, legte es vor sich auf die hölzerne Ablage, stand auf und schüttelte die Hand seiner Gattin ab. »Gott«, flehte er laut genug, um des Pastors Gesang zu übertönen, »sei uns gnädig.« Seine Finger glitten über die Kirchenbank, deren frischer Holzgeruch den Duft der Kerzen und Blumen überlagerte. Lebons Prisengeld hatte dafür gesorgt, dass die von seinen Landsleuten verbrannten Bänke ersetzt wurden.

Pastor Siefken verstummte und machte ein Gesicht, als habe er einen Schlag in den Nacken bekommen. Die Lippen zusammengepresst, hob er eine Hand ans Ohr, so als wollte er hören, was Opa Tellinghusen noch zu sagen hatte.

»Lasst uns die Posaunen des Jüngsten Gerichtes hören, nicht aber diesen elenden …« Tellinghusen verstummte, als es draußen knallte.

»Kanonen!«

»Papa, hat der Kaiser schon wieder Geburtstag?«, tönte ein leises Stimmchen in der Stille.

»Pscht«, wurde das Kind gleich von mehreren Seiten zur Ruhe ermahnt, dann sprang Sören, der immer in der letzten Bank saß, als Erster auf und öffnete die Kirchentür.

Sie sahen eine weitere Wolke vom Geschützturm aufsteigen, ehe der Schall zu ihnen herübergetragen wurde. In der Ferne war ein Schiff zu erkennen. Diejenigen, die am weitesten sehen konnten, diskutierten untereinander.

»Es ist die ›Witte Seehund‹«, rief eine Frau, und niemand mochte ihr widersprechen.

»Aber sie ist außer Reichweite«, kommentierte Tellinghusen diese Erkenntnis. Er wirkte zufrieden.

»Du glaubst doch nicht, dass Henri auf ihn schießt.«

»Irgendjemand tut es.«

»Da kommt Haye Steffens angerannt.«

Gemeinsam eilte die Kirchengemeinde ihm entgegen.

»Was ist passiert?«

»Was für ein Spaß! Kommt alle mit. Henri, Jochum und ich, wir verpulvern die Reste.«

»Den Franzmann, der mich vor seiner Flucht noch plündern wollte, verwies ich auf die Knochen, die meinen Garten umzäunen.« Evert Tellinghusen war zufrieden, er hatte eine neue Geschichte. »›Das ist alles Elfenbein‹, habe ich gesagt. Das müsse erst noch bearbeitet werden, dann glänze es so weiß wie Segel frisch aus der Werft. Wir Einheimischen würden in langen Winternächten schöne, kostspielige Schmuckstücke daraus schnitzen.« Tellinghusens Lachen füllte den Raum. »Er hat meiner treuherzigen Erklärung geglaubt, als er ging. Und in sich hineingeschmunzelt, in Vorfreude auf die reiche Beute, die er machen würde, wenn er heimreisen und die Knochen mitnehmen würde.«

»Pscht«, sagte jemand, doch Lebon hatte Tellinghusens Worte draußen bereits gehört. Als er in die Gaststätte eintrat, taten die meisten, als könnten sie kein Wässerchen trüben.

»Mein Junge, komm zu uns«, erklärte Tellinghusen. Lebon ging an den Tisch, und Tellinghusen verkündete, er sei jetzt vierundachtzig.

Für manche alten Leute reichte das als Gesprächsbeitrag. Die meisten von ihnen hofften, das man sagte: »Sie sehen aber viel jünger aus.«

Als Lebon nicht entsprechend reagierte, erklärte der Alte: »Ich habe vierzig Walfangreisen mitgemacht und hundertfünfundsiebzig dreiviertel Wale gefangen.«

»Wie kann man einen dreiviertel Wal fangen?« Das hätte er nicht fragen sollen. Der alte Mann winkte ihn näher an sich heran. »Setzen Sie sich, Henri, und ich sage es Ihnen.«

Lebon tat ihm den Gefallen.

»Das interessiert doch überhaupt nicht, welche Fässer du im Eismeer gefüllt hast«, protestierte die Wirtin und fing sich einen warnenden Blick von Tellinghusen ein. Sie warf einen schmierigen Lappen auf den Tresen und verschwand im Hinterzimmer. Sie kannte ihre eigene Geschwätzigkeit und wollte lieber nicht mitbekommen, was die Männer mit dem Franzosen vorhatten.

Wenn sie keine Ahnung hatte, konnte sie auch nichts ausplappern.

Sie war noch keine fünf Minuten fort, da ging die Schankstubentür auf. Herein kamen zwei Männer, die mit lautem Hallo begrüßt wurden.

Keno und Adrian war es in England gut ergangen. Kapitän Simmonds hatte seine Versprechen gehalten. Sie bekamen Arbeit als Flussschiffer auf der Themse, und sobald der Krieg beendet war, gingen sie nach Hause.

Nachdem Marten ihnen gesagt hatte, es sei Zeit, zurück zur Fregatte zu gehen, drückte er ihnen seine Sterbeurkunde in die Hand.

»Was soll das denn?«, fragte Adrian.

»Ich gehe als freier Mann nach Helgoland.«

»Wir hatten etwas anderes vereinbart. Kapitän Simmonds wird unsere Absprache nicht einhalten wollen, wenn ein Mann weniger zurückkehrt.«

»Doch, er wird, er ist ein Ehrenmann. Auf sein Wort könnt ihr euch verlassen.«

»Wie auf deines?«

Zu diesem Zeitpunkt waren beide sehr wütend auf Marten gewesen. Sie hatten sich zu Recht von ihm betrogen gefühlt.

»Das ist meine Sterbeurkunde, mir bot sich eine Gelegenheit, und ich kann es jetzt nicht mehr rückgängig machen. Gebt sie ihm.«

Im Laufe der Monate hatten ihre Familien, Sina und Maria den beiden Briefe nach England geschrieben und Antwort erhalten. Auch Marten hatte geschrieben und die fünfhundert Gulden ihren Familien übergeben. Der Groll auf Marten hatte nachgelassen, sie hatten ihm verziehen.

Doch niemals würden sie ihm wieder blind vertrauen.

Nachwort

Noch heute kennt jeder Borkumer das Lied:

> *»Achter de greune Boomelkes, da lagg ein engels Skipp. Dej Franzmann, dej was komen, was nett so geck as ick. Frauger was ick Kapitein, un nu bin ick Soldatje. Nu mut ick up de Schildwach stahn un kieken dör de Gaatjes? Bin dat neit moij Soldatjes.«*

Es wird bis heute an jedem fünften Dezember gesungen. Es stammt aus der Besatzungszeit und besagt: »Draußen auf See lag ein englisches Schiff, der Franzose war gekommen, er war genauso verrückt wie ich. Früher war ich Kapitän, und nun bin ich Soldat, nun muss ich auf Wache stehen (Schildwach = Wachhaus) und durch die Beobachtungslöcher in den Mauern sehen. Sind das nicht ›schöne‹ Soldaten?«

Einiges aus meiner Geschichte entspricht der Wahrheit.

So hat es die Schanze wirklich gegeben, die Insulaner mussten sie bauen, den Lohn für die Arbeit haben sie nie bekommen. Heute kann man immer noch die Reste des Wassergrabens sehen. Auch das Pulverhaus gab es, und dass wegen der Feuchtigkeit das Pulver nicht in der Schanze gelagert wurde, entspricht den Tatsachen. Es war ein kleines weißes Gebäude, das im Jahr 1910 abgerissen wurde. Im Archiv des Heimatvereins befindet sich ein Foto davon. Auf alten Flurkarten von Borkum kann man erkennen, dass vom Pulverhaus ein direkter Weg zur Franzosenschanze führte.

Aus alten Dokumenten des Borkumer Heimatvereines weiß ich, dass es auf Borkum eine öffentliche holländische Schule gab. Der Unterricht wurde von einem Schulmeister erteilt. Qualitativ ist die Ausbildung als mäßig einzustufen. Im Winter hatte er sechsundfünfzig Schüler in seiner Klasse und im Sommer fünfzig. Zu Walfangzeiten haben die Borkumer ihre Jungen selbst zu Kapitänen, Steuermännern und Matrosen ausgebildet und waren mit diesem Verfahren sehr erfolgreich. Bei einer Bevölkerungszahl von tausendfünfhundert Personen zur Blütezeit des Walfanges fuhren allein über vierzig Borkumer als Kapitäne und Kommandanten für Hamburg und Amsterdam.

Dem Borkumer Geschichtsbuch ist zu entnehmen, dass am 27./28. Juni 1811 eine englische Brigg vor Borkum lag. Zwei Besatzungsmitglieder, Feike Esderts Byl und Reinder Janssen Aggen, waren gebürtige Borkumer und flüchteten auf ihre Heimatinsel. Unter Androhung schlimmster Strafen – der Maire Scherz und der Voigt Vriezenga wurden als Geiseln genommen, die Häuser der Angehörigen sollten in Brand gesetzt werden – forderten die Engländer die Herausgabe der Deserteure, die sich auf der Insel versteckt hielten. Um größeres Unheil zu verhindern, kehrten beide nach mehreren Tagen auf das britische Schiff zurück. Der Bericht des stellvertretenden Bürgermeisters lautet wie folgt:

Wir sind zur Publikation des folgenden Berichts des Maire von Borkum an den Herrn Präfekten des Departements autorisiert worden. Man wird in demselben die Gewissheit über die Behandlung, welche französische Deserteurs von den Engländern, diesen steten Feinden des Kontinents, zu erwarten haben, finden, und wie sehr Letztere und die Familien, deren Individuen sich in ihren Schutz begaben, zu behandeln.
Ich habe die Ehre, Ew Hochwohlgeb. Die Verhältnisse, die sich seit kurzer Zeit ereignet, unterthänigst zu communicieren. Nachdem, seit elf Wochen sich keins der englischen Fahrzeuge sehen lassen, erschien am Sonnabend den 27sten verschiedene der Mannschaften hier eintrafen. Gegen Abend entfernten sie sich wieder, kamen aber schon am folgenden Morgen, Montags den 29sten, sehr frühzeitig wieder zurück und ließen sich verlauten, dass zwei ihrer Mannschaften, Namens Reinder Janssen Aggen und Feike Esderts Byl, geborene Borkumer, die sich wegen der Evescription zu ihnen begeben hatten, entflohen, und sich auf der Insel befinden müssten. Der Herr Maire Scherz und Voigt Vriezenga wurden gleich anfänglich arretiert und als Geisseln nach das Schiff geführt, um dort so lange zu verbleiben, bis die Flüchtlinge wieder ausgeliefert würden.

Unter der fürchterlichsten und schreckungsvollsten Drohung wurden wir augenblicklich genöthigt, Untersuchungen anzustellen, welche aber vergeblich waren, indem man sie nicht finden konnte. Am 30sten sehr frühzeitig, wie noch alles im tiefsten Schlaf versunken lag, kamen die Engländer wieder an mein Haus und frugen, ob die Leute gefunden wären. Da ich nun diese Frage mit nein beantworten musste, so wurde aufs neue befehligt, Untersuchungen anzustellen, und insofern sie nicht gefunden würden, sollten die Häuser der Familien in Brand gesteckt und 6 unser Bürger nebst den Geisseln mit fortgeführt werden. Meine Feder ist nicht vermögend, Ew. Hochwohlgeb. Den Jammer und das Elend, welches sich auf diese Drohungen verbreitete, gehörig zu beschreiben. Man hatte daher keine Zeit zu verlieren, neue Untersuchungen anzuordnen, und nachdem man sich den ganzen Tag durch vergeblich damit bemühet, haben die vorbenannten Deserteus vom 30sten auf den 31sten, vermutlich aus Hunger getrieben, sich des Nachts zu ihren Familien begeben, und sind mit dem Anbruch des Tages zu den Engländern wieder zurückgekehrt, aus freiem Willen dazu bewegen.
Der Herr Maire Schertz und Voigt Vriezenga haben augenblicklich, nachdem die Flüchtlinge am Schiff eingetroffen, ihre Entlassung erhalten und sind auf der Stelle zurückgekehrt.
G.R. Meyer, Adjoint und bey Abwesenheit des Mairs.
Montag, den 12. August 1811

Fahnenflucht wurde damals mit dem Tod bestraft. Byl und Aggen aber haben überlebt, was mich auf den Gedanken brachte, dass die Engländer das Ganze inszeniert haben könnten, um in aller Ruhe und mit einem triftigen Grund Feindesland betreten zu können. Es ist nirgends vermerkt, was die dreißig Franzosen während dieser vier Tage in ihrer Schanze gemacht haben. Vermutlich verbarrikadierten sie sich und hielten still. Den Einwohnern halfen sie jedenfalls nicht.

Feike Geerds Byl könnte aber auch zur Insel geflohen sein, weil sechs Wochen zuvor seine erste Tochter geboren worden war und er seine Verlobte zur rechtmäßigen Ehefrau machen wollte. Er hat sie erst im Juni 1813 heiraten können und noch weitere sechs Kinder mit ihr gezeugt. Byl ist 1838 im englischen Kanal vom Bugspriet gefallen und ertrunken.

Reinder Janssen Aggen ist nach der Besatzungszeit weiter zur See gefahren und im April 1820 in St. Domingo gestorben, wo er auch begraben wurde.

Beide haben Nachfahren auf Borkum. Meine Kinder gehören dazu.

Quellennachweis

Neben einer kleinen Loseblattsammlung historischer Dokumente und Fotos aus dem Archiv Heimatverein Borkum e. V. sind an dieser Stelle folgende Webseiten, Bücher und Artikel zu nennen:

www.napoleon-portal.de
www.ostfriesischelandschaft.de
www.rhaude.de

Bartels, Generalsuperintendent D.: »Borkum und die Grönlandsfahrt«, in: *Jahrbuch der Gesellschaft für bildende Kunst und vaterländische Altertümer zu Emden*, Bd. Nr. 14, Emden 1902.

Herquet, Karl: *Die Insel Borkum in kulturgeschichtlicher Sicht*, Schuster Verlag, Leer 1974.

Merkel, G.: *Die ostfriesische Insel Borkum*, Carl Rümpler Verlag, Hannover 1860.

Pladies, Harry: *Ostfriesland im Zeitalter Napoleons*, Die Leuchtboje, Heft 19, Leer 1966.

Schmidt, Albert: *Der letzte Kommandeur*, Jahreszahl unbekannt.

Teerling, Hans: *Aus Borkums Vergangenheit*, Hg.: Heimatverein der Insel Borkum e. V., Emden.

Wiechers, Karl Heinz: ... *und fuhren weit übers Meer*, Bd. I, Soltau-Kurier, Norden 1989.

Aus der Reihe »Unser Ostfriesland« der *Ostfriesischen Zeitung* die Beiträge von Dr. Robert Noah (2003), Dr. Christina Randig (2010) und Siegfried Lüderitz (1994), außerdem eine Sonderbeilage der *Ostfriesen Zeitung* von Karl-Heinz de Wall (1990) sowie die Beiträge »Plattdeutsch aus der Franzosenzeit« und »64 französische Besatzer auf Baltrum« von Gerhard Canzler aus dem *Ostfreesland-Kalender*, Norden 1992.

Die im Raum Ostfriesland verbreitete Wochenschrift *Frisia. Eine Zeitschrift zur Belehrung und Unterhaltung* widmete sich der »Erforschung und Darstellung des friesischen Wesens und Lebens in alter wie in neuer Zeit« und erschien bis 1846.

Ocke Aukes
KLAASOHM
Broschur, 192 Seiten
ISBN 978-3-95451-056-6

»Ocke Aukes weiß, wie die Insulaner auf Deutschlands nordwestlichstem Eiland ticken. Es ist, als wäre man mittendrin im Inselgeschehen. Ein klasse Krimi für den Strandkorb im heißen Sommer ebenso wie für düstere, kalte Winterabende – lesen Sie ihn am besten gleich jetzt!« Borkumer Echo

www.emons-verlag.de

Ocke Aukes
SOMMER, SONNE, SONNENSTICH
Klappenbroschur, 208 Seiten
ISBN 978-3-95451-243-0

»Kurzweilig, spritzig, unterhaltsam.« Borkum Aktuell

www.emons-verlag.de

Ocke Aukes
AUF AMEROOG IST ALLES ANDERS
Klappenbroschur, 192 Seiten
ISBN 978-3-95451-541-7

»Eine unterhaltsame Mischung aus Kriminalroman und Abenteuergeschichte.« Borkum Aktuell